스탠드

2

스탠드

The Stand

2

학살

스티븐 킹 장편소설

조재형 옮김

황금가지

THE STAND

by Stephen King

나의 아내 태비에게
경이로움으로 가득 찬 이 어둠의 상자를 바친다.

이 책에 쓰인 본문 종이 **E-light**는 국내 기술로 개발된 최신 종이로, 기존에 쓰이던 모조지나 서적지보다 더욱 가볍고 안전하며 눈의 피로를 덜게끔 한 단계 품질을 높인 고급지입니다.

| 차례 |

제1부 캡틴 트립스

제24장

피닉스 지역 신문들로부터 '죄를 뉘우칠 줄 모르는 동안(童顔)의 살인자' 라는 꼬리표가 붙어 버린 로이드 헨리드가 피닉스 시립 구치소의 엄중 경비 구역 복도를 두 명의 경비원에게 끌려갔다. 경비원 중 하나가 콧물을 흘렸고, 그 두 사람 모두 몸이 좋지 않아 보였다. 그 구역의 다른 수감자들이 그들만의 방식으로 로이드에게 색종이가 휘날리는 환영 행사를 펼치고 있었다. 그는 완전히 유명 인사였다.

"이봐아아, 헨리드!"

"빡세게 한번 날뛰어 봐, 인마!"

"검사한테 날 내보내 주면 네가 폭력을 휘두르지 못하게 내가 막겠다더라고 말해!"

"꿋꿋이 활개 쳐라, 헨리드!"

"굳세어라, 형제여! 굳세어라굳세어라굳세어라!"

"입만 나불거리는 개새끼들."

경비원이 콧물을 흘리며 중얼거리다 재채기를 했다.

로이드는 행복하게 히죽거렸다. 자신이 새로 얻은 명성에 눈이 부실 지경이었다. 브라운스빌 교도소에서 받았던 대우와는 완전히 달랐다. 심지어 식사도 더 좋게 나왔다. 거물이 되고 나면, 상당한 존경을 받게 마련이었다. 그는 영화배우 톰 크루즈가 전 세계를 대상으로 한 공개 시사회에서 바로 이런 기분을 느낄 게 분명하다고 상상했다.

복도 끝에서 그들은 출입구와 이중 빗장이 채워진 전기 대문을 통과했다. 로이드는 다시 몸수색을 당했고, 감기에 걸린 경비원은 방금 계단을 오르기라도 한 것처럼 입으로 힘겹게 숨을 내뱉었다. 그러고서 그들은 추가로 그에게 금속 탐지기 속을 걸어가게 시켰는데, 아마도 그가 영화에 나왔던 빠삐용이란 녀석처럼 항문 속에 무언가를 쑤셔 넣은 건 아닌지 확인하려는 것 같았다.

"좋았어."

콧물을 흘리는 경비원이 말했고, 방탄유리로 된 초소 안의 또 다른 경비원이 그들에게 지나가도 좋다고 손짓했다. 그들은 또 다른 복도를 걸어갔으며, 이 복도는 공장처럼 녹색으로 페인트칠이 돼 있었다. 이곳 내부는 매우 고요했다. 유일한 소리라고는 경비원들의 뚜벅거리는 발소리(로이드는 종이 슬리퍼를 신고 있었다.)와 로이드의 오른쪽 경비원이 천식 환자처럼 헐떡대는 소리뿐이었다. 복도의 맨 끝에서 또 다른 경비원이 닫힌 문 앞을 지키고 있었다. 그 문에는 성벽의 사격 구멍만 한 작은 창 하나가 나 있고, 유리엔 철망이 박혀 있었다.

"왜 감방은 하나같이 오줌 지린내가 지독하게 나는 거야?"

그저 대화를 해 보려고 로이드가 물었다.

"내 말은 그러니까, 애들이 수감돼 있지 않은 감방들까지도 오줌 지린내가 난다는 거지. 혹시 당신들 말이야, 감방 구석에서 쉬하는 거 아니야?"

그가 그런 생각을 떠올리며 킥킥거렸는데, 정말이지 몹시도 우스꽝스러웠다.

"닥쳐, 살인자야."

감기 걸린 경비원이 말했다.

"당신 상태가 별로 좋아 보이지 않는데. 집에 가서 침대에 누우셔야겠구먼."

"닥쳐."

옆에 있는 다른 경비원이 말했다.

로이드는 닥쳤다. 그것은 이런 사람들한테 말을 건네려고만 하면 일어나는 일이었다. 그의 경험으로 보건대 교도관이라는 부류는 품위가 없었다.

"안녕, 쓰레기."

문을 지키는 경비원이 말했다.

"안녕하슈, 못난이 씨?"

로이드가 잽싸게 반응했다. 기분을 상쾌하게 만드는 데는 슬쩍 우호적으로 맞받아치는 재치 있는 맞장구만 한 것이 없었다. 빵에 들어온 지 이틀 됐는데, 그는 벌써부터 예전의 교도소 무기력증이 자신에게 나타나는 것을 느낄 수 있었다.

"그 말을 한 대가로 너는 이빨 한 대를 잃을 거야. 정확히 딱 한

대. 잘 계산해 둬, 이빨 한 대라고."

"이것 보쇼. 허 참, 내 말 들어 봐. 당신이 그럴 수는……"

"물론 나는 그럴 수 있지. 체스터필드 담배 스무 갑이면 사랑하는 늙으신 어머니라도 기꺼이 살인하려 들 인간들이 교도소 운동장에는 우글거린단다. 이 쓰레기야. 너 또 까불어서 이빨 두 대 나가고 싶으냐?"

로이드가 침묵했다.

"좋았어. 그렇다면 이빨 딱 한 대만 건드려 주겠어. 그 사람 안으로 들여보내도 좋아."

약간 웃음 지으며, 감기 걸린 경비원이 문을 열고 나머지 경비원이 그를 안으로 들여보냈다. 안에는 법원 선임 변호사가 철제 탁자에 앉아 서류 가방에서 꺼낸 서류들을 보고 있었다.

"여기 피의자가 왔습니다, 변호사님."

변호사가 고개를 들었다. 아직 면도할 나이도 안 된 것 같다고 로이드는 생각했지만, 그렇다고 어쩌겠는가? 거지가 찬밥 더운밥 가려서는 안 되는 법이다. 어쨌든 사람들은 그를 신나게 조져 댔고, 로이드는 20년 형 이상을 받으리라 예상했다. 사람들이 가혹하게 처벌하려 들 때는, 그저 눈을 감고 이를 갈고 있을 수밖에 없다.

"고맙습……"

"저 사람."

로이드가 문지기를 지목하며 말했다.

"저 사람이 나를 쓰레기라고 불렀어요. 그래서 내가 뭐라고 그랬더니, 사람을 시켜서 내 이빨 한 대를 부러뜨리겠다고 말했다고요! 사법 경찰의 잔혹 행위라니 어떻게 그럴 수가 있어요?"

변호사가 손으로 얼굴을 쓸어내렸다.

"저 말 사실입니까?"

그가 문지기한테 물었다.

문지기가 '맙소사, 당신 정말 그 말을 믿어요?' 하는 우스꽝스러운 동작을 취하며 눈을 굴렸다.

"이런 인간들은 말이죠, 변호사님, 방송국에다 별의별 헛소리를 다 제보할 놈들이라고요. 내가 안녕이라고 인사했고, 그도 안녕이라고 인사했고, 그게 다예요."

"빌어먹을 거짓말이야!"

로이드가 펄쩍 뛰며 말했다.

"내 생각엔 변함이 없습니다."

그 경비원이 말했고, 로이드에게 냉혹한 눈길을 주었다.

"당신이 그러리란 건 나도 압니다. 그렇지만 저는 여길 떠나기 전에 헨리드 씨의 치아 개수를 세어 볼 생각입니다."

변호사가 말했다. 그 경비원은 얼굴에 약간 당혹스러운 분노의 빛을 띠었고, 로이드를 데려왔던 두 경비원과 눈길을 주고받았다. 로이드는 미소 지었다. 하는 짓을 보니 요 애송이 변호사는 어쩌면 썩 쓸 만한 것 같았다. 그가 경험했던 저번 법정 선임 변호사 두 명은 늙어 빠진 돈벌레들이었다. 그들 중 한 명은 인공 항문에 달린 비닐 주머니를 질질 끌면서 법정에 들어오기도 했다. 믿을 수 있겠는가, 빌어먹을 인공 항문 주머니라니? 늙어 빠진 돈벌레들은 담당 피의자에게 쥐똥 만큼도 신경 쓰지 않았다. '변론하라 그리고 신경 꺼라.' 그것이 그들의 좌우명이었다. '저딴 녀석은 치워 버리고 다시 판사와 함께 음탕한 이야기나 나눠 보자.' 그런데 어쩌면 이 변호사 녀석은 무장 강도죄로 깔끔하게 10년 형을 받도록 해 줄 수도 있을 것 같았다. 아마도 현재 구치소에 있는 시간까지도 복역 기간에 포함될 듯싶었다. 아무튼 그가 실질적으로 포크화한 사람은 하얀 콘티넨털을 몰던 남자의 아내 딱 한 명뿐이었고, 어쩌면 그 살인도 착한 포크한테 확 뒤집어씌울 수도 있었다. 포크는 싫어하지 않을 것이다. 포크는 늙은 아빠의 모자에 두른 장례식 띠처럼 애절하게 죽어 버렸으니까. 로이드의 미소가 한층 커졌다. 매사에 밝은 면을 보고 살아야 한다. 그것이 바람직했다. 어두운 면을 보고 살기엔 인생은 너무나 짧았다.

경비원이 그들만 남겨 놓고 나가자, 로이드는 이름이 앤디 드빈스였다고 기억되는 그의 변호사가 그를 이상한 표정으로 바라보고 있다는 것을 알아차렸다. 그 표정은 등이 터졌어도 치명적인 아가리는 여전히 팔팔할 것 같은 방울뱀을 바라보는 사람의 모습과도 같았다.

"당신 정말 깊은 똥간 속에 빠진 거야, 실베스터!"

드빈스가 느닷없이 소리쳤다.

로이드가 펄쩍 뛰었다.

"뭐? 도대체 그게 무슨 소리요, 내가 깊은 똥간 속에 빠졌다니? 그건 그렇고, 당신 저기 서 있던 친절한 뚱뚱이를 정말 끝내 주게 손봐 주던데. 그 인간 아주 열 받은 것처럼 보이더라고, 손톱을 뜯어 먹다 토해 낼 정도로……."

"내 말 들어 봐, 실베스터. 아주 신중하게 들어 보라고."

"내 이름은 그게 아니……"

"당신은 자신이 얼마나 난처한 처지에 빠져 버렸는지 눈곱만치도 몰라, 실베스터."

드빈스의 시선은 조금도 흔들리지 않았다. 그의 목소리는 부드럽고도 엄했다. 금발이었고, 잔털이 거의 없을 정도로 바짝 자른 머리 모양이었다. 머리 가죽이 온통 분홍색으로 빛났다. 왼손 셋째 손가락에 무늬 없는 결혼 금반지가, 오른손 셋째 손가락에는 화려한 무늬의 학교 친목 반지가 끼워져 있었다. 그가 반지들을 맞부딪치자 로이드가 이를 악물 정도로 기묘한 딸깍 소리가 조그맣게 났다.

"당신은 딱 9일 있다가 재판정에 설 거야, 실베스터. 연방 대법원의 판결 하나가 나흘 전에 났으니까 말이지."

"그게 뭔데?"

로이드는 어느 때보다도 더욱 불안해했다.

"마크햄 대 사우스캐롤라이나 주 판례야. 그리고 그 판례는 사형이 필요한 사안에 대해 각 주에서 저마다 최고로 신속하게 재판을 집행해도 좋다는 조건과 관련이 있지."

"사형!"

로이드가 공포에 질려 부르짖었다.

"전기의자를 말하는 거야? 이봐, 형씨. 나는 절대로 어느 누구도 살해하지 않았어! 하나님께 맹세한다고."

"법의 시각으로 보면, 그것은 중요치가 않아. 만약 당신이 범죄 현장에 있었다면, 그 범죄를 저지른 거야."

"당신 무슨 소리 하는 거야, 그게 중요하지 않다고?"

로이드는 비명을 지르다시피 했다.

"그것은 아주 중요한 거야! 그것은 엄청 많이 겁나게 중요한 거라고! 난 그 사람들 작살내지 않았어, 포크가 그랬어! 그놈은 미쳤다고! 그놈은……"

"그 주둥이 좀 닥쳐 주겠나, 실베스터?"

드빈스가 부드럽고도 엄한 목소리로 요청했고, 로이드는 닥쳤다. 갑작스러운 공포 속에서 그는 엄중 경비 구역에서 들었던 그를 향한 환호성을, 심지어 이빨 한 대를 잃을지도 모른다는 불안한 가능성조차도 잊어버리고 말았다. 그는 갑자기 만화 영화 「루니툰」에 나오는 새 트위티가 고양이 실베스터를 심하게 곯려 먹는 장면을 떠올렸다. 다만 그의 마음속에서는, 트위티가 나무망치를 가지고 그 멍청한 늙다리 야옹이의 머리를 후려치거나 그 녀석의 더듬거리는 앞발 앞에 쥐덫을 갖다 놓지는 않았다. 로이드가 보았던 것은 실베스터가 포근한 전기 불꽃 의자 속에 꽁꽁 묶여 있고, 그 작은 잉꼬는 커다란 스위치 옆에 있는 나무 받침대 위에 앉아 있는 모습이었다. 그는 심지어 트위티의 작고 노란 머리통 위에 교도소 경비원 모자가 얹혀 있는 것도 볼 수가 있었다.

이것은 별반 재미있는 그림이 아니었다.

어쩌면 드빈스가 그의 얼굴에서 이런 생각의 일부를 읽은 것도 같았는데, 그 이유는 드빈스가 처음으로 다소 즐거워하는 모습을 보였기 때문이었다. 그는 가방에서 꺼낸 서류 뭉치 위로 양손을 포갰다.

"중범죄를 저지르는 동안 일급 살인이 벌어졌을 때는 그런 부수적인 잡소리는 아무 의미도 없는 거야. 주 사법 당국은 당신이랑 앤드루 프리먼이 공범이었다고 증언해 줄 목격자 세 명을 확보하고 있다고. 그 덕분에 당신의 삐쩍 마른 궁둥이가 아주 잘 튀겨질 거야. 이해가 가?"

"나……"

"좋았어. 이제 마크햄 대 사우스캐롤라이나 주 판례 얘기로 돌아가 보지. 내가 당신한테 말해 주고자 하는 것은, 한마디로 말해서, 그 판례 속에 나타난 판결이 어떻게 당신 상황을 수습해 주느냐 하는 것이야. 그러나 우선, 나는 당신이 중졸 학력을 통틀어 언젠가 한 번은 배웠을 게 틀림없는 사실 한 가지를 일깨워 줘야겠어. 미 합중국의 헌법은 잔인하고 변칙적인 형벌을 각별히 엄금한다."

"좆같은 전기의자 같은 거 말이지, 퍽이나 정의로운 말씀이네."

로이드가 당연하다는 듯 말했다. 드빈스는 고개를 저었다.

"그게 바로 법리상 모호한 부분이야. 그리고 바로 나흘 전까지도, 법원들은 빙글빙글 왔다리 갔다리 헤매면서 그것의 의미를 확실히 해 두려고 기를 썼다고. '잔인하고 변칙적인 형벌' 이란 전기의자와 가스 처형실 같은 것들을 의미하는가? 아니면 판결과 사형 집행 사이의 '기다림' 을 의미하는가? 항소하느라, 지체되느라, 유예되느라 어떤 죄수들은 수개월 그리고 수년 동안 가지각색의 사형수 감방에서 지내도록 억지로 강요받았잖은가? 에드거 스미스, 캐릴 체스먼, 그리고 테드 번디 같은 흉악범들이 아마 가장 유명한 사례일 거야. 연방 대법원은 1970년대 후반에 사형 집행을 재개하도록 허락했지만, 사형수 감방은 여전히 사람들로 꽉꽉 들어찼고, 잔인하고 변칙적인 형벌에 관한 끈질긴 의문은 그대로 남아 있었다고. 좋았어. 마크햄 대 사우스캐롤라이나 주 판례에서는,

여대생 세 명을 강간 살해한 죄로 전기의자 형을 선고받은 한 남자가 등장했어. 계획적 살인이었다는 게 이 남자 존 마크햄이 소지했던 일기장에 의해 입증되었다고. 배심원단은 그에게 사형을 선고했지."

"졸라 깨갱 됐네."

로이드가 속삭였다.

드빈스가 끄덕거렸고, 로이드에게 약간 음산한 미소를 보냈다.

"그 사건이 연방 대법원까지 올라갔고, 연방 대법원은 확실하다고 간주할 만한 사정이 있는 경우에는 사형이 잔인하고 변칙적인 것은 아니라는 점을 재확인했어. 그래서 대법원은 사형 집행이 빠를수록 좋은 것이라는 판결을 내보냈어. 법률적인 관점에서 말이지. 당신도 이해가 좀 되기 시작한 거야, 실베스터? 알아듣는 거냐고?"

로이드는 그렇지 못했다.

"왜 당신이 뉴멕시코나 네바다가 아니라 애리조나 주에서 재판받고 있는지 그 이유를 알아?"

로이드는 고개를 저었다.

"왜냐하면 애리조나는 사형이 요청되고 접수된 사건들에 한해서만 열리는 사형 범죄 순회 재판소가 있는 네 개의 주 가운데 한 곳이기 때문이야."

"당최 뭔 소린지 모르겠네."

"당신은 나흘 뒤에 재판받을 거야."

드빈스가 말했다.

"주 사법 당국은 대단한 강력 사건을 맡은 거니까 배심석에 불러들일 최우선 순위 남녀 열두 명을 배심원 명부에서 선출할 수 있다고. 내가 가능한 한 오랫동안 그것을 질질 끌어 보겠어. 하지만 우린 첫날에 배심원단이 꾸려지는 걸 볼 거야. 주 사법 당국은 둘째 날에 그 소송 사건을 법원에 접수하겠지. 내가 사흘까지는 끌어 보겠어, 그리고 판사가 제지할 때까지 내가 변호인의 모두 진술과 최후 진술을 길게 길게 끌어 볼게. 하지만 사흘이 진짜 최대한이야. 그 정도만 돼도 우린 행운이라고. 배심원단이 회의실로 물러날 것이고 빌어먹을 기적이 벌어지지 않는 한 3분 정도면 당신이 유죄라고 판결을 내리겠지. 오늘부터 9일 뒤에 당신은 사형을 선고받을 테고, 그 일주일 뒤에는 죽어서 개고기 신세가 되겠지. 애리조나 사람들은 그것을 좋아할 테고, 연방 대법원도 마찬가지일 거야. 왜냐하면 더 빨리 해치울수록 사람들은 더욱 행복해지니까. 내가 사형 선고까지 일주일은 끌어 볼 수 있어. 어쩌면이야, 가능성은 아주 희박하다고."

"예수님 맙소사. 하지만 그것은 공정하지 못해!"

로이드가 부르짖었다.

"피도 눈물도 없는 세상이야, 로이드. 특히나 '미친개 같은 살인자들' 한테는. 그런데 이 별명은 신문과 텔레비전의 해설자들이 당신을 부르는 말이야. 당신은 범죄 세계에서 진짜 거물이야. 진짜 왕거니라고. 심지어 당신 기사가 동부 지역의 독감 확산 기사를 2면으로 밀어내기까지 했단 말이지."

"나는 절대 어느 누구도 포크화하지 않았어."

로이드가 골내며 말했다.

"포크, 그 녀석이 죄다 그런 거라고. 심지어 '포크화하다' 라는 말도 걔가 만들어 냈는데."

"그것은 중요치가 않아. 그 사실이 바로 내가 당신의 단단한 돌대가리 속에다 때려 박으려고 애쓰고 있는 것이야, 실베스터. 판사는 주지사한테 한 번은 사형 연기를 할 수 있도록 여지를 남겨두겠지. 그런데 그 연기라는 것도 딱 한 번뿐이라고. 나는 항소할 것이고, 새로운 사법 지침에 따라 내 항소는 7일 이내로 사형 범죄 순회 재판소의 손안에 들어가 있어야 하는데, 그렇지 못하면 당신은 즉시 무대 왼쪽으로 퇴장하는 거야. 만약 그들이 항소에 응하지 않기로 한다면, 나는 그 후 7일 동안 미 합중국의 연방 대법원에다 탄원하는 거고. 당신의 경우에는, 난 가능한 한 늦게 항소장을 제출할 거야. 사형 범죄 순회 재판소는 아마 우리 주장을 들어보기로 동의하겠지. 생긴지 얼마 안 된 조직이라서, 웬만하면 흠 잡히지 않길 바라거든. 그들은 아마 전설적인 연쇄 살인마 잭의 항소라도 들어주려고 할걸."

"그들이 날 불러 줄 때까진 얼마나 오래 걸릴까?"

로이드가 중얼거렸다.

"아, 전광석화처럼 처리할 거야."

드빈스가 대답했고, 그의 미소는 약간 잔인해졌다.

"당신도 알다시피, 순회 재판소는 은퇴한 애리조나 판사 다섯 명으로 이루어지지. 그들은 아무것도 하는 일 없이 그저 낚시나 하고, 포커나 치고, 보세품 버번 위스키나 마시고, 당신 같은 불쌍한 똥자루가 그들의 법정에 나타나기를 기다리지. 그 법정은 사실 컴퓨터 통신 모뎀 한 다발에 의해 주 의회 의사당으로, 주지사 사무실로, 그리고 서로 간에 연결되어 있다고. 그들은 모뎀이 장치

된 전화기를 그들의 차, 별장, 심지어 보트 안에다도 두고 있어, 자택에는 물론이고. 그들의 평균 연령은 72세야."

로이드가 질겁했다.

"……그 말은 그들 중 일부가 실제로 말을 타고 산간벽지를 찾아다니며 순회 재판을 진행해 봤던 경험이 있을 만큼 늙었다는 뜻이야. 만약 그들이 당시에 변호사나 법대 학생이 아니라 판사였다면 말이지. 그들은 모두 서부 시대의 규율을 믿어. 신속한 재판과 곧바로 이어지는 교수형. 그것이 1950년대까지 이 지역에서 행해지던 방식이었다고. 연쇄 살인자들이 걸렸다 하면, 그것이 유일한 처리 방식이었어."

"전능하신 예수님 맙소사, 당신 말이야 꼭 그걸 그런 식으로 떠들어야만 하는 거야?"

"우리가 직면한 문제가 무엇인지 당신이 알아 둘 필요가 있단 말이야. 그들은 그저 당신이 잔인하고 변칙적인 형벌을 받지 않도록 확실히 해 두는 걸 바랄 뿐이라고, 로이드. 당신은 그들을 고맙게 여겨야 해."

"고맙게 여겨? 내 맘 같아서는……"

"그들을 포크화하고 싶다고?"

드빈스가 조용히 물었다.

"아니, 당연히 아니지."

로이드가 모호하게 말했다.

"새로운 재판을 요구하는 우리의 탄원은 기각될 테고 내가 이의 신청을 재빠르게 제시할 테지. 만약 우리가 운이 좋다면, 판사들은 증인을 출석시키도록 내게 요청할 거야. 만약 그들이 기회를 준다면, 나는 처음 공판에서 증언했던 모든 사람들을 다시 부를 거고, 거기에 덧붙여 내가 생각해 낼 수 있는 그 밖의 사람들도 불러내겠지. 그 시점에선 성격을 증언해 줄 수 있는 사람으로 당신 중학교 친구들도 부를 거야, 내가 찾을 수만 있다면."

"나 6학년 때 학교 관뒀는데."

로이드가 처량하게 말했다.

"순회 재판소가 우리의 요청을 기각하고 나면, 난 연방 대법원이 나서도록 탄원할 거야. 바로 그날로 기각당할 거란 예상이 드는군그래."

드빈스가 말을 멈추고 담배에 불을 붙였다.

"그다음엔 어쩌지?"

"그다음?"

드빈스가 반문하며, 로이드의 지칠 줄 모르는 멍청함에 다소 놀라서 성난 표정을 지었다.

"그다음엔 말이야, 당신은 주립 교도소에 있는 사형수 감방으로 가서 번갯불 의자에 올라앉을 시간이 될 때까지 맛있는 음식이나 실컷 즐기면 되는 거야. 오래 걸리진 않을 거라고."

"그들이 정말로 그렇게 하진 않겠지? 당신, 그저 날 겁주려고 그러는 거지?"

"로이드, 사형 범죄 순회 재판소가 있는 네 개 주는 언제나 그 짓을 한단 말이야. 이제까지 마흔 명의 남녀들이 마크햄 사법 지침에 따라 처형당했어. 추가로 재판소를 두는 게 납세자들한테 약간의 부담을 더 요구하지만, 그리 큰 부담이 되지는 않아. 그 이유는 순회 재판관들은 일급 살인 사건 중에서 아주 작은 비율만을 담당하기 때문이야. 게다가 납세자들은 사실 사형 집행을 위해 자기들 지갑 여는 것을 꺼리질 않아. 그들은 그걸 좋아해."

로이드는 바로 토할 것 같은 얼굴이 되었다.

"어찌 됐든, 검사는 완전히 유죄라는 판단이 서면 마크햄 사법 지침에 따라서만 피고를 재판하려고 들 거야. 주둥이에 닭털이 묻었다고 개를 의심하기엔 미흡하지. 그 개를 닭장 속에서 붙잡아야만 해. 닭장이 바로 네가 붙잡힌 곳이니 꼼짝없이 걸린 거지."

엄중 경비 구역에 있는 녀석들한테서 환호성에 휩싸인 지 채 15분도 지나지 않아 로이드는 이제 2, 3주 남은 허무한 인생을 굽어보다 시커먼 블랙홀 속을 주시하고 있었다.

"겁먹었나, 실베스터?"

드빈스가 다정하다고 할 만한 어투로 물었다.

로이드는 입술을 핥고 나서야 대답할 수 있었다.

"맙소사. 맞아, 나 겁먹었어. 당신 말대로라면, 난 죽은 사람이야."

"난 당신이 죽기를 바라진 않아. 좀 겁을 준 것뿐이지. 만약 당신이 히죽히죽 웃으며 거만한 태도로 재판정에 들어선다면, 그들은 당신을 의자에 꽁꽁 묶고 스위치를 돌려 버리겠지. 당신은 마크햄 지침에 따른 마흔한 번째 주인공이 될 거라고. 그렇지만 만약 당신이 내 말을 듣는다면, 우리는 겨우 겨우 빠져나올 수도 있어. 꼭 그렇게 된다고 말하는 건 아냐. 다만 그렇게 될지도 모르겠다고 말하는 거야."

"계속 말해 봐."

"우리가 기대야 하는 것은 배심원단이란 말이지."

드빈스가 말했다.

"길거리에서 끌려온 열두 명의 평범한 무지렁이들. 나는 배심원단이 아직도 동화 「곰돌이 푸」를 읽고 뒷마당에서 애완용 새를 위해 장례식을 치르는 마흔두 살 아줌마들로 채워졌으면 좋겠어. 그게 내가 원하는 바야. 배심원들은 제각각 배심원에 뽑히면서 마크햄 지침의 결과를 아주 잘 인식하지. 배심원들은 자기들이 평결을 내렸다는 사실을 잊어버릴 만큼 오랜 뒤에, 6개월 후에 또는 6년 후에도 집행될지 말지 기약 없는 사형 평결을 내리는 것이 아냐. 그들이 6월에 사형을 선고하는 녀석은 7월 야구 올스타전이 열리기도 전에 배때기에 잔디를 심을 판국이라고."

"당신 말이야, 상황을 표현하는 방식이 끝내 주게 멋진데."

그를 무시하며, 드빈스가 말을 계속 이어 나갔다.

"일부 소송 사건에서는, 그러한 지식을 아는 것만으로도 배심원들이 무죄 평결을 내리고 말았어. 그것은 마크햄 지침에 역행하는 결과지. 일부 소송 사건에서, 배심원들이 뻔히 드러난 살인자들을 풀어 준 이유는 그저 자신들의 손에 피를 묻히고 싶지 않았기 때문이었어."

그가 서류 한 장을 집어 들었다.

"비록 마크햄 지침에 따라 40명이 처형당하기는 했어도, 마크햄 지침을 적용해 사형이 요청되었던 경우는 전부 70번이나 돼. 처형되지 않았던 30명 가운데서, 26명은 선출된 배심원단에 의해 '무죄' 판정을 받았지. 딱 4명의 유죄 판결만이 사형 범죄 순회 재판소에 의해 뒤집혔어. 한 명은 사우스캐롤라이나 주에서, 두 명은 플로리다 주에서, 그리고 나머지 한 명은 앨라배마 주에서."

"애리조나 주에서는 한 번도 없었어?"

"전혀 없어. 내가 당신한테 말했잖아. 서부 시대의 규율이라고. 그 다섯 명의 늙은이들은 당신 엉덩이를 벽에 못 박고 싶어 한단 말이야. 만약 우리가 배심원단 앞에서 유죄 판정을 막지 못하면, 당신은 끝장이야. 그 점에 대해서라면 내가 100에 90은 장담할 수 있어."

"애리조나에서 그 법률 지침을 따랐을 때, 얼마나 많은 사람이 일반 재판소의 배심원들한테서 무죄 판정을 받았지?"

"열네 건 중 두 건."

"그것도 역시 성공 가능성이 엄청 허접스럽긴 마찬가지네."

드빈스가 잔인한 미소를 지었다.

"내가 알려 줄 게 있어. 그 운 좋은 두 명 중 한 명이 바로 당신 앞에 있는 이 몸한테 변호를 받았단 말이야. 그 사람도 확실히 유죄감이었어. 로이드, 바로 당신처럼. 페처트 판사가 여자 열 명과 남자 두 명으로 이루어진 당시의 배심원단한테 20분 동안 고래고래 소릴 질렀지. 나는 그 사람이 뇌졸중으로 쓰러지는 줄 알았어."

"만일 내가 무죄 판정을 받는다면, 그들이 나를 다시 재판에 넘길 수 없겠지, 그런 거지?"

"절대 회부 못 해."

"그렇담 주사위 한번 굴려 볼 만한데, 죽기 아니면 살기잖아."

"그래."

"에휴."

로이드가 말하며 이마를 닦았다.

"당신이 상황을 이해하고, 우리가 맞서야 할 상대를 이해하는 한, 우린 문제의 핵심을 잡을 수가 있는 거야."

드빈스가 말했다.

"나도 그건 이해해. 별로 맘에 들진 않지만서도."

"당신이 이해했다면 바보가 되어 주어야겠어."

드빈스가 양손을 깍지 끼고 그 위로 허리를 굽혔다.

"그러니까 말이지, 당신이 내게 말했고 또 경찰한테도 말했던 게 당신은, 어……."

그는 서류 가방 옆에 쌓인 종이 더미에서 스테이플러로 박아 놓은 서류 한 뭉치를 꺼내 펄럭펄럭 넘겼다.

"아. 여기 있네. '나는 절대로 아무도 죽이지 않았다. 포크가 다 죽였다. 살인은 그의 생각이었지, 내 생각이 아니었다. 포크는 빈대 같은 미친놈이었고, 나는 그가 저세상으로 가 버린 것이 전 세계에 축복이라고 생각한다.'"

"그래, 내가 한 말 맞아. 그래서 뭐?"

로이드가 방어적으로 말했다.

"바로 이거야."

드빈스가 기분 좋게 말했다.

"그것은 당신이 포크 프리먼을 두려워했다는 걸 암시한다고. 당신은 그가 무서웠지?"

"글쎄, 엄밀히 말해 그건 아닌……."

"당신은 목숨에 위협을 느꼈어, 정말로."

"나는 그렇게 생각하진 않……."

"겁에 질렸던 거야. 그렇게 믿어, 실베스터. 당신은 죽을 똥을 쌀 지경이었다고."

로이드가 그의 변호사를 향해 얼굴을 찡그렸다. 그것은 좋은 학생이 되고자 하나 수업을 따라가는 데 심각한 문제를 안고 있는 사내아이의 찡그린 얼굴이었다.

"내가 당신에게 유도 신문을 하도록 하지 마, 로이드. 난 그러고 싶지 않다고. 어쩌면 당신은 내가 넌지시 암시하고 있다고 생각하겠지. 그러니까 포크는 언제나 약물에 취해……"

"그랬어! 우리 둘 다 그랬지!"

"아냐. 당신은 안 그랬고, 그 사람만 그랬어. 그리고 그는 약물에 취했을 때면 제정신이 아니어서……"

"에휴, 정말 장난이 아니었지."

로이드의 기억 창고 속에서, 포크 프리먼의 유령이 흉겹게 '우훗! 우훗!' 소리를 지르며 버랙 잡화점 안에 있던 여자를 총으로 쐈다.

"그리고 그는 그런 상태에서 수차례나 당신한테 총을 겨누었……"

"아니, 걔는 한 번도 그런 적……"

"그랬어, 분명히 그랬어. 당신은 그냥 잠시 잊었던 것뿐이야. 사실 그는 한때 자기가 하는 일을 도와주지 않으면 당신을 죽이겠다고 협박한 적도 있었어."

"글쎄, 나도 총이 있었는……"

"나는 믿어."

드빈스가 말하며, 그에게 가까이 붙어 노려보았다.

"만일 당신이 기억을 뒤져 본다면, 당신 총엔 공포탄이 들어 있다고 포크가 당신한테 말했던 게 기억날 거야. 당신 그거 기억나지?"

"당신이 그렇게 말하니까……."

"그리고 그 총이 실제로 진짜 총알을 발사했을 때, 이 세상 어느 누구보다도 당신이 더 많이 놀랐어, 그랬지?"

"물론이야."

로이드가 말했다. 그는 박력 있게 고개를 끄덕거렸다.

"난 한바탕 뇌출혈로 쓰러질 뻔했다고."

"그리고 당신이 포크 프리먼을 향해 그 총을 막 돌리려는 찰나에 그가 쓰러져 죽어서, 당신의 수고를 덜어 주었어."

로이드가 눈에 서서히 밝아 오는 희망을 담아 변호사를 눈여겨보았다.

"드빈스 선생님."

그가 어마어마한 진심을 담아서 말했다.

"그게 바로 그 똥싸개 새끼가 쓰러진 정확한 자초지종입니다요."

로이드가 그날 오전 운동장에서 소프트볼 경기를 구경하면서 드빈스가 말했던 것을 죄다 곰곰이 따져 보고 있을 때, 매서스라는 이름의 덩치 큰 재소자가 다가와 그의 옷깃을 거칠게 잡아당겼다. 매서스의 머리는 영화배우 텔리 사발라스처럼 매끄럽게 면도한 대머리였는데, 뜨거운 사막 공기 속에서 멋스럽게 번쩍거렸다.

"이봐 잠깐만. 내 변호사가 내 이빨 하나하나 모조리 세어 봤어. 열일곱 개야. 그러니까 만약 네가……"

"그래, 쇼클리가 그 말 하더라."

매서스가 말했다.

"그래서 나한테 뭘 부탁했냐면 말이지……"

매서스의 무릎이 로이드의 가랑이 속에 정통으로 치고 들어왔다. 눈앞이 깜깜해지는 고통이 그곳에서 폭발하여 너무나 괴로웠기에 로이드는 비명조차 지를 수가 없었다. 그는 등이 오그라들어 온몸을 뒤틀고 철푸덕 쓰러지면서, 박살 나 버린 듯한 고환을 부여잡았다. 세상이 온통 고통으로 가득 찬 불그스름한 안개였다.

잠시 후, 얼마나 오랜 시간이 흘렀는지는 모르지만, 그는 고개를 쳐들 수 있었다. 매서스가 계속 그를 바라보고 있었고, 그 인간의 대머리가 계속 번쩍거리고 있었다. 경비원들은 노골적으로 다른 곳을 쳐다보고 있었다. 로이드는 신음하고 몸부림쳤고, 눈물이 쏟아졌고, 뱃속에서 시뻘겋게 달아오른 총탄이 난리를 치는 것 같았다.

"개인적인 감정은 없어."

매서스가 진심으로 말했다.

"그저 사업일 뿐, 너도 이해하겠지. 나 개인적으로는 네가 성공하길 바라. 그 마크햄 법이라는 거 개좆같은 거니까."

그가 성큼성큼 가 버렸고, 로이드는 변호사 접견실 문을 지키던 바로 그 경비원이 운동장 맞은편 트럭 적재 구역의 경사로 꼭대기에 서 있는 것을 보았다. 그 경비원은 양 엄지손가락을 멜빵 달린 허리띠에 걸친 채 로이드를 보고 히죽거리고 있었다. 그는 잔뜩 노려보는 로이드의 시선과 마주친 것을 확인하자 로이드를 향해 양손 가운뎃손가락을 날렸다. 매서스가 벽으로 어슬렁대며 다가

가자 문지기가 그에게 타레이턴 담배 한 갑을 던졌다. 매서스는 그것을 가슴 주머니 속에 넣고, 경례하는 시늉을 한 다음 떠나갔다. 로이드는 운동장 바닥에 누워, 무릎을 가슴팍까지 끌어당기고, 양손으로 복통을 일으킨 배를 부여잡았다. 드빈스의 말이 머릿속에 메아리쳤다.

'피도 눈물도 없는 세상이야, 로이드, 피도 눈물도 없는 세상.'

그래.

제25장

닉 앤드로스는 커튼 한 쪽을 옆으로 밀치고 거리를 내다보았다. 이곳, 고인이 된 존 베이커의 집 2층에서는, 왼편으로 소요 마을의 중심지 전체를 볼 수 있었고, 오른편으로는 마을에서 빠져나가는 63번 도로를 볼 수 있었다. 중심가는 완전히 인적이 끊겼다. 상점들은 차양이 내려져 있었다. 병에 걸린 듯 보이는 개 한 마리가 길 한복판에 앉아 고개를 떨어뜨리고, 숨찬 옆구리를 헐떡거리며 주둥이에서 나온 하얀 거품을 열기로 이글대는 도로 위로 흘리고 있었다. 반 블록 떨어진 배수로에도 개가 죽어 넘어져 있었다.

그의 뒤에 있는 여자가 쉬어 터진 목소리로 가냘프게 신음했지만 닉은 그녀의 소리를 듣지 못했다. 그가 커튼을 닫고 잠시 눈을 비비고 나서 침대로 가 보니, 그녀는 깨어나 있었다. 제인 베이커는 담요를 층층이 덮었는데 두 시간 전부터 오한을 느꼈기 때문이었다. 이제는 땀이 얼굴에서 흘러나오고 있었고, 그녀는 담요들을 걷어차 버렸다. 땀 흘린 그녀의 얇은 잠옷이 몇몇 군데 투명하게 젖어 있는 것을 본 닉은 당혹스러웠다. 그러나 그녀는 그를 보고 있지 않았고, 그는 이 시점에서 그녀의 반벌거숭이 모습이 뭐가 그리 중요하겠느냐고 생각했다. 그녀는 죽어 가고 있었다.

"존, 대야 좀 가져와. 나 토할 거 같아!"

그녀가 소리 질렀다.

닉은 침대 밑에서 대야를 꺼내 그녀 옆에 놔두었다. 하지만 그녀가 손을 휘두르다 쳐 버리는 통에 대야는 그가 역시나 들을 수 없는 속이 빈 텅텅 소리를 내며 바닥에 떨어졌다. 그는 그것을 주워 들고 손에 쥔 채로 그저 그녀를 지켜보기만 했다.

"존!"

그녀가 날카롭게 소리 질렀다.

"내 반짇고리를 찾을 수가 없어! 그게 벽장 안에 없어!"

닉은 침대 탁자에 있던 물주전자에서 물 한 잔을 따라 그녀의 입술에 갖다 댔지만 그녀는 또다시 쳐 냈고, 하마터면 그의 손에서 물 잔이 떨어질 뻔했다. 그는 그녀가 진정이 되면 손으로 잡을 수 있을 만한 자리에 물 잔을 도로 내려놓았다.

그는 지난 이틀 동안만큼 자신의 말 못하는 장애를 뼈저리게 실감해 본 적이 없었다. 6월 23일 닉이 이 집에 들렀을 땐 감리교 목사 브레이스먼이 그녀와 함께 있었다. 목사는 거실에서 그녀와 함께 성경을 읽고 있었으나, 자리를 뜨고 싶어 안절부절못하고 불안해하는 눈치였다. 닉은 그 이유를 짐작할 수 있었다. 남편의 사별로 인한 충격과 함께 찾아온 고열이 그녀에게 발그스레하고 홍조 띤 소녀 같은 얼굴을 선사해 주었다. 아마 목사는 그녀에게서 병을 옮을까 봐 걱정스러웠을 것이다. 혹시라도 더 그럴듯한 이유가 있다면, 그는 자기 가족들을 데리고 들판으로 몰래 탈출하는 일 때문에 노심초사했을 수도 있었다. 작은 마을에서는 뉴스가 빠르게 전파되는 법이고, 사람들은 이미 소요를 빠져나가기로 마음먹은 후였다.

48시간쯤 전에 브레이스먼이 베이커 부부의 집 거실을 떠나고 난 이후로, 모든 것이 눈을 뜨고 꾸는 악몽으로 변했다. 베이커 부인의 증세가 나빠져서, 너무도 많이 나빠져서, 닉은 해가 지기도 전에 그녀가 죽을까 봐 두려웠다.

더 나빴던 것은, 그가 하염없이 그녀 곁에 앉아 있을 순 없다는 것이었다. 그는 기사 식당에 내려가서 자신이 관리하는 죄수 세 명의 점심을 받아 왔지만, 빈스 호간은 식사를 할 수 없었다. 정신착란으로 헛소리를 해 댔다. 마이크 칠드레스와 빌리 워너는 밖으로 나가고 싶어 했지만, 닉은 자신의 재량으로 그런 일을 처리해 버릴 수가 없었다. 두려웠던 것은 아니었다. 그는 그들이 불만을 해소하려고 그를 공격하는 데 시간을 허비할 거라고는 믿지 않았다. 그들은 다른 사람들처럼 소요 마을에서 황급히 줄행랑치고 싶어 할 것이었다. 그러나 그는 책임을 떠맡았다. 그는 지금은 고인이 된 한 남자에게 약속을 했다. 분명히, 머지않아 주 순찰대가 모든 상황을 다 정리하고 죄수들을 데리러 올 것이다.

닉은 베이커의 책상 맨 아래 서랍에서 권총집에 감싸여 있는 45구경 권총을 발견했고, 잠깐의 고민 끝에 그 권총을 몸에 찼다. 비쩍 마른 엉덩이에 걸쳐 있는 권총의 나무 손잡이를 내려다보고 있자니 우스꽝스러운 기분이 들었다. 하지만 권총의 중량감이 마음을 든든하게 했다.

그는 23일 오후에 빈스의 유치장을 열고, 손으로 만든 얼음주머니들을 그 남자의 이마, 가슴 그리고 목에다 얹었다. 빈스가 눈을 뜨고 말없이 불쌍한 애원의 눈빛으로 닉을 바라보았다. 닉은 무슨 말이든 해 줄 수 있었으면, 베이커 부인과 이틀을 보낸 지금 그가 바라는 것처럼, 그 남자한테도 한순간의 위안이 될 만한 무슨 말이든 해 줄 수 있었으면 하고 바랐다. 그저 "당신은 괜찮을 거예요."라든가 "열이 내려가는 것 같아요." 정도면 충분할 텐데.

닉이 빈스를 돌보는 동안 줄곧, 빌리와 마이크가 그를 향해 고함치고 있었다. 환자한테 몸을 기울이고 있는 동안에는 별 상관이 없었지만, 고개를 쳐들 때마다 그는 그들의 겁에 질린 얼굴을 보았고, 말을 만들어 내는 그들의 입술은 죄다 똑같은 모양이었다. '제발 우리를 내보내 줘.' 닉은 그들과 거리를 두려고 조심했다. 그는 나이가 그리 많진 않았지만, 돌연한 공포가 사람들을 위험하게 만든다는 것을 알 만큼은 나이를 먹었다.

그날 오후 그는 거의 텅 빈 거리를 왔다 갔다 왕복하며, 줄곧 한쪽 끝에서 빈스 호간이 죽은 걸 발견하든지 아니면 반대쪽 끝에서 제인 베이커가 죽은 걸 발견하리라 예상했다. 솜즈 박사의 차를 찾았으나 눈에 띄지 않았다. 그날 오후 몇몇 상점과 텍사코 주유소가 계속 문을 열었지만, 그는 마을이 텅 비어 가고 있다는 것을 점점 더 확신했다. 사람들은 숲 속으로 난 오솔길, 통나무 벌채용 산길을 이용하고 있었고, 어쩌면 심지어 스맥오버 마을을 통과해 종내에는 마운트 홀리 마을로 나온다는 소요 개천을 걸어서 건너기까지 했을 것이다. 어두워진 후에는 더 많은 사람이 떠날 것이라고 닉은 생각했다.

해가 막 졌을 때 베이커 부부의 집에 도착한 닉은 제인이 목욕 가운을 입고 부엌 주위를 비틀비틀 움직이며, 차를 끓이고 있는 모습을 발견했다. 그가 집에 들어서자 그녀는 고마워하는 표정으로 바라보았고, 닉은 그녀의 열이 사라진 것을 알았다.

"나를 간호해 줘서 고마워요."

제인이 차분하게 말했다.

"몸이 훨씬 많이 나아진 게 느껴져요. 차 한 잔 할래요?"

그러고는 눈물을 왈칵 터뜨렸다.

그녀한테 다가가며 닉은 그녀가 실신하여 뜨거운 가스레인지에 엎어질까 봐 걱정했다.

제인이 그의 팔을 붙들고 몸을 지탱하면서 머리를 기대자, 그녀의 검은 머릿결이 연청색 겉옷 위로 홍수처럼 흘러내렸다.

"존. 오, 불쌍한 우리 존."

그녀가 어두워지는 부엌에서 말했다.

말을 할 수 있으면 좋겠다고, 닉은 애처롭게 생각했다. 하지만 그는 오직 그녀를 붙잡고 있을 수밖에 없었기에 그녀를 이끌고 부엌을 가로질러 탁자 옆 의자로 데려왔다.

"차는……."

그는 자기 자신을 손으로 가리킨 다음 그녀를 의자에 앉혔다.

"알았어요. 몸이 정말 많이 나아졌어요. 몹시 많이. 그러니까…… 그러니까……."

그녀가 두 손으로 얼굴을 감쌌다.

닉이 두 사람이 마실 뜨거운 차를 만들어서 탁자에 가져왔다.

그들은 한동안 말없이 차를 마셨다. 제인은 어린아이처럼 양손으로 찻잔을 잡았다. 마침내 그녀가 찻잔을 내려놓고 말했다.

"얼마나 많은 마을 사람들이 이 병에 걸렸어요, 닉?"

'잘은 모르겠어요. 상황이 매우 심각해요.'

닉이 적었다.

"의사 선생님 봤어요?"

'오늘 아침 이후로는 전혀요.'

"조심하지 않으면 앰 선생님도 쇠약해질 텐데. 그분은 조심할 거예요, 그쵸, 닉? 몸이 쇠약해지시진 않겠죠?"

닉은 끄덕거렸고 미소 지으려 애썼다.

"존의 죄수들은 어때요? 주 순찰대가 그들을 데리러 왔어요?"

'아뇨. 호간이 많이 아픕니다. 제가 온 힘을 다해 돌보고 있어요. 다른 죄수들은 호간이 그들한테 병을 옮기기 전에 자기들을 어서 빼내 달라고 저한테 요구합니다.'

"그 사람들 내보내지 마요!"

제인이 다소 생기 있게 말했다.

"당신은 풀어 주겠다는 생각은 하지 않았으면 좋겠어요."

'예.'

닉이 적었고, 잠시 후 글을 덧붙였다.

'침대로 돌아가셔야겠어요. 쉬셔야죠.'

그녀가 그에게 미소 지었고, 그녀가 고개를 움직였을 때 닉은 그녀의 아래턱 밑에서 검은 얼룩을 보았다. 그녀가 여태 위험에서 벗어나지 못한 것은 아닌지 불안감을 떨칠 수 없었다.

"그래요. 온종일 자야겠어요. 존이 죽었는데 내가 잠만 잔다는 게 어째 잘못하는 것 같네요…… 그이가 그렇게 됐다는 게 믿기지가 않아요, 정말로요. 잘 간직해야 할 뭔가를 잊어버렸다는 생각이 자꾸만 맘에 걸리지 뭐예요."

닉은 그녀의 손을 잡고 꼭 쥐었다. 그녀가 힘없이 웃었다.

"살아갈 낙이 생겨나겠죠, 때가 되면. 죄수들한테 저녁 식사는 챙겨 주었어요, 닉?"

닉이 고개를 저었다.

"챙겨 줘야죠. 존의 차를 사용하지 그래요?"

'전 운전할 줄 모릅니다. 그렇지만 신경 써 주셔서 고맙습니다. 기사 식당까지 바로 걸어갈 겁니다. 멀지 않아요. 그리고 아침에 찾아뵙겠습니다, 괜찮으시다면.'

"그래요. 괜찮아요."

그가 일어서면서 단호하게 찻잔을 가리켰다.

"다 마실게요."

그녀가 약속했다.

방충망이 쳐진 문을 나설 때 닉은 자기 팔에 와 닿는 그녀의 주저하는 손길을 느꼈다.

"존……."

그녀가 말하다 멈췄고, 그러고서 쥐어짜 내듯 말을 이어 갔다.

"사람들이…… 그 양반을 커티스 장의사로 모셔 놓았으면 좋겠어요. 존네 집안과 우리 집안 사람들은 고인을 언제나 그곳에 모셔 두었다가 매장했거든요. 사람들이 존을 그곳에 잘 모셔 두었겠죠?"

닉이 끄덕거렸다. 눈물이 그녀의 빰으로 흘러넘쳤고 그녀는 또

다시 흐느끼기 시작했다.

닉은 그날 밤 제인의 집을 떠나 곧장 기사 식당으로 갔다. '영업 안 함' 표지판이 유리창 안에 비뚤게 매달려 있었다. 트레일러 식당의 뒤로 돌아가 보았으나, 문이 잠겼고 깜깜했다. 문을 두드려도 아무도 응답하지 않았다. 상황이 그렇게 되자 그는 어쩔 수 없이 문을 약간 부수고 들어가는 수밖에 없다고 생각했다. 베이커 보안관의 잔돈 상자에 피해를 보상할 만한 돈이 있을 터였다.

그는 식당 자물쇠 옆의 유리를 깨고 안으로 들어갔다. 그곳은 조명을 모두 다 켜고 나서도 으스스했고, 주크박스도 꺼져서 캄캄했다. 미니 당구대라든가 전자오락기에는 아무도 없었으며, 식당 좌석은 비었고, 카운터 앞의 높은 의자도 앉은 이가 아무도 없었다. 그릴 위에 덮개가 씌워져 있었다.

닉은 뒤쪽으로 가서 가스레인지에 햄버거 몇 개를 튀겨 봉지에 담았다. 카운터 위의 둥그런 플라스틱 뚜껑 속에 있던 우유 한 병과 사과 파이 반쪽도 추가했다. 누가 왜 문을 부수고 들어왔는지 설명하는 쪽지를 카운터 위에 남겨 둔 다음에 그는 유치장으로 돌아갔다.

빈스 호간이 죽어 있었다. 그는 녹고 있는 얼음과 젖은 수건들이 어지럽게 널려 있는 자신의 감방 바닥 한복판에 누워 있었다. 죽는 순간 자신의 목을 할퀴었으며, 마치 목을 조르는 투명 인간한테 반항하고 있었던 것처럼 보였다. 손가락 끝이 피로 물들었다. 파리 떼가 그에게 몰려들어 윙윙거리고 있었다. 어느 조심성

없는 어린애가 터지기 직전까지 펌프로 공기를 불어넣은 튜브처럼 그의 목이 까맣게 부어올랐다.

"이 지경이 됐으니 우리를 내보내 줄 거냐?"

마이크 칠드레스가 물었다.

"그가 죽었어, 이 좆같은 벙어리 새끼야. 너 만족하냐? 이제 복수했단 기분이 드냐? 지금은 쟤도 그 병에 걸렸어."

그가 빌리 워너를 가리켰다.

빌리는 두려워하는 듯이 보였다. 그의 목과 뺨에 열이 오른 빨간 반점들이 생겼다. 그가 계속해서 코를 닦았던 셔츠 소매는 콧물로 빳빳해졌다.

"그건 다 거짓말이야! 거짓말, 거짓말, 좆 같은 거짓말! 그런 거……"

그가 별안간 재채기하기 시작했고, 계속되는 재채기를 견디지 못하고 허리를 꺾으며 침과 점액을 무지막지하게 뿌려 댔다.

"봤지? 응? 이제 행복하냐, 이 좆같은 벙어리 멍청아? 나 내보내 줘! 네가 원한다면 쟤는 계속 가둬 둬도 좋아. 하지만 난 안 돼. 그건 살인이야. 오로지 그뿐이야, 잔인한 살인!"

닉은 고개를 저었고, 마이크는 짜증을 냈다. 그는 감방 철창에 자신의 몸을 부딪치며 얼굴에 멍이 들게 하고, 양손 마디마디를 피투성이로 만들었다. 거듭 이마를 내리치면서 그는 튀어나올 것 같은 눈으로 닉을 노려보았다.

닉은 그가 지칠 때까지 기다렸다가 빗자루 손잡이를 이용해 감방 밑바닥 틈새로 식사를 밀어 넣었다. 빌리 워너가 한동안 그를 멍하니 쳐다보다가, 식사를 하기 시작했다.

마이크는 우유 잔을 철창에다 던졌다. 잔이 산산조각 나고 우유가 온 사방으로 흩날렸다. 그는 햄버거 두 개를 낙서로 뒤덮인 감방 뒤쪽 벽에다 찌부러뜨렸다. 햄버거 하나가 겨자, 케첩 그리고 기묘하게도 생기 넘치는 박력으로 범벅이 되어 벽에 들러붙은 것이 마치 잭슨 폴록의 그림 같았다. 마이크가 사과 파이 조각 위를 껑충껑충 밟아 대며 난리굿을 피웠다. 사과 덩어리들이 사방 천지로 튀어 올랐다. 하얀 플라스틱 접시가 빠개졌다.

"나는 단식 투쟁 중이다! 좆도 단식 투쟁! 난 아무것도 먹지 않을 거야! 네가 뭘 가져오든 너한테 내 잠지부터 먹이고 볼 거다. 이 좆같은 귀머거리 벙어리 저능아 똥구멍아! 너는……"

닉이 돌아서자 그 즉시 침묵이 내려앉았다. 사무실로 돌아간 그는 무엇을 해야 할지 알지 못한 채 겁에 질렸다. 만약 그가 운전할 수 있었다면, 직접 그들을 캠든으로 데려갔을 것이다. 하지만 그는 운전할 줄 몰랐다. 그리고 빈스에 관해 생각해 두어야 했다. 그 사람을 마냥 그곳에 방치하여 파리가 들끓게 할 순 없었다.

사무실 안에 문이 두 개 나 있었다. 하나는 코트를 걸어 두는 벽장이었다. 나머지 하나는 내려가는 계단과 이어졌다. 닉은 계단을 내려가서 지하실 겸 창고가 있는 것을 보았다. 그 아래는 서늘했다. 앞으로도 한동안은 그럴 것 같았다.

그는 다시 위로 올라왔다. 마이크가 침울하게 바닥에 주저앉아, 뭉개진 사과 파이 조각들을 집어 들고 손으로 슥슥 털어 먹고 있었다. 그는 닉을 쳐다보지 않았다.

닉은 두 팔로 시체를 끌어안고 들어 올리려 했다. 시체에서 풍겨 오는 고약한 냄새가 그의 속을 휘젓고 뒤집어 놓았다. 그가 처리하기엔 빈스는 너무 무거웠다. 그는 한동안 무기력하게 시체를 바라보았고, 나머지 두 수감자가 이젠 감방 문 앞에 서서, 무섭게 노려보고 있다는 것을 알아차렸다. 닉은 그들이 무슨 생각을 하고 있는지 짐작할 수 있었다. 빈스는 그들 패거리의 일원이었고, 어쩌면 약해 빠진 수다쟁이였겠지만 그래도 함께 어울렸던 사람이었다. 그랬던 그가 끔찍하게 부어오르는, 이해할 수 없는 어떤 병 때문에 덫에 걸린 쥐처럼 죽고 말았다. 닉은 언제쯤이면 자신도 재채기를 시작해서 열이 나고 목이 저렇게 특이하게 부어오르며 악화될 것인지 궁금해했는데, 그날 들어 처음 떠오른 생각은 아니었다.

닉은 빈스 호간의 굵직한 양 팔뚝을 붙잡고 감방에서 질질 끌고 나갔다. 빈스의 머리가 어깨로 쏠린 무게 때문에 그를 향해 기울어졌는데, 마치 그를 쳐다보며 무언중에 조심하라고, 너무 심하게 흔들지 말라고 하는 것처럼 보였다.

덩치 큰 몸뚱이를 가파른 계단 아래로 내려 보내는 데 10분이 걸렸다. 숨을 몰아쉬며 닉은 그를 형광등 조명 아래 콘크리트 바닥 위에다 눕히고 나서, 그의 감방 간이침대에서 빼낸 닳아빠진 군용 모포로 재빨리 덮었다.

그다음에 닉은 잠을 청했지만, 6월 23일이 24일로 바뀌어 어제로 넘어가고 난 이른 아침 시간에서야 겨우 잠이 들었다. 그의 꿈은 늘 너무도 생생했고, 가끔은 무섭기도 했다. 그가 완전한 악몽을 꾸는 경우는 드물었지만 최근 들어 점점 더 자주 꿈이 불길해져서, 꿈속에 나오는 모든 이가 겉으로 보이는 모습과는 전혀 다른 속성을 지닌 듯한 기분이 들었다. 그리고 닫혀 있는 블라인드 커튼 뒤에서 아기들이 산 제물로 바쳐지고 어마어마한 검은 기계 장치들이 굳게 닫힌 지하실 속에서, 정상적인 세상이 끊임없이 굉음을 내며 움직이는 공간으로 왜곡되는 듯한 느낌도 들었다.

물론 아주 개인적인 공포도 있었다. 그 공포와 함께 그는 잠에서 깨어날 터였다.

그는 얼핏 잠이 들었고, 찾아온 꿈은 최근 들어 그가 꾸었던 것이었다. 옥수수밭, 무럭무럭 자라나는 식물 냄새, 아주 선하고 안심할 수 있는 어떤 것 또는 어떤 사람이 가까이 있는 느낌. 고향 집에 있는 기분. 그리고 그것이 차가운 공포로 물들기 시작했을 때, 그는 옥수수밭 속에서 무언가가 그를 지켜보는 것을 알아차렸다. 그는 생각했다. '엄마, 족제비가 닭장 안에 있어요!' 그리고 이른 아침 햇살에 잠이 깼고, 온몸이 땀에 젖어 있었다.

닉은 커피를 불에 올려놓고 두 수감자를 살펴보러 갔다.

마이크 칠드레스가 눈물을 흘렸다. 그의 뒤에선 양념이 말라 가는 햄버거가 아직도 벽에 들러붙어 있었다.

"이제 속이 시원하냐? 나도 걸렸다. 네가 원하던 게 그거 아니었어? 그게 네 복수 아니었어? 내 숨소리 좀 들어 봐. 좆같이, 화물 열차가 언덕을 올라가는 것 같은 소리가 난다고!"

하지만 닉의 첫째 근심거리는 빌리 워너였는데, 그는 혼수상태로 자리에 누워 있었다. 목은 부어서 까맸고, 가슴이 발작을 일으키며 치솟고 있었다.

그는 서둘러 사무실로 돌아와 전화기를 쳐다보다가, 홧김에 그리고 죄책감을 느껴 전화기를 책상에서 때려 부숴 바닥에 내동댕이쳤다. 전화기는 재기 불능의 상태로 아무런 의미 없이 뻗어 버렸다. 그는 가스레인지를 끄고 거리로 달려 나가 베이커 부부의 집으로 갔다. 그가 1시간이 지났다고 생각할 만큼 초인종을 누르고 나서야 제인이 목욕 가운을 감싸고 내려왔다. 그녀 얼굴에 또다시 고열로 말미암은 땀이 보였다. 그녀는 정신 착란 상태는 아니었으나, 말이 느릿느릿 굼떴고 입술에 물집이 생겼다.

"닉, 들어와요. 무슨 일이에요?"

'빈스 호간이 어젯밤 죽었어요. 워너는 죽어 가는 것 같고요. 그가 지독하게 아파요. 솜즈 박사님 보셨어요?'

그녀가 고개를 저었고, 가벼운 바깥바람에 몸을 떨다 재채기하고는 발을 동동 굴렀다. 닉은 그녀의 어깨를 팔로 감싸고 의자 있는 곳으로 데려갔다. 그가 적었다.

'저 대신 박사님의 진료실에 전화해 주시겠어요?'

"그럼요, 할게요. 전화기 갖다 줘요, 닉. 나는…… 밤새 병이 도졌나 봐요."

그가 전화를 가져왔고 그녀가 솜즈의 전화번호를 돌렸다. 그녀가 30초도 넘게 수화기를 귀에 대고 있자, 그는 응답이 없을 거라는 것을 알았다.

그녀는 박사의 집에도 전화해 보고, 간호사의 집에도 전화해 보았다. 응답 없음.

"주 순찰대에다 해 볼게요."

하지만 숫자 하나를 돌리고 나서 수화기를 도로 내려놓았다.

"장거리 통화가 여태 고장인가 봐요. 1번을 돌렸더니 왱 소리만 나네."

그녀는 그를 향해 창백한 미소를 지어 보이곤 눈물을 하염없이 흘리기 시작했다.

"닉이 불쌍해. 나도 불쌍해. 모든 사람이 불쌍해. 닉, 나 위층으로 올라가게 도와줄래요? 기력이 너무 약해져서, 몹시 숨이 차요. 머지않아 나도 존과 함께 있을 것 같아요."

닉은 그녀를 바라보며, 자신이 말을 할 수 있었으면 하고 바랐다.

"드러누워야겠어요. 좀 도와주세요."

그녀를 도와 위층으로 올라간 그는 글을 적었다.

'나중에 돌아오겠습니다.'

"고마워요, 닉. 당신은 착한 청년……."

그녀는 벌써 잠에 빠져 들고 있었다.

닉은 그 집을 나와 인도에 서서, 이제 무엇을 할까 고민했다. 만약 그가 운전을 할 수 있었다면, 무슨 일이든 벌일 수 있었을 것이다. 그러나…….

그는 길 건너편 집의 잔디밭에 어린애 자전거 한 대가 놓인 것을 보았다. 그는 자전거 있는 데로 가서 (그의 혼란스러운 꿈속에 나왔던 집들과 무척 흡사하게) 커튼이 쳐진 그 집을 바라보다가 현관문을 두드렸다. 수차례 문을 두드렸는데도 대답이 없었다.

닉은 자전거로 돌아왔다. 작긴 했지만, 무릎이 자전거 손잡이에 부딪히는 것을 상관하지만 않는다면 그가 타지 못할 정도로 작은 것은 아니었다. 그는 우스워 보일 것이다. 당연했다. 하지만 그는 소요 마을에 그 모습을 봐 줄 사람이 하나라도 남아 있다고는 믿지 않았다…… 설령 남아 있다고 해도, 그런 사람들은 대개 웃음을 터뜨릴 기분이 아닐 거라고 생각했다.

그는 자전거에 올라탔고 어색하게 페달을 밟으며 번화가를 달렸다. 유치장을 지나쳐서 63번 도로 동쪽으로, 조 래크먼이 도로 정비원으로 위장한 군인들을 목격했던 곳을 향해 갔다. 만약 그 사람들이 아직 그곳에 있다면, 그리고 그 사람들이 진짜 군인이라면, 닉은 그들한테 빌리 워너와 마이크 칠드레스를 돌보도록 맡길 작정이었다. 만약 빌리가 아직 살아 있다면, 그렇게 하는 게 옳았다. 만약 그 사람들이 소요를 격리시켰다면, 그렇다면 분명히 소요의 환자들은 그들의 책임이었다.

그가 자전거 페달을 밟아 도로 공사장까지 가는 데 1시간이 걸렸는데, 자전거는 중앙선을 가로질러 이리저리 미친 듯이 누볐고, 그의 무릎은 끊임없이 규칙적으로 자전거 손잡이를 때렸다. 그런데 그가 공사장에 도착했을 때 군인들은, 또는 도로 정비원들은, 또는 정체가 뭐든 간에 모두 사라지고 없었다. 공사장임을 표시하는 연기 기름통이 몇 개 있었고, 그중 하나에는 아직도 불씨가 남아 있었다. 오렌지색 톱질 받침대 두 개가 있었다. 도로가 모조리 파헤쳐져 있기는 했어도, 닉은 아직도 차량 통행은 가능할 거라 판단했다. 하지만 자동차 현가장치가 엉망이 되는 건 감수해야 했다.

까맣게 깜빡거리는 움직임이 그의 눈초리에 밟혔다. 그와 동시에 바람이, 그저 부드러운 여름의 숨결이 조금 일렁거렸는데도, 그의 콧구멍에 푹 익어 구역질 나는 썩은 냄새를 실어 왔다. 까만 움직임은 끊임없이 뭉쳤다가 흩어지고 다시 뭉치기를 거듭하는 파리 떼였다. 그는 자전거를 놔두고 도로 맨 끝에 있는 배수구로 걸어갔다. 윤기 나는 새 주름 하수관 옆에 네 사람의 시체가 있었다. 그들의 목과 부은 얼굴이 까맸다. 닉은 그들이 군인인지 아닌지 알 수 없었고, 더 이상 가까이 다가가지 않았다. 그는 자전거로 돌아가자고, 여기엔 무서워할 것이 전혀 없다고, 저 사람들은 죽었고 죽은 사람들은 몹쓸 짓을 할 수가 없다고 스스로를 안심시켰다. 배수구에서 5미터 정도 떨어진 뒤부터는 그는 거리낌 없이 달리고 있었다. 그리고 자전거를 타고 소요로 돌아가는 동안 막연한 공포에 휩싸였다. 마을 변두리에서 그는 바위 덩어리와 충돌하면서 자전거를 부서뜨리고 말았다. 자전거 손잡이 위로 나가떨어진 그는 머리를 부딪히고, 손을 긁혔다. 그는 한동안 도로 한복판에 엎어져 그저 웅크린 채 온몸을 떨고 있었다.

그 후 그날 오전 반나절 동안, 그러니까 어제 오전에, 닉은 집집이 문을 두드리고 초인종을 눌렀다. 건강한 사람이 누군가는 남아 있을 것이라고 마음속으로 생각했다. 그는 자신의 건강이 아주 좋다는 것을 느꼈는데, 분명히 자기 혼자만 건강할 리가 없었다. 누군가 있을 것이다. 남자든, 여자든, 어쩌면 임시 운전 면허증을 가진 청소년이라도. 그리고 그 또는 그녀가 말할 것이다. "아, 그럽시다. 그 사람들을 캠든으로 데려갑시다. 스테이션왜건을 사용해야지." 또는 그런 취지의 말을 할 것이다.

그러나 문을 두드리고 초인종을 누른 그가 응답을 받은 것은 열 번도 채 안 됐다. 문이 빗장 걸린 쇠줄 길이만큼 열렸고, 아프지만 희망을 품은 얼굴이 문밖을 내다보았고, 닉을 보고는 희망을 잃곤 했다. 그 얼굴은 애매하게 앞뒤로 흔들거렸고, 그러고서는 문이 닫혔다. 만약 닉이 말을 할 수 있었다면 그들이 아직도 걸을 수 있는지, 운전할 수 있는지 말이라도 꺼내 봤을 것이다. 그들이 수감자들을 캠든으로 데려다 주고 나서는 그들 맘대로 갈 수 있으며 그곳에는 병원도 있을 것이라고 말이라도 붙여 봤을 것이다. 제대로 된 치료를 받을 수 있을 것이라고. 하지만 그는 말을 할 수 없었다.

몇몇 사람들이 그에게 솜즈 박사를 보았는지 물었다. 정신 착란으로 설쳐 대던 한 남자는 자신의 작은 단층집 문을 활짝 열어젖히고, 팬티 하나만 달랑 입은 채 현관으로 비틀거리며 나와서 닉을 붙잡으려 했다. 그는 "내가 휴스턴에 있을 때 너한테 해치웠어야 할 일"을 하겠다고 말했다. 그는 닉을 제너라는 이름의 누군가로 생각하는 것 같았다. 그는 닉을 쫓아서 삼류 공포 영화에 나오는 좀비같이 현관을 따라 이리저리 비틀댔다. 그의 가랑이가 끔찍하게 부어 있었다. 누군가 팬티 속에 꿀맛 멜론이라도 집어넣은 것처럼 보였다. 마침내 그가 현관에 부딪혔고, 그 아래 잔디밭에서 그 남자를 지켜보던 닉은 심장이 급속도로 두근거렸다. 그 남자는 주먹을 가냘프게 흔들더니 집 안으로 다시 기어 들어갔는데, 문 닫는 것은 신경 쓰지 않았다.

그러나 다른 집들은 대부분 조용하고 비밀스럽기만 해서 결국 그는 더 돌아다닐 수 없었다. 불길했던 꿈의 느낌이 그에게 슬금슬금 뻗쳐 올라오고 있었으며, 그가 무덤의 출입문을 두드려 죽은 이들을 깨우고 있다는 생각과, 조만간 시체들이 반응하기 시작할지도 모른다는 생각을 떨쳐 내기가 어려웠다. 거의 모든 집이 텅 비었으며 그곳 거주자들은 이미 캠든이나 엘도라도 또는 텍사카

나로 줄행랑쳤다고 스스로를 설득해 봤자 별 소용이 없었다.

그는 베이커 부부의 집으로 돌아갔다. 제인 베이커는 깊이 잠들어 있었고, 그녀의 이마는 차가웠다. 하지만 이번에는 그리 희망적이지 않았다.

정오가 되었다. 닉은 기사 식당으로 돌아가며, 밤새 편히 쉬지 못한 후유증을 그제야 느끼고 있었다. 자전거에서 떨어졌던 그의 몸이 온통 욱신욱신 쑤셔 대는 듯했다. 베이커의 45구경 권총이 엉덩이에 부딪혔다. 기사 식당에서 그는 수프 두 통을 데워 보온병 속에 담았다. 냉장고 안의 우유가 아직 신선한 것 같아 그것도 한 병 꺼냈다.

빌리 워너가 죽었다. 그리고 마이크는 닉을 보자 이성을 잃은 듯 낄낄거리며 손가락질하기 시작했다.

"두 놈이 가고 한 놈이 남았어! 두 놈이 가고 한 놈이 남았다고! 너 복수하고 있는 거지! 맞지? 맞지?"

닉은 조심스럽게 빗자루 손잡이를 이용해 철창문 틈새로 수프가 든 보온병을 밀어 넣은 다음 다시 커다란 우유 잔을 밀어 넣었다. 마이크가 보온병째로 수프를 찔끔찔끔 마시기 시작했다. 닉은 남는 보온병 하나를 들고 유치장 통로에 주저앉았다. 그는 빌리를 아래층으로 옮길 생각이었지만, 우선은 점심을 먹을 작정이었다. 배가 고팠다. 그는 수프를 마시면서 마이크를 골똘히 바라보았다.

"내 상태가 어떤지 궁금하냐?"

닉이 끄덕거렸다.

"네가 오늘 아침에 여길 떠났을 때랑 완전히 똑같아. 콧물을 한 무더기나 뱉어 냈어."

마이크는 희망에 차서 닉을 바라보았다.

"그 정도로 콧물을 뱉어 냈으면 병이 많이 나아진다고 우리 엄마가 만날 말했단 말이야. 어쩌면 그냥 가벼운 병이었나 봐, 그치? 너도 그렇게 생각하지?"

닉은 어깨를 으쓱했다. 가능성이야 무궁무진하니까.

"난 황동 독수리처럼 강인한 체질의 소유자야. 병 따윈 아무것도 아냐. 나는 병을 떨쳐 버릴 거야. 그러니까 내 말 들어 봐, 이 친구야. 나 좀 내보내 줘. 제발 부탁이야. 나 지금 너한테 씨팔 애걸하고 있는 거야."

닉은 그의 얘기를 생각해 보았다.

"제길, 너는 총을 가졌잖아. 어쨌든 내가 괜히 너한테 부탁 하는 게 아냐. 나는 그저 이 마을에서 벗어나고 싶을 뿐이야. 우선 내 아내가 잘 있는지 확인해 보고 싶고……."

닉이 마이크의 왼손을 가리켰는데, 그 손에는 결혼반지가 없었다.

"그래, 우린 이혼했어. 그치만 아내는 아직도 마을 이쪽에 산단 말이야, 릿지 도로 외곽에. 난 아내를 찾아가 보고 싶어. 그러니 어쩔 거니, 응?"

마이크는 울고 있었다.

"나한테 기회를 줘. 날 이런 쥐덫 속에 가둬 두지 마."

닉이 천천히 일어서서 사무실로 들어가 책상 서랍을 열었다. 열쇠는 그곳에 있었다. 그 사내의 논리는 부당하지 않은 것이었다. 누군가가 와서 이 끔찍스러운 엉망진창에서 그들을 구출해 줄 것이라 믿는 것은 아무런 의미도 없었다. 그는 열쇠를 챙겨서 유치장으로 돌아갔다. 존 대장이 그에게 보여 준 적이 있는, 흰 테이프로 된 이름표가 붙은 열쇠 하나를 치켜 올린 다음 열쇠 뭉치를 마이크 칠드레스의 감방 철창 사이로 던졌다.

"고맙다. 아, 고마워. 널 덮쳤던 거 미안해. 하나님께 맹세하건대, 그것은 레이의 아이디어였어. 나랑 빈스는 막으려고 했는데 녀석이 술에 취해 맛이 가서 그만……."

마이크는 주절거리면서 열쇠를 자물쇠 속에 넣고 덜그럭댔다. 닉은 뒤로 물러나, 손을 총 손잡이 위에 두었다.

감방 문이 열렸고 마이크가 밖으로 나왔다.

"내가 말한 대로야. 내가 원하는 건 오로지 이 마을에서 벗어나는 거라고."

옆걸음질로 닉을 지나치는 그의 입가엔 히죽거리는 웃음이 씰룩거렸다. 그러고서 그는 단출한 독방 구역과 사무실 사이에 난 문으로 뛰쳐나갔다. 닉은 사무실 문을 단속하려고 바로 마이크를 따라나갔다.

닉이 건물 바깥으로 나왔다. 마이크는 인도와 차도 사이의 경계석 위에 서서 손을 주차 미터기 위에 올려놓고, 텅 빈 거리를 보고 있었다.

"이럴 수가."

그가 속삭이면서, 어리둥절한 얼굴을 돌려 닉을 바라보았다.

"다 이 지경이야? 다 이 지경이야?"

끄덕거린 닉의 손은 여전히 총 손잡이에 있었다.

마이크가 무슨 말을 하려 했지만 그것은 곧 기침 발작으로 변했다. 그는 입을 막았던 손으로 입술을 닦았다.

"난 엿 같은 이곳을 벗어나야겠어. 넌 똑똑하니까, 나처럼 이곳을 뜰 생각을 할 거야, 벙어리. 여긴 꼭 흑사병 나부랭이가 휩쓴 것만 같아."

닉이 어깨를 으쓱거렸고, 마이크는 인도를 걸어 내려가기 시작했다. 그는 빠르게 더 빠르게 움직이다 거의 뜀박질을 하고 있었다. 닉은 그가 시야에서 벗어날 때까지 지켜보고 나서 사무실로 돌아갔다. 그는 두 번 다시 마이크를 보지 못했다. 마음이 좀 더 가벼워지는 것을 느꼈고, 불현듯 옳은 일을 했다는 확신이 들었다. 그는 간이침대에 눕자마자 곧바로 잠에 빠졌다.

닉은 담요도 없는 잠자리에서 오후 내내 잠만 자다가 땀투성이가 되었지만 약간은 나아진 기분으로 잠에서 깼다. 폭풍우가 언덕을 강타하고 있었다. 그는 천둥소리를 들을 순 없었지만, 언덕을 찔러 대는 파랗고 하얀 번갯불을 볼 수 있었다. 하지만 그날 밤 아무도 소요 마을에 오지는 않았다.

해질 무렵 그는 번화가를 걸어 폴리의 라디오와 텔레비전 상점으로 갔고, 미안한 무단 침입을 또 한 번 저질렀다. 금전 등록기 옆에 메모를 남겨 놓고 소니 휴대용 텔레비전을 유치장으로 들고 왔다. 그는 텔레비전을 켜고 채널을 이리저리 돌렸다. CBS 계열 방송은 '방송 전파 송출에 상당한 장애가 발생했습니다. 계속 채널을 고정해 주십시오.'라고 적힌 안내문을 방송하고 있었다. ABC 방송은 시트콤 「왈가닥 루시」를 내보내고 있었고, NBC 프로그램은 활력 넘치는 젊은 소녀가 자동차 경주장의 정비사가 되려고 노력한다는 내용의 최신 연속극을 재방송했다. 주로 고전 영화, 게임 쇼, 잭 반 임프 목사 같은 타입의 종교적인 어릿광대들에 주력하는 민영 방송인 텍사카나 방송국은 방송 중단 상태였다.

닉은 텔레비전을 꺼 버리고 기사 식당에 가서 수프와 샌드위치 2인분을 넉넉하게 준비했다. 모든 가로등이 여전히 켜져서, 하얀 빛을 내리붓는 연못이 번화가를 따라 길 양쪽으로 뻗어 있는 모습을 본 그는 뭔가 오싹한 면이 있다고 생각했다. 음식을 바구니에 담아 제인 베이커의 집으로 가는 도중, 먹지 못해 굶주린 것이 분명한 서너 마리 개들이 바구니에서 나오는 음식 냄새에 이끌려 떼를 지어 그에게 다가왔다. 닉은 45구경 권총을 빼 들었지만 쏠 엄두를 못 내고 있었는데 결국 한 마리가 그를 물려고 덤볐다. 그래서 그는 방아쇠를 당겼고, 총알이 그의 2미터 앞 시멘트 바닥에 은백색 불꽃을 남기고 쌩하며 튕겨 나갔다. 총성이 들리진 않았지만, 그는 묵직하게 진동하는 충격파를 느꼈다. 개들이 흩어져 달아났다.

잠들어 있는 제인은 이마와 뺨이 뜨거웠으며 호흡이 느리고 힘겨웠다. 닉에게는 그녀의 모습이 무시무시하게 참혹해 보였다. 그는 차가운 수건을 가져다가 그녀의 얼굴을 닦아 주었다. 침대 옆 탁자 위에 그녀가 먹을 음식을 놓아둔 다음 거실로 내려와 베이커 부부의 가정용 대형 컬러 텔레비전을 켰다.

CBS 방송이 밤새도록 나오지 않았다. NBC 방송은 정규 방송 일정을 지켰지만, ABC 계열 방송의 화면은 계속 뿌옇다가 이따금 눈이 내렸다가 갑작스럽게 다시 뿌예졌다. ABC 채널은 오로지 옛날 프로그램들만 보여 주는 게, 방송 회선의 상태가 몹시 나쁜 것 같았다. 그런 것은 아무래도 상관없었다. 닉이 기다리고 있던 것은 뉴스였다.

뉴스가 나오자 그는 말문이 막혔다. 이제는 "슈퍼 독감 유행"이라고 불리는 그 현상이 머리기사였지만, 뉴스 진행자들은 잘 통제되고 있다고 말했다. 독감 백신이 애틀랜타 질병 통제 연구소에서 개발되었으며, 다음 주 초반쯤엔 의사한테서 접종받을 수 있다고 전했다. 보도에 따르면 독감 발생이 심한 곳은 뉴욕, 샌프란시스코, 로스앤젤레스 그리고 런던이었는데, 모든 곳이 진정 국면에 들어서고 있었다. 뉴스 진행자가 전하기로는, 일부 지역에서 대중 집회가 일시적으로 중단되었다.

닉은 생각했다. '소요에서는 도시 전체가 중단되었단 말이다. 누가 누구한테 농담하고 있는 거야?'

뉴스 진행자는 대도시 지역으로 여행하는 것은 대체로 여전히 제한되고 있지만, 이러한 제한 조치들은 백신이 일반에 보급되자마자 해제될 것으로 결론을 맺었다. 그다음 뉴스로 미시간 주에서 일어난 비행기 추락 사고와 최근 연방 대법원의 동성애자 권리 판결에 대한 국회 일부의 반응을 전했다.

닉은 텔레비전을 끄고 현관으로 나섰다. 현관에 그네 의자가 달려 있어서 그 의자에 앉았다. 앞뒤로 흔들거리는 움직임이 마음을 달래 주었는데, 존 베이커가 기름 치는 것을 늘 깜빡했던 관계로 녹이 슬어 삐걱거리는 소리까진 들을 수가 없었다. 그는 어둠 속에서 반딧불이들이 빛을 내며 바느질하듯 이리저리 누비는 광경을 지켜보았다. 지평선에 걸린 구름 안쪽에서 번갯불이 단조롭게 번쩍거려 구름이 자기들만의 반딧불이를, 공룡만 한 괴물 반딧

붙이들을 품은 듯 보였다. 밤공기는 끈적끈적하고 무더웠다.

닉에게는 텔레비전이 철저히 시각적인 매체였으므로, 그는 다른 이들이 놓쳤을 법한 뉴스 방송의 특이한 점을 알아챘다. 뉴스 현장을 찍은 자료 화면이 나오지 않았다. 전혀 나오지 않았다. 야구 경기 결과도 나오지 않았으니, 아마 경기가 하나도 열리지 않았기 때문인가 보다. 막연한 일기 예보만 나올 뿐 고기압과 저기압을 표시한 기상도도 없었다. 마치 미국 기상청이 업무를 때려치운 것만 같았다. 닉은 설마 그렇진 않을 거라 짐작했지만, 기상청은 실제로 업무를 때려치웠다.

뉴스 진행자 두 사람은 불안하고 혼란스러운 듯 보였다. 둘 중 하나는 감기에 걸렸다. 한 번은 그 사람이 마이크에 대고 기침을 하면서 시청자들한테 양해를 구했다. 뉴스 진행자 두 사람은 줄곧 자신들이 마주 보고 있던 카메라의 왼쪽과 오른쪽으로 눈을 힐끔거렸다…… 마치 누군가가 스튜디오 안에 함께 있어서 진행자들이 배운 대로 잘 하는지 확인하러 그곳에 와 있기라도 한 것처럼.

그때는 6월 24일 밤이었고, 닉은 베이커 부부의 집 현관에서 지쳐 잠들었고, 그의 꿈은 아주 흉했다. 그리고 이제, 다음 날 오후가 돼서, 그는 제인 베이커의, 이 훌륭한 여성의 임종을 지키고 있었다. 그리고…… 그는 그녀를 위로해 줄 단 한 마디 말도 할 수가 없었다.

제인이 그의 손을 힘껏 끌어당겼다. 닉은 창백하게 일그러진 그녀의 얼굴을 내려다보았다. 그녀의 피부는 수분이 증발해 버려 건조했다. 그는 그 모습에서 어떠한 희망도 어떠한 위안도 얻지 못했다. 전혀 얻지 못했다. 그녀는 죽어 가고 있었다. 그는 죽어 가는 사람의 모습을 알았다.

"닉."

그녀가 미소 지었다. 양손으로 그의 한쪽 손을 꼭 쥐었다.

"다시 한 번 당신한테 감사하고 싶어요. 어느 누구도 혼자 쓸쓸히 죽는 건 원치 않잖아요, 그렇죠?"

그는 고개를 격렬히 흔들었고, 그녀는 이것이 그녀의 말에 동의하지 않는다는 표시가 아니라 그녀의 말에 담긴 죽는다는 전제에 대한 맹렬한 부정임을 이해했다.

"아니에요. 난 죽어요."

그녀가 단호하게 반박했다.

"그렇지만 상심하지는 마세요. 저기 벽장 속에 드레스 한 벌이 있어요, 닉. 하얀 드레스. 보면 알 거예요, 왜냐면……"

갑작스러운 기침이 그녀의 말을 가로막았다. 그녀는 진정이 되자 말을 마저 이어 갔다.

"……왜냐면 레이스가 달렸으니까. 그 옷은 우리가 신혼여행 떠났을 때 기차 타고 가면서 입었던 거예요. 그 옷이 아직도 몸에 맞아요…… 아니, 맞았었어요. 지금은 나한테 약간 클 거 같아요, 몸무게가 좀 줄었으니까. 그렇지만 사실 별 상관 없어요. 난 늘 그 드레스를 사랑했죠. 존과 나는 폰차트레인 호수에 갔어요. 그때가 내 인생에서 가장 행복했던 2주일이었죠. 존은 항상 나를 행복하게 해 주었어요. 그 드레스 기억해 줄 거죠, 닉? 난 그 옷을 입고 무덤에 묻히고 싶어요. 너무 부담스러워하지 마요…… 나한테 옷 입혀 주는 거 말이에요. 그렇게 해 줄 거죠?"

닉은 힘껏 숨을 삼키고 고개를 끄덕거리며, 침대보로 시선을 피했다. 그녀는 슬픔과 번민이 뒤섞인 그의 감정을 느꼈던 게 분명했다. 두 번 다시 그 드레스 얘기를 안 꺼냈으니까. 대신에 그녀는 다른 것들을 가볍게 이야기했다. 거의 애교를 부린다 싶을 정도였다. 어떻게 해서 그녀가 고등학교 시절 낭독 대회에서 우승하고 아칸소 주 최종 결승 대회까지 올랐는지, 그리고 어떻게 해서 그녀가 셜리 잭슨의 단편 소설 「악마 연인」 중 절정 부분을 힘차게 외치려는 찰나에 그녀의 속치마가 떨어져 신발 주위로 흘러내렸는지. 그녀의 여동생이 침례교 전도단의 일원으로 베트남에 갔다가, 하나도 둘도 아니고 셋씩이나 아이를 입양해서 돌아왔던 일. 제인과 존이 3년 전 떠났던 캠핑 여행에서 발정한 성질 고약한 사슴이 그들을 나무 위로 몰아내서 그들이 어떻게 하루 내내 나무 위에 갇혔는지.

"그래서 우린 거기에 앉아서 서로의 몸을 매만졌답니다."

그녀가 졸린 듯이 말했다.

"단둘이 발코니로 나온 고등학생 연인처럼. 어이구야, 우리가 나무에서 내려왔을 때 그는 잔뜩 흥분했어요. 그는…… 우리는…… 사랑을 나누었죠…… 아주 많은 사랑을…… 사랑은 세상을 움직이는 힘이에요. 난 항상 그렇게 생각했어요…… 사랑은, 중력이 사람들을 끌어 내리고…… 사람들을 늘 무너뜨리고…… 사람들을 기어 다니게 하려는 것 같은 세상 속에서 남자와 여자가 똑바로 설 수 있게 해 주는 유일한 것이지요…… 우리는…… 아주 많은 사랑을……."

그녀는 서서히 졸다가 잠이 들었고, 닉이 커튼을 움직였든지 어쩌면 마룻바닥을 소리 내어 밟았을 때가 돼서야 맹렬한 광란 상태로 잠에서 깨어났다.

"존!"

그녀는 날카로운 비명을 질렀지만 목소리가 가래에 막혔다.

"오, 존, 나는 지독하게 말 안 듣는 요 수동 기어 조작법을 하나도 모르겠어! 존, 당신 나 좀 도와줘! 당신 나 좀 도와……."

그녀의 말은 닉이 들을 수는 없지만 듣는 것과 똑같이 느낄 수 있는 길고 허우적거리는 숨소리로 늘어져 갔다. 가느다란 검은 핏줄기가 한쪽 코에서 흘러내렸다. 그녀는 베개 위로 무너졌고, 머리가 한 번, 두 번, 세 번 이리저리 마구 흔들렸다. 마치 어떤 중대한 결정을 내렸는데 그 결론이 부정적이라는 듯이.

그러고 나서 그녀는 조용해졌다.

닉은 머뭇머뭇하며 손을 그녀의 목에다, 그다음엔 손목 안쪽에다, 가슴 사이에다 갖다 댔다. 맥박이 전혀 없었다. 그녀는 죽었다. 침대 탁자 위의 탁상시계가 거드름을 피우며 시곗바늘을 째깍거렸지만, 두 사람 중 누구도 듣지 못했다. 그는 한동안 무르팍에 머리를 기대고 그가 타고난 침묵의 방식으로 조금씩 눈물을 흘리고 있었다. 언젠가 루디가 그에게 말했다.

"네가 할 수 있는 일이란 오로지 천천히 눈물 흘리는 따위의 일이지. 그렇지만 멜로드라마의 세계에서는, 그것이 아주 요긴하게 쓰일 수도 있어."

그는 이제 무엇을 해야 할지 알았지만 하고 싶지 않았다. '그것은 공평하지 않아.' 그의 마음 한구석이 부르짖었다. 그것은 그가 책임질 일이 아니었다. 하지만 여기엔 다른 사람이 아무도 없었기 때문에, 아마 수 킬로미터 근방에 다른 멀쩡한 사람은 아무도 없을 테니, 그가 그 일을 떠맡아야 했다. 그렇게 하지 않으면 곧 그녀가 여기서 썩도록 내버려 두는 것인데, 그럴 수는 없었다. 그녀는 그에게 줄곧 친절했고, 이제껏 세상에는 몸이 불편한 사람이든 건강한 사람이든 친절을 베풀 줄 모르는 사람이 무수히 넘쳐 났다. 그는 일을 시작해야겠다고 생각했다. 오랫동안 여기 주저앉아 아무것도 안 하고 있을수록 자신의 임무가 더욱더 두려워질 뿐이었다. 그는 커티스 장례식장이 어디 있는지 알았다. 세 블록 내려가 서쪽으로 한 블록이었다. 그곳까지 가려면 역시 무더울 것 같았다.

닉은 억지로 몸을 일으켜 벽장으로 가서 그 흰 드레스, 제인이 말한 신혼여행 드레스가 그저 정신 착란이 만들어 낸 또 하나의 산물로 드러날 것이라고 은근히 기대했다. 그러나 그것은 그 자리에 있었다. 이젠 세월의 흔적으로 약간 누레졌지만, 그래도 그는 그 옷을 알아보았다. 레이스가 달려 있었으므로. 그는 옷을 끄집어내 침대 발치의 긴 의자 위에 늘어놓았다. 그는 드레스를 보다가 옷 주인 여자를 보면서 생각했다. '이젠 옷이 부인에게 약간 큰 정도 이상일 거다. 정체가 뭐든지 그 병은 부인이 생각했던 것보다 훨씬 더 잔인하게 굴었어…… 그리고 어떻든 결과는 마찬가지일 거야.'

마지못해 닉은 제인한테로 돌아가서 잠옷을 벗기기 시작했다. 그렇지만 잠옷이 벗겨지고 벌거벗은 채 그의 앞에 누운 그녀의 모습을 보자 두려움은 사라졌고 오직 연민만을 느꼈다. 그의 마음속에 너무나도 깊이 자리한 연민이 그를 아프게 했다. 그는 또다시 울면서 그녀의 육신을 닦아 주었고, 그러고 나서 그녀에게 폰차트

레인 호수로 가는 길에 입었던 모습과 똑같이 드레스를 입혔다. 그리고 신혼여행 가던 그날처럼 옷을 다 입히고 나자, 그는 양팔로 그녀를 안아 올려 드레스 레이스 속에, 아, 그 레이스 속에 감싸인 그녀를 장례식장으로 데려갔다. 품 안에 사랑하는 사람을 안고 영원히 펼쳐진 문턱을 건너는 신랑처럼 그는 그녀를 데리고 갔다.

제26장

아마도 민주 사회를 위한 학생 연합이나 젊은 모택동주의자 중 하나일 듯한 어느 학생 운동 조직이 6월 25일에서 26일로 넘어가는 밤 사이에 복사기를 바쁘게 움직였다. 아침이 되자, 이들이 만든 대자보가 루이빌에 있는 켄터키 대학의 온 사방에 나붙었다.

주목하라! 주목하라! 주목하라! 주목하라!

그대들은 거짓말에 속고 있다! 정부가 그대들에게 거짓을 말하고 있다! 돼지 같은 준군사 부대에 점령당한 언론이 그대들에게 거짓을 말하고 있다! 우리 대학 당국이 그대들에게 거짓을 말하고 있다. 대학 당국의 명령을 받은 학교 의무실 의사들과 마찬가지로!

1. 슈퍼 독감 백신은 전혀 존재하지 않는다.

2. 슈퍼 독감은 심각한 질병이 아니다. 살인적인 질병이다.

3. 추정 감염률이 무려 75퍼센트라는 높은 수치에 달한다.

4. 슈퍼 독감은 미국의 돼지 같은 준군사 조직에 의해 개발되었고 우연한 사고로 유출되었다.

5. 인구의 75퍼센트가 죽을 판국에 미국의 돼지 같은 준군사 조직은 지금 와서 자신들의 흉악한 대실책을 은폐하려 든다!

모든 혁명가들이여, 환영한다!
우리가 투쟁할 시기는 바로 지금이다!
단결하라, 항쟁하라, 쟁취하라!

오후 7시 체육관에서 집회 예정!

투쟁하라! 투쟁하라! 투쟁하라! 투쟁하라! 투쟁하라!

보스턴의 WBZ 방송국에서 벌어졌던 일은 모두가 6번 스튜디오에서 근무하는 뉴스 진행자 세 명과 방송 기술자 여섯 명이 전날 밤에 계획을 세웠다. 이 아홉 명 중 다섯 명은 정기적으로 모여 포커를 치던 사이였으며, 여섯은 이미 병을 앓고 있었다. 그들은 자신들이 더 잃을 게 없다고 생각했다. 그들은 열 정이 넘는 권총을 모았다. 아침 뉴스를 진행하던 밥 파머가 평상시에 공책, 연필, 몇 가지 규격의 메모장을 넣고 다니던 항공 여행 가방 속에 총을 담아 위층으로 운반했다.

방송국 전체가 주 방위군이라고 알려진 사람들에 의해 외부 출입이 통제되었는데, 그 전날 밤에 파머가 조지 딕커슨한테 한 말에 따르면 그 사람들은 그가 난생처음 보는 쉰 살을 넘긴 방위군들이었다.

오전 9시 1분, 군 하사관한테서 10분 전에 건네받은 시청자 무마용 원고를 파머가 읽기 시작하면서 곧바로 기습 작전이 벌어졌다. 그들 아홉 명이 텔레비전 방송국을 효과적으로 점령했다. 먼 지역의 비극을 보도하는 데만 익숙했던 연약한 민간인 무리한테서 심각한 사태가 벌어지리라고는 전혀 예상치 못했던 군인들은 동틀 녘에 완전히 제압되어 무장 해제를 당했다. 다른 스튜디오 직원들도 작은 반란에 동참하여 방송국 6층을 신속하게 장악하고 모든 출입문을 걸어 잠갔다. 그들은 1층 로비에 있는 군인들이 무슨 일이 벌어지고 있는지 눈치 채기도 전에 엘리베이터를 6층으로 끌어 올렸다. 군인 세 명이 동쪽 비상계단으로 달아나려 하자, 누군가가 군용 카빈총으로 무장한 군인들의 머리 위로 한 발을 발사했다. 그것이 유일한 발포였다.

WBZ 방송이 나오는 지역의 시청자들은 밥 파머가 뉴스 원고를 읽다 중간에서 멈추는 것을 보았고, 그가 말하는 소리를 들었다.

"좋았어, 바로 지금이야!"

카메라 밖에서 난투극이 벌어지는 소리가 났다. 난투극이 끝나자, 어리둥절한 시청자 수천 명은 밥 파머가 이제 총신이 짧은 권총을 손에 쥐고 있는 것을 보았다.

마이크 밖에서 쉬어 터진 목소리가 기쁨에 겨워 고함쳤다.

"우리가 놈들을 잡았어, 밥! 우리가 그 자식들을 잡았다고! 우리가 그놈들을 모조리 잡았어!"

"좋아, 잘했어."

파머가 말하고 나서 다시 카메라를 향했다.

"보스턴 시민 여러분, 그리고 저희 방송 시청이 가능한 지역의 미국 국민 여러분. 심각하고도 몹시 중차대한 일이 이 스튜디오에서 방금 벌어졌고, 저는 미국 독립 정신의 요람인 이곳 보스턴에서 제일 먼저 일이 벌어진 것을 매우 기쁘게 생각합니다. 지난 7일간, 이 방송국은 주 방위군이라 자처하는 사람들한테 감시당해 왔습니다. 카키색 군복을 입고 총으로 무장한 사람들이 저희 카메라맨 옆에, 저희 주조정실 안에, 저희 텔레타이프 옆에 지키고 섰던 것입니다. 뉴스가 줄곧 조작되었느냐고요? 그것이 사실이라고 말할 수밖에 없어서 유감스럽습니다. 저는 줄곧 원고를 건네받았고 말 그대로 머리에 총부리가 겨눠진 상태에서 강제로 그 원고를 읽어야만 했습니다. 제가 이제껏 읽은 원고는 이른바 '슈퍼 독감 유행'과 관련된 것이었고, 모든 내용이 명백한 거짓입니다."

스위치보드의 불들이 깜빡거리기 시작했다. 15초 안에 모든 불이 들어왔다.

"저희 카메라맨들의 필름은 그동안 압수당하거나 고의로 훼손되었습니다. 저희 기자들이 설명하는 음성은 계속 지워져 버렸습니다. 하지만 시청자 여러분, 저희는 분명히 필름을 가지고 있고, 바로 이 스튜디오 안에 통신원들을 데려다 놓았습니다. 전문 기자는 아니지만, 우리 나라가 이제껏 직면해 왔던 가장 참혹한 재난이 어떤 것인지를 증언해 줄 목격자들입니다…… 그리고 저는 이 말씀을 경솔하게 드리는 것이 아닙니다. 저희는 이제 여러분께 이 필름 중 일부를 보여 드리고자 합니다. 모든 영상이 비밀리에 촬영되었으며, 일부는 화질이 고르지 못합니다. 그렇지만 여기 있는 저희는, 방금 텔레비전 방송국을 해방시킨 저희는 여러분이 충분한 화면을 보실 것으로 생각합니다. 실제로는, 여러분이 기대하셨던 수준 이상일 것입니다."

그는 고개를 들고 스포츠 재킷 주머니에서 손수건을 꺼내 코를 풀었다. 선명한 컬러 텔레비전을 시청한 사람들은 그의 얼굴에 뻘겋게 열이 오른 것을 볼 수 있었다.

"준비됐으면, 조지, 주저 말고 필름을 돌리자고."

파머의 얼굴이 보스턴 종합 병원 촬영 화면으로 바뀌었다. 병실들이 미어터졌다. 환자들이 병실 바닥에 드러누웠다. 병원 복도들이 사람들로 가득했다. 간호사들, 본인들도 대부분 병에 걸린 것이 분명한 간호사들이 이리저리 누비고 지나다녔으며, 그들 중 일부는 이성을 잃고 슬피 울고 있었다. 그 밖의 간호사들은 혼수상태라고 불러도 좋을 정도로 충격에서 헤어나지 못하는 모습이었다.

소총을 들고 길거리 모퉁이를 지키고 선 주 방위군들이 등장하는 화면. 약탈당한 건물들의 모습이 나오는 화면.

밥 파머가 다시 나타나 조용히 말했다.

"만약 어린 자녀와 함께 보고 계신다면, 시청자 여러분, 아무쪼록 자녀가 텔레비전이 있는 방에서 떨어져 있도록 하십시오."

보스턴 항구에 돌출한 부둣가로 트럭 한 대가, 올리브색 대형 군용 트럭 한 대가 후진해 내려오는 거친 화면. 어정쩡하게 정차한 트럭 밑에 올이 굵은 방수포가 깔린 화물 운반선이 떠 있었다. 방독면을 뒤집어써서 주름투성이 외계인처럼 보이는 군인 두 명이 트럭 운전석에서 뛰어내렸다. 이리저리 흔들리던 영상이 다시 안정되었을 때, 군인들이 덮개 없는 트럭 뒤꽁무니를 덮고 있던 포장을 걷어냈다. 그러고 나서 그들이 뒤꽁무니 안쪽으로 뛰어 들어가자 시체들이 폭포처럼 화물 운반선으로 쏟아져 나오기 시작했다. 여자, 노인, 어린이, 경찰, 간호사. 결코 끝나지 않을 것처럼 시체들이 이어지며 홍수 사태를 이루었다. 촬영 화면이 나가는 어느 순간부턴가 군인들이 시체들을 끄집어내느라 쇠갈퀴를 사용하고 있다는 것이 명확해졌다.

파머는 2시간 동안 방송을 진행하며, 잠긴 목소리로 차분하게 주요 기사와 보고서들을 읽고, 나머지 취재진과 인터뷰했다. 그 방송은 1층에 있는 누군가가 방송을 멈추려고 꼭 6층을 재점령할 필요는 없단 사실을 알아차렸을 때까지 계속되었다. 11시 16분에, WBZ의 방송 송출기가 플라스틱 폭탄 10킬로그램으로 영원히 폐쇄되었다.

6층에 있던 파머와 다른 사람들은 미 합중국 정부에 대한 반역죄로 즉결 처형을 당했다.

소도시인 더빈에서 일주일에 한 번 나오는 《콜클라리온》이라는 웨스트버지니아 주 지역 신문은 은퇴한 변호사인 제임스 D. 호글리스가 발행했으며, 언제나 발행 부수가 꽤 많았다. 호글리스가 1940년대 후반과 1950년대에 광부들의 노동 단결권을 열렬히 옹호했던 사람이기 때문이었고, 또한 그의 반체제 사설이 언제나 지방 정부부터 연방 정부까지 모든 계층에 있는 정부의 악질들을 겨냥한 헬파이어 미사일과 브림스톤 미사일로 가득했기 때문이었다.

호글리스는 정규직 배달 소년들을 데리고 있었지만, 청명한 여름날 아침에는 직접 1948년형 캐딜락 자가용에 신문을 싣고, 옆면이 하얀 대형 타이어들을 조용히 굴리며 더빈의 거리를 오르락내리락했는데…… 거리는 비참하달 만큼 텅텅 비어 있었다. 신문은 캐딜락의 좌석과 트렁크에 쌓여 있었다. 원래 《콜클라리온》이 나오는 날은 아니었는데, 그날 신문은 검은 테두리 안에 큼지막한 글씨가 찍힌 달랑 한 쪽짜리였다. 맨 꼭대기에 호외 표시를 한 그 신문은 1980년 당시 레이디버드 광산이 폭발하여 광부 마흔 명이 파묻혔을 때 이후로 호글리스가 발행한 첫 번째 호외판이었다.

큰 제목은 다음과 같았다.

정부 무력 부대 전염병 확산 은폐 기도!

《콜클라리온》 특집 기사, 제임스 D. 호글리스

독감 유행(이곳 웨스트버지니아에서는 이따금 숨 막힘 병 또는 튜브 목이라고도 부름)은 실제로는 현 정부가 전쟁 목적으로 창조해 낸 일반 독감 바이러스의 치명적인 돌연변이 때문이며, 이는 곧 미 합중국 대표단이 7년 전 서명했던 세균전 및 화학전에 관한 개정 제네바 협약을 직접적으로 침해한 것이라는 사실이 신뢰할 만한 소식통에 의해 본 기자에게 폭로되었다. 현재 휠링에서 근무하는 군 장교 신분인 이 소식통은 또 곧 선을 보인다는 백신에 대한 약속이 '새빨간 거짓말' 이라고 말했다. 이 소식통에 따르면 지금까지 개발된 백신은 전혀 없다.

시민들이여, 이 사태는 재난이나 비극을 능가하는 것이다. 우리 정부 안에 있는 모든 희망이 파국을 맞은 것이다. 만약 우리가 정말로 그런 일을 우리 자신들한테 저지른 것이라면, 그다음은……

호글리스는 아파서 기력이 매우 쇠약했다. 그는 마지막 남은 힘을 사설을 작성하는 데 모두 소비한 것 같았다. 그 힘이 그에게서 사설의 단어들 속으로 옮겨 가 다신 돌아오지 않았다. 가슴이 가래로 가득 차올라 일상적인 호흡조차 오르막길을 달리는 것처럼 힘들었다. 그런데도 그는 집집마다 일일이 찾아다니며, 집에 아직 사람이 있는지 또는 사람이 안에 있다손 쳐도 밖으로 나와 그가 남기고 간 것을 집어 들 힘이 충분히 있는지 상관하지 않고 한 쪽짜리 인쇄물을 배달하고 있었다.

마침내 그는 마을의 서쪽 끝, 판잣집과 트레일러 주택과 고약한 하수 정화조 냄새가 가득한 빈민촌에 이르렀다. 신문은 트렁크 안에 있는 것이 전부여서, 그는 트렁크를 열어 뚜껑이 천천히 위아래로 출렁거리게 놔두고 울퉁불퉁한 길을 계속 갔다. 그는 무지막지한 두통을 이겨 내려 애쓰고 있었고, 시야가 계속 겹쳐 보였다.

마지막 집, 랙스 크로싱 타운 경계선에 인접한 다 쓰러져 가는 판잣집까지 배달을 마치고 나니 대략 스물다섯 부쯤 되는 신문 뭉치가 남았다. 호글리스는 낡은 주머니칼로 뭉치를 묶은 끈을 잘라 낸 다음 바람이 원하는 곳으로 신문이 날아가도록 놔두고, 불과 석 달 전에 프로젝트 블루라는 이름의 캘리포니아 최고 기밀 지역에서 전근 온 검고 불안한 눈빛의 소령, 즉 그의 소식통에 대하여 생각했다. 그 소령은 그곳에서 외부 경비 임무를 맡아 왔는데, 호글리스한테 자기가 알았던 모든 것을 털어놓으면서 엉덩이에 걸친 권총을 연방 만지작거렸다. 호글리스는 만일 소령이 그 총을 이미 사용하지 않았다면 사용할 때가 멀지 않았으리라 생각했다.

호글리스는 스물일곱 살 생일 이래로 유일하게 소유했던 캐딜락의 운전석에 다시 올라탔는데, 너무 지친 나머지 도심지로 운전해서 돌아갈 수 없음을 알아차렸다. 그래서 몽롱한 상태로 몸을 뒤로 기대고 가슴에서 나오는 숨 가쁜 소리에 귀 기울이며 호외판 신문들이 랙스 크로싱 쪽으로 난 도로를 따라 슬금슬금 바람에 날려 가는 광경을 구경했다. 신문들 중 일부는 우뚝 솟은 나무에 걸려 괴상한 열매처럼 매달렸다. 가까이서 그가 어릴 적 낚시를 하던 더빈 개천이 부글거리며 흘러가는 소리가 들려왔다. 물론 이제 개천에는 물고기가 하나도 없었지만(석탄 회사들도 그 점을 잘 알고 있었다.), 물 흐르는 소리만은 여전히 마음을 달래 주었다. 그는 눈을 감았고, 잠이 들었고 그리고 1시간 30분 후에 사망했다.

미리 전해 들은 바와 달리 광고 전단을 인쇄하는 것이 아님을 담당 경찰들이 뒤늦게 발견하기 전까지, 《로스앤젤레스 타임스》는 한 쪽짜리 호외를 26,000부가 넘게 찍었다. 보복은 신속하고 유혈이 낭자했다. 공식적인 FBI 발표로는 구시대적 망령인 "과격파

혁명론자들"이 《로스앤젤레스 타임스》 인쇄소를 다이너마이트로 폭파하여 직원 28명의 사망을 초래했다는 것이었다. FBI는 어떻게 그 폭발이 28명의 머리 하나하나에 총알을 박아 넣었는지 설명할 필요가 없었는데, 그 이유는 시체들이 바다에 매장되고 있는 전염병 희생자들의 시체 수천 구와 뒤섞여 버렸기 때문이었다.

그러나 호외 10,000부가 외부로 유출되었고, 그것만으로도 충분했다. 36포인트 크기의 활자로 찍힌 큰 제목이 큰 소리로 외쳤다.

서부 해안 지역이 전염병의 손아귀에

수천 명이 치명적인 슈퍼 독감을 피해 탈출

정부는 사실 은폐

〔로스앤젤레스〕 작금의 비극적 사태가 벌어지는 동안 도움을 주러 나온 주 방위군이라 자처하는 군인들 무리는 군복 소매에 10년 근속 별 장식이 네 개나 달릴 정도로 오래 근무한 직업 군인들이다. 그들의 임무 중 일부는 두려움에 떠는 로스앤젤레스 거주민들에게는 슈퍼 독감으로, 대부분 지역의 젊은이들 사이에서는 캡틴 트립스로 알려진 그 병이 런던이나 홍콩 변종 독감보다 "그저 약간 더 증세가 심할 뿐"이라고 안심시키는 것인데…… 휴대용 방독면을 착용한 채로 이러한 설득 작업을 벌이고 있다. 대통령이 태평양 표준 시각으로 오늘 오후 6시에 연설할 예정이고, 대통령 공보 담당관 허버트 로스는 대통령이 백악관 집무실처럼 보이도록 만들어진 무대 장치에서 연설할 것이며 실제 연설 장소는 백악관 지하 벙커라는 여러 언론 보도는 "감정적이고, 악의적이고,

전적으로 근거 없는 것"이라고 못 박았다. 언론사에 미리 배포된 대통령 연설문에 따르면, 대통령은 미국 국민이 과민 반응을 나타낸 것에 대해 '호통' 칠 것이고, 현재의 공황 상태를 1930년대 초반 오선 웰스가 만든 라디오 드라마 「우주 전쟁」을 사람들이 진짜로 착각하여 일으켰던 소동과 비교할 예정이다.

《로스앤젤레스 타임스》는 대통령이 연설에서 답변해 주길 희망하는 다섯 가지 질문을 던진다.

1. 왜 군복을 입은 불한당들이 《로스앤젤레스 타임스》의 신문 인쇄를 막아 왔는가. 헌법이 보장하는 권리에 대한 직접적인 침해임을 모르는가?

2. 왜 5번, 10번, 15번 고속도로가 장갑차와 군 수송 차량에 의해 봉쇄되었는가?

3. 만약 현 상황이 "경미한 독감 발생"이라면, 왜 로스앤젤레스와 주변 지역에 계엄령이 선포되었는가?

4. 만약 현 상황이 "경미한 독감 발생"이라면, 그렇다면 왜 화물 운반선들이 태평양까지 예인되어 화물을 내다 버리고 있는 것인가? 그리고 이 화물 운반선들이 운반하는 것은 우리가 우려한 대로, 정보 소식통들이 확인해 준 대로 전염병 희생자들의 시신이란 말인가?

5. 마지막으로, 만약 백신이 정말로 다음 주 초 각지의 의사들과 지역 병원에 보급될 예정이라면, 왜 우리 신문사가 좀 더 자세한 내용을 알려고 접촉했던 마흔여섯 명의 의사 중 단 한 명도 보급 일정에 관해 듣지 못했던 것인가? 왜 독감 예방 접종을 담당할 병원 부서가 단 한 군데도 만들어지지 않았는가? 왜 우리가 전화를 걸었던 약품 총판 열 군데 중 단 한 군데도 이 백신에 대한 화물 운송장이나 정부의 안내문을 받지 못했는가?

우리는 대통령이 연설에서 이러한 질문에 답변해 줄 것을 촉구하며, 무엇보다도 진실을 감추려는 이 경찰 국가적인 책략과 광기 어린 시도를 끝낼 것을 대통령에게 촉구하는 바……

덜루스에서는 카키색 반바지와 샌들 차림의 한 남자가 이마에 큼지막한 검댕 자국을 묻히고 앙상한 어깨 위에는 손으로 글씨를 적은 샌드위치 광고판을 걸친 채로 피드먼트 대로를 이리저리 걸어다녔다.

광고판 앞면에는 이렇게 씌어져 있었다.

선택받은 자들이 사라지는 때가 바로 지금이로다
우리 주 예수 그리스도께서 이제 곧 재림하실지니
하나님을 영접할 채비를 하라!

광고판 뒷면 글씨.

죄진 자들의 마음이 비통에 잠긴 것을 보라
위대한 자들은 굴욕을 당할 것이고
굴욕을 당한 자들은 위대해질 것이로다
재앙의 시대가 도래하리니
그대들에게 화 있을진저 오 시온이여

오토바이 재킷을 입은 젊은이 네 명, 모두 심하게 기침하며 콧물을 흘리는 젊은이들이 카키색 반바지를 입은 남자에게 달려들어 그가 걸친 샌드위치 광고판으로 인사불성이 되도록 두들겨 팼다. 그러고 나서 달아나던 그들 중 하나가 잔뜩 흥분한 투로 어깨 너머로 고함질렀다.

"너한테 사람들 겁주는 방법을 가르쳐 준 거야! 사람들 겁주는 방법을 가르쳐 준 거야, 이 덜떨어진 병신 새끼야!"

미주리 주 스프링필드에서 가장 청취율 높은 라디오 아침 프로그램은 레이 플라워스가 진행하는 KLFT 방송의 아침 전화 통화 쇼 「당신의 의견을 말해요」였다. 그는 자신의 스튜디오 부스로 연결된 여섯 개 전화 회선을 갖추어 놓았는데, 6월 26일 아침에 일하러 출근한 유일한 KLFT 직원이었다. 그는 바깥세상에서 무슨 일이 일어나고 있는지 알아차렸고, 그래서 두려움에 떨었다. 지난주쯤에는, 레이가 보기에 자신이 아는 모든 사람이 이 병에 걸린 듯했다. 스프링필드에는 군대가 나타나지 않았지만, 그는 캔자스시티와 세인트루이스에는 "공포가 확산되는 것을 막으려고", 또 "약탈 행위를 방지하려고" 주 방위군이 출동했다는 소식을 들었다. 레이 플라워스 본인의 건강 상태는 좋았다. 그는 자기 장비들을 찬찬히 둘러보았다. 전화기들, 이따금 거친 언행으로 빠져 드는 통화자들을 걸러 내는 음성 전송 시간 지연 장치, 광고 방송 카세트테이프들이 담긴 수납함("만약 화장실 변기 물이 넘치면/어떻게 해야 할지 모른다면/커다란 강철 호스를 가진 사나이를 부르세요/당신에게 봉사하는 뺑뚫어 사나이를 불러 주세요!"), 그리고 당연한 필수품인 마이크.

레이는 담배에 불을 붙이고 스튜디오 입구로 가서 문을 잠갔다. 스튜디오 내부의 방송 부스 안으로 들어가 부스 문도 잠갔다. 그는 녹음테이프에서 흘러나오던 편집된 음악을 끄고 자기 프로그램의 주제곡을 튼 다음, 마이크를 켰다.

"안녕, 여러분. 「당신의 의견을 말해요」를 진행하는 레이 플라워스입니다. 오늘 아침엔 통화할 만한 주제가 딱 한 가지밖에 없다는 생각이 드네요, 그렇지 않습니까? 여러분은 그것을 튜브 목이라든가 슈퍼 독감이라든가 캡틴 트립스라는 이름으로 부르겠지만, 모두 같은 것을 의미하는 말입니다. 저는 군대가 사사건건 모든 것을 탄압하고 있다는 무서운 이야기들을 여럿 들었습니다. 만약 당신이 그것에 대해 말하고 싶으시다면, 저는 경청할 준비가 되어 있습니다. 우리 나라는 여전히 자유 국가잖아요, 그렇죠? 그리고 제가 오늘 아침 이곳에 홀로 있는 관계로, 방송 여건을 약간 바꿔 보려고 합니다. 저는 이미 시간 지연 장치를 꺼 놓았고, 광고 방송도 빼 버릴 수 있을 것 같습니다. 만약 여러분이 보고 계시는 스프링필드가 제가 KLFT 방송국 창문에서 보고 있는 스프링필드의 모습과 비슷하다면, 아무도 쇼핑하러 나올 생각이 없는 모양입니다그려. 좋습니다. 어쨌든 기왕 일어났으니 뭐라도 해야겠다 싶으시면, 저희 어머님이 해 주시던 말씀대로, 일단 출발해 봅시다. 우리의 수신자 부담 전화번호는 555의 8600번과 555의 8601번입니다. 만약 연결이 잘 안 되더라도, 부디 인내심을 가져 주십시오. 기억해 주세요. 저는 전화 연결까지도 혼자서 하는 몸이니까요."

스프링필드에서 80킬로미터 떨어진 카티지의 군부대에서 순찰병 스무 명이 레이 플라워스를 처리하려고 신속하게 출동했다. 두 명이 출동 명령을 거부했다. 그들은 즉시 총살당했다.

순찰대가 스프링필드까지 당도하는 사이에, 레이 플라워스는 여러 사람의 전화를 받았다. 사람들이 파리 목숨처럼 죽어 간다며 정부가 백신에 관해 터무니없는 거짓말을 한다고 말한 의사. 캔자스시티 병원에서 시체가 트럭으로 실려 나가고 있다는 사실을 알려 준 병원 간호사. 그 병은 외계에서 날아온 비행접시라고 주장했던 정신 나간 여자. 일단의 군인들이 굴삭기 차량 두 대를 동원해 캔자스시티 남쪽 71번 도로 인근의 벌판에 엄청나게 긴 도랑을 방금 다 파 놓았다고 말한 농부. 자신들의 이야기를 풀어 놓았던 나머지 예닐곱 명의 사람들.

그러고 나서 스튜디오 바깥에서 쿵쿵거리는 소리가 났다.

"문 열어!"

누군가 웅얼거리는 목소리로 외쳤다.

"미 합중국의 이름으로 문을 열 것을 명령한다!"

레이는 손목시계를 보았다. 12시 15분.

"저런, 해병대가 상륙한 것 같은데요. 그래도 전화는 계속 받겠습니다. 그럼 어디……"

드르륵하며 자동 소총이 발사되는 소리가 났고, 스튜디오 문 손잡이가 바닥 깔개 위로 쿵 하고 떨어졌다. 벌집투성이가 된 문 구멍에서 파란 연기가 피어올랐다. 문이 안쪽으로 열어젖혀지며 완전 무장 전투복에 방독면을 착용한 군인 예닐곱 명이 들이닥쳤다.

"군인들 여러 명이 방금 바깥 사무실을 부수고 들어왔습니다."

레이가 말했다.

"그들은 완전 무장을 했고요…… 50년 전 프랑스에서 했던 반역자 소탕 작전을 시작하려고 작정한 듯이 보입니다. 얼굴에 쓴 방독면만 빼면……"

"방송 중단해!"

군복 소매에 상사 계급장을 단 땅딸막한 남자가 고함쳤다. 그는 방송 부스의 유리벽 바깥쪽에 불쑥 나타나 소총을 휘두르며 명령했다.

"난 그럴 생각 없어!"

레이가 맞받아쳤다. 그는 몹시 한기를 느꼈고, 재떨이에서 담배를 더듬더듬 찾다 자신의 손가락이 떨고 있는 것을 보았다.

"이 방송국은 연방통신위원회의 면허를 받았고 나는"

"지금 네놈의 좆같은 면허를 취소하려는 거다! 지금 당장 방송 중단해!"

"난 그럴 생각 없어."

다시 한 번 말하며 레이는 마이크로 몸을 돌렸다.

"신사 숙녀 여러분, 저는 방금 KLFT 방송 송출기를 폐쇄하라는 명령을 받았고, 그 명령을 거부했습니다. 아주 당연한 거부죠, 제 생각에는요. 이 사람들은 나치처럼 행동하고 있습니다. 마치 미국 군인들이 아닌 것처럼. 저는 전혀"

"마지막 기회다!"

상사가 총을 치켜들었다.

"상사님."

문 옆에 있던 군인 한 명이 말했다.

"제 생각엔 상사님 맘대로……"

"저 새끼가 한 마디라도 뻥끗하면, 확 쓸어 버려."

상사가 말했다.

"그들이 저를 쏘려는 것 같습니다."

레이 플라워스가 말한 순간 방송 부스의 유리창이 안쪽으로 터져 나갔으며, 그는 방송 제어판 위로 쓰러졌다. 어디선가 격발 장치가 맹렬히 돌아가는 소리가 크게 증폭되어 들렸다. 상사가 방송 제어판을 향해 탄창 한 개를 모조리 쏴 버린 후에야 격발 장치가 멎었다. 전기 배전판 위의 불빛들이 계속 깜빡거렸다.

"좋았어."

상사가 몸을 돌리며 말했다.

"1시까지는 카티지에 귀환했으면 좋겠어. 근데 말이야"

그의 부하 세 명이 동시에 그를 향해 총격을 개시했으며, 그중 무반동총을 소지했던 한 명은 가스 장착 총탄을 초당 70발씩 발사했다. 상사는 비틀비틀 발을 동동 구르며 죽음의 춤을 추다가 뒤로 쓰러져 부스의 유리벽이 박살 나고 나서 붙어 있던 뾰족한 유리조각 속으로 내리꽂혔다. 한쪽 다리가 경련을 일으켜 전투화가 유리벽 틀에서 쏟아져 내린 유리 파편들을 걷어찼다.

퍼렇게 질린 얼굴에 안도감을 그대로 드러낸 여드름투성이 일등병 한 명이 눈물을 왈칵 쏟았다. 나머지 사람들은 믿기지가 않는 듯 어리벙벙한 표정으로 서 있기만 했다. 공기 속에 진동하는 코르다이트 무연 화약 냄새가 메스꺼웠다.

"우리가 그의 숨통을 끊었어!"

그 일등병이 잔뜩 흥분해서 외쳤다.

"이런 맙소사, 우리가 피터스 상사의 숨통을 끊었단 말이야!"

아무도 대꾸하지 않았다. 그들은 아직도 멍하니 상황 파악이 안 된 얼굴들이었다. 그 후에야 그들은 진작 그렇게 해치울 걸 하고 생각했다. 이 모든 것이 지독한 죽음의 게임이었으나, 그들의 게임은 아니었다.

레이 플라워스가 죽기 바로 직전 앰프 거치대에 걸어 놓은 전화가 연방 떠들썩한 소리를 토해 냈다.

"레이? 당신 거기 있어요, 레이?"

지치고, 코가 막힌 목소리였다.

"저는 언제나 당신 프로그램을 들어요. 저랑 제 남편 둘 다요. 당신께 훌륭한 일을 꿋꿋이 계속하시라고 간절히 말하고 싶었어요. 그 사람들이 당신을 협박하지 말아야 할 텐데. 무사한 거예요, 레이? 레이……? 레이……?"

통신문 234 2구역 비밀 전송

송신: 랜던 2구역 뉴욕

수신: 크레이튼 사령관

관련: 작전명 카니발

내용: 뉴욕 비상 경계선 여전히 유효 시체들 처리 진행 도시 비교적 조용 X 꾸며 낸 이야기 실체 예상보다 빨리 드러나는 중 그러나 이제까지 시민들 통제에 힘든 점은 전혀 없음 슈퍼 독감이 시민 사회 내부 거의 장악 중 XX 현재 추산으론 출구/ 입구 지점들(조지 워싱턴 다리 트리버러 다리 브루클린 다리 링컨과 홀랜드 터널들 추가로 뉴욕 외곽 자치구 내부 접근 제한 고속도로)의 바리케이드에 배치한 군 병력 50퍼센트가 슈퍼 독감을 앓고 있음 대개의 병력은 여전히 작전 수행 능력 갖추고 훌륭하게 근무 중 XXX 뉴욕 시 할렘 7번가 시어 스타디움에서 일어난 3건의 화재 통제 불능 XXXX 근무지 이탈이 더욱 심각한 문젯거리로 대두 이제 탈영병들은 현장에서 총살함 XXXXX 개인적인 총평으로는 상황이 여전히 수습 가능하나 서서히 악화 중 XXXXXX 통신 종료

랜던 2구역 뉴욕

콜로라도 주 볼더에서는, 미국 기상 관측 대기 실험 연구소가 실제로는 세균전 군사 시설이라는 소문이 퍼지기 시작했다. 그 소문은 반쯤 정신 나간 덴버 FM의 디스크자키가 진행하는 방송을 통해 계속 언급되었다. 6월 26일 밤 11시에, 떼를 이루어 이동하는 레밍들처럼 볼더를 빠져나가는 대규모 피난 행렬이 시작되었다. 피난민을 막으려고 덴버 아바다에서 군인들 한 무리가 출동했으나, 30년간 한 번도 청소하지 않은 아우게아스 왕의 외양간을 깨끗이 하겠다고 양복 먼지 터는 솔을 든 사람 한 명을 보내는 격에 불과했다. 11,000명이 넘는 민간인들(병에 걸린 사람들, 공포에 질

린 사람들, 그리고 별 생각 없이 자신과 대기 실험 연구소 사이에 가능한 한 먼 거리를 두고 싶은 사람들)이 군인들을 넘어뜨렸다. 수천 명의 나머지 볼더 주민들은 피난 행렬과 다른 방향으로 달아났다.

11시 15분, 브로드웨이의 대기 실험 연구소 구역에서 일어난 대폭발이 파편을 흩날리며 밤하늘을 밝혔다. 데즈먼드 래미지라는 이름의 젊은 과격분자가 원래는 여러 중서부 법원과 주 의회를 목표로 챙겨 뒀던 7킬로그램이 넘는 플라스틱 폭탄을 대기 실험 연구소 로비 안에다 심어 놓았다. 폭약은 훌륭했다. 하지만 폭발 시한장치가 엉성했다. 래미지는 죄 없는 온갖 종류의 기상 관측 장비들과 미세 오염 측정 장치들과 함께 증발해 버렸다.

그러는 와중에도 볼더를 떠나는 피난 행렬은 계속 이어졌다.

통신문 771 6구역 비밀 전송

송신: 개리스 6구역 리틀록

수신: 크레이튼 사령관

관련: 작전명 카니발

내용: 브로드스키 제압했다 반복한다 브로드스키 제압했다 그가 이곳 상점가의 개인 병원에 은신 중인 것을 발견 재판하고 나서 미합중국에 대한 반역죄로 즉결 처형했음 치료 중인 사람들 일부가 공무 집행 방해 시도 민간인 14명이 발포, 그중 6명 사살 아군 3명 부상, 중상은 아님 X 6구역 부대 이 지역에서 40퍼센트의 병력만이 활동 그 병력 중 25퍼센트 계속 작전 수행 현재 슈퍼 독감에 걸린 15퍼센트 무단 이탈한 것으로 추정 XX 긴급 대책 계획 프랭크의 F와 관련된 매우 심각한 사건 XXX 미주리 주 카티지 주둔 T.

L. 피터스 상사 미주리 주 스프링필드에서 긴급 임무 도중 자신의 부하들한테 사살당한 것으로 보임 XXXX 유사한 성격의 다른 사건들이 발생할 가능성 있으나 확인이 안 됨 상황이 급속도로 악화되는 중 XXXXX 통신 종료

가필드 6구역 리틀록

수술대 위에서 에테르로 마취된 환자처럼 저녁이 하늘로 퍼져 나가고 있을 때, 오하이오 주 켄트 주립대학에 재학 중인 학생 2,000명이 전의를 다지며 대단한 기세로 행진했다. 2,000명의 폭도들은 첫 번째 여름 학기 수강생들, 대학 언론의 미래에 관한 심포지엄 회원들, 연극 워크숍 참가자 120명 그리고 정기 총회가 슈퍼독감이 산불같이 확산되던 시기와 우연히 겹쳤던 미국 농업 교육진흥회 오하이오 지부 회원 200명으로 이루어졌다. 그들 모두가 나흘 전 6월 22일부터 대학 캠퍼스에 갇혀 있었다. 다음에 이어지는 내용은 오후 7시 16분부터 7시 22분까지의 시간대에 이루어진 그 지역 경찰 무선 통신을 옮겨 놓은 것이다.

"16호, 16호, 들리는가? 오버."

"아, 들린다. 20호. 오버."

"아, 우린 이곳 산책로로 내려오고 있는 젊은 애들을 발견했다. 16호. 대략 70명이며 내 판단으론 흥분한 친구들이다. 그리고…… 아, 그것 좀 확인해 보라, 16호. 우린 반대쪽에서 오고 있는 또 다른 집단도 발견했다…… 맙소사, 200명, 아니 그 이상이다. 그런 것 같다. 오버."

"20호, 여기는 본부다, 들리는가? 오버."

"똑똑히 잘 들린다. 본부. 오버."

"첨과 할리데이를 출동시키겠다. 20호 차량으로 도로를 막아라. 그 밖에 다른 행동은 취하지 마라. 만약 그들이 차량을 넘어가려 하면, 다리를 쭉 펴고 그 상황을 만끽하도록. 대응하지 마라, 알겠는가? 오버."

"대응하지 말라는 말 잘 들었다. 본부. 산책로 동쪽 지대 곳곳에서 움직이는 저 군인들은 뭔가, 본부? 오버."

"무슨 군인들? 오버."

"내가 본부에 물었던 게 바로 그 말이다. 그들은……"

"본부, 여기는 더들리 첨이다. 아 씨발, 여기는 12호다. 미안하다, 본부. 버로스 차도로 내려오고 있는 젊은 애들 떼거리가 있다. 대략 150명. 산책로로 향하는 중이다. 노래하거나 구호를 외치면서, 하여튼 뭐라고 뭐라고 그러면서 갔다. 그런데 대장, 예수님 맙소사, 이쪽에도 군인들이 보인다. 방독면을 쓴 것 같다. 아, 그들이 충돌 경계선 안에 들어와 있는 듯하다. 육안으로 보기엔 아무래도 그런 것 같다. 오버."

"본부에서 12호로. 산책로 밑에서 20호와 합류하라. 똑같은 지시다. 대응하지 말 것. 오버."

"알았다, 본부. 차를 그리로 모는 중이다. 오버."

"본부, 여기는 17호. 할리데이다, 본부. 들리는가? 오버."

"들린다, 17호. 오버."

"첨의 뒤에 있다. 산책로를 향해 서쪽에서 동쪽으로 가고 있는 또 다른 애들 200명이 있다. 구호가 적힌 손 팻말을 들었다. 1960년대 시위대랑 똑같이. 한 팻말엔 '군인들이여, 총을 내던져라' 라고 적혀 있다. 또 다른 팻말엔 '진실을, 완전한 진실을, 오로지 진실만을' 이라고 적힌 것이 보인다. 그들……"

"팻말에 뭐라고 적혀 있건 전혀 관심 없다, 17호. 첨과 피터스와 함께 그곳에 머물면서 애들을 막아라. 그들은 토네이도 폭풍 속으로 전진하는 것 같다. 오버."

"알았다. 오버 앤드 아웃."

"대학 경비대장 리처드 벌레이가 지금 교정 남쪽에 주둔한 군부대의 지휘관에게 말한다. 반복한다. 여기는 대학 경비대장 벌레이다. 우리 무전을 듣고 있다는 것을 안다. 부디 회피하거나 발뺌하지 말고 순순히 응답하라. 오버."

"미 육군 대령 앨버트 필립스다. 당신의 무전을 듣고 있다, 벌레이 대장. 오버."

"본부, 여기는 16호. 젊은 애들이 전쟁 추모비에 모여들고 있다. 그들이 군인들 쪽으로 방향을 돌리는 것으로 보인다. 이거 참 불길하다. 오버."

"벌레이 대장이다. 필립스 대령. 당신의 의도를 명확히 밝혀 주시오. 오버."

"내가 받은 작전 명령은 대학 교정에 있는 사람들을 대학 교정 안에 묶어 두는 것이다. 내 유일한 목적은 명령을 따르는 것이다. 만약 그 사람들이 그냥 시위만 하는 것이라면, 그들은 무사할 것이다. 만약 그들이 고의로 검역 차단선 밖으로 뚫고 나오려 든다면, 무사하지 못할 것이다. 오버."

"당신 말뜻은 설마……"

"나는 내가 말한 대로 할 것이다, 벌레이 대장. 오버 앤드 아웃."

"필립스! 필립스! 응답하라, 씨발놈아! 거기 있는 사람들은 빨갱이 게릴라들이 아니란 말이다! 아이들이야! 미국의 아이들이라고! 걔들은 무장도 하지 않았어! 걔들은"

"13호에서 본부로. 애들이 군인들 정면으로 걸어가고 있다, 대장. 팻말을 흔들고 있다. 노래를 부르면서. 운동권 가수 조앤 바에즈 계집애가 불러 댔던 그 노래. 오, 젠장, 아이들 중 일부가 돌을 던지고 있다. 재들…… 맙소사! 오 예수님 맙소사! 재들이 저러면 안 되는데!"

"본부에서 13호로! 거기서 무슨 일이 벌어지고 있는가? 무슨 일이야?"

"여기는 첨이다, 리처드. 여기서 무슨 일이 일어나고 있는지 말해 주겠다. 대학살이다. 차라리 내가 눈이 멀었으면 좋겠다. 아, 씹새끼들! 그놈들이…… 아, 그놈들이 아이들을 닥치는 대로 쓸어 버리고 있다. 기관총으로, 기관총으로 보인다. 내가 말할 수 있는 것은, 단 한 마디의 경고조차 없었다는 것이다. 아직 두 발로 서 있는 아이들은…… 앗, 애들이 흩어지고 있다…… 사방팔방으로 뛰쳐 나가면서. 오 니미럴! 방금 한 소녀가 총격을 받아 반토막 나는 것을 목격했다! 피가…… 잔디밭 저편에 널브러져 있는 애들이 7, 80명 정도 되는 것이 틀림없다. 그 애들은……"

"첨! 대답하라! 대답하라, 12호!"

"본부, 여기는 17호. 들리는가? 오버."

"잘 들려, 아우 제기랄, 도대체 첨은 어디 간 거야? 좆같이 오버다!"

"첨과…… 할리데이는, 내 생각엔…… 더 좋은 시야를 확보하려고 순찰차 밖으로 나간 것 같다. 우린 복귀하고 있다, 리처드. 이제는 군인들이 자기들끼리 서로 총질하고 있는 것 같다. 누가 이기고 있는지 모르겠고, 관심도 없다. 어느 쪽이 이기든 아마 그 다음엔 우리한테 덤벼들겠지. 대원들 중 복귀할 수 있는 사람들이 '무사히' 복귀하면, 모두 지하실로 내려가서 그놈들이 탄약을 몽땅 써 버릴 때까지 기다릴 것을 제안한다. 오버."

"제기랄……"

"여전히 인간 사격 대회가 계속된다, 리처드. 농담이 아니다. 오버. 아웃."

위에 기록한 연속적인 무전 교신 내내, 듣는 사람은 배경에서 희미하게 터지는 퍽퍽 소리를 들을 수 있었다. 뜨거운 불길에 들어간 말밤나무 열매의 소리와 별반 다를 바 없는 소리였다. 누군가는 가냘픈 비명까지도 들었을 것이고…… 그리고 마지막 40여 초 동안엔, 박격포 포탄이 터지며 연속적으로 둔중하게 울려 대는 쿵쿵 소리까지도.

다음은 남부 캘리포니아 지역의 특수 고주파 무선 통신 내용을 옮겨 놓은 것이다. 태평양 표준 시각 오후 7시 17분부터 7시 20분 사이에 있었던 무전 기록이다.

"매싱일 10구역이다. 거기 누구 있는가, 블루 기지? 이 메시지는 애니 오클리, 긴급 플러스 10으로 암호화한다. 응답하라, 만약 거기 누가 있다면. 오버."

"여기는 렌이다, 데이비드. 암호 용어 따위는 빼 버려도 상관없을 것 같다. 아무도 안 듣는다."

"통제 불능입니다, 렌 사령관님. 모든 것이 말입니다. 로스앤젤레스가 화염에 휩싸여 있습니다. 좆같은 도시 전체와 도시를 둘러싼 모든 것이 말입니다. 제 부하들 모두 병에 걸리거나 폭동을 일으키거나 무단이탈하거나 민간인들의 약탈 행위에 합세하고 있습니다. 저는 뱅크 오브 아메리카 본점 건물의 전망대에 있습니다. 600명도 넘는 사람이 전망대에 들어와 저를 붙잡으려고 하는 중입니다. 그들 대부분이 정규군입니다."

"모든 것이 산산이 부서진다. 중심점이 남아나지 않는다."

"다시 말씀해 주십시오. 듣지 못했습니다."

"별 얘기 아니었어. 자네 탈출할 수 있겠나?"

"절대 불가능합니다. 하지만 첫 번째로 공격해 들어올 인간쓰레기 놈한테 그럴듯한 선물을 줄 겁니다. 무반동총을 갖고 있습니다. 인간쓰레기. 좆도 인간쓰레기!"

"행운을 비네, 데이비드."

"사령관님께도 행운을. 가능한 한 오래도록 행운을 끌어안고 계십시오."

"그렇게 하겠네."

"저도 확실치는 않지만"

이 시점에서 음성 통신이 끝난다. 부서지고 무너지는 소리, 금속이 우그러지며 끼익하는 소리, 유리가 깨지는 파열음이 울린다. 무수히 많은 고함. 소화기의 발사음, 그러고 나서는 무선 통신기 아주 가까이서, 소리가 일그러질 정도로 상당히 가까이서, 무반동총의 발사음이 확실한 폭발 소리가 격렬하게 요동친다. 고함치고, 포효하는 목소리들이 점점 더 가까워진다. 쌩하며 탄환 튀는 소리가 나고, 무선 통신기 아주 가까이서 비명, 털썩 그리고 침묵.

다음은 샌프란시스코의 정규군 무선 통신을 옮겨 놓은 것이다. 태평양 표준 시각 오후 7시 28분부터 7시 30분 사이에 있었던 무전 기록이다.

"제군들이여 형제들이여! 우리는 라디오 방송국과 지휘본부를 접수했다! 그대들의 압제자들은 죽었다! 얼마 전까지는 롤랜드 깁스 중사였던 나, 지노 형제는 나 자신을 북부 캘리포니아 공화국의 초대 대통령으로 선포한다! 우리가 지휘하고 있다! 우리가 지휘하고 있다! 만일 그대들의 현지 장교가 내 명령을 거역하려 든다면, 길거리의 개새끼처럼 쏴 버려라! 개새끼처럼! 궁둥이에 말라붙은 똥을 달고 다니는 암캐처럼! 이탈자들의 이름, 계급, 군번을 적어 놓으라! 북부 캘리포니아 공화국에 선동이나 반역을 꾀하는 발언을 하는 자들의 명단을 만들라! 새로운 시대가 밝아 오고 있다! 압제자들의 시대는 끝났다. 우리는"

기관총이 불을 뿜는 맹렬한 소리. 절규하는 소리. 쿵쿵거리다 털썩 무너지는 소리. 권총 발사하는 소리, 더욱 큰 절규, 끊임없이 터져 나오는 기관총 불 뿜는 소리. 오랫동안 이어지는 죽어 가는 신음 소리. 3초간 통신 중단.

"미 합중국 육군 소령 앨프리드 넌이다. 나는 샌프란시스코에 있는 미 합중국 병력에 대해 잠정적으로 임시 지휘 통솔을 맡고 있다. 이 지휘 본부의 소수의 반역자는 처형되었다. 내가 지휘 책임자다. 반복한다, 내가 지휘 책임자다. 진행 중인 작전은 계속 이어 나갈 것이다. 이탈자들과 배신자들은 이전과 마찬가지로 처벌받을 것이다. 극형에 처할 것이다. 반복한다, 극형에 처할 것이다. 나는 현재"

더욱 큰 총격 소리. 외마디 비명.

……모조리 해치워! 그 새끼들 모조리 해치워! 그 전쟁광 돼지 새끼들한테 죽음을……

격렬한 총격 소리. 그러고는 무선 통신 침묵.

동부 표준 시각 오후 9시 16분, 아직까진 텔레비전을 시청할 수 있을 정도로 건강한 메인 주 포틀랜드의 사람들은 WCSH 텔레비전에 채널을 고정했고, 병에 걸린 것이 분명한 덩치 큰 흑인 남자가 분홍색 가죽 팬티와 해병대 장교 모자만 빼고 죄다 벌거벗은 채 62명을 연달아 공개 처형하는 장면을 망연자실한 공포 속에서 시청했다.

그 흑인의 동료들도 역시 흑인이었고, 역시 거의 완전히 벌거벗었으며, 모두 가죽 팬티를 걸치고 한때는 군대 소속이었다는 사실을 나타내는 계급장을 달았다. 그들은 자동 및 반자동 화기들로 무장했다. 한때는 스튜디오 방청객이 지역 정치 토론과 「상금 타는 행운의 전화」 프로그램을 지켜보았던 방청석에서는, 이 흑인

'군사 정권'의 더 많은 협력자가 200명 정도 되는 군복 걸친 군인들을 소총과 권총으로 겨누었다.

연방 히죽거리며, 석탄 같은 검은 얼굴에 놀라울 정도로 새하얀 치아를 드러내 보이는 덩치 큰 흑인 남자가 45구경 권총을 손에 들고 큰 유리 원반 옆에 서 있었다. 이제는 아주 오래전인 것만 같은 과거의 한때에 그 원반은 「상금 타는 행운의 전화」 프로그램을 위해 전화번호부에서 발췌한 전화번호들을 매달곤 했다.

그가 원반을 돌려 운전 면허증 하나를 뽑아 들고 소리 높이 외쳤다.

"프랭클린 스턴 일등병, 무대 중앙으로 나와 주우시입시요오."

사방에서 방청객을 에워싸고 있는 무장한 사람들이 몸을 숙여 이름표를 찾아보는 동안, 방송 일이 처음인 게 분명한 카메라맨이 카메라를 불안하게 이리저리 휙휙 움직이며 방청객을 훑었다.

마침내 밝은 금발머리에 겨우 열아홉 살인 젊은 남자가 비명을 지르며 거부하다가, 억지로 일으켜 세워져 무대로 끌려 나왔다. 흑인 두 명이 강제로 그의 무릎을 꿇렸다.

흑인 남자가 씩 웃다가, 재채기하다가, 가래를 뱉다가 그러다 45구경 자동 권총을 스턴 일등병의 관자놀이에 갖다 댔다.

"안 돼!"

스턴이 이성을 잃고 부르짖었다.

"나도 당신들 편에 설게요, 하나님께 맹세코 그렇게 할게요! 내가 꼭"

"성부와성자와그리고성령의이름으로."

덩치 큰 흑인 남자가 읊조리더니, 싱글벙글하며 방아쇠를 당겼다. 스턴 일등병이 강제로 무릎이 꿇린 자리 뒤엔 피와 뇌가 뒤엉킨 커다란 진창이 있었는데, 이제 그 일등병도 자신의 몫을 추가했다.

철퍼덕.

또다시 재채기를 한 흑인 남자가 하마터면 엎어질 뻔했다. 또 다른 흑인 남자, 부조정실 안에 있는 이 남자(그는 챙이 앞으로 길게 나온 녹색 작업모를 쓰고 순백색의 짧은 승마 바지를 입고 있었다.)가 박수 단추를 눌렀고, 스튜디오 방청객 앞의 표시등이 번쩍거렸다. 포로 방청객을 감시하는 흑인들이 위협적으로 무기를 치켜들었고, 사로잡힌 백인 군인들은 땀과 공포로 얼굴을 번들거리며, 열렬히 손뼉을 쳤다.

"다음 손님!"

가죽 팬티를 걸친 흑인 남자가 쉰 목소리로 외쳐 대며, 또다시 원반을 자세히 살폈다. 신분증을 뽑아 든 그가 이름을 발표했다.

"로저 피터슨 상사, 무대 중앙으로 나와 주우시입시요오."

방청석에 있던 한 남자가 아우성치다가 무모하게도 뒷문을 향해 뛰쳐나가려고 시도했다. 잠시 후 그는 무대 위에 등장했다. 혼란스러운 상황 속에서, 방청석 셋째 줄에 앉은 사람들 중 한 명이 윗옷에 꽂힌 이름표를 떼어 내려고 했다. 총알 한 발이 발사됐고, 그는 자기 좌석에 푹 쓰러져 마치 이토록 천박한 쇼 프로그램이 너무 지루해 죽음 같은 선잠에 빠진 듯 눈빛이 흐려졌다.

이 화려한 쇼가 거의 11시 15분까지 이어지는 동안, 방독면을 착용하고 기관단총을 소지한 정규군 네 개 분대가 스튜디오 안으로 난입했다. 죽어 가는 두 군인 집단이 즉시 교전에 돌입했다.

가죽 팬티를 걸친 흑인 남자는 거의 순식간에 쓰러져 욕을 하고 땀 흘리다 총알 세례를 받아 벌집이 되었으며, 자동 권총을 바닥에다 대고 미친 듯이 발사했다. 2번 카메라를 조작하던 반란군은 복부에 총을 맞았는데, 그가 쏟아지는 창자를 움켜쥐고 앞으로 쓰러지자 카메라가 천천히 회전하는 바람에, 시청자들한테 지옥의 풍경을 여유롭게 쭉 훑어 보여 주었다. 반나체 차림의 경비병들이 총을 쏘며 반격하고 있었고, 방독면을 착용한 군인들이 방청석 전체에 총알을 뿌려 대고 있었다. 중간에 낀 비무장 군인들은 구조되기는커녕, 단지 자신들에 대한 사형 집행 속도가 더 빨라졌을 뿐임을 알아차렸다.

빨간 머리에 갑작스러운 공포로 얼굴에는 몹시 흥분한 표정이 완연한 젊은 남자가 다리에 죽마를 매단 서커스 단원이라도 되는 양 좌석 등받이 여섯 줄을 뒤뚱뒤뚱 올라가다가 연속적인 45구경 총알 세례에 짓이겨졌다. 나머지 사람들은 코를 바닥에 밀착시키고 카펫이 깔린 좌석 사이의 통로를 기어 올라갔는데, 그들이 기초 군사 훈련에서 배웠던 적 기관총 사격 시 포복 요령과 똑같은 자세였다. 머리가 희끗한 나이 든 하사관이 자리에서 일어나, 텔레비전 쇼 프로그램 진행자처럼 두 팔을 넓게 벌리고 목청을 드높여 "그마아아안!"을 외쳤다. 양쪽에서 격렬한 총격이 그를 향해 날아왔고, 그는 부서진 꼭두각시 인형처럼 이리저리 꿈틀대며 막춤을 추기 시작했다. 총기들의 포효와 죽어 가는 사람들과 부상당한 사람들의 비명이 부조정실 안의 음향 측정기 바늘을 50데시벨까지 훌쩍 뛰어오르게 했다.

카메라맨이 자기가 카메라를 조작하던 손잡이 위로 엎어지면서, 교전이 계속되던 나머지 시간 동안 시청자들은 이제 다행스럽게도 스튜디오 천장만 보이는 화면을 볼 수 있었다. 5분에 걸쳐 총격 소리가 드문드문한 폭발 소리로 줄어들더니, 아무 소리도 나지 않았다. 오직 비명만이 계속 이어졌다.

11시 5분에 스튜디오 천장 화면은 만화로 그려진 사람이 만화로 그려진 텔레비전을 시무룩하게 노려보는 화면으로 바뀌었다. 만화로 그려진 텔레비전 위에는 안내문이 적혀 있었다. '죄송합니다. 방송에 문제가 생겼습니다!'

밤이 끝을 향해 치닫고 있던 그 순간, 안내문의 글은 거의 모든 사람들한테 진실이었다.

중앙 표준 시각 오후 11시 30분, 디모인에서는 종교 스티커들(그중 하나는 '예수를 사랑한다면 경적을 울리시오.' 였다.)을 덕지덕지 붙인 낡은 뷰익 한 대가 인적 없는 번화가를 끊임없이 돌아다녔다. 그날 일찍 디모인에서 화재가 나 헐 대로의 남쪽 방면과 그랜드뷰 전문대학을 거의 불살랐다. 그 후 그곳에선 번화가 지역을 깡그리 약탈하는 폭동이 일어났다.

해가 지고 나자 거리는 불안하게 배회하는 사람들의 무리로 가득했고, 그들은 대개 스물다섯 살이 넘지 않았으며 대다수가 개조한 오토바이를 타고 있었다. 그들은 유리창을 깨고 텔레비전 수상기를 훔치고 주유소에서 기름 탱크를 채웠고, 그러는 동안에도 총을 지니고 있을 만한 사람들을 예의 주시했다. 그들 중 일부, 주로 오토바이족들이 80번 주간 고속도로에서 마지막 질주를 벌이고 있었다. 하지만 햇빛이 맥빠진 녹색 지구를 떠나갔을 무렵, 사람들은 대개 이미 집 안으로 기어 들어가 문을 잠그고는 슈퍼 독감의 증세에 시달리거나 또는 그 병에 대한 두려움에 시달리고 있었다. 이제 디모인은 마지막 취객들까지도 술기운에 곯아떨어진 어느 빽적지근한 새해맞이 밤샘 파티의 우울한 광경을 연출하고 있었다. 나지막이 소리 내며 거리에 널린 깨진 유리 조각들을 밟고 다니던 뷰익이 서쪽으로 방향을 틀어 14번가에서 유클리드 대로를 향했다. 차량 두 대가 정면충돌하여 성공적인 이중 살인을 끝낸 후 이제는 연인들처럼 범퍼가 서로 뒤엉킨 채 주저앉은 장소를 지나고 있었다. 뷰익의 지붕에 달려 있던 확성기가 큰 소리로 웅웅 하며 삑삑거리는 잡음을 내보내기 시작하더니, 곧이어 전축 바늘이 옛날 레코드판의 시작 부분 홈을 긁는 소리가 났다. 그러고 나서 유령 마을처럼 인적 없는 디모인의 거리 이곳저곳에 울려 퍼진 것은, 마더 메이벨 카터가 감미롭게 읊조리는 「밝은 면만 보고 살아요」의 노랫소리였다.

밝은 면만 보고 살아요
항상 밝은 면만을
인생의 밝은 면만 보고 살아요
골칫거리가 아무리 많을지라도
아무런 문제도 없는 것처럼 보일 거예요
인생의 밝은 면만 보고 산다면……

낡은 뷰익이 8 자 모양으로 고리를 만들며, 때로는 똑같은 구역을 서너 번씩 돌아 원형을 만들며 계속해서 돌아다녔다. 그 차가 어디에 부딪히기라도 하면(또는 시체 위로 굴러 가면) 음반이 튀었을 것이다.

자정을 20분 남겨 두고, 뷰익이 인도의 경계석 옆에 자리를 잡고 빈둥거렸다. 그러고 나서 다시 굴러 가기 시작했다. 확성기가 엘비스 프레슬리가 부르는 「낡은 고난의 십자가」를 요란하게 울려 댔고, 밤바람이 나무들 속을 살랑거리며 전문대학의 불탄 폐허에서 나오는 마지막 연기를 뒤흔들었다.

동부 표준 시각 오후 9시에 행해졌으나, 여러 지역에서 방송이 되지 못했던 대통령 연설에서 인용.

"……이토록 위대한 국가는 해야만 합니다. 우리는 어두운 방 안에 있는 어린아이들처럼 그림자에 놀라 소스라칠 수는 없습니다. 그렇지만 우리가 이 심각한 유행성 독감의 발생을 가볍게만 취급할 수도 없는 노릇입니다. 친애하는 미국 국민 여러분, 저는 여러분께 집에 그대로 머물러 계실 것을 촉구합니다. 만일 편찮으시다면, 침대에 누워 아스피린을 복용하고, 깨끗한 물을 많이 드십시오. 기껏해야 일주일 후면 나아질 거라고 확신을 하십시오. 거듭 말씀드리건대 오늘 저녁 여러분께 행한 제 연설의 시작 부분에 했던 말은 바로 이것입니다. 이 변종 독감이 불치병이라는 소문에는 전혀 진실이 없다는, 단 한 점의 진실도 없다는 것입니다. 거의 대부분의 경우에 일주일 안에 자리에서 일어나 돌아다니고 건강해졌다고 느끼게 될 것입니다. 게다가"

(갑작스러운 기침)

"게다가, 이 변종 독감이 군사적 이용을 전제로 현 정부가 만들어 낸 것이라는 내용으로 특정 과격파 반체제 조직이 퍼뜨린 악의적인 소문이 나돌았습니다. 미국 국민 여러분, 이 소문은 순전히 거짓이며, 저는 바로 여기서 그리고 바로 지금 그와 같은 소문에 종지부를 찍고 싶습니다. 우리 나라는 선한 양심과 선한 신념에 따라 독가스, 신경가스, 세균전에 관한 개정 제네바 협약에 서명했습니다. 우리 나라는 현재는 물론이거니와 이전에도"

(갑작스러운 재채기들)

"……이전에도 제네바 협정에 반하는 물질의 비밀 제조에 가담했던 적이 전혀 없었습니다. 이번 사태는 다소 심각한 독감의 발생이지, 그 이상도 그 이하도 아닌 것입니다. 우리 정부는 소련과 중공을 포함한 다른 여러 국가에서도 독감이 발생했다는 소식을 오늘 밤 입수했습니다. 그러므로 우리 정부는"

(갑작스러운 기침과 재채기)

"……정부는 여러분께서 평온을 유지하시고, 이번 주 후반이나 다음 주 초에 독감 백신이 아직도 병세에 차도가 없는 분들께 보급될 것이란 사실을 믿고 안심하실 것을 부탁드리겠습니다. 일부 지역에서 폭력배, 난동꾼, 유언비어 유포자들로부터 주민들을 보호할 목적으로 주 방위군이 소집되기는 했지만, 일부 도시가 정규군에 '점령' 당했다거나 뉴스 보도가 통제되고 있다는 소문들은 전적으로 진실이 아닙니다. 친애하는 미국 국민 여러분, 이런 소문은 순전히 거짓이며, 저는 바로 여기서 그리고 바로 지금 그와 같은 소문에 종지부를 찍고 싶……"

애틀랜타에 있는 제일 침례교회의 정면에 빨간 스프레이 페인트로 적힌 낙서.

'사랑하는 주님께. 제가 머지않아 주님을 만나 뵐 것 같습니다. 주님의 친구 미국 올림. 추신. 이번 주말쯤에 빈방을 넉넉히 준비해 두시면 좋겠어요.'

제27장

래리 언더우드는 6월 27일 아침에 센트럴 파크의 벤치에 앉아 동물원 안을 바라보고 있었다. 그의 뒤쪽 5번가는 차량으로 마구 뒤엉켜 있었지만 차들 모두가 조용했는데, 차 주인들이 죽거나 도망쳤기 때문이었다. 5번가에서 멀리 내려간 곳에서, 수많은 호화 상점들이 연기를 내뿜는 폐허로 변했다.

앉아 있던 곳에서 래리는 사자, 영양, 얼룩말 그리고 이름을 알 수 없는 품종의 원숭이를 볼 수 있었다. 원숭이만 빼고 모두 죽어 있었다. 동물들은 독감 때문에 죽은 것이 아니라고 래리는 판단했다. 얼마나 오래됐는지는 하나님만이 아시는 기간 동안 음식도 물도 얻지 못했기 때문에 죽은 것이었다. 모두 죽고 원숭이만 남았다. 그리고 래리가 이곳에 앉아 있던 3시간 동안 원숭이는 겨우 네다섯 번만 움직였다. 원숭이는 굶어 죽거나 목말라 죽는 것을 모면할 만큼 영리했지만, 아직까진 그랬지만, 분명히 슈퍼 독감이라

볼 수 있는 증세를 적잖이 나타냈다. 그 녀석은 확실히 병을 앓는 한 마리 원숭이였다. 정말이지 먹고살기 어려운 세상이었다.

래리의 오른편에서 온갖 동물 인형이 붙은 대형 시계가 11시 종을 울렸다. 한때는 어린이들을 기쁘게 했던 시계 장치 인형들이 이제는 텅 빈 동물원에다 대고 음악을 연주했다. 곰이 트럼펫을 불었고, 절대로 병에 걸리지 않을(하지만 결국엔 태엽이 풀려 멈추고 말) 시계 장치 원숭이는 탬버린을 쳤고, 코끼리는 코로 북을 두드렸다. '둔탁한 선율이야, 베이비. 좆같이 둔탁한 선율이라고. 「세상의 끝」을 시계 장치 인형에 맞춰 편곡했구먼.'

잠시 후 시계는 조용해졌고, 그는 또다시 쉬어 터진 고함을 들을 수가 있었는데, 이젠 고맙게도 멀리서 희미하게 들렸다. '괴물 외침꾼'은 이 화창한 오전 래리의 왼쪽 어딘가에, 아마도 헥셔 운동장에 있는 듯했다. 아마도 그곳의 어린이 물놀이장에 빠져 익사하지 싶었다.

"괴물들이 오고 있다!"

거칠게 부르짖는 소리가 희미하게 들렸다. 어두운 구름이 이날 아침에 걷혀서 날씨가 맑고 무더웠다. 날아다니던 벌 한 마리가 래리의 코를 지나 근처 화단 중 한 곳을 맴돌다 작약 꽃 위에 사뿐히 착륙했다. 동물원에서는 파리들이 은은하고 나른하게 윙윙거리는 소리를 내며 죽은 동물들 위에 내려앉았다.

"지금 괴물들이 오고 있다!"

괴물 외침꾼은 60대 중반쯤으로 보이는 키 큰 남자였다. 래리는 어젯밤 셰리네덜란드 호텔에서 시간을 보내다 그 사람의 소리를 처음으로 들었다. 조용한 도시 위로 밤이 부자연스럽게 내려앉은 가운데, 희미하게 울부짖는 목소리가 울려 퍼지며 음울하게 들려왔다. 미치광이 예언자 예레미야 같은 목소리가 맨해튼 거리를 떠돌며 메아리치고, 튀어 다니고, 일그러졌다. 조명이 모두 켜져 빛나는 객실 안에서 퀸사이즈 더블 침대에 누워 잠 못 이루던 래리는 괴물 외침꾼이 그를 향해 오고 있다고, 그를 찾아내려 한다고, 그가 자주 꾸는 나쁜 꿈속의 생명체들이 이따금 그러는 것처럼 행동하려 한다는 엉뚱한 생각을 굳게 믿었다. 꽤 오랫동안 그 목소리가 점점 더 가까워지는 것 같았다. '괴물들이 오고 있다! 괴물들이 오고 있는 중이다! 그놈들이 이 근처에 와 있다!' 그리고 래리는 확신했다. 삼중으로 자물쇠를 채워 놓은 객실 문이 별안간 안쪽으로 열릴 것이고, 그 괴물 외침꾼이 문간에 서 있을 것이고…… 그는 도무지 인간이 아니라 개의 머리와 접시 크기만 한 파리 눈과 우물우물하는 이빨을 가진 거인 같은 트롤 괴물일 것이었다.

하지만 이날 아침 일찍 래리는 공원에서 그 사람을 보았는데, 그저 코듀로이 바지와 샌들 차림에 한쪽 테를 테이프로 동여맨 뿔테 안경을 걸친 미친 노인네일 뿐이었다. 래리가 말을 걸려 하자 괴물 외침꾼은 공포에 휩싸여 달아나며, 괴물들이 언제라도 거리로 들어올 것이라고 어깨 너머로 부르짖었다. 그 사람은 발목 높이의 철망에 걸려 넘어지면서 요란하고 우스꽝스러운 '철퍼덕!' 소리와 함께 자전거 도로 위에 큰대 자로 쫙 뻗었는데, 안경이 튀어 올랐으나 부서지지는 않았다. 래리가 가까이 가 보았지만, 그가 다다르기도 전에 괴물 외침꾼은 안경을 집어 들고 산책로 쪽으로 가며 한도 끝도 없는 경고를 부르짖었다. 이로써 그 사람에 대한 래리의 견해는 열두 시간 만에 극도의 공포에서 극단적인 지루함과 가벼운 귀찮음으로 바뀌고 말았다.

공원 안에는 다른 사람들도 있었다. 래리는 그들 중 몇 명한테 말을 걸어 보았다. 그들은 한결같이 똑같은 처지였고, 래리는 자신도 별반 다를 게 없다고 여겼다. 그들은 정신이 멍해져 있었고, 말을 띄엄띄엄 했으며, 대화를 하는 동안 상대방의 소맷자락을 부여잡으려 손을 뻗는 행동을 멈출 수 없는 듯 했다. 그들은 할 말이 많았다. 모두 똑같은 이야기였다. 친구들과 친지들이 죽었거나 죽어 가고 있었다. 거리에서 총소리가 났고, 5번가에선 아수라장이 벌어졌고, 티파니 보석상점이 날아갔다던데 그게 사실인가, 그게 정말 사실일까? 누가 거리를 청소할 것인가? 누가 쓰레기봉투를 거둬 갈 것인가? 뉴욕에서 탈출해야만 하는 건가? 그들은 탈출할 수 있을 만한 모든 장소를 군대가 지키고 있다는 소문을 들었다. 한 여자는 쥐 떼가 지하철에서 땅 위로 기어 올라와 지구를 정복할 것이라는 두려움에 떨었고, 그 바람에 래리는 뉴욕으로 돌아온 첫날 했던 자신의 생각을 불안하게 떠올렸다. 엄청나게 큰 가방에서 꺼낸 프리토스 과자를 우적우적 씹어 먹고 있던 한 청년은 일생일대의 야망을 실현할 작정이라고 래리한테 스스럼없이 말했다. 그는 양키 스타디움으로 가서 벌거벗고 외야를 한 바퀴 쭉 달리고 나서, 홈 베이스에서 자위를 할 작정이었다.

"일생일대의 기회라고요, 형씨."

래리한테 말한 그는 양쪽 눈을 찡긋거리고 나서, 프리토스를 먹으며 유유히 사라졌다.

공원 안에 있는 사람들 대다수가 병을 앓았지만, 그곳에서 죽은

이는 많지 않았다. 아마도 동물들의 저녁 식사거리로 잡아먹힐까 봐 불안해했고, 죽음이 가까워졌다는 느낌이 들어 실내로 기어 들어갔던 모양이다. 오늘 아침 래리는 죽음과 딱 한 번 마주했지만 그 한 번만으로도 충분하다고 여겼다. 그는 1번 횡단로를 걸어 올라가 끝에 있는 공중변소로 갔다. 화장실 문을 열었더니, 얼굴 여기저기 구더기가 씩씩하게 꿈틀대는데도 싱긋 웃고 있는 남자의 시체가 앉아 있었고, 그 시체의 양손은 맨살을 드러낸 허벅지 위에 얹혀 있었으며, 움푹 꺼진 눈은 래리의 눈을 뚫어지게 쳐다보고 있었다. 마치 그곳에 앉아 있는 남자가 이 모든 혼란 속에서도 파리 떼를 위해 준비된 썩은 내 나는 사탕 과자, 달콤한 진수성찬이기라도 한 듯, 구역질 나는 달착지근한 냄새가 래리를 향해 풍겨 올라왔다. 래리는 문을 쾅 닫았지만, 이미 늦었다. 그는 아침 식사로 먹었던 콘플레이크를 토하고 나서 내장이 찢어질지도 모른다는 걱정이 들 때까지 울렁거리는 속을 말끔히 비워 냈다. 그는 동물원 쪽으로 비틀비틀 걸어가는 동안 기도했다. '하나님, 만약 당신께서 그곳에 계신다면요, 만약 오늘도 소원을 접수하고 계신다면요, 대빵 어르신, 제 소원은 오늘은 저런 꼴을 더 이상 보지 않게 해 달라는 겁니다요. 괴짜들을 만나는 것도 퍽이나 괴로운 일이지만, 저런 것은 제가 감당하기엔 너무 벅차요. 대단히 감사합니다.'

이제 이곳 벤치에 앉아(괴물 외침꾼은 잠깐이나마 소리가 안 들리는 먼 곳으로 이동했다.) 래리는 5년 전의 월드 시리즈 야구 경기를 생각하고 있었다. 그것은 좋은 추억이었는데, 그 이유는 지금의 그가 느끼기에 그때야말로 완벽하게 행복했고, 신체 상태가 최고조였으며 편안한 마음으로 휴식을 취하며 유유자적하던 마지막 시기였기 때문이었다.

그때는 그와 루디가 갈라서고 난 직후였다. 그것은, 그 결별은 아주 지랄 맞게 불행한 사건이었고, 만약 다시 루디를 만난다면('절대 그럴 일 없어.' 한숨이 절로 나오며 마음속으로 중얼거렸다.), 래리는 사과할 생각이었다. 무릎을 꿇고 루디의 신발에 키스할 생각이었다. 만일 루디가 다시 기분을 푸는 데 필요한 일이라면.

그들은 헐떡거리는 낡은 1968년형 머큐리를 타고 국토 횡단을 시작했다가 오마하에서 차 변속기가 떡이 돼 버렸다. 그곳에서부터 그들은 2주 동안 일하고, 차를 얻어 타고 서쪽으로 가서 또 2주 동안 일하고, 그러고서 또 얼마간 차를 얻어 탈 예정이었다. 한동안 그들은 다른 주들 사이로 툭 튀어나온 주 경계선의 어귀 부분에 있는 서부 네브래스카의 한 농장에서 일했는데, 어느 날 밤 래리가 포커 게임에서 60달러를 잃었다. 이튿날 그는 쪼들리는 상황을 면하려고 루디한테 돈을 꿔 달라고 요청해야 했다. 둘은 한 달 뒤 로스앤젤레스에 도착했으며, 래리가 먼저 일자리를 얻었다. 비록 최저 임금 수준의 일자리에 불과한 접시닦이였지만. 3주 후 어느 날 밤, 루디가 이야기 끝에 돈을 꿔 줬던 일을 끄집어냈다. 그는 어떤 남자를 만나 정말 좋은 직업소개소를 추천받았고, 절대 놓치고 싶지 않은 자리인데 소개비가 25달러라고 말했다. 우연히도 포커 게임 뒤에 래리한테 빌려 줬던 액수와 딱 맞아떨어졌다. 루디가 말했다.

"보통 때라면야 절대 이렇게 쫀쫀하게 굴지 않겠지만 말야, 그치만……."

래리는 빌린 돈을 이미 갚았다고 똑 부러지게 말했다. 계산할 게 남아 있지 않다고. 만약 루디가 25달러를 원한다면 기꺼이 주겠지만, 한 번 빌려 준 돈을 두 번씩 받아 내려고 떼를 쓰는 것이 아니기를 바란다고 했다.

루디는 자신이 공돈을 바라는 것이 아니라고 했다. 그는 빚을 갚기를 바라는 것이지, 래리 언더우드의 헛소리에는 별 관심이 없었다.

"아이고야 맙소사." 래리는 명랑한 웃음을 지으려 애썼다.

"너한테서 영수증을 받아 둬야 할 줄은 생각도 못 했다, 루디. 내가 잘못 생각했구나."

이 일은 전면적인 말다툼으로 확대되어 거의 주먹다짐 직전까지 갔다. 결국 루디의 얼굴이 확 붉어졌다.

"그게 바로 너야, 래리. 그게 바로 너다운 거라고. 그게 바로 네 글러 먹은 꼬락서니야! 그동안 인생 헛살았다 싶었는데, 드디어 한 수 배우는구나. 다시 마주치면 죽을 줄 알아, 래리."

루디가 밖으로 나가자 래리는 싸구려 하숙집의 계단까지 그를 쫓아가며, 뒷주머니에서 꺼낸 지갑을 뒤적였다. 지갑 속 사진 뒤의 비밀 칸에 10달러짜리 세 장이 꼬깃꼬깃 접혀 있었고, 그는 루디 뒤에다 대고 지폐를 내던졌다.

"어디 계속 지껄여 봐, 이 허접스러운 땅꼬마 거짓말쟁이 새끼야! 그 돈 가져! 그 개 같은 돈 가지라고!"

루디는 건물 현관문을 소리 나게 열어젖히고 깜깜한 밤 속으로 가 버렸다. 그게 무엇이든, 이 세상에서 루디 집안 사람들이 기대할 수 있는 초라한 운명을 향하여. 그는 뒤돌아보지 않았다. 래리는 계단 꼭대기에 서서 심하게 숨을 몰아쉬었고, 1분쯤 지나 10달러 지폐 세 장이 주위에 떨어진 것을 보고 주워 모아 다시 제자리에 집어넣었다.

수년 동안 이따금 그때 일을 생각해 보면서 그는 점점 더 루디가 옳았다고 믿었다. 정말로 그는 확신했다. 설령 그가 루디에게 돈을 갚은 것이 사실이었다손 치더라도, 그들 두 사람은 초등학교 시절부터 친구였다. (그 옛날을 돌이켜 보면) 래리는 루디네 집에 가는 도중에 감초 과자나 초콜릿을 사 먹느라 토요일 조조할인 영화를 보러 가서는 항상 10센트가 부족하기 일쑤였으며, 또는 학교 점심 값을 내면서 5센트를 빌리거나 버스 차비가 모자라 7센트를 얻어 쓰기도 했던 것 같았다. 해를 거듭하며 그는 루디의 돈을 50달러, 어쩌면 100달러까지도 마구 빌려 썼던 것이 틀림없었다. 루디가 그에게 25달러를 달라고 했을 때, 래리는 자기가 바짝 긴장하던 모습을 기억할 수 있었다. 그의 두뇌는 10달러 지폐 세 장 빼기 25달러를 계산하고 자신에게 속삭였다. '그러면 겨우 5달러가 남아. 그러니 이미 갚았다고 해. 언제 갚았는지 정확히 기억은 못하지만, 넌 분명히 갚았어. 그 문제로 더 왈가왈부하지 말자.' 그리고 정말로 그 자리에 더는 왈가왈부가 없었다.

하지만 그 후로 래리는 도시에서 외톨이가 되었다. 친구도 없었을뿐더러, 그가 일하던 엔시노의 카페에서 친구를 만들려고 시도하지도 않았다. 사실 그는 그곳에서 일하는 모든 사람이, 성질 더러운 수석 주방장부터 엉덩이를 살랑대며 껌을 짝짝 씹는 웨이트리스까지 모두 다 멍텅구리라고 믿었다. 그렇다. 그는 자기 자신, 거룩한 성공 확실남 (그의 성공을 의심하지 마시라.) 래리 언더우드만 빼고 '토니의 먹이 주머니' 카페의 모든 이들이 정말로 멍텅구리라고 믿었던 것이다. 멍텅구리들의 세상에서 혼자가 되어, 그는 매 맞는 개처럼 아픔을 느꼈고 무인도에 고립된 사람처럼 고향에 대한 그리움을 느꼈다. 그는 점점 더 그레이하운드 고속버스표를 사서 다시 뉴욕으로 돌아가고 싶어했다.

한 달 뒤에, 어쩌면 2주일 뒤에라도, 래리는 그렇게 해 버렸을 것이다…… 이본만 없었다면.

그는 이본 웨털렌을 그녀가 윗옷을 홀딱 벗고 춤추며 일하던 클럽에서 두 블록 떨어진 극장에서 만났다. 두 번째 동시 상영 영화가 끝났을 때 이본은 울면서, 통로에 붙은 그녀 좌석 주위에서 지갑을 찾고 있었다. 지갑 속에는 운전 면허증, 거기다 수표첩, 노동조합원증, 신용 카드, 출생증명서 사본 그리고 사회 보장 카드가 들어 있었다. 래리는 지갑을 도둑맞은 게 틀림없다고 여겼지만, 말 없이 그녀가 지갑 찾는 것을 도왔다. 그런데 이따금 그들이 불가사의한 세상에 살았던 것이 틀림없다는 생각이 드는 까닭은, 찾기를 포기하려던 바로 그 순간에 래리가 세 줄 아래 좌석 밑에서 지갑을 발견했기 때문이다. 그는 그 영화가 너무 지루했기 때문에 사람들이 영화를 보는 동안 발을 요리조리 꼼지락거렸고, 아마도 그래서 지갑이 아래까지 밀려 내려갔으리라 짐작했다. 이본은 그를 껴안고 감사하며 눈물을 흘렸다. 만화책에 나오는 영웅 캡틴 아메리카가 된 듯한 기분을 느낀 래리는 밖으로 나가 햄버거라든가 뭐든 경사를 축하할 먹을거리를 한턱 쏘고 싶다고 그녀한테 말했다. 사실은 돈 한 푼 없는 빈털터리 주제에. 이본이 자기가 쏘겠다고 했다. 고귀하신 왕자님 래리는 그렇게 하시라고 공손하게 허락했다.

둘은 만남을 갖기 시작했다. 2주도 채 안 되어 그들은 지속적인 관계를 유지했다. 래리는 더 나은 일자리인 서점 점원 일을 찾았고, '끝내 주는 리듬 방랑자들과 사상 최고의 부기우기 밴드'라는 이름의 그룹과 함께 연주하며 노래했다. 그 이름이 아주 잘 어울리는 그룹이었지만, 그룹의 리듬 기타리스트였던 자니 맥콜이 나중에 결성한 '누더기 자투리들'이라는 그룹이야말로 정말로 멋진 밴드였다.

이본과 동거하면서 래리의 모든 것이 변했다. 그 변화의 일부는 진짜로 거처를, 자신만의 거처를 갖게 된 것이었고, 그는 임대료의 절반을 부담했다. 이본이 커튼을 달았고 중고 매장의 값싼 가구를 들여다 함께 손질해서 썼으며, 밴드의 멤버들과 이본의 몇몇 친구들이 집을 찾아오곤 했다. 집은 낮 시간에는 밝았고 밤에는 스모그 말고는 실제로 냄새를 풍기는 것이 없더라도 오렌지 냄새를 강하게 풍기는 듯한 향기로운 캘리포니아 산들바람이 창문 사이로 흘러 들어왔다. 가끔 아무도 찾아오지 않으면 래리와 이본은 텔레비전을 보았고, 가끔은 그녀가 그에게 맥주 한 캔을 가져다주고 의자 팔걸이에 앉아 그의 목을 쓰다듬었다. 그곳은 그만의 장소, 가정이라 할 수 있는 곳이었고, 이따금씩 한밤중에 잠이 깼을 때 곁에 이본이 자고 있으면 기분이 얼마나 좋던지 놀라울 지경이었다. 그러고 나면 그는 부드럽게 잠으로 빠져 들었으며 그것은 정정당당한 자의 잠이었고 루디 마크스에 관해선 전혀 생각해 보지 않았다. 적어도 그리 많이는 안 했다.

그들은 14개월 동안 함께 살면서 마지막 6주쯤 이본이 화냥년처럼 굴기 전까지는 동거 기간 내내 잘 지냈는데, 래리가 곰곰이 따져 본 바로는 그런 행복의 일부는 월드 시리즈 야구 경기였다. 그는 낮에 서점에서 일하다가 자니 맥콜의 집으로 찾아갔고, 두 사람(그룹 전체 인원은 오직 주말에만 모여 연습했는데 이유는 나머지 두 사람이 야간에 일하는 직업을 가졌기 때문이었다.)은 신곡 작업을 하거나 어쩌면 그저 위대한 옛날 명곡들, 자니가 "진정한 술집 흥분제"라고 부르는 곡들, 「아무도 오직 나만」과 「우리 애인의 사랑 연거푸 원샷」 같은 노래들을 마구 표절하곤 했다.

그러고 나서 그는 집으로, 그의 집으로 갔고, 이본이 저녁 식사를 제대로 차려 주었다. 겨우 냉동식품 따위를 데워 내놓는 너저분한 요리가 아니었다. 진짜 가정 요리였다. 그녀는 요리를 잘 배워 두었다. 그리고 그다음에 그들은 거실로 가서 텔레비전을 켜고 월드 시리즈를 시청했다. 그 후에는 사랑. 참으로 더할 나위 없이 좋기만 했고, 모든 것이 자기 것만 같았다. 그의 마음을 괴롭히는 것은 단 한 가지도 없었다. 그때 이후로 그토록 좋았던 적이 한 번도 없었다. 단 한 번도.

래리는 자신이 조금씩 울먹이고 있음을 깨달았고, 자신이 이곳 센트럴 파크의 벤치에 앉아 근근이 연금으로 살아가는 비참한 노인네처럼 햇빛 속에서 울고 있어야 하는 현실에 잠깐 혐오감을 느꼈다. 그러다 자신이 잃어버린 것들을 생각하면 울 자격이 있으며, 만약 울 자격을 바로 지금 행사한 것이라면 충격에 빠져 들 자격도 있다는 생각이 문득 떠올랐다.

어머니가 사흘 전에 죽었다. 죽는 순간에 그녀는 머시 병원 복도에서 마찬가지로 죽기 바쁜 수천 명의 다른 환자들 속에 끼어

간이침대에 누워 있었다. 어머니가 숨을 거둘 때 래리는 곁에 무릎 꿇고 미칠 것 같다고 생각하며 죽어 가는 그녀를 지켜보았다. 그 와중에 주위에는 온통 소변과 대변 찌꺼기 냄새, 헛소리하는 사람, 호흡이 곤란한 사람, 제정신이 아닌 사람들이 내뿜는 지옥의 절규들, 유족들의 비명이 난무했다. 마지막에 어머니는 그를 알아보지 못했다. 자식을 알아보는 최후의 순간 같은 것은 전혀 없었다. 그녀의 가슴이 부풀어 오르다 마침내 중간에 우뚝 멈추더니 아주 천천히 내려앉았다. 펑크 난 타이어 위로 자동차 무게가 내려앉는 것처럼. 그는 어찌해야 할지 모르는 채로 10여 분쯤 어머니 곁에 웅크리고 앉아, 사망 진단서가 작성되거나 누군가가 무슨 일이 벌어진 거냐고 물어 올 때까지 안절부절못하며 그저 기다리고 있어야만 한다고 생각했다. 그러나 무슨 일이 벌어졌는지는 뻔했고, 그런 일은 사방 천지에서 벌어지고 있었다. 그 장소가 광기의 집합소라는 사실처럼 너무도 뻔한 현실이었다. 도저히 제정신으로 여겨지지 않는 젊은 의사가 찾아와 위로의 말을 건네고 기계적인 사망 확인 절차를 시작할 참이었다. 조만간 어머니는 그저 사료 포대처럼 실려 갈 터였고, 그는 그 광경을 보고 싶지 않았다.

어머니의 지갑이 간이침대 밑에 있었다. 래리는 펜과 머리핀과 수표장을 발견했다. 수표장 뒷면에서 수표용지 한 장을 뜯어내 어머니의 이름과 주소 그리고 잠시 계산해 보고 나서 나이를 적었다. 그는 그 종이를 어머니의 윗옷 주머니에 머리핀으로 끼워 놓고 소리 내어 울기 시작했다. 그러고는 그녀의 뺨에 입맞춤하고 울면서 그 자리를 뛰쳐나갔다. 어머니를 내다 버리는 것 같은 기분이 들었다. 거리로 나오니 기분이 좀 누그러졌는데, 그때는 거리가 미친 사람, 아픈 사람, 돌아다니는 순찰 군인들로 가득했다. 그리고 이제 그는 이 벤치에 앉아 좀 더 광범위한 것들에 관해 슬퍼할 수가 있었다. 어머니가 퇴직 연금을 잃었다는 것을, 그가 자신의 인생 일부를 잃었다는 것을, 로스앤젤레스에서 이본과 함께 앉아 월드 시리즈를 시청하면서 그다음엔 침대에서 사랑을 나누리란 걸 알고 있었던 그 시절을, 그리고 루디를 잃었다는 것을. 무엇보다도 그는 루디의 일이 가장 슬펐고, 자신이 씩 웃고 어깨를 한 번 으쓱하며 루디한테 25달러를 주었더라면 잃어버린 6년을 지킬 수 있었으리라는 생각에 잠겼다.

원숭이는 12시 15분에 죽었다.

그놈은 제자리에서 두 손으로 턱을 괸 채 무표정하게 앉아 있기만 했고, 그러다 눈꺼풀을 파르르 떨고 앞으로 쓰러지더니 마지막으로 소름 끼치는 철썩 소리와 함께 시멘트 바닥에 부딪혔다.

래리는 그곳에 더 앉아 있고 싶지 않았다. 일어서서 커다란 반원형 음악당이 딸린 산책로를 향해 정처 없이 걸어 내려가기 시작했다. 15분 전쯤까지만 해도 괴물 외침꾼 함성이 아주 멀리서 들렸는데, 이제 공원 안에서 나는 유일한 소리라곤 그의 발꿈치가 시멘트 바닥을 뚜벅거리는 소리와 새들이 지저귀는 소리뿐인 것 같았다. 새들은 분명히 독감에 걸리지 않았다. 새들한테는 잘된 일이었다.

음악당에 가까이 왔을 때, 그는 한 여자가 음악당 앞 벤치에 앉아 있는 것을 보았다. 쉰 살쯤 돼 보였지만 더 젊어 보이려고 굉장히 애쓴 티가 났다. 비싸 보이는 녹회색 통바지에 어깨가 드러난 농부 스타일의 실크 블라우스를 입고 있었는데…… 다만 래리가 생각하기에, 그가 아는 바로는, 농부는 실크 옷을 입고 다닐 여유가 없었다. 그녀가 래리의 발소리가 난 쪽을 돌아보았다. 그녀는 한 손에 알약을 들고 있다가, 그것을 땅콩처럼 아무렇지도 않게 입속으로 던져 넣었다.

"안녕하세요."

래리가 말했다. 여자의 얼굴은 침착했고, 눈동자는 파랬다. 예리한 총명함이 눈동자 속에서 번득였다. 금테 안경을 썼고 손가방은 밍크 털로 보이는 재질로 장식되어 있었다. 손가락에는 반지 네 개가 끼워져 있었다. 결혼반지 하나, 다이아몬드 반지 둘, 고양이 눈처럼 빛나는 에메랄드 반지 하나.

"어, 저 위험한 사람 아니에요."

래리가 말했다. 입 밖으로 꺼내기엔 우스꽝스러운 사실이었지만 그녀는 손가락에 20,000달러어치 보석을 끼고 있는 것처럼 보였다. 물론 모조품일 수도 있겠지만, 인조 보석용 납유리와 지르콘 광석을 애용할 만한 여자로는 보이지 않았다.

"그래요. 위험한 사람으로는 안 보이네요. 병에 걸린 것 같지도 않고요."

마지막에 그녀의 억양이 약간 높아져서 마치 공손한 질문 비슷하게 들렸다. 그녀는 첫눈에 보았을 때처럼 침착한 모습이 아니었다. 목의 옆면이 가냘프게 꿈틀거리고 있었으며, 파란 눈동자 속의 생기 있는 총명함 뒤에는 래리가 오늘 아침 면도하면서 자신의 눈동자 속에서 봤던 것과 똑같은 나른한 충격이 서려 있었다.

"예. 저도 제가 병에 걸렸다고는 생각하지 않아요. 그러는 댁은 어때요?"

"나도 전혀 안 걸렸어요. 그런데 당신 신발에 아이스크림 포장지가 붙어 있는 건 몰랐어요?"

아래를 내려다본 래리는 신발에 붙어 있는 것을 보았다. 그 때문에 얼굴이 붉어졌는데, 그녀의 조금 전 말투가 바지 지퍼가 열렸다고 알려 줄 때나 나옴 직한 말투일 거라는 생각이 들었기 때문이었다. 그는 한쪽 다리로 서서 비닐을 떼 내려 애썼다.

"꼭 한 발로 선 황새 같네요. 앉아서 해 봐요. 내 이름은 리타 블레이크무어예요."

"반갑습니다. 저는 래리 언더우드입니다."

래리는 자리에 앉았다. 그녀가 손을 내밀자 그가 가볍게 악수하며 손가락으로 그녀의 반지들을 눌렀다. 그러고 나서 그는 몹시 조심스럽게 신발에서 아이스크림 포장지를 제거한 다음 '이곳은 여러분의 공원이니 깨끗이 이용해 주십시오!' 라고 적힌 벤치 옆 쓰레기통 속에 멋지게 떨어뜨렸다. 그는 이 모든 행동이 우습다고 생각했다. 고개를 뒤로 젖히고 웃음을 터뜨렸다. 그 웃음은 집에 와서 아파트 바닥에 쓰러져 있는 어머니를 발견했던 이후로 처음 만끽하는 진정한 웃음이었으며, 웃음이 주는 기분 좋은 느낌이 변치 않았음을 발견하자 대단히 안심이 되었다. 배에서부터 치솟아 올라온 웃음이 한결같이 유쾌하게 자지러지며 이 사이에서 튀어 나왔다.

리타 블레이크무어는 그를 보며 함께 웃었고, 그는 또다시 언뜻 언뜻 드러나는 그녀의 우아한 매력을 느꼈다. 그녀는 어윈 쇼의 소설에 나오는 여자처럼 보였다. 아마도 『야간작업』, 또는 그가 아주 어렸을 때 텔레비전 드라마로 만들어졌던 어떤 소설이었을 것이다.

"당신이 오는 소리를 듣고 난 숨으려고 했어요. 어쩌면 부러진 안경을 쓰고 괴상한 철학을 부르짖는 남자가 아닌가 하고요."

"괴물 외침꾼?"

"그건 당신이 그 사람을 부르는 말이에요, 아니면 그 사람이 스스로 자칭하는 말이에요?"

"제가 그 사람을 부르는 말이죠."

"매우 적절하군요."

그녀는 말하면서, (아마도) 밍크로 장식된 손가방을 열고 박하향 담배 한 갑을 꺼냈다.

"난 그 사람한테서 철학자 디오게네스가 미친 모습이 연상되더라고요."

"그래요. 오로지 순수하게 괴물만 찾고 계시니."

래리가 말하며 또다시 웃음을 터뜨렸다.

그녀는 담배에 불을 붙이고 연기를 뿜어냈다.

"그 사람도 병에 안 걸렸어요. 하지만 다른 사람들은 대개가 병에 걸렸는데."

"내가 사는 건물의 문지기도 아주 건강한 것 같더라고요."

리타가 말했다.

"그는 여전히 근무를 서요. 오늘 아침에 나오면서 그에게 팁으로 5달러를 줬어요. 그가 아직 건강해서 그랬는지 아니면 근무를 서고 있어서 그랬는지는 나도 잘 모르겠어요. 당신은 어떻게 생각해요?"

"그런 질문에 대답하기에는 아직 당신을 잘 모르는데요."

"그래요, 물론 그렇죠."

여자가 담뱃갑을 손가방 속에 도로 넣었고, 래리는 그 가방 속에서 리볼버 권총을 보았다. 그녀가 그의 시선이 향하는 곳을 따라서 눈을 돌렸다.

"내 남편 거예요. 뉴욕에 있는 대형 은행의 전문 경영인이었죠. 이 말은 무슨 일을 해서 고급 칵테일을 즐기는 생활을 유지하느냐고 누군가 물어보면 남편이 늘 하던 말이에요. '나는 뉴욕에 있는 대형 은행의 전문 경영인입니다.' 라고요. 2년 전에 죽었어요. 눈에 보이는 곳의 피부를 죄다 브릴크림 머릿기름으로 항상 문질러대는 것처럼 보이는 아랍인 한 명과 오찬 모임을 하던 중이었어요. 극심한 심장 발작이 왔더랬죠. 남편은 넥타이를 맨 채로 죽었어요. 당신이 보기엔 어때요? '장화를 신은 채 죽는다' 는 옛날 표현에 해당하는 우리 세대의 표현이 될 수 있을까요? 해리 블레이크무어는 넥타이를 맨 채 죽었어요. 나는 그 점이 맘에 들어요, 래리."

콩새 한 마리가 그들 앞에 내려앉아 땅을 쪼았다.

"남편은 광적일 정도로 강도를 두려워해서 이 총을 소지했어요. 총을 발사하면 정말로 반동과 함께 요란한 소리가 나는 건가요, 래리?"

일생 동안 단 한 번도 총을 쏴 본 적 없는 래리가 말했다.

"그 정도 크기의 총은 반동이 클 것 같진 않은데요. 그거 38구경이에요?"

"32구경인 걸로 알고 있어요."

그녀가 가방에서 총을 꺼낼 때 래리는 가방 속에 작은 알약 병들이 아주 많이 들어 있는 것을 목격했다. 이번에는 그녀가 그의 시선이 향하는 곳을 보지 않았다. 그녀는 열다섯 걸음 정도 떨어진 곳에 있는 작은 멀구슬나무를 보고 있었다.

"난 총을 쏴 볼 생각이에요. 내가 저 나무를 맞출 수 있을까요?"

"모르겠어요."

래리가 불안하게 말했다.

"사실 맞출 것 같지는……"

그녀가 방아쇠를 당겼고, 상당히 강렬한 인상을 주는 쾅 소리와 함께 총이 발사됐다. 멀구슬나무에 작은 구멍이 생겼다.

"명중."

그녀는 총신에서 나오는 연기를 총잡이처럼 입으로 훅 불어 날렸다.

"정말 멋지십니다."

래리가 말했다. 그녀가 총을 손가방 속에 도로 넣자 그의 심장이 평상시의 리듬을 되찾았다.

"이 총으로 사람을 쏠 수는 없어요. 그 점에 대해선 아주 확신해요. 그리고 이제 곧 쏠 사람도 남아 있지 않을 거고요, 그렇겠죠?"

"그건 잘 모르겠네요."

"아까 내 반지를 바라보고 있었죠. 갖고 싶어요?"

"예? 아뇨!"

그는 또다시 얼굴을 붉혔다.

"은행원답게, 내 남편은 다이아몬드를 신뢰했답니다. 침례교 사람들이 요한 계시록을 신뢰하는 것처럼 다이아몬드를 믿었어요. 나는 다이아몬드가 굉장히 많았는데 전부 보험에 들어 놓았어요. 우리는, 우리 해리와 나는 그저 돌멩이 쪼가리만 소유한 것이 아니었어요. 난 우리가 그 엿 같은 물건에 전부 담보를 걸어 놓은 것이라고 이따금 생각했죠. 그렇지만 만약 누군가가 원한다면, 난 모두 넘겨줄 거예요. 어찌 보면 그것들은 그저 돌멩이일 뿐이니까요, 그렇지 않아요?"

"지당하신 말씀 같습니다."

"물론이죠."

말하는 동안 그녀의 목이 또다시 꿈틀거렸다.

"만약 권총 강도가 와서 다이아몬드를 원한다면, 그것들을 넘겨줄 뿐만 아니라 아예 카르티에 보석상의 주소도 알려 주겠어요. 그 상점의 돌멩이 컬렉션이 내 것보다 훨씬 더 탁월하니까."

"이제 뭘 하실 거예요?"

래리가 물었다.

"뭐 권할 만한 거라도 있으신가요?"

"잘 모르겠어요."

래리가 대답하며 한숨을 쉬었다.

"제 대답도 똑같아요."

"그거 아세요? 제가 오늘 아침에 한 남자를 만났는데, 그 사람은 글쎄 양키 스타디움으로 가서 홈 베이스에서 딸…… 자위를 하겠대요."

래리는 자신의 얼굴이 또다시 붉어지는 것을 느낄 수 있었다.

"그 사람한테는 정말 끝내 주는 나들이가 되겠네요. 당신도 그 비슷한 걸 권해 보지 그랬어요?"

그녀가 한숨을 지었고, 한숨이 몸의 떨림으로 변했다. 그녀는 가방을 열어 약병 하나를 꺼내서 연질 캡슐 한 알을 입 속으로 던져 넣었다.

"그건 뭐죠?"

"비타민 E."

그녀가 억지로 화사한 미소를 꾸미며 말했다. 목이 한두 번 꿈틀거리다가 멈췄다. 그녀는 다시 평온을 되찾았다.

"술집 안에 아무도 없어요."

래리가 느닷없이 말했다.

"제가 43번가에 있는 팻츠 술집에 들어가 봤는데 아주 텅텅 비었더라고요. 대단히 큰 마호가니 카운터가 있어서 그 뒤로 가 제가 직접 조니워커를 컵에 가득 따랐어요. 그러고 나니까 더 있고 싶은 맘이 싹 가시더라고요. 그래서 술잔을 카운터에 내려놓고는 밖으로 나와 버렸죠."

그들은 함께 한숨지었다. 합창하듯이.

"당신은 함께 있으면 아주 유쾌해지는 사람이에요. 난 당신이 무척 좋아요. 그리고 당신이 미친 사람이 아니어서 굉장히 다행이에요."

"고맙습니다, 블레이크무어 부인."

래리는 놀랍고도 기뻤다.

"리타. 리타라고 불러요."

"알았어요."

"배 안 고파요, 래리?"

"솔직히 말하면 고파요."

"어쩌면 이 숙녀를 점심에 초대할 수도 있을 텐데."

"그럴 수 있다면 영광이겠습니다."

그녀는 일어서서 다소 무안해하는 듯한 미소를 지으며 래리에게 팔을 내밀었다. 래리는 팔짱을 끼면서 그녀의 향주머니 냄새를 맡았는데, 그 냄새는 아늑하면서도 동시에 불안감을 안겨 주는 어른의 냄새였으며, 거의 추억의 냄새에 가까웠다. 그의 어머니는 래리와 함께 영화를 보러 나들이를 나갈 때 몇 번이나 향주머니를 착용하곤 했다.

공원을 나와 5번가를 걷는 동안 래리는 그 기억을 싹 잊어버렸으며 죽은 원숭이로부터, 괴물 외침꾼으로부터, 1번 횡단로의 화장실 안에 하염없이 앉아 있는 암울하고 달콤한 진수성찬으로부터 멀어져 갔다. 그녀는 쉴 새 없이 수다를 떨었고, 나중에 그는 그녀가 했던 수다를 하나도 기억할 수 없었지만(기억하는 딱 한 가지, 그녀가 말하길 그녀는 항상 꿈꿔 왔더랬다. 잘생긴 젊은 남자랑, 그녀의 아들뻘이지만 아들은 아닌 젊은 남자와 함께 팔짱을 끼고 5번가를 한가로이 거니는 것을.), 그래도 그날의 산책을 자주 회상했다. 특히나 그녀가 갑자기 조악하게 만들어진 장난감처럼 아주 딴판으로 신경질적으로 굴기 시작한 다음부터는. 그녀의 아름다운 미소, 경하고, 냉소적이며, 격식을 차리지 않는 수다, 그녀의 통바지가 살랑거리는 소리.

스테이크 전문 식당으로 들어가서 래리가 다소 서툰 요리 솜씨를 발휘했지만, 그녀는 코스 요리가 나올 때마다 박수갈채를 보냈다. 스테이크, 감자튀김, 인스턴트커피, 딸기 대황 파이.

제28장

냉장고에 딸기 파이가 있었다. 사란 비닐 랩에 덮여 있던 딸기 파이를 나른하고 멍한 눈길로 한참 동안 바라보고 나서, 프래니는 그것을 꺼냈다. 기다란 탁자 위에 놓고 한 조각을 잘랐다. 파이 조각을 작은 접시에 담고 있을 때 딸기 한 조각이 '푸덕' 하고 질퍽한 소리를 내며 탁자 위로 떨어졌다. 그녀는 딸기를 집어서 먹었다. 행주로 탁자 위에 난 작은 딸기 즙 얼룩을 닦았다. 남은 파이 위에 사란 비닐 랩을 씌워 다시 냉장고 속에 집어넣었다.

파이 접시를 집으려고 몸을 돌리다 우연히 찬장 옆의 칼 보관대로 시선이 향했다. 아버지가 만든 것이었다. 길쭉한 자석 막대 두 개로 이루어졌다. 날을 아래로 향한 칼들이 보관대에 매달려 있었다. 이른 오후의 햇살이 칼 표면에 반짝거렸다. 프래니는 나른하면서도 반쯤 호기심 어린 눈길을 그대로 유지한 채, 한참 동안 칼을 주시했다. 두 손은 쉴 새 없이 허리에 맨 앞치마 주름을 꼼지락거리고 있었다.

마침내 15분 정도가 흐르고 나서, 프래니는 무슨 일을 하던 중이었는지를 기억해 냈다. 뭐였더라? 성경 한 소절을 약간 고친 문장이 별다른 이유 없이 마음속에 떠올랐다. '네 이웃의 눈 속에 있는 티를 없애기 전에 네 눈 속에 있는 들보(beam, '빔'으로 발음하며 광선이라는 뜻도 있음)부터 다스려라.' 그녀는 곰곰이 생각해 보았다. 티? 빔? 그 특이한 이미지는 항상 그녀를 성가시게 했다. 무슨 종류의 빔? 레이저 빔? 국수비빔? 손전등 빔도 있고 전자 빔도 있고 뉴욕 시장 이름 중에 에이브 빔도 있었고, 그뿐만 아니라 그녀가 여름 성경 학교에서 배웠던 노래도 있었다. 「나는 예수 위해 태양 빔 되리」.

'네 이웃의 눈 속에 있는 티를 없애기 전에.'

하지만 문제는 눈이 아니었다. 문제는 파이였다. 프래니는 파이로 시선을 돌렸고 그 위에 파리 한 마리가 기어 다니는 것을 보았다. 그녀는 파리를 향해 손을 휘휘 내저었다. '안녀엉 안녕, 파리씨. 프래니의 파이한테 작별 인사 하세요.'

프래니는 파이 조각을 한참 동안 유심히 보았다. 어머니와 아버지 모두 죽었다. 그녀는 알고 있었다. 어머니는 샌포드 병원에서 죽었고, 한때 자신의 작업실에서 작은 소녀에게 포근함을 느끼게 해 주었던 아버지는 지금 그녀 머리 위에 있는 방 침대에 죽은 채 누워 있었다. 왜 모든 일들이 운율 맞추듯 계속 들이닥쳤던 것일까? 참으로 불쾌하고 천박한 리듬 속에서 이러쿵저러쿵 모든 일들이 오거니 가거니 했단 말이지, 마치 자꾸만 열불 나게 생각이 떠오르는 바보 같은 암기 문장처럼? '우리 개는 벼룩이 있다. 벼

룩이 개의 무릎을 문다……'

프래니는 퍼뜩 정신을 차렸고, 일종의 공포가 그녀를 온통 휘감았다. 실내에 열기 가득한 냄새가 났다. 뭔가 타고 있었다.

황급히 고개를 두리번거린 프래니는 기름에 적신 감자튀김을 담아 가스레인지에 올려놓고 깜빡 잊었던 프라이팬을 보았다. 악취가 코를 찌르는 프라이팬에서 연기가 소용돌이쳤다. 기름이 성난 파도가 되어 프라이팬에서 튀어올랐고, 가스레인지 위에 내려앉은 기름 파도가 불꽃을 너울거리다가 사그라졌다. 마치 보이지 않는 가스라이터가 보이지 않는 손에 의해 켜졌다 꺼지듯이. 프라이팬은 바닥이 까맸다.

그녀는 프라이팬 손잡이를 잡았다가 기겁하며 도로 손을 뗐다. 너무 뜨거워서 손을 댈 수가 없었다. 그녀는 행주로 프라이팬 손잡이를 둘둘 감싼 다음, 용처럼 열기를 내뿜는 그 주방 기구를 재빨리 뒷문 밖으로 들고 나갔다. 그러고는 현관 계단 꼭대기에 내려놓았다. 인동덩굴 냄새와 벌들이 윙윙거리는 소리가 다가왔지만, 거의 눈치 채지 못했다. 한순간 지난 나흘간 그녀의 모든 감정 반응을 휘감았던 두껍고 답답한 담요가 찢겨 나가면서 그녀는 격렬하게 겁에 질렸다. '겁에 질려? 아니야. 가벼운 공포에 빠진 거라고, 갑작스러운 공황 상태의 코앞에 와 있을 뿐이라고.'

그녀는 감자의 껍질을 벗기고 요리하려고 웨슨 기름 속에 넣었던 것을 기억해 냈다. 이제 기억할 수 있었다. 그렇지만 잠시 깜빡…… 휴우! 깜빡 잊고 있었던 것이다.

현관 위에 서서 여전히 한 손에 행주를 꽉 잡은 채, 프래니는 자신이 요리할 감자튀김을 올려놓은 다음에 무슨 생각을 그리 하고 있었는지 정확히 기억해 내려 애썼다. 아주 중요한 일 같았다.

자, 처음에 그녀는 단순히 감자튀김으로만 이루어진 식사는 별로 영양가가 없다고 생각했다. 그리고 만약 1번 도로에 있는 맥도날드가 아직 영업 중이라면, 굳이 직접 감자튀김을 만들 필요도 없을 것이고, 햄버거도 사 먹을 수 있겠다고 생각했다. 그냥 차를 타고 자동차 주문 창구까지 가면 된다. 쿼터 파운드 햄버거 하나랑 감자튀김 대짜를 주문할 것이고, 감자튀김은 새빨간 마분지 용기에 담겨 나올 것이다. 용기 안쪽엔 작은 기름얼룩들이 묻어 있을 테고. 의심할 나위 없이 건강에는 안 좋겠지만, 더할 나위 없이 편리한 식사였다. 게다가…… 임신부들은 이상한 열망에 사로잡히게 마련이다.

그런 상념이 프래니를 줄줄이 이어지는 다음 단계로 이끌었다. 이상한 열망에 대한 생각이 냉장고 속에 잠복 중인 딸기 파이에 대한 생각으로 이어졌다. 별안간 이 세상 무엇보다도 딸기 파이 한 조각이 훨씬 더 간절한 것 같았다. 그래서 그녀는 파이를 손에 넣었으나, 그 와중에 어느 순간 시선이 아버지가 어머니를 위해 만들어 놓았던 칼 보관대에 머물렀고(의사의 아내인 에드먼턴 부인은 2년 전 크리스마스에 피터가 아내를 위해 만들었던 그 칼 보관대를 무척 부러워했다.), 그녀의 마음이 확…… 끊어져 버렸다. 티…… 빔…… 파리 떼…….

"아, 맙소사."

프래니가 텅 빈 뒷마당과 잡초 무성한 아버지의 정원을 향해 말했다. 그녀는 주저앉아 앞치마로 얼굴을 감싸고 울었다.

눈물이 마르자 약간은 기분이 풀린 것 같았지만…… 여전히 겁에 질렸다. '내가 정신을 놓아 버린 건가?' 그녀는 스스로에게 물었다. '이게 바로 그런 증세라면, 그런 느낌이라면, 신경쇠약이라든가 뭐 그런 증세는 언제쯤 나타날까?'

어젯밤 8시 30분에 아버지가 죽고 나서부터 집중력이 산산조각 난 듯싶었다. 하던 일을 깜빡 잊고, 마음이 꿈결처럼 갑자기 옆길로 빠져나가거나, 가만히 앉아 아무 생각 없이, 바보 천치나 다를 바 없이 이 세상에 대해 신경 쓰지 않곤 했다.

아버지가 죽고 나서 프래니는 오랫동안 아버지 침대 옆에 앉아 있었다. 결국 그녀는 아래층으로 내려와 텔레비전을 켰다. 별 이유는 없었다. 아버지가 하시던 말씀처럼, 그냥 당시엔 그것이 좋은 생각 같았기 때문이다. 방송이 나오는 유일한 채널은 포틀랜드에 있는 NBC 계열의 WCSH였고, 정신 나간 시험 방송 같은 걸 내보내는 것처럼 보였다. 흑인들을 사냥하러 다니는 KKK단 사람한테는 아주 끔찍한 악몽처럼 보일 것 같은 흑인 남자 한 명이 권총으로 백인 남자들을 처형하는 시늉을 하고 있었고, 그러는 동안 방청석에 있는 나머지 백인 남자들은 박수를 쳤다. 그냥 시늉만 하는 것이어야 했다, 당연히. 진짜라면 텔레비전에 나올 리가 없었다. 그런데 시늉처럼 보이지가 않았다. 그 방송을 보며 프래니는 『이상한 나라의 앨리스』가 강렬하게 떠올랐는데, 이 경우엔 그저 빨간 여왕이 "저들의 목을 쳐라!" 하고 외치는 소리가 없을 뿐이었다. '그럼 저 사람은…… 뭐지? 누구지? 검은 왕자인가.' 그녀는 그렇게 여겼다. 가죽 팬티 속의 근육이 그리 왕자다워 보이지는 않았지만.

프로그램의 후반부에(얼마나 긴 시간이 흐른 뒤인지는 알 수 없었다.) 다른 사람들이 스튜디오 안으로 난입했고, 처형장면 때보다 훨씬 더 실감 나게 연출된 총격전이 벌어졌다. 그녀는 중화기의 총탄에 목이 거의 뜯겨 나간 사람들이 동맥의 화려한 펌프질 탓에 갈가리 찢어진 목에서 핏물을 터뜨리며 뒤로 나자빠지는 것을 보았다. 그녀는 정신이 뒤죽박죽된 와중에도 이따금 방송국 사람들이 화면에 자막을 내보내야 한다고, 부모들더러 아이들을 재우라거나 채널을 돌리라고 경고하는 자막을 내보내야 한다고 생각하던 것이 기억났다. 게다가 WCSH가 방송 면허를 취소당할지도 모르겠다고 생각하던 것도 기억났다. 정말이지 지독하게도 피로 점철된 프로그램이었으니까.

카메라가 위로 돌아가 천장에 매달린 스튜디오 조명만 보여 주자 프래니는 텔레비전을 껐고, 소파에 몸을 눕히고 집 천장을 바라보았다. 그곳에서 잠이 들었고, 오늘 아침엔 그 프로그램 전체가 꿈이었다는 확신이 꽤 강하게 들었다. 그리고 그것이야말로 핵심이었다, 정말로. 모든 것이 막연한 불안들이 가득 떠다니는 악몽처럼 여겨졌다. 악몽은 어머니의 죽음과 함께 시작되었다. 아버지의 죽음은 이미 존재하던 악몽을 그저 강화시켰을 따름이었다. 『이상한 나라의 앨리스』에서처럼, 오로지 기묘해지고 또 계속 기묘해지기만 했다.

아버지가 병을 앓던 중에도 몸소 참석했던 특별 마을 회의가 있었다. 몽롱하고 비현실적인 기분을 느끼면서도 육체적으로는 전과 달라진 점이 없었던 프래니는 아버지와 함께 갔다.

마을 회관이 2월 말이던가 3월 초에 있었던 마을 회의 때보다 훨씬 붐볐다. 연방 코를 훌쩍대며 기침하고 에취 에취 하는 소리가 여기저기서 들려왔다. 참석자들은 겁에 질렸고 아주 사소한 구실로도 화를 낼 준비가 되어 있었다. 그들은 시끄럽고 거친 목소리로 말했다. 자리를 박차고 일어섰다. 삿대질을 해 댔다. 독단적으로 행동했다. 여성들뿐 아니라 대부분이 눈물을 흘렸다.

회의에서는 마을을 완전히 차단하자는 결론이 났다. 아무도 안으로 들어오지 못하도록. 만약 마을을 떠나길 원한다면, 상관없었다. 다시는 안으로 들어올 수 없다는 것을 이해하는 한. 마을로 들어오고 나가는 도로들(특히 그중에서도 1번 고속도로)은 차량으로 막아 버릴 작정이었고(30분간 지속된 소리 지르기 경쟁 끝에 그 임무는 마을 소유의 공사 트럭을 동원하는 것으로 의견이 모였다.), 자원한 사람들이 도로 차단선에서 산탄총을 들고 보초를 서기로 했다. 북쪽이나 남쪽으로 향하는 1번 도로를 이용하려는 사람들은 북쪽으로 웰스까지 가거나 남쪽으로 요크까지 가서 95번 주간 고속도로를 잡아타면 오군킷 마을을 우회할 수 있었다. 그런데도 마을을 통과하려고 고집 피우는 사람은 누구든 총에 맞을 것이다. "죽인다고?" 누군가가 물었다. "그렇고말고." 몇몇 사람들이 대답했다.

이미 병에 걸린 사람들을 당장 마을 밖으로 내보내야 한다고 주장하는 사람이 스무 명 정도 있었다. 그들은 투표에서 압도적으로 패하고 말았는데 회의가 열렸던 24일 저녁때쯤엔 마을에서 병에 안 걸린 거의 모든 사람이 병에 걸려 버린 가까운 친지나 친구들을 두었기 때문이었다. 그런 사람들 중 대다수는 뉴스 방송을 믿었고, 뉴스에선 얼마 안 있어 백신이 보급될 것이라고 했다. 그 사람들은 주장했다. '만약 모든 사태가 그저 겁에 질려 일어난 헛소동인 것으로 판명되고 들개 다루듯 그들의 이웃을 밖에 내다 버림으로써 과잉 행동을 저지른 것이 된다면, 그들이 또다시 서로의 얼굴을 제대로 마주 대할 면목이 있을까?

그렇다면 병에 걸린 여름 휴양객들이라도 모두 내보내자는 의견이 나왔다.

많은 인원을 차지하는 여름 휴양객들은 수년간 자신들의 여름 별장 세금으로 납부한 돈이 마을의 학교, 도로, 빈곤 계층, 공용 해변을 지원해 왔다는 점을 힘주어 지적했다. 9월 중순부터 6월 중순의 비수기에는 본전치기도 할 수 없는 마을 상점들이 그들이 여름에 쓰고 간 돈 덕분에 그럭저럭 유지될 수 있었다는 점도. 만약 그들이 아무렇게나 대접받는다면 다시는 돌아오지 않을 것이란 사실을 오군큇 사람들은 확신할 수 있었다. 마을 사람들은 생계를 위해 바닷가재와 조개를 잡고 갯벌을 파헤쳐 대합이나 캐던 옛 시절로 복귀할 수도 있었다. 병든 여름 휴양객들을 마을 밖으로 내치려던 시도는 넉넉한 차이로 패하고 말았다.

자정까지는 장벽이 세워졌고, 다음 날인 25일 새벽에는 몇몇 사람들이 장벽에서 총을 맞았는데, 대개 부상을 당한 정도였으나 서너 명은 목숨을 잃었다. 그 사람들은 거의 공포에 사로잡혀 제정신이 아닌 채로, 줄줄이 보스턴에서 뛰쳐나와 북쪽으로 가던 사람들이었다. 그들 중 일부는 기꺼이 유료 고속도로를 이용하겠다고 요크로 되돌아갔지만, 나머지 사람들은 너무 제정신이 아니어서 상황을 이해 못한 채 장벽에 돌진하던가 장벽이 선 도로 옆의 비포장 갓길로 슬쩍 피해 가려고만 했다. 그런 사람들은 찍소리도 못 하고 처리되고 말았다.

그런데 그날 저녁때쯤엔 장벽에 배치돼 있던 남자들이 거의 병에 걸려 고열로 얼굴이 달아올랐고, 연방 코를 푸느라 산탄총을 발 사이에 쭉 세워 놓고 있었다. 프레디 델란시와 커티스 보샹 같은 몇몇 사람들은 의식을 잃고 푹 쓰러졌다가 마을 회관 위쪽에 설치된 임시 진료소로 이송되었고, 그곳에서 사망했다.

어제 아침, 장벽을 세우려는 생각 자체를 반대했던 프래니의 아버지도 침대에 몸져 누웠고 프래니는 간호를 하려고 집 안에 계속 머물러 있었다. 그는 딸에게 자신을 진료소로 데려가지 말라고 했다. 그는 자신이 죽어 가고 있는 것이라면 바로 이곳 집에서 의젓하게, 남몰래 죽음을 맞이하길 원한다고 딸에게 말했다.

오후가 되자 차량의 흐름이 거의 멎어 버렸다. 공용 해변 주차장 관리원인 거스 딘스모어는 아주 많은 차들이 도로를 달리다 딱 멈춰 선 게 분명하며, 운전할 힘이 있던 남성(또는 여성) 운전자들이 몰던 차들조차도 그 속에 껴서 못 움직이는 것 같다고 말했다. 사정은 이쪽도 마찬가지였는데, 25일 오후경에는 보초를 설 남자가 채 서른 명도 되지 않았다. 어제까지만 해도 아주 건강하던 거스 자신도 콧물을 흘렸다. 사실은 프래니 외에 건강을 온전히 유지하는 듯한 유일한 마을 사람은 에이미 로더의 열여섯 살 된 남동생 해럴드였다. 에이미 자신은 첫 번째 마을 회의가 열리기 바로 직전에 죽었고, 그녀의 웨딩드레스는 옷장 안에 걸려 있었다. 한 번도 입어 보지 못한 채.

프래니는 오늘 바깥에 나가지 않았으며, 거스가 어제 오후에 안부를 살피러 들렀을 때 이후론 다른 사람을 만나지 않았다. 그녀는 오늘 아침 자동차 엔진 소리를 몇 차례 들었고, 한 번은 산탄총이 연달아 터지는 소리를 듣기도 했지만, 그것이 전부였다. 한결같이 단단한 침묵이 그녀의 비현실적인 감각에 더해졌다.

그리고 이제 곰곰이 생각해 볼 만한 이런 의문점들이 있었다. 파리들…… 눈들…… 파이들. 프래니는 냉장고 소리가 들린다는 것을 깨달았다. 냉장고엔 자동 얼음 제조기가 달렸고, 20여 초마다 매번 각진 얼음을 하나씩 만들어 낼 때면 안쪽 어딘가에서 차가운 떨그럭 소리가 나게 되어 있었다.

프래니는 그 자리에 거의 1시간 동안 앉아, 접시를 앞에 놓은 채 멍청하고 미심쩍어하는 듯한 얼굴 표정을 지었다. 조금씩 조금씩 또 다른 생각이 그녀의 마음속에 모습을 드러내기 시작했다. 실제로는 두 가지 생각이었는데, 그 둘은 서로 연결돼 있으면서 동시에 전혀 관계가 없는 것처럼 보였다. 어쩌면 더욱 커다란 생각의 몇몇 부분들과 맞물려 있는 것일까? 냉장고 얼음 제조기 안쪽에서 얼음이 떨어지는 소리를 귀를 쫑긋 세워 들으며, 그녀는 생각들을 검토했다. 첫 번째 생각은 아버지가 죽었다는 것이었다. 그는 집에서 죽었고, 그것을 좋아했을지도 모른다.

두 번째 생각은 그날과 관련이 있었다. 흠잡을 데 없이 아름다운 여름날, 여행객들이 메인 주 해변을 찾아오게 하는 그런 날이었다. 수영을 하러 오는 것은 아니었다. 수영하기엔 물이 그리 따뜻하지 않기 때문이었다. 그런 날 수영은 사람을 기진맥진하게 한다.

태양이 빛났고, 프래니는 뒤쪽 부엌 창밖에 달린 온도계를 볼 수 있었다. 수은주가 섭씨 25도 바로 밑을 가리켰다. 아름다운 날이었고 아버지는 죽었다. 눈물 나게 하는 신파적 요소 말고 무슨 연관성이 있는 건가?

프래니는 얼굴을 찌푸렸으며, 눈빛은 혼란스럽고 무감각했다. 마음이 그 문제를 맴돌다 다른 것들을 생각하느라 떠내려갔다. 하지만 언제나 다시 그 문제로 돌아왔다.

그날은 아름다우면서도 '따뜻한' 날이었고 아버지는 죽었다.

그것이 순식간에 그녀에게 깨달음을 주었고 그녀는 눈을 꼭 감았다. 마치 강하게 얻어맞은 듯.

그와 동시에 프래니가 자신도 모르게 두 손으로 식탁보 위를 휘젓는 바람에 접시가 바닥으로 떨어져 버렸다. 접시는 폭탄처럼 산산조각 났고 프래니는 비명을 지르며 양손을 뺨에 대 주름살을 만들었다. 눈에 맴돌던 무덤덤하고 모호한 빛이 사라지자 눈매가 순식간에 날카로운 빛을 되찾았다. 마치 세게 찰싹 얻어맞거나 코밑에 암모니아가 든 병을 갖다 대고 흔든 것만 같았다.

집 안에 시체를 계속 둘 수는 없다. 온도가 높은 여름엔 그럴 수 없다.

무덤덤함이 다시 기어 들어와 생각의 윤곽을 흐릿하게 만들기 시작했다. 생각 속에 가득 찬 공포가 모호해지고 가라앉기 시작했다. 그녀는 또다시 얼음들이 떨어지며 내는 소리에 귀 기울이다가……

그것을 물리쳤다. 프래니는 일어나 싱크대로 가서 차가운 수돗물을 끝까지 틀어 놓고, 두 손 가득 받아 낸 물을 뺨에다 퍼부으며 땀이 약간 배어 나온 살갗에 충격을 가했다.

원하는 만큼 맘껏 정신을 놓고 있을 수 있었지만, 우선 이것만은 해결해야 했다. 분명히 그래야만 했다. 6월에서 7월로 서서히 넘어가는 이때에 아버지를 위층 침대에 마냥 눕혀 둘 순 없었다. 이는 모든 대학에서 사용하는 문학 단편집 속에 나오는 포크너의 소설과 너무나 흡사한 상황이었다. 「에밀리에게 장미를」에서 마을 원로들은 그 끔찍한 냄새의 정체가 무언지 알지 못했지만, 얼마 후 그것은 사라져 버렸다. 그것은…… 그것은……

"안 돼!"

그녀는 햇빛이 가득한 부엌을 향해 크게 부르짖었다. 그녀는 천천히 걸음을 떼며, 시신에 대해 생각했다. 맨 먼저 그 지역 장례식장이 떠올랐다. '하지만 누가 하겠어…… 누가 하겠어…….'

"책임 회피하려는 생각 그만둬!"

화가 난 그녀가 텅 빈 부엌을 향해 소리 질렀다.

"누가 아버지를 묻을 거야?"

그리고 그녀 자신의 목소리와 함께, 대답이 나왔다. 완벽하게 확실했다. 당연히 그녀가 해야 했다. 달리 누가 있단 말인가? 그녀가 해야지.

집 앞 찻길로 들어서는 자동차 소리가 들린 때는 그날 오후 2시 30분이었다. 차의 묵직한 내연 기관이 출력을 낮추며 득의양양하게 으르렁대고 있었다. 프래니는 구덩이 가장자리에 삽을 내려놓고 (정원에서 토마토 밭과 상추 밭 사이에 땅을 파는 중이었다.) 고개를 돌리면서 약간 두려움을 느꼈다.

그 차는 암녹색 신형 캐딜락 쿠페 드빌이었고, 차에서 걸어 나온 사람은 살찐 열여섯 살 소년 해럴드 로더였다. 프래니는 순간적으로 혐오감이 끓어오르는 걸 느꼈다. 그녀는 해럴드를 좋아하지 않았으며, 죽은 누나 에이미를 포함해 그를 좋아했던 사람이 있기나 했는지 궁금했다. 아마 그의 어머니는 좋아했을 것이다. 그러나 그녀 말고 오군큇 마을에 남은 유일한 사람이 자신이 진정으로 싫어하는 아주 극소수 사람들 중 한 명이어야 한다는 사실에 그녀는 짜증스러운 모순 같은 것을 느꼈다.

해럴드는 오군큇 고등학교 문예지를 편집했고, 현재 시제라던가 2인칭 시점, 또는 그 두 가지 요소를 모두 사용하여 이상한 단편소설을 썼다. '당신은 정신 착란의 통로를 걸어 내려와 부서진 문을 어깨로 밀쳐 당신의 길을 나아가 경마장의 스타들을 바라본다.' 그것이 해럴드의 문체였다.

"걘 바지 속에다 손 집어넣고 딸딸이 친다."

에이미가 언젠가 프래니한테 털어놓았다.

"얼마나 역겨운지 아니? 바지 속에서 딸딸이를 치는 데다 계속 똑같은 팬티를 입고 다니는 바람에 나중엔 팬티가 아주 빳빳하게 굳어 버릴 지경이라고."

해럴드의 머리는 까맣고 기름기투성이였다. 그는 185센티미터 정도 되는 큰키에 거의 110킬로그램에 육박하는 몸무게를 끌고 다녔다. 발끝이 뾰족한 카우보이 장화, 배가 엉덩이보다 큰 관계로 자꾸만 끌어 올리는 넓은 가죽 허리띠 그리고 삼각돛처럼 굽이치는 꽃무늬 셔츠로 몸을 감쌌다. 프래니는 그가 딸딸이를 얼마나 많이 치건, 얼마나 무거운 몸무게를 끌고 다니건, 또는 그가 이번 주에 라이트 모리스나 허버트 셀비 주니어 같은 소설가들을 흉내내고 다니건 말건 전혀 관심이 없었다. 하지만 그를 보면 항상 불

편하고 약간은 혐오스러운 감정을 느꼈다. 마치 해럴드가 하는 거의 모든 생각이 끈적끈적한 점액질로 얇게 덮였다는 사실을 저질의 텔레파시로 느끼기라도 한 듯이. 그녀는 지금 같은 상황에서조차 해럴드가 위험을 끼칠 수도 있다고는 생각하지 않았지만, 그는 아마도 늘 그랬던 것처럼 불쾌하게, 어쩌면 훨씬 더 불쾌하게 굴 듯했다.

해롤드는 그녀를 보지 못했다. 그는 집을 올려다보고 있었다.

"안에 누구 안 계세요?"

그는 고함치고 나서 캐딜락의 차창 안으로 손을 뻗어 경적을 울렸다. 그 소리가 프래니의 신경을 긁었다. 그녀는 그냥 조용히 있었을 것이다. 해럴드가 차에 다시 올라타려고 몸을 돌렸을 때 구덩이를, 그리고 그 끝에 걸터앉아 있는 자신을 볼 거라고 생각하지만 않았다면. 한동안 그녀는 정원 속으로 더 깊숙이 기어 들어가 그가 지쳐서 가 버릴 때까지 완두콩과 강낭콩 사이에 바짝 누워 가만히 있고 싶어했다.

'그만 해.' 그녀가 스스로한테 말했다. '그만하란 말이야. 어쨌거나 저 아이도 또 한 명의 살아 있는 인간이란 말이야.'

"여기야, 해럴드."

그녀가 불렀다. 해럴드가 펄쩍 뛰면서 꼭 끼는 바지 속의 커다란 엉덩이가 흔들거렸다. 그 모습으로 보아 누군가를 발견하리란 기대를 전혀 하지 못했던 것이 분명했다. 그가 돌아다보자 프래니는 다리의 흙을 털면서 정원 끝으로 걸어 나왔으며, 하얀 운동복 반바지와 어깨가 드러나는 민소매 홀터 블라우스 차림이 눈길을 끄는 것을 감수했다. 해럴드가 다가오면서 굉장히 욕정 어린 시선으로 그녀의 몸을 훑었다.

"안녕하세요, 프랜 누나."

그가 즐거운 듯 말했다.

"안녕, 해럴드."

"누나가 그 무서운 병을 아주 성공적으로 이겨 내고 계시다는 소식을 들어서요. 그래서 이곳을 첫 번째 방문지로 정했어요. 지금 마을을 둘러보고 다니는 중이거든요."

해럴드가 그녀를 향해 웃으며, 기껏해야 칫솔하고 만날 때나 모습을 보여 주는 이를 훤히 드러냈다.

"에이미 소식 들었어. 너무 안됐다, 해럴드. 혹시 어머님과 아버님도……?"

"슬프지만 그렇게 됐어요."

헤럴드는 한동안 머리를 숙였다가 다시 쳐들며 떡 진 머리를 휘날렸다.

"그렇지만 산 사람은 어떻게든 살아야죠, 안 그래요?"

"그래야지."

프래니가 힘없이 말했다. 해롤드의 눈길이 다시 가슴에 머물며 가슴 사이를 어른거리자, 그녀는 스웨터를 입고 싶은 생각이 간절했다.

"내 차 어때요?"

"브래니건 씨 차잖아, 맞지?"

로이 브래니건은 그 지역 공인 중개사였다.

"그랬죠."

해럴드가 아무렇지도 않게 말했다.

"전 이렇게 믿어 왔어요. 요즘같이 휘발유가 부족한 시대에, 저런 철갑 괴물을 운전하는 사람들은 가장 가까운 수노코 주유소 간판을 찾아다니는 일에 매달려 지내야겠구나 하고 말이에요. 근데 모든 것이 변했어요. 사람들이 줄어든다는 것은 곧 씨발유가 더 많아진다는 것을 의미하니까."

"씨발유."

프랜은 멍하니 생각했다. '재가 정말로 씨발유라고 말했어.'

"모든 게 더 많아지는 거죠."

말을 마친 해럴드의 눈길이 순간적으로 번뜩거리면서 프래니의 배꼽으로 내려갔다가 얼굴로 얼른 올라왔다가, 반바지로 내려갔다가, 또다시 그녀의 얼굴로 올라왔다. 그의 미소는 유쾌하면서도 불안정했다.

"해럴드, 미안한데 난 지금……."

"그런데 우리 아가는 뭘 하고 있던 참이었나?"

머릿속에 비현실성이 다시 기어 들어오려 하는 동안 프래니는 인간의 두뇌가 지나치게 당겨진 고무 밴드처럼 뚝 끊어지기 전까지 얼마나 오래 견딜 수 있을지 궁금해졌다. '부모님은 죽었어. 하지만 나는 그 사실을 받아들일 수 있어. 어떤 괴상한 질병이 전국에, 어쩌면 전 세계에 퍼지면서, 올바른 사람들과 올바르지 못한 사람들을 모조리 제거하고 있는 것 같아. 그 사실도 받아들일 수 있어. 나는 지난주까지만 해도 아버지가 잡초를 뽑고 있던 정원에다 구덩이를 파고 있고, 구덩이가 웬만큼 깊어지면 그 속에 아버지를 집어넣을 작정이야. 나는 내가 그 사실도 받아들일 수 있다고 생각해. 그런데 로이 브래니건의 캐딜락을 몰고 온 해럴드 로

더 녀석이 눈길로 나를 집적거리고 나를 '우리 아가' 라고 부른다? 모르겠어, 하나님 맙소사. 이건 도무지 모르겠어.'

그녀가 참을성 있게 말했다.

"해럴드, 나는 네 아가가 아냐. 난 너보다 다섯 살이나 더 많아. 내가 네 아가가 된다는 건 자연 법칙상 불가능해."

"그냥 비유적인 표현이었는데요, 뭐."

해럴드는 그녀가 성깔을 억누르고 있는 걸 못 본 체하며 말했다.

"그건 그렇고, 뭐예요? 저 구덩이는?"

"무덤. 우리 아버지 거야."

"아."

해럴드 로더가 불안한 목소리로 작게 말했다.

"일 끝내기 전에 물 한 모금 마시러 들어가 봐야겠어. 속을 좀 진정시켜야 돼, 해럴드. 그러니 어서 가 주렴. 난 지금 마음이 뒤숭숭한 상태거든."

"저도 이해해요."

그가 무뚝뚝하게 말했다.

"그런데 누나…… 정원 안에다가요?"

가던 프래니는 몹시 화를 내며 해럴드를 향해 뒤돌아섰다.

"그럼 어떡하라고? 나더러 아버지를 관 속에 모시고 공동묘지까지 끌고 가라고? 뭣 때문에? 우리 아버진 정원을 사랑하셨어! 그리고 그게 너랑 무슨 상관이야, 어차피? 그게 네가 참견할 일이야?"

프래니는 울음을 터뜨렸다. 그녀는 돌아서서 부엌 쪽으로 달려

가다 캐딜락의 앞 범퍼에 부딪힐 뻔했다. 그녀는 해럴드가 덜렁거리는 자신의 엉덩이를 구경하며 머릿속에서 끊임없이 상영할 X 등급 성인 영화용 자료 화면을 저장하고 있을 거라는 걸 알았고, 그 점이 그녀를 더욱 화나게, 더욱 슬프게, 그리고 어느 때보다도 더욱 눈물 흘리게 했다.

방충망을 친 문이 그녀 뒤에서 사정없이 굳게 닫혔다. 싱크대로 가서 찬물 석 잔을 너무 서둘러 마시는 바람에 은색 대못 같은 고통이 이마 속에 깊숙이 박혔다. 놀란 배가 경련을 일으키자 그녀는 한동안 싱크대에 매달려 눈을 질끈 감고, 토해야 할지 어떨지 기다려 보고 있었다. 잠시 후 위장이 찬물을 받아들이겠다고 그녀한테 말했다. 시험 삼아 참아 보기는 하겠다고.

"프랜 누나?"

그 목소리는 낮고 조심스러웠다.

돌아선 프래니의 눈에 방충망 밖에 서서 두 팔을 힘없이 늘어뜨린 해럴드가 보였다. 그가 걱정하며 슬퍼하는 듯 보이자 프랜은 갑자기 그를 몹시 동정했다. 로이 브래니건의 캐딜락을 타고 슬프도록 몰락한 이 마을을 돌아다니는 해럴드 로더, 어쩌면 살아오는 동안 단 한 번도 연애를 해 보지 못했고 그것이 이 세상을 경멸하도록 영향을 끼쳤을 것 같은 해럴드 로더. 연애, 여자, 친구, 모든 것에 대한 경멸. 그 자신도 경멸의 대상에 포함됐을 가능성이 아주 농후했다.

"해럴드, 미안해."

"아뇨, 제가 말을 꺼낼 자격이 없었는걸요. 저기, 만약 제 도움이 필요하시면 도와 드릴게요."

"고맙다. 하지만 나 혼자 하는 게 나아. 그건……"

"개인적인 일이죠. 물론이에요, 저도 이해해요."

프래니는 부엌 벽장에서 스웨터를 꺼낼 수도 있었지만 당연히 해럴드는 그걸 꺼낸 이유를 알아차릴 것이고 그녀는 또다시 그를 난처하게 하고 싶지 않았다. 해럴드는 착한 사내가 되려고 열심히 노력 중이었다. 그건 외국어 공부와도 약간은 공통점이 있을 게 분명했다. 그녀는 다시 현관으로 나왔고, 한동안 둘은 그곳에 서서 정원을, 주위에 흙이 파헤쳐진 구덩이를 바라보고 있었다. 그러자 마치 아무것도 변한 게 없다는 듯 오후의 소리가 그들 주위에서 나른하게 웅성거렸다.

"이제 뭘 할 거니?"

"모르겠어요. 누나도 알다시피……."

해럴드가 말끝을 흐렸다.

"뭘?"

"글쎄, 내 입으로 말하긴 좀 그렇네요. 저는 뉴잉글랜드의 이 작은 촌구석에서 별로 사랑받는 사람은 아니잖아요. 예전에 바라던 대로 유명한 작가가 됐다고 쳐도, 마을 공원에 저를 기리는 동상이 세워질지는 의심스러워요. 부연 설명을 하자면, 우리 마을에 유명 작가가 한 명 더 생겨난다 해도 저는 이미 턱수염이 허리띠까지 내려온 노인이 되어 있을 거예요."

그녀는 아무 말도 하지 않았다. 그저 그를 계속 쳐다만 봤다.

"그래서!"

해럴드가 큰 소리로 외쳤고, 말이 폭발해 나오기라도 한 것처럼 몸을 움찔거렸다.

"그래서 저는 그러한 불공평함을 이상하게 여길 수밖에 없다 이거죠. 그건 적어도 저한테는 너무도 극악무도한 것 같아서, 차라리 우리 마을 학문의 전당에 다니는 촌뜨기들이 마침내 나를 미치게 하는 데 성공한 것이겠거니 하고 믿는 편이 더 속 편해요."

그는 안경을 콧잔등 위로 밀어올렸고, 프래니는 그의 여드름 문제가 얼마나 지독한지 연민의 정을 느꼈다. 누가 말해 주기는 했는지 궁금했다. 비누와 물만 제대로 사용해도 여드름을 상당히 진정시킬 거라는 것을. 아니면 사람들 모두 예쁘고 귀여운 에이미가 평균 학점 3.8을 돌파하여 1,000명도 넘는 동기생들 중 23등으로 메인 대학을 졸업하는 것을 지켜보느라 너무 바빴던 것일까? 예쁜 에이미, 그녀는 그저 껄끄럽기만 해럴드에 비해 너무나 밝고 활기찬 존재였다.

"미쳤어요."

해럴드가 조용히 되풀이했다.

"저는 임시 면허증으로 캐딜락을 몰고 마을 주위를 돌아다녀 봤어요. 이 장화 좀 봐요."

그가 청바지 다리를 약간 끌어 올려 복잡하게 박음질한 카우보이 장화가 반짝거리는 모습을 드러냈다.

"86달러짜리예요. 그냥 슈 보트 상점에 들어가서 발에 맞는 걸로 집어 들었어요. 제가 사기꾼이 된 것 같은 기분이 들어요. 연기하는 배우 같기도 하고. 오늘만 해도 여러 번 내가 미쳤구나 하는 확신이 들었어요."

"아니야."

해럴드는 사나흘 목욕을 안 한 듯한 냄새를 풍겼지만, 프래니는 더 이상 그가 혐오스럽지 않았다.

"그게 무슨 터무니없는 말이니? 지금 이게 네가 내 꿈에 나오고 내가 네 꿈에도 나오고 그러는 걸로 보여? 우리는 미친 게 아냐, 해럴드."

"어쩌면 우리가 미쳤다면 더 좋았겠죠."

"누군가 올 거야, 조금만 있으면. 이 병의 정체가 무엇이든 그것이 스스로 기운이 다 빠지고 나면."

"누군가?"

"정부 당국의 누군가가."

프래니가 자신 없는 투로 말했다.

"누군가가 할 거야…… 잘…… 상황을 순리에 맞게 되돌려 놓을 거야."

해럴드가 씁쓸하게 웃었다.

"귀여운 우리 아가…… 죄송해요, 프랜 누나. 누나, 이 사태를 만든 장본인이 바로 정부 사람들이에요. 그 사람들은 원래 상황을 순리에 맞게 되돌려 놓는 일에 능숙하죠. 경기 침체, 환경 공해, 석유 파동, 냉전 시대, 그런 모든 것을 단숨에 해결해 왔어요. 그렇죠. 그 사람들은 상황을 순리대로 풀어 놔요. 지당하신 말씀. 그들은 알렉산더 대왕이 고르디우스 왕의 매듭 푸는 문제를 해결했던 것과 똑같은 방식으로 모든 것을 해결했어요."

"그렇지만 이건 독감의 이상한 변종일 뿐이야, 해럴드. 라디오에서 그렇게 들었는데……"

"대자연의 법칙은 겨우 그딴 식으로 작용하지 않아요. 누나가 말한 정부 당국의 그 누군가는 정부 시설에다 세균 학자, 바이러스 학자, 전염병 학자들 따위를 한데 모아놓고 그 과학자들이 만들어 낼 수 있는 이상한 벌레들이 얼마나 많은지 알아봤을 거예요. 박테리아. 바이러스. 어쩌면 세포질 같은 거겠죠. 그리고 어느 날엔가 거액 연봉을 받는 어떤 아부쟁이가 말했겠죠. '내가 만든 것 좀 봐. 잘하면 사람 씨를 말리겠어. 이것 참 대단하지 않아?' 그래서 정부 당국 사람들은 봉급 인상과 함께 훈장과 콘도 회원권을 그에게 주었고, 그러고 나서 누군가가 그 병균을 유출한 거라고요. 누나는 이제 뭐 할 거예요?"

"아버지를 묻어 드려야지."

그녀가 조용히 말했다.

"아…… 물론…… 그러셔야죠."

해럴드는 한동안 그녀를 바라보다 빠르게 말했다.

"저기요, 저는 여기서 나갈 거예요. 오군큇 마을에서요. 여기 더 있다간 진짜 미쳐 버릴 거예요. 프랜 누나, 저랑 같이 떠날래요?"

"어디로?"

"모르겠어요. 아직은."

"글쎄, 만약 마땅한 곳이 생각나면 그때 다시 물어보러 와."

해럴드의 표정이 밝아졌다.

"알았어요. 그렇게 할게요. 그건…… 누나도 알다시피, 그 문제는……."

말끝을 흐린 해럴드는 멍한 상태로 현관 계단을 내려가기 시작했다. 그의 새 카우보이 장화가 햇살을 받아 반짝거렸다. 프래니는 애처롭고도 즐겁게 그를 지켜보았다.

그가 캐딜락 운전석에 오르기 직전에 손을 흔들었다. 프래니가 답례로 손을 들었다. 그가 차를 후진시키자 차가 제멋대로 덜커덩거렸고, 계속 덜컹덜컹하며 집 앞 차도를 후진해 내려갔다. 그는 차를 왼쪽으로 틀어 오른쪽 바퀴 아래로 카를라의 꽃들 가운데 일부를 찌그러뜨렸고, 배수구 도랑 속으로 떨어질 뻔하다가 큰길로 빠져나갔다. 그런 다음 경적을 두 번 울리고 떠나갔다. 프랜은 그가 시야에서 벗어날 때까지 지켜본 다음 아버지의 정원으로 돌아갔다.

4시가 지났을 무렵, 프래니는 발걸음을 질질 끌며 억지로 몸을 움직여 위층으로 돌아갔다. 열기와 고된 작업과 긴장 때문에 관자놀이와 이마에 묵직한 두통이 느껴졌다. 그녀는 다른 날을 기약하자고 스스로에게 다짐해 보았지만, 그래 봤자 더 나빠질 따름이었다. 그래서 사교 모임에 쓰려고 소중하게 보관해 왔던, 어머니가 가장 아끼는 다마스크 천 식탁보를 팔 밑에 껴서 가져갔다.

상황은 프래니가 바라던 만큼 좋지는 않았지만, 두려워했던 만큼 나쁘지도 않았다. 아버지 얼굴 위를 맴도는 파리 녀석들이 얼굴로 내려와 털이 숭숭 난 작은 앞다리를 모아 비벼 대다가 다시 날아올랐고, 얼굴 피부가 거무스름해 보였지만 아버지는 정원에서 일하느라 볕에 많이 그을렸기 때문에 거무스름한 모습이 신경 쓰일 정도는 아니었다…… 신경 쓰지 않으리라 굳게 마음먹는다면 말이다. 냄새가 나진 않았는데, 냄새야말로 그녀가 가장 걱정하던 것이었다.

피터가 죽어 누워 있는 침대는 수년간 카를라와 함께 썼던 2인용 침대였다. 프래니는 침대의 반쪽, 어머니가 썼던 자리에 식탁보를 펼쳐 끝단이 아버지의 팔, 엉덩이, 다리에 닿도록 했다. 그런 다음 힘껏 숨을 들이켜 삼키고(머리가 어느 때보다 더 심하게 쿵쾅거렸다.) 아버지를 식탁보 쪽으로 굴릴 준비를 했다.

피터 골드스미스가 입은 줄무늬 파자마 잠옷은 프래니가 보기에 눈에 거슬리도록 경박했으나, 그대로 밀고 나가야 했다. 옷을 벗기고 아버지한테 다른 옷을 입힌다는 생각을 해 볼 여유는 없었다.

독하게 마음을 가다듬으며, 프래니는 아버지의 왼팔(가구 부품처럼 딱딱하게 굳어 있었다.)을 붙잡고 밀어서 식탁보 쪽으로 굴려 넘겼다. 그러자 섬뜩하고도 긴 트림 소리가 아버지에게서 빠져나왔는데, 목구멍을 긁어 대며 또 계속 이어질 것만 같았다. 그 소리는 목구멍 속으로 기어 들어갔던 메뚜기 한 마리가 마침내 어둠의 해협 안에서 활기를 띠고 부르짖는 소리 같았다.

날카로운 비명을 지른 프래니는 비틀거리다 침대 옆의 탁자를 쓰러뜨렸다. 아버지의 빗, 솔, 알람 시계, 자그마한 동전 무더기와 넥타이핀과 커프스 장식 단추들이 떨그럭거리면서 죄다 바닥으로 쏟아졌다. 드디어 냄새가, 가스로 가득 찬 썩은 냄새가 피어올라 그녀를 감쌌던 마지막 보호막을 걷자 그녀는 진실을 깨달았다. 무릎을 꿇고 쓰러져 두 팔로 머리를 감싸고 통곡했다. 사람만 한 크기의 인형을 매장하는 것이 아니었다. 그녀가 매장하려는 것은 그녀의 아버지였고, 그가 마지막으로 남긴, 맨 마지막으로 남긴 인간적인 흔적은 공기 중에 떠돌며 코를 찌르는 가스 냄새였다. 그리고 그것은 얼마 안 가 사라질 참이었다.

세상이 회색빛으로 변하고 시끄럽게 울어 대는 통곡 소리가 점점 멀어지는 듯했다. 마치 다른 사람이, 아마도 텔레비전 뉴스 화면에 나오는 제삼세계 국가의 키 작은 여인이 통곡 하고 있기라도 하는 것처럼. 얼마간 시간이 흘렀지만 프래니는 얼마나 오래됐는지 전혀 알지 못했다. 그런 다음 조금씩 조금씩 제정신이 돌아왔고 아직 할 일이 남았다는 생각도 돌아왔다. 예전 같으면 엄두도 못 낼 일이었다.

프래니는 아버지를 뒤집었다. 또 트림이 뿜어져 나왔는데 이번 것은 소리가 작고 약했다. 그녀는 아버지의 이마에 입을 맞췄다.

"아빠, 사랑해요."

그녀가 말했다.

"아빠를 사랑해요, 프래니는 아빠를 사랑해요."

눈물이 그의 얼굴 위로 떨어져서 반짝거렸다. 프래니는 아버지의 파자마 잠옷을 벗기고 가장 좋은 정장을 입히기 시작했다. 무거운 몸을 한 부분씩 들어 올리고 옷을 입힌 다음 다시 내려놓고, 다음 부분으로 작업을 계속 해 나갔다. 그러는 동안 그녀는 묵직하게 욱신거리는 등을, 쑤시는 목과 팔을 거의 의식하지 못했다. 그녀는 아버지의 머리에 아동용 백과사전 두 권을 받쳐 놓고 넥타이를 단정하게 매 주었다. 아버지의 맨 아래 서랍 속 양말 밑에서 그가 받았던 훈장들이 나왔다. 명예 상이용사 훈장, 선행 훈장, 종군 휘장…… 그리고 한국 전쟁에 참전해 받았던 동성 무공 훈장. 그녀는 그것들을 옷깃에 꽂았다. 욕실에서 존슨즈 베이비 파우더를 가져다 그의 얼굴과 목과 손에 발랐다. 파우더 냄새, 그 달콤한 그리움의 냄새가 또다시 눈물이 나게 했다. 땀이 온통 몸에 배었다. 피로가 몰려와 눈 밑이 거무스름해졌다.

프래니는 아버지의 몸 위에서 식탁보를 접고 어머니의 바느질 상자를 이용해 서로 겹치는 식탁보 테두리를 꿰맸다. 그런 다음 테두리를 두 겹으로 만들어 다시 한 번 꿰맸다. 흐느끼다 힘겨움에 탄식을 내뱉으며, 시신을 떨어뜨리지 않고 가까스로 바닥에 내려놓았다. 그러고는 반쯤 넋 나간 상태로 휴식을 취했다. 작업을 계속 할 수 있겠다는 느낌이 들자 시체의 상반신을 둘러업어 계단 꼭대기까지 옮겼고, 가능한 한 조심스럽게 일 층으로 내려갔다. 또다시 멈춰 허둥지둥 숨을 헐떡거렸다. 격렬해진 두통은 순식간에 극심한 고통을 잇달아 터뜨리며 그녀를 찔러댔다.

그녀는 시신을 끌고 홀을 지나 부엌을 통과하여 현관 밖으로 나왔다. 현관 계단을 내려왔다. 그러고서 또다시 쉬어야 했다. 초저녁의 황금빛 햇살이 땅 위로 쏟아졌다. 그녀는 또다시 맥이 빠졌고 아버지 곁에 앉아 머리를 무릎에 기댄 채, 몸을 앞뒤로 흔들며 눈물을 흘리고 있었다. 새들이 울어 댔다. 결국 그녀는 아버지를 정원으로 끌고 갈 수 있었다.

마침내 모든 일이 끝났다. 마지막 남은 잔디를 무덤 자리에 심었을 때는 (그녀는 무릎을 꿇은 채로 잔디를 무덤 자리에 한데 모아 두었다. 마치 조각 퍼즐 맞추듯이.) 9시 15분이었다. 프래니는 지저분했다. 오직 눈 주변의 피부만이 하얬다. 그녀가 흘린 눈물로 깨끗이 씻긴 것이었다. 피곤이 몰려오고 있었다. 헝클어진 머리칼이 뺨에 들러붙었다.

"부디 편히 잠드세요, 아빠."

그녀가 중얼거렸다.

"부디."

그녀는 삽을 끌고 아버지의 작업실로 돌아가 안쪽에 아무렇게나 던져 놓았다. 뒤쪽 현관으로 가는 계단 여섯 단을 오르는 동안 두 번이나 쉬어야 했다. 불도 켜지 않고 부엌을 가로질렀고 거실로 들어서며 운동화를 벗어 던졌다. 그러고는 소파에 쓰러져 곧바로 잠들었다.

꿈속에서 프래니는 또다시 계단을 오르고 있었다. 임무를 다 하려고 그리고 아버지가 땅 속에 제대로 묻히는 것을 보려고 가는 중이었다. 그런데 방에 들어서서 보니 식탁보가 이미 시신 위에 덮여 있었고, 슬픔과 상실감은 다른 것으로 바뀌었다. 무언가…… 공포 같은 것으로. 그녀는 저도 모르게 어두워진 방을 가로질렀고, 돌연 달아나고 싶었지만 아무리 해도 걸음이 멈춰지질 않았다. 식탁보가 그늘 속에서 희미하게 빛났다. 귀신같이, 기괴하게. 그리고 문득 느낌이 왔다.

저 식탁보 밑에 있는 것은 아버지가 아니다. 저 밑에 있는 것은 죽은 것이 아니다.

검은 생명과 소름 끼치는 활력으로 가득 찬 무엇인가가, 누군가가 저 밑에 있었고, 식탁보를 들추는 것은 목숨을 거는 것보다 더 두려운 일이었지만, 프래니는…… 멈출 수 없었다…… 발걸음을.

그녀의 손이 뻗어 나와 식탁보 위를 떠돌았다. 그러다 식탁보를 낚아챘다.

그가 씩 웃고 있었다. 그러나 프래니는 그의 얼굴을 볼 수 없었다. 오싹한 냉기의 물결이 소름 끼치는 웃음으로부터 그녀를 향해 터져 나오고 있었다. 아니, 그의 얼굴은 볼 수 없었지만, 이 끔찍한 망령이 아직 태어나지 않은 아기를 위해 가져온 선물을 볼 수는 있었다. 낙태 도구로 쓰는 찌그러뜨린 옷걸이.

프래니는 도망쳤다. 그 방에서, 그 꿈에서 도망치며, 위로 올라가며, 이내 수면 위로 떠올라……

꿈의 수면 위로 떠올라서 보니 새벽 3시 거실의 어둠 속이었고, 그녀의 몸은 두려움의 물거품 위에서 떠다니고 있었으며, 꿈은 이미 갈가리 찢어지고 흩어져서, 부패한 음식을 먹고 난 후의 고약한 뒷맛처럼 파멸의 느낌만을 남겨 놓고 있었다. 반쯤 잠들고 반쯤 깨어난 그 순간에 프래니는 생각했다. '그 사람이야. 바로 그 사람. 걸어 다니는 멋쟁이, 얼굴 없는 남자.'

그러고 나서 그녀는 다시 잠들어 아무런 꿈도 꾸지 않았고, 아침에 깨어났을 땐 꿈을 하나도 기억하지 못했다. 그러나 뱃속의 아기를 생각할 때면 갑자기 보호해야 한다는 격렬한 감정이 그녀를 엄습했으며, 그 감정의 강렬함과 파괴력 때문에 그녀는 다소 혼란스러웠고, 섬뜩했다.

제29장

같은 날 저녁, 래리 언더우드가 리타 블레이크무어와 함께 잠을 자고 프래니 골드스미스가 홀로 잠자며 괴이하고 불길한 꿈을 꾸고 있을 때, 스튜어트 레드먼은 엘더를 기다리고 있었다. 그는 사흘 동안 기다리는 중이었다. 그리고 이날 저녁 엘더는 그를 실망시키지 않았다.

24일 정오가 막 지났을 무렵, 엘더와 두 명의 남자 간호사들이 와서 텔레비전을 가져갔다. 간호사들이 텔레비전을 치우는 동안 엘더는 옆에 서서 스튜를 향해 리볼버 권총을(비닐 주머니로 깔끔하게 감싸) 겨누고 있었다. 그렇지만 당시 스튜는 텔레비전이 보고 싶거나 필요하지 않았다. 텔레비전은 온갖 혼잡스러운 쓰레기들을 아무렇게나 보여 줄 뿐이었으므로. 그는 오로지 창살 쳐진 창문 앞에 서서 아래로 강이 흐르는 마을을 내다보기만 하면 되었다. 레코드판에서 흘러나왔던 어느 남자 가수의 노랫말대로였다.

'바람이 어느 방향으로 부는지 알기 위해 꼭 일기 예보관이 필요한 것은 아니지.'

이제는 방직 공장의 굴뚝에서 연기가 솟아나지 않았다. 강물 위로 보이던 공장 염료의 화려한 줄무늬와 소용돌이는 사라지고 강물은 다시 무척 깨끗하게 흘러갔다. 이렇게 멀리서 보면 반짝이는 장난감 같던 차들은 거의 주차장을 떠나 다시 돌아오지 않았다. 어제 26일에, 고속도로에는 소수의 차량만이 계속 움직이고 있었는데, 마치 회전 활강 경기를 하는 스키 선수들처럼 엔진이 멎은 차들 사이사이를 누비고 다녀야만 했다. 버려진 차들을 치울 견인 차량은 전혀 나타나지 않았다.

입체 모형 지도처럼 그의 아래로 펼쳐진 도심지에는 완전히 인적이 끊긴 듯했다. 그가 여기에 감금당한 시간을 종소리로 알려주던 마을의 대형 시계는 이날 오전 9시 이후론 종을 치지 않았으며, 마지막으로 종을 울리기에 앞서 물에 빠진 음악상자가 물 속에서 울리는 것처럼 느릿느릿 괴상한 소리로 짧은 선율을 내보냈다. 마을의 외진 곳에 있는 대로변 카페이거나 어쩌면 잡화점으로도 보이는 건물에서 불이 났다. 그 불은 이날 오후 내내 아수라장을 연출하며 타올라 검은 연기로 푸른 하늘을 수놓았지만, 불을 끄러 단 한 대의 소방차도 출동하지 않았다. 만일 그 건물이 아스팔트 주차장 한복판에 세워진 게 아니었다면, 마을 절반이 날아가 버렸을지도 모른다고 스튜는 추측했다. 오후에 굵은 빗방울이 쏟아졌는데도 타고 남은 폐허는 밤까지 연기를 내뿜었다.

스튜는 엘더가 받을 최후의 명령은 그를 죽이라는 것이리라 추측했다. 안 될 게 뭐 있겠는가? 그의 죽음은 시체 한 구가 늘어나는 것에 불과하고, 그는 그들의 작은 비밀을 알아 버렸으니. 그들은 이제껏 치료법을 찾아낼 수가 없었거나 스튜의 신체 구조가 그 병에 굴복당했던 사람들과 어떻게 다른지 발견해 낼 수 없었던 것이다. 스튜가 비밀을 털어놓을 만한 사람이 거의 남아 있지 않을 것이란 생각은 그들의 계산에 전혀 들어 있지 않을 것이다. 그는 한 무리의 빡빡한 개자식들한테 인질로 잡힌 헐렁한 실밥이었다.

스튜는 텔레비전이나 소설에 나오는 영웅이라면 탈출할 방법을 생각해 낼 테고, 어떤 사람들은 현실에서도 그럴 수 있으리라 확신했지만, 그는 그런 이들과 같은 부류가 아니었다. 결국에 가서 그는 자신이 할 수 있는 유일한 일이 엘더를 기다리며 그저 각오나 해 두는 것일 거라고 자포자기의 심정으로 결론 내렸다.

엘더는 근무자들이 때로는 "블루"라고 때로는 "슈퍼 독감"이라고 부르는 것에 의해 이 시설이 돌파당했음을 보여 주는 가장 명확한 증거였다. 간호사들은 그를 엘더 박사라고 불렀지만, 그는 의사가 아니었다. 50대 중반의 나이에 눈빛이 험악했고 웃음기가 없었다. 엘더 이전에는 어떤 의사도 스튜한테 총을 겨눌 필요성을 느끼지 않았다. 스튜는 엘더를 두려워했는데 그런 사람에겐 어떠한 논리도 애원도 통하지 않기 때문이었다. 엘더는 명령만을 기다리고 있었다. 명령이 내려오면, 그는 수행할 터였다. 그는 맨 앞에서 실행하는 사람, 군대판 마피아 행동대원이었고, 현재 벌어지고 있는 일들에 비추어 보면 명령에 의문을 품는 행동 따위는 그에게 절대로 일어나지 않을 것 같았다.

3년 전 스튜는 와코에 사는 조카한테 보내 주려고 『워터십 다운』이라는 책을 준비했다. 그는 당시 책 읽기 이상으로 선물 포장하기를 싫어했기 때문에, 책을 넣을 상자를 꺼내고 나서 책 내용이 어떤지 조금만 훑어보자는 생각이 들어 엄지손가락으로 첫 쪽을 펼쳤다. 첫 쪽을 읽었다. 그리고 두 번째 쪽도…… 그러고는 흠뻑 빠져 들었다. 그는 밤새 커피를 마시고 담배를 피우며 꾸준히 책을 독파해 나갔다. 독서를 통해 쾌감을 느끼는 데 익숙지 않은 사람이 힘겹게 애쓰는 모습으로. 그 소설은 토끼들에 관한 내용임을 알 수 있었다. '이런 맙소사. 하나님의 땅에서 가장 멍청하고 가장 겁 많은 동물이잖아…….' 다만 그 책을 쓴 사람은 토끼가 색다르게 보이도록 이야기를 만들었다. '당신 토끼한테 정말 신경 많이 썼구려.' 매우 멋들어진 이야기였고, 달팽이가 기어가는 속도로 읽은 스튜는 책을 이틀 후에 끝마쳤다.

그 책에서 가장 기억에 남았던 것은 하나의 글귀였다. '탄 걸리다' 또는 그냥 '탄'. 그는 그 말을 순식간에 이해했는데, 그가 '탄' 걸린 동물들을 자주 보아 왔고 고속도로를 달리다 몇 녀석을 들이받기도 했기 때문이었다. '탄' 걸린 동물은 도로 한가운데 웅크리고 귀를 납작하게 붙여 자동차가 자신을 향해 달려드는 것을 지켜보면서, 필연적으로 다가오는 죽음으로부터 피하지 못했다. 사슴은 번뜩이는 불빛을 보는 것만으로도 간단히 '탄' 되는 지경으로 몰릴 수 있었다. 시끄러운 음악 소리는 너구리를 그렇게 만들고 지속적으로 새장을 두드리는 것은 앵무새를 그렇게 만들었다.

엘더는 스튜를 그렇게 만들었다. 그는 엘더의 생기 없는 파란 눈을 들여다보면 자신한테서 의지력이 빠져나가는 기분을 느꼈다. 엘더는 어쩌면 그를 처치하는 데 권총조차 필요 없을 것 같았다. 엘더는 어쩌면 일본 가라데, 프랑스 격투기 사바테, 그리고 온갖 더러운 기술들을 익혔을 것 같았다. 그런 사람한테 무엇으로 맞설 수 있을 것인가? 그냥 엘더에 관해 생각하는 것만으로도 의지력이 제멋대로 빠져나가려고 발버둥치는 판국이었다. '탄.' 그것은 마음의 나쁜 상태를 지칭하는 좋은 말이었다.

오후 10시가 막 지났을 무렵 문 위에서 빨간 불이 켜지자 스튜는 팔과 얼굴에 가볍게 땀이 나는 것을 느꼈다. 빨간 불이 켜질 때마다 매번 이런 식이었는데, 그 이유는 이런 순간들 중 어느 한 번은 엘더가 혼자일 것이기 때문이었다. 그는 혼자일 것이다. 목격자가 생기는 걸 원치 않을 것이므로. 어딘가에 전염병 희생자들을 화장하는 소각로가 있을 것 같았다. 엘더가 그를 그 속으로 처넣을 것 같았다. 싹둑 가위질하기. '묶지도 못할 실밥은 그냥 놔두지 마라.'

엘더가 문을 넘어 걸어왔다. 혼자서.

스튜는 병실 침대 위에 앉아 한 손을 의자 등받이 위에 걸쳐 놓고 있었다. 엘더가 시야에 들어오자 그는 뱃속이 메스껍게 철렁하는 익숙한 기분을 느꼈다. 그는 애원해 봤자 아무 소용 없다는 것을 알면서도, 횡설수설 애원하는 말을 마구 쏟아 내고픈 익숙한 충동을 느꼈다. 하얀 방호복의 투명한 얼굴 가리개 너머로 보이는 얼굴에 인정이라곤 조금도 없었다.

이제는 모든 것이 매우 명확하고, 매우 선명하고, 매우 느리게 보였다. 방 안으로 들어오는 엘더의 움직임을 눈으로 따라가는 동안 스튜는 미끈거리는 둥지 속에서 자신의 눈알이 굴러 가는 소리가 들리는 것만 같았다. 그 사람은 덩치가 크고 우람해서 하얀 방호복이 너무 꽉 끼였다. 손에 쥔 권총 끝에 난 구멍이 터널만큼 커

보였다.

"기분이 어떠신가?"

깡통 스피커를 통해 들려왔지만 스튜는 엘더의 음성에서 코맹맹이 소리를 눈치 챘다. 엘더는 병에 걸렸다.

"만날 똑같죠, 뭐."

스튜는 자신의 음성이 태연한 데 놀랐다.

"이봐요. 나 여기서 언제 나가는 겁니까?"

"이제 곧."

엘더는 스튜 쪽으로 총을 겨누고 있었는데, 정확히 그를 겨눈 것은 아니었지만 정확히 다른 데를 겨눈 것도 아니었다. 그가 억누른 재채기를 내보냈다.

"당신은 말수가 적은 사람이야, 안 그러신가?"

스튜가 어깨를 으쓱거렸다.

"난 그런 사람이 좋아. 큰소리 뻥뻥 치는 것들은 나중에 가선 질질 짜고 칭얼대고 툴툴거린단 말이지. 레드먼 씨, 나는 20분 전에 당신에 관한 지시를 받았어. 아주 화끈한 명령은 아니지만, 당신한텐 괜찮을 거라고 봐."

"무슨 명령인데요?"

"나는 자네를……"

스튜의 눈길이 엘더의 어깨를 지나 리벳 못이 둘러쳐진 밀폐식 출입문의 높은 문턱 쪽을 향해 번뜩였다.

"아이고 저런! 좆도 쥐새끼 아냐. 당신들 건물 관리를 어떻게 하기에 안에서 쥐새끼가 날뛰어?"

엘더가 돌아보자 스튜는 자신이 부린 잔꾀의 예기치 못한 성공에 너무 놀라 잠시나마 까무러칠 뻔했다. 그러고는 침대에서 슬그머니 빠져나와 양손으로 의자 등받이를 움켜 쥐는 순간, 엘더가 다시 그 쪽으로 고개를 돌렸다. 엘더는 눈이 휘둥그레지며 깜짝 놀랐다. 스튜가 의자를 머리 위로 들어 올리고 앞으로 다가서서, 의자에 80킬로그램의 체중을 모두 실어 내리쳤다.

"뒤로 물러서!"

엘더가 부르짖었다.

"그런 짓 하지"

의자가 그의 오른팔로 떨어져 내렸다. 총이 비닐 주머니를 터뜨리며 발사되었고, 총알이 병실 바닥에 날카로운 소리를 냈다. 총이 카펫으로 떨어져 또 한 번 총알을 발사했다.

스튜는 엘더가 완전히 기력을 회복하기 전에 의자로 한 번 더 타격을 가하는 모험을 해 볼까 생각했다. 그는 멋진 타격을 해 보기로 결심했다. 헨리 아론의 홈런 스윙처럼 힘찬 곡선을 그리며 의자를 높이 휘둘렀다. 엘더는 부러진 오른팔을 치켜들려고 했으나 그럴 수가 없었다. 의자 다리가 흰 방호복의 머리 덮개를 부쉈다. 플라스틱 얼굴 가리개가 엘더의 눈과 코로 깨져 들어갔다. 그는 비명을 지르며 뒤로 쓰러졌다.

엘더는 네발로 구르며 카펫 위에 놓인 총을 황급히 찾았다. 스튜는 마지막으로 의자를 휘둘러 엘더의 뒤통수를 강타했다. 엘더가 무너져 내렸다. 스튜가 숨을 몰아쉬며 팔을 뻗어 총을 잡았다. 뒤로 물러나 엎어진 몸뚱이를 총으로 겨누었지만, 엘더는 움직이지 않았다.

한동안 악몽 같은 생각이 스튜를 괴롭혔다. 엘더가 받은 명령이 그를 살해하는 것이 아니라 풀어 주는 것이었다면 어쩔 것인가? 하지만 말도 안 되는 얘기였다. 안 그런가? 만약 스튜를 풀어 주라는 명령이었다면, 왜 질질 짜고 칭얼대지 말라는 얘기가 나왔을까? 왜 "아주 화끈한 명령은 아니지만."이라고 했던 것일까?

그렇다. 엘더는 그를 살해하라고 여기로 보내졌던 것이다.

스튜는 엎어진 몸뚱이를 바라보며 온몸을 떨었다. 만일 엘더가 지금 일어선다면, 스튜는 딱 마주 서서 총알 다섯 발을 전부 쏴도 그 사람을 못 맞출 것 같다고 생각했다. 그러나 엘더가 일어나리라고는 생각하지 않았다. 지금은 안 된다. 정말로 안 된다.

갑자기 그곳에서 나가야 한다는 생각이 매우 강하게 들어 하마터면 밀폐식 출입문을 지나 그 너머에 뭐가 있든지 무턱대고 뛰쳐나갈 뻔했다. 일주일 넘게 갇혀 지낸 스튜가 원한 것은 오로지 신선한 공기를 호흡하고 이 끔찍스러운 장소에서 멀리, 아득히 멀리 떠나는 것이었다.

그러나 신중하게 행동해야만 했다.

스튜는 밀폐식 출입구로 걸어가 안쪽으로 들어서서 '순환'이라고 표시된 단추를 눌렀다. 공기 펌프가 켜져 잠깐 동안 작동하더니 잠시 후 바깥쪽 문이 열렸다. 그 너머는 책상 하나만 달랑 있는 작은 방이었다. 책상 위에 진료 기록들이 한데 모여 있었다…… 그리고 그의 옷도. 그가 브레인트리에서 애틀랜타로 가는 비행기 안에서 입고 있었던 것들이었다. 서늘한 공포의 손가락이 다시금 그를 건드렸다. 소지품은 그와 함께 소각장으로 보내질 예정이었던 것이다. 의심의 여지가 없다. 그의 진료 기록, 옷가지. 잘 가거라, 스튜어트 레드먼. 스튜어트 레드먼은 잊힌 사람이 될 예정이었다. 사실은……

뒤에서 희미한 소음이 나서 재빨리 돌아보았다. 엘더가 그를 향해 비틀비틀 걸으며 몸을 웅크렸고, 양팔은 힘없이 흔들거리고 있었다. 뾰족한 플라스틱 파편이 피가 줄줄 흐르는 눈에 박혀 있었다. 엘더가 씩 웃었다.

"움직이지 마."

스튜는 양손으로 총을 꼭 붙잡고 겨누고 있었다. 그런데도 계속 총신이 떨렸다.

엘더는 스튜의 말을 알아들은 것 같지 않았다. 계속 다가오고 있었다.

스튜가 주춤거리다 방아쇠를 당겼다. 권총이 그의 손안에서 몸부림쳤고, 엘더가 멈췄다. 미소가 우거지상으로 변했다. 마치 갑작스레 뱃속에 가스가 차서 쓰리기라도 한 듯. 엘더의 하얀 방호복 가슴에 작은 구멍 하나가 생겼다. 한동안 그는 멈춰 서서 비틀대다가 앞으로 고꾸라졌다. 스튜는 얼마간 그를 주시한 채 얼어붙을 수밖에 없었고, 잠시 후 소지품을 쌓아 놓은 책상이 있는 방으로 머뭇머뭇 걸어 들어갔다.

그가 사무실 맨 끝에 있는 문을 건드리자, 문이 열렸다. 문 너머는 숨죽인 형광등 조명이 켜진 복도였다. 엘리베이터까지 반쯤 못 미친 곳에 방치된 환자 운반 침대 한 대가 간호사 업무 구역인 듯한 자리 옆에 서 있었다. 희미한 신음 소리가 들렸다. 누군가 콜록거리고 있었는데, 거칠고 꺼끌꺼끌한 소리가 끝없이 계속될 것 같았다.

스튜는 다시 사무실로 들어가서 옷가지를 그러모아 한쪽 팔 밑에 끼었다. 그런 다음 밖으로 나와 등 뒤의 문을 닫고 복도를 걷기 시작했다. 엘더의 총을 쥔 손이 땀에 젖어 있었다. 운반 침대 있는 데까지 와서 뒤를 본 그는 침묵과 텅 빈 공허함에 기운이 쭉 빠졌다. 기침하던 사람이 조용했다. 스튜는 엘더가 최종 명령을 완수하려고 그의 뒤를 쫓아 네발로 또는 온몸으로 기어오는 모습을 보리라 기대하고 있었다. 그는 자신이 아까까지 머물던 병실처럼 폐쇄적이고 익숙한 공간을 그리워하고 있음을 깨달았다.

신음 소리가 다시 시작되었고, 이번에는 더 커졌다. 엘리베이터 타는 곳에서 또 다른 통로가 오른쪽으로 이어져 있었고, 벽에 기댄 사람은 자신의 담당 간호사들 중 한 명이지 싶었다. 얼굴이 까맣게 부어올랐고 가슴이 숨 가쁘게 헐떡이며 오르락내리락하고 있었다. 스튜가 바라보자 그가 다시 신음 소리를 내기 시작했다. 그의 뒤편으로, 아기 같은 자세로 몸을 구부리고 죽은 남자 시체 한 구가 있었다. 복도 더 아래쪽에는 시체 세 구가 더 있었고, 그 중 하나는 여자였다. 남자 간호사가(빅, 스튜는 그의 이름이 빅임을 기억해 냈다.) 또다시 기침하기 시작했다.

"맙소사, 맙소사. 당신 밖에 나와 뭐 하는 거요? 나오면 안 되는데."

빅이 말했다.

"엘더가 나를 손봐 주러 왔기에 대신 내가 그를 손봐 줬어요. 그가 병에 걸린 게 나한텐 행운이었죠."

"정말 끔찍하게 맙소사구먼. 운이 좋았다는 걸 명심해 둬요."

또 한 번의 기침 발작, 이번엔 더 약한 기침이 빅의 가슴에서 부서져 나왔다.

"아이구야. 형씨, 이 기침이 얼마나 아픈지 모를 거요. 병이 결국 좆같은 본성을 드러낸 거지. 끔찍스럽게도 맙소사."

"저기, 제가 도와 드릴 방법이 없을까요?"

스튜가 어색해하며 물었다.

"정말로 돕고 싶으면, 그 총을 내 귀에 대고 방아쇠를 당기면 돼요. 내 몸은 이미 갈기갈기 찢어지고 있으니까."

빅이 또 기침을 터뜨리다 힘없이 신음했다.

하지만 스튜는 그런 부탁을 들어줄 수 없었고, 빅의 힘 없는 신음이 계속되자 도저히 참을 수가 없었다. 그는 엘리베이터를 향해 달려가 부분 월식 중인 달처럼 거무스름한 빅의 얼굴로부터 멀어졌다. 그러면서 몸이 아픈 사람들이 건강한 사람들한테 무언가를 갈구할 때면 늘 사용할 법한 귀에 거슬리면서도 어쩔 수 없이 진실한 바로 그 목소리로 빅이 불러 주기를 내심 기대했다. 그러나 빅은 그저 계속 신음할 뿐이었고 그것은 더욱 안 좋은 반응이었다.

엘리베이터 문이 닫히고 승강기가 이미 아래로 내려가고 있을 때, 함정에 빠진 것일 수도 있겠다는 생각이 떠올랐다. 그것이 바로 그놈들의 특기인 듯싶었다. 독가스, 또는 연결 케이블을 풀어 엘리베이터를 수직 통로 아래로 떨어뜨려 밑바닥에 충돌시켜 버리는 차단 회로. 스튜는 승강기 가운데로 걸음을 옮기고 감춰진 가스 배출구나 엿보는 구멍이 없는지 초조하게 주위를 둘러보았다. 밀실 공포증이 고무 장갑을 낀 손으로 그를 어루만졌고 별안간 엘리베이터가 겨우 공중전화 부스 크기로, 그러다 관 크기로 느껴졌다. '누구 생매장 맛 좀 보실 분?'

그는 손가락을 뻗어 멈춤 단추를 누르고 층과 층 사이에 끼이면 어떻게 하는 게 좋을지 궁리했다. 그 의문에 답하기도 전에 엘리베이터가 미끄러지듯이 매끄럽게 정상적으로 멈췄다.

'만일 바깥에 총 든 사람들이 있으면 어쩌지?'

그러나 승강기 문이 스르르 열렸을 때 유일한 감시인은 간호사 옷을 입은 여자의 시체였다. 그녀는 '여자 화장실' 이라고 표시된 문 옆에서 태아 같은 자세로 몸을 바짝 웅크리고 있었다.

스튜가 그녀를 너무 오래 쳐다보았는지 승강기 문이 스르르 닫히기 시작했다. 그가 팔을 뻗자 문은 고분고분하게 다시 양쪽으로 튀어 들어갔다. 그는 바깥으로 나왔다. 복도가 T자 모양 교차로까지 이어졌고 그는 죽은 간호사를 피해 그쪽을 향해 걸었다.

뒤에서 무슨 소리가 나서 그는 총을 들어 올리며 몸을 돌렸지만, 단지 엘리베이터 문이 두 번째로 스르르 닫히는 소리였다. 스튜는 그 모습을 한동안 바라보며 힘겹게 숨을 삼키고 걸음을 계속했다. 고무 손이 다시 돌아와 그의 척추 뿌리를 튕겨 노래를 연주하며 이따위 '뛰지 말고 걸어라' 장난은 집어치우라고 속삭였다. 잽싸게 밖으로 나가자 누군가가…… 무엇인가가…… 우리를 붙잡기 전에. 관리국 구역에 접한 어스름한 통로 속에서 발걸음이 울리는 소리는 마치 으스스한 친구들 같았다. '놀러 왔니, 스튜어트? 대환영이야.' 반투명 유리창이 달린 문들을 지나칠 때마다 각각의 문이 자신의 내력을 말해 주었다. 슬로안 박사. 녹음 및 문서 기록실. 볼링거 씨. 마이크로필름. 문서 복사실. 윅스 부인. 아마 소설 『양배추밭의 윅스 부인』에 나오는 그 사람인가 보다고 스튜는 생각했다.

T자형 교차로에 식수대가 있었지만, 염소로 소독 처리된 뜨뜻

미지근한 물맛 때문에 위장이 울렁거렸다. 왼쪽에는 출구가 없었다. 밑에 오렌지색 화살표가 붙은 타일 벽 위의 표지판에는 '도서실' 이라고 표기돼 있었다. 통로는 그쪽으로 매우 길게 뻗어 나가는 듯했다. 50미터 정도 떨어진 곳에 하얀 방호복을 입은 시체가 있었다. 마치 척박한 해변에 내동댕이쳐진 기이한 동물 같았다.

그의 자제력이 차츰 무너지고 있었다. 이 장소는 애초에 예상했던 것보다 훨씬, 훨씬 더 거대했다. 여기까지 빠져나오면서 보았던 것(복도 두 개, 엘리베이터 하나, 머물렀던 사무실 하나)으로는 그다지 많은 것을 떠올릴 만한 여지가 없었다. 이제 그는 그곳이 어지간한 대도시 병원만큼 클 것으로 추측했다. 몇 시간이고 빙글빙글 헤매며 발소리를 울리고 메아리치게 하면서, 이따금 시체를 건너다니기만 하는 신세가 될 수도 있었다. 시체가 무시무시한 보물찾기 놀이의 상품인 양 여기저기 흩어져 있었다. 그는 아내 노마를 휴스턴의 큰 병원으로 데려가서 암 검사를 받게 하던 때를 떠올렸다. 그 병원은 어디를 가든 벽마다 작은 화살표가 점 하나를 가리키고 있는 작은 지도가 붙어 있었다. 각각의 화살표에 적힌 말은 다음과 같았다. '당신의 현재 위치.' 병원 측에선 그 표시를 붙여 사람들이 길을 잃지 않도록 했던 것이다. 마치 지금의 그처럼. 길 잃은 미아가 될까 봐. '오 베이비, 이건 안 좋아. 이건 너무 안 좋아.'

"이젠 탄 걸리지 마. 힘든 고비는 거의 다 넘긴 거야."

스튜의 말이 메아리쳐 돌아왔다. 무미건조하고 기묘한 느낌으로. 그는 큰 소리를 내려던 게 아니었고, 그래서 그 울림이 더욱 기분 나빴다.

그는 오른쪽으로 돌아 도서실 구역을 등지고 더 많은 사무실을 지나쳐 또 다른 통로에 이르렀고, 그쪽으로 방향을 틀었다. 그는 차츰 자주 뒤쪽을 돌아보며 아무도(어쩌면 엘더가) 쫓아오지 않는다고 자신을 안심시켰으나, 그 사실을 마냥 믿을 수만은 없었다. 복도는 '방사선과' 라고 씌어진 닫힌 문에서 끝이 났다. 손 글씨로 적은 표지판이 문 손잡이 위에 걸려 있었다. '추후 공지가 있을 때까지 폐쇄. 랜들.'

그는 되돌아가서 모퉁이 주위를 주시하다가 원래 출발했던 지점으로 돌아왔다. 하얀 방호복을 입은 시체가 이제는 멀리 떨어져 얼룩 자국 정도로 작게 보였지만, 그곳에 변함없이 영원히 존재하는 그것을 보기가 끔찍해서 될 수 있는 한 빨리 달아나고 싶었다.

그는 오른쪽으로 돌아 또다시 시체를 등졌다. 20미터 거리를 더 나아가니 통로가 또 하나의 T형 교차로 속으로 들어갔다. 스튜는 오른쪽으로 돌아 아까보다 더 많은 사무실을 지나쳤다. 통로는 미생물학 연구실 앞에서 끝났다. 연구실 안에서는 삼각팬티를 입은 젊은 남자가 책상 위에 자빠져 허우적거리고 있었다. 혼수상태인 그는 코와 입에서 피를 흘리고 있었다. 죽은 옥수수 껍질 사이를 지나는 10월의 바람 같은 소리로 숨이 들락날락하며 헐떡거렸다.

이윽고 달리기 시작한 스튜는 한쪽 통로에서 또 다른 통로로 방향을 꺾으며 빠져나갈 구멍이 없다고, 적어도 현재 층에선 없다고 점점 더 강하게 확신했다. 복도에 울리는 그의 발걸음 소리가 그를 쫓아왔다. 마치 엘더나 빅이 여태 숨이 붙어 있다가 그를 추적하는 유령 같은 헌병대를 불러들이기라도 한 듯이. 그러자 또 다른 상상이 방금 했던 상상을 떠밀어 냈고, 어찌 된 영문인지 그 상상은 스튜가 지난 며칠 밤 동안 꿔 왔던 기기묘묘한 꿈들과 합쳐졌다. 그 생각이 너무 강하게 고조되어 그는 모퉁이를 돌기가 무서웠고, 만약 모퉁이를 돌면 하얀 방호복을 입은 형체가 성큼성큼 쫓아오는 모습을 볼까 봐, 투명 유리로 된 얼굴 가리개 너머로 오직 암흑만이 존재하는 얼굴 없는 무언가를 볼까 봐 무서웠다. 아주 무시무시한 망령을, 정상적인 시간과 공간 너머에서 찾아온 암살자를.

숨을 헐떡거리며 모퉁이를 돈 스튜는 통로가 막다른 골목임을 미처 눈치 채기도 전에 열 발자국을 전속력으로 내달렸고, 위쪽에 표시판이 달린 문에 충돌했다. 표시판에는 '출구'라고 적혀 있었다.

스튜는 막대 손잡이를 밀며, 문이 움직이지 않을 거라고 믿었지만 문은 움직였고, 쉽사리 열렸다. 또 다른 문으로 이어지는 계단 네 개를 내려왔다. 계단 바닥의 왼쪽으로 더 많은 계단이 칠흑 같은 어둠 속으로 뻗어 내려갔다. 두 번째 문의 위쪽 절반은 엇갈려 엮은 안전 철망으로 보강한 투명 유리였다. 그 너머는 오로지 밤, 아름답고 달콤한 여름밤이었고 인간이 이제껏 꿈꿔 왔던 모든 자유가 서려 있었다.

스튜가 바깥을 뚫어지게 쳐다보며 제자리에 굳어 있을 때, 손 하나가 계단 통로의 어둠 속에서 소리 없이 빠져나와 그의 발목을 꽉 붙잡았다. 놀란 숨결이 가시처럼 스튜의 목구멍을 잡아 찢었다. 돌아본 그는 뱃속이 얼어붙은 빙판같이 싸늘해지는 것을 느꼈고, 피에 젖은 얼굴이 어둠 속에서 위를 향해 웃고 있는 모습을 바라보았다.

"이리 내려와서 나랑 같이 닭고기 먹자, 이쁜아."

갈라지고 죽어 가는 목소리로 속삭였다.

"여긴 아아아주 어두워어."

스튜는 비명을 내지르며 빠져나오려 발버둥 쳤다. 어둠 속에서 나온 그 웃고 있는 것이 계속 그를 향해 말하고 웃고 낄낄거리고 있었다. 피인지 신물인지가 입가에서 뚝뚝 떨어졌다. 스튜는 발목을 잡은 손을 걷어찬 다음 짓밟아 버렸다. 계단 통로의 어둠 속에 매달려 있던 얼굴이 사라졌다. 계속해서 쿵쿵 부딪히는 소리가 났고…… 그러고 나서 비명이 들리기 시작했다. 고통 때문인지 분노 때문인지는 분간할 수 없었다. 스튜는 신경 쓰지 않았다. 바깥 세상을 향한 문에다 어깨를 세게 부딪쳤다. 문이 벌컥 열리자 비틀대며 튀어나와 균형을 잡으려 팔을 휘저었다. 결국 균형을 잃고 시멘트 길 위로 엎어지고 말았다.

스튜는 천천히 일어나 앉았다. 상당히 조심스럽게. 그의 뒤편에서 비명이 멎었다. 시원한 저녁 산들바람이 얼굴을 간질이며 이마에 난 땀을 닦아 주었다. 그는 잔디와 꽃밭을 보며 대단한 경이로움 같은 것을 느꼈다. 밤이 이토록 향기롭고 달콤한 냄새를 풍긴 적은 전엔 한 번도 없었다. 밤하늘에 초승달이 떠 있었다. 스튜는 고마워하는 심정으로 얼굴을 들어 올려 감상한 다음, 아래쪽 스토빙턴 마을로 이어지는 도로를 향해 잔디밭을 가로질러 걸었다. 풀이 이슬을 머금고 있었다. 소나무들 사이로 속삭이는 바람 소리가 들렸다.

"살았어."

스튜 레드먼이 밤에 대고 말했다. 그는 울음을 터뜨렸다.

"난 살았어. 하나님 감사합니다 전 살았어요. 감사합니다, 하나님. 감사합니다, 하나님, 감사합니다……."

약간 비틀거리며, 스튜는 도로를 내려가기 시작했다.

제30장

흙먼지가 잡목이 무성한 텍사스 땅을 가로지르며 끊임없이 흩날렸고, 황혼 무렵에는 흙먼지 바람이 반투명 커튼을 만들어 내아네트 마을은 갈색으로 물든 유령처럼 보였다. 빌 햅스콤의 텍사코 주유소 간판은 바람에 날려 길 한가운데에 떨어져 있었다. 노먼 브루엣의 집에서는 누군가 가스를 틀어 놓고 나갔고, 요전 날에 에어컨에서 튄 불꽃이 그 집 전체를 하늘 높이 날려 버리는 바람에 로렐 스트리트 온 사방에 나무 쪼가리와 돌덩이와 피셔프라이스 장난감이 나뒹굴었다. 번화가에는 개와 군인이 떼를 이루어 배수로 속에 죽어 나자빠져 있었다. 랜디의 슈퍼리트 식품점에는 파자마 잠옷을 입은 남자가 정육 코너 계산대에 엎드려 팔을 밑으로 축 늘어뜨리고 있었다. 지금은 배수로에 자빠져 있는 개들 중 한 마리가 식욕을 잃기 전까진 이 쓰러진 남자의 얼굴을 계속 집적거렸다. 고양이들은 독감에 걸리지 않았기에 대부분 연막처럼 덮인 황혼 녘의 적막 속을 요리조리 누비고 다녔다. 몇몇 집에서는 텔레비전 쇼 프로그램 소리가 줄곧 쉬지 않고 흘러나왔다. 방치된 덧문이 앞뒤로 삐걱대며 쾅쾅 부딪혔다. 빨간 배달 트럭 한 대가 오래되어 빛바래고 녹이 슬어 차체 옆면에 찍힌 '특급 운송' 문구를 알아보기 힘든 채로 인디언 헤드 술집 앞 더긴 스트리트 한복판에 서 있었다. 트럭 안에는 가게에 갖다 주면 병 값을 돌려받을 수 있는 맥주와 탄산음료 빈 병들이 즐비하게 쌓여 있었다. 아네트에서 가장 좋은 주거 지역에 속하는 로간 레인의 토니 레오민스터네 집 현관에 주렁주렁 매달린 풍경들이 바람에 흔들리며 찰랑거렸다. 토니의 스카우트 트럭이 집 앞 차도에 창이 열린 상태로 서 있었다. 다람쥐 가족이 뒷좌석에다 둥지를 틀었다. 태양이 아네트를 외면했다. 마을은 밤의 날개 아래 점점 어두워졌다. 마을은 작은 동물들이 울거나 웅성거리는 소리와 토니 레오민스터네 풍경이 딸랑거리는 소리만 빼면 조용했다. 계속 조용했다. 쭉 조용했다.

제31장

크리스토퍼 브래든턴은 빠르게 흘러내리는 모래 구덩이에서 빠져나오려고 몸부림치는 사람처럼 정신 착란 상태에서 빠져나오려고 몸부림쳤다. 온몸이 쑤셨다. 얼굴이 낯설게 느껴졌다. 마치 누군가가 얼굴 여러 곳에 실리콘을 주입하여 비행선만 한 크기로 부풀어 오른 듯했다. 목구멍이 쓰라리고 아팠는데, 더 무서웠던 것은, 목구멍이 정상 크기에서 애들 딱총의 총구멍과 별반 다를 바 없는 크기로 좁아진 듯한 느낌이었다. 그의 숨결이 그가 세상과 접촉을 유지하는 데 필요한 이 무시무시하게 조그마한 연결 통로 속을 들락날락하며 휘파람 소리를 냈다. 그뿐만 아니라 지속적으로 요동치는 쓰라림보다 더 나쁜 것은 물에 빠져 죽을 듯 숨이 막히는 기분이었다. 이 모든 증상 중에서도 가장 나쁜 것은, 뜨겁다는 것이었다. 그는 이토록 뜨거웠던 적이 과거에도 있었는지 기억할 수조차 없었는데, 2년 전에 그가 텍사스에서 보석 기간 중에 달아난 정치범 두 명을 차에 태워 서쪽의 로스앤젤레스로 데려가던 때에도 이 정도는 아니었다. 그들이 탄 고물 폰티액 템페스트가 데스밸리의 190번 도로에서 멈춰 버렸던 그때도 뜨거웠지만, 이번이 더 지독했다. 이번엔 신체 내부의 뜨거움이었다. 마치 태양을 꿀떡 삼키기라도 한 듯.

그는 신음하면서 침대보를 차 버리려고 했지만, 힘이 없었다. 그가 제 발로 와서 침대에 누웠던가? 그런 것 같진 않았다. 누군가 또는 무엇인가가 집 안에 그와 함께 있었다. 누군가 또는 무엇인가가…… 기억해 내야만 했지만 그럴 수가 없었다. 브래든턴이 기억할 수 있었던 것은 오로지 아프기 전부터 두려움에 사로잡혀 있었다는 것이었고, 그 이유는 누군가(또는 무엇인가)가 오는 중임을 알았기 때문이었고 그는 해야만 했는데…… 뭘 해?

브래든턴은 다시 신음을 터뜨리고 베개에 뉜 머리를 양옆으로 마구 흔들었다. 정신 착란이 그가 기억하는 모든 것이었다. 끈적거리는 눈을 가진 뜨거운 유령들. 이미 1969년에 사망하신 어머니가 이 단출한 통나무 침실로 찾아와 그에게 말을 걸었다.

"키트, 오 키트야, 내가 말했잖니. '그런 사람들과 어울려 다니지 마라.' 내가 그랬잖니. '나는 정치 따윈 아무 상관 안 해.' 내가 그랬잖니. '그렇지만 네가 들러붙어 있는 그 사내들은 미친개처럼 제정신이 아니고 계집애들은 똥갈보일 뿐이야.' 내가 말했잖니. 키트야……."

그러고 나서 그녀의 얼굴이 산산이 부서지며 찢어지는 누런 양피지 틈새로 무덤 딱정벌레가 무더기로 쏟아져 나왔고, 그는 어둠이 너울거릴 때까지 비명을 내질렀고, 그러다 혼란스러운 합성,

사람들이 뛰어가며 구두 부딪치는 소리가 났고…… 불빛들, 번쩍거리는 불빛들, 최루탄 가스 냄새, 그리고 그는 시카고에 돌아와 있었으니, 때는 1968년, 어딘가에서 부르짖는 목소리가 들렸다.

"전 세계가 지켜보고 있다! 전 세계가 지켜보고 있다! 전 세계가……."

그리고 공원 입구 배수로 속에 한 소녀가 널브러져 있었는데 그녀는 전신을 데님 작업복으로 감쌌고, 맨발이었고, 긴 머리칼에는 유리 파편이 가득했고, 얼굴은 가로등의 냉혹한 백열광 속에서 까맣게 빛나는 피의 가면이자 짓눌린 벌레의 가면이었다. 일어서도록 도와주자 그녀는 비명을 지르며 움츠러들었는데, 외계의 괴물이 너울대는 가스 연기를 뚫고 앞으로 다가오고 있었기 때문이었다. 그 괴물은 광택 나는 검은 장화와 방탄복과 눈을 뿌옇게 가린 방독면을 뒤집어썼고, 한 손엔 경찰봉을, 다른 손엔 메이스 최루탄을 들고 씩 웃고 있었다. 외계 괴물이 방독면을 밀어 올리자 히죽거리며 이글이글 빛나는 얼굴이 드러나 두 사람은 비명을 지르고 말았고, 비명이 터진 이유는 그 괴물이 그가 기다려 왔던 누군가 또는 무엇인가였으며, 키트 브래든턴이 항상 무서워했던 사람이었기 때문이었다. 그것은 '걸어 다니는 멋쟁이'였다. 브래든턴의 비명이 예민한 크리스털 잔을 박살 낸다는 높은 '도' 음정처럼 그 꿈의 구조를 박살 내 버렸고, 그는 콜로라도 주 볼더에, 캐넌 대로의 아파트에 있었고, 여름인 데다가 뜨거웠고, 면 팬티만 입고도 몸에 땀이 줄줄 흐를 정도로 너무 뜨거웠으며, 지금 있는 곳 건너 편에 세상에서 가장 아름다운 소년이, 키 크고 햇볕에 그을리고 꼿꼿한 소년이 있었고, 그 소년은 매력적인 엉덩이의 굴곡에 사랑스럽게 착 달라붙는 담황색 비키니 반바지를 입고 있으니 만약 소년이 돌아선다면 라파엘의 그림에 나오는 천사 같은 얼굴과 서부극 「론 레인저」에 나오는 말처럼 커다란 성기가 보일 것이다. 이랴, 실버, 달려라. 그를 어디서 발견했지? 콜로라도 대학 교정에서 인종 차별을 논의키로 했던 모임, 또는 구내식당에서? 차를 얻어 타겠다고 길가에 서 있었나? 그게 중요한 일인가? 아, 너무 뜨거워. 하지만 물이 있다. 물이 담긴 주전자, 돋을새김으로 얕게 도드라져 나온 기묘한 형상들이 조각되어 있는 물 단지다. 그리고 그 옆에는 알약, 안 돼……! 그 '알약!' 약은 그를 연한 노란색 반바지를 입은 이 천사 소년이 헉슬리랜드라고 부르는 멋진 신세계로 보내 버릴 것이다. 그곳은 움직이는 손가락이 시간의 흐름을 적어 나가다 멈춘 곳, 그곳은 죽은 오크 나무에 꽃이 피는 곳일진대, 어럽쇼, 잔뜩 발기가 되어 면 팬티에 텐트를 치고 있잖아! 키트 브래든턴이 그토록 발딱 섰던 적이 있었던가, 그토록 사랑할 각오가 돼 있던 적이 있었던가?

"침대로 와."

매끄러운 갈색 등에 대고 말한다.

"침대로 와서 나한테 해 줘. 그러면 나도 너한테 해 줄게. 네가 좋아하는 방식으로."

"우선 알약부터 드시지."

그가 돌아보지도 않고 말한다.

"그러면 우린 만날 거야."

그 알약을 먹고, 목구멍으로 들어간 물은 차가운데, 조금씩 조금씩 이상야릇함이 시야로 들어와, 그곳에 있는 모든 각도를 90도보다 약간 더 크거나 약간 더 작게 바꿔 놓는다. 얼마 동안 싸구려 그랜드 래피즈 장롱 위에 놓인 선풍기를 바라보고 있는 자신의 모습을 발견하고는 그 위에서 흔들거리는 거울 속에 비친 자신의 모습을 바라보고 있다. 얼굴은 까맣고 부어 보이지만 신경 쓰지 않는데 그 이유는 그것이 그저 알약의 영향일 뿐이니까, 단지!!! '알약' 일 뿐!!

"트립스."

중얼거린다.

"아 이런, 캡틴 트립스 나는 너어무나 하고 싶어……."

그가 뛰어오자 처음에는 탄력 있는 비키니 반바지가 아주 낮게 걸쳐진 그의 부드러운 엉덩짝을 바라보아야 하고, 그러고 나서는 볕에 그을린 납작한 배로 시선이 올라가고, 그다음엔 잔털 한 점 없는 아름다운 가슴팍으로, 그러고는 마침내 가늘게 힘줄이 불거진 목으로부터 얼굴로…… 그리고 그의 얼굴, 핼쑥하고 즐겁고 사납게 히죽거리는 얼굴, 라파엘의 그림에 나오는 천사의 얼굴이 아니라 고야의 그림에 나오는 악마의 얼굴이자 각각의 텅 빈 눈구멍 속에선 살모사의 비열한 얼굴이 주시하고 있다. 그가 다가오자 당신은 비명을 지르고, 그는 속삭인다.

"트립스, 베이비, 캡틴 트립스……."

그러고 나서는 암흑, 브래든턴이 기억 못 하는 얼굴과 목소리들, 그리고 마침내 그의 의식은 여기, 마운틴 시티 외곽에 직접 자신의 손으로 지어 놓은 작은 집의 실내로 떠올랐다. 현재는 현재일 뿐이었고, 나라 전체를 집어삼켰던 거대한 반란의 파도는 물러난 지 오래였기에, 젊은 급진주의자들은 이제 대개 턱수염이 허옇게 세고 코카인 흡입의 후유증으로 코 점막에 커다란 구멍이 뻥뻥 뚫린 늙은 낙오자들이었고, 이 꼬락서니는 파멸의 잔해였다. 베이비. 노란 반바지를 입은 소년은 오래전의 일이었고, 볼더에서는 키트 브래든턴 자신도 소년에 불과했다.

'맙소사, 나 지금 죽어 가는 건가?'

그가 고통스러운 공포를 느끼며 그 생각을 물리치는 동안 열기가 모래 폭풍처럼 머릿속에서 넘실거리고 굽이치고 있었다. 닫힌 침실 문 너머 아래쪽 어딘가에서 무슨 소리가 들려오자 별안간 그의 짧고 급박한 호흡이 정지했다.

맨 처음에 브래든턴은 그것이 소방차 사이렌이거나 경찰차 사이렌 소리라고 생각했다. 소리가 커지고 가까워지면서 점점 시끄러워졌다. 그 소리에 깔려 고트 족이 습격해 오는 듯 아래층 홀을 따라, 그런 다음 거실을 지나, 그런 다음 계단을 요란하게 올라오며 귀에 거슬리도록 쿵쿵대는 발소리가 들려왔다.

브래든턴은 다시 베개를 파고 들었고, 얼굴이 공포 때문에 일그러지자 두 눈은 부풀어 올라 까매진 얼굴 속에서 둥그렇게 휘둥그레졌으며, 문제의 소리는 더 가까이 다가왔다. 이제는 사이렌 소리가 아니라 소리 높여 울부짖는 비명, 인간의 목구멍이 만들어 내거나 견뎌 낼 수 없는 비명, 분명히 죽음을 예고한다는 밴시 요정의 비명이거나 산 자의 땅과 죽은 자의 땅을 갈라놓는 강을 건너도록 그를 데리러 온 저승의 뱃사공 검은 카론의 비명이었다.

마침내 발걸음이 위층 홀을 따라 그를 향해 곧장 우당탕거리며 뛰어오자, 바닥 판자들이 무자비하게 짓밟는 장화 뒤꿈치의 무게에 눌려 신음하고 삐걱거리고 투정을 부렸다. 문득 키트 브래든턴은 그것의 정체가 무엇인지 깨달았고, 문이 벌컥 안으로 열리며 빛바랜 청재킷을 입은 남자가 안으로 뛰쳐 들어오자 날카로운 비명을 질러 댔는데, 그 남자의 살인적인 미소가 날아가는 칼날의 하얀 궤적처럼 번뜩였으며, 미친 산타클로스의 얼굴만큼이나 유쾌해 보였다. 남자는 오른쪽 어깨 위에 양동이를 높이 들고 있었다.

"이이이이이이랴아아아아!"

"안 돼!"

브래든턴이 비명을 지르며 두 팔을 애처롭게 얼굴 위로 꺾었다.

"안 돼! 아안……!"

양동이가 앞으로 기울어 물이 쏟아져 나왔고, 물은 전등의 노란 불빛 속에 한동안 허공에 멈춰 있는 듯 보여 마치 우주에서 가장 커다란 다이아몬드 원석 같았다. 브래든턴은 정지된 물속에서 다크맨의 얼굴을 보았다. 물은 똥이 꽉 찬 지옥의 가장 어두운 창자로부터 지상의 혼돈으로 지금 막 박차고 올라온 트롤 괴물의 극도로 히죽거리는 얼굴을 굴절시켜 비추었다. 그러고 나서 물이 그에게로 쏟아졌고, 부어서 꽉 막혔던 목구멍이 너무나 차가운 물에 놀라 순간적으로 덜컥 열리며 목구멍 조직의 내벽에서 큼지막한 핏방울을 쥐어짜 냈고, 호흡에 놀란 그가 발작적으로 경련을 일으켜 침대 발치 너머로 침대보를 훌쩍 차 버리는 바람에 몸이 제멋대로 잭나이프처럼 접혔다가 넙치처럼 쭉 펴지자, 무의식적인 몸부림에서 비롯된 쓰라린 근육통이 냅다 달려와 물어뜯는 그레이하운드 사냥개처럼 온몸을 유린했다.

프래든턴은 비명을 질렀다. 또다시 비명을 질렀다. 누워서 부들부들 떨고 있던 그의 열나는 몸이 발끝에서 머리끝까지 흠뻑 젖었고, 눈이 불룩 튀어나와 머리를 쿵쿵 내리찧었다. 목구멍이 속살이 찢어진 좁은 구멍으로 닫히자 그는 숨을 쉬려 또다시 비참하게 몸부림치기 시작했다. 몸을 떨면서 전율했다.

"역시 싹 식혀 주는구먼!"

브래든턴이 리처드 프라이로 알고 있던 그 남자가 쾌활하게 외쳤다. 그 남자가 땡그랑 소리를 내며 양동이를 내려놓았다.

"아 정말이지, 아 정말이지, 아 그게 효꽈가 있슐 쭐 알았다니까요, 어르신! 감사의 표시가 제대로 먹혀 들어간 거지, 우리 착한 아저씨. 내게 편의를 제공해 준 데 대한 감사의 표시였어. 고맙지 않아? 말할 수 없다고? 못해? 하지만 마음속에선 감사한다는 걸 나는 알지. 이이이이랏하하!"

그가 런런쇼가 제작한 쿵후 영화에 나온 이소룡처럼 공중에 튀어 올라 양 무릎을 벌렸고, 양동이 물이 그랬던 것처럼 한동안 허공에 멈춰 있는 듯 보이더니, 그의 그림자가 브래든턴의 푹 젖은 파자마 잠옷 가슴 위에 얼룩으로 내려앉았으며, 브래든턴이 가냘프게 비명을 질렀다. 곧이어 그의 한쪽 무릎이 브래든턴의 가슴팍 옆구리에 내리꽂혔고 브래든턴의 가슴 위쪽에 아슬아슬하게 닿을 듯 멈춰 선 리처드 프라이의 청바지 사타구니는 갈라진 음부였으며, 그의 얼굴이 괴기 소설의 지하실 횃불처럼 브래든턴의 얼굴을 내려다보며 이글거렸다.

"당신을 깨워야만 했어, 이 양반아."

프라이가 말했다.

"말 한마디 나눌 기회도 없이 당신이 훌쩍 떠나가는 걸 원치 않았단 말이야."

"……떨어져…… 떨어져…… 떨어져 나한테서……."

"당신을 깔고 앉은 게 아냐, 이 양반아. 정신 차려. 난 그저 당신 위에 정지해서 떠 있는 중이야. 마치 멋진 투명 세계가 우리 틈에 낀 것처럼."

공포로 몸부림치는 브래든턴은 길길이 날뛰는 상기된 얼굴에서 벗어나려 그저 헐떡거리고 진저리 치며 도망갈 길 없는 두 눈알을 굴려 댈 뿐이었다.

"우린 배와 인장과 항해용 밀랍에 관해 이야기해야 해. 벌들이 침을 가졌느냐 아니냐에 대해서도. 게다가 댁이 나를 위해 준비해 두기로 한 서류랑, 자동차랑, 차 열쇠에 관해서도. 지금 댁의 차아고에 보이는 거라곤 시보레 픽업트럭뿐인데, 난 그게 당신 거라는 걸 알아, 귀여운 키트 아저씨. 그러니까 대체 어떻게 된 거야?"

"……그것들…… 서류…… 없어…… 말할 수 없어……."

브래든턴이 공기를 마시려고 거칠게 헐떡거렸다. 이가 나무 속의 작은 새들처럼 딱딱거렸다.

"말할 수 있는 편이 신상에 좋아."

프라이가 엄지손가락 두 개를 불쑥 내밀었다. 그것들은 양쪽 다(그의 모든 손가락들과 마찬가지로) 어느 방향으로든 마음대로 꺾이는 관절이었는데, 그는 생물학과 물리학을 부정하는 듯한 각도로 엄지손가락을 앞뒤로 움직거렸다.

"말을 안 하면 난 당신의 푸른 눈동자를 내 열쇠 줄에 매달고 다닐 거고, 당신은 맹인 안내견과 함께 허둥지둥 지옥을 돌아다녀야 하는 신세가 될 테니까."

그가 엄지를 두 눈에 대고 짓누르자 브래든턴은 어쩔 수 없이 머리를 베개에 눌러 댔다.

"나한테 말해. 그러면 신통한 알약을 줄게. 정말로 당신을 부축해서 알약을 삼킬 수 있게 해 줄게. 그럼 편안해진다고, 이 양반아. 뭐든 낫게 해 주는 알약이야."

엄청난 추위와 더불어 엄청난 공포에도 떨고 있는 브래든턴이 딱딱 부딪치는 이 사이로 억지로 말을 내뱉었다.

"서류들…… 랜들 플랙 명의로. 아래층 웰시 서랍장 밑에…… 인화지 밑에."

"차는?"

브래든턴은 필사적으로 생각하려 애썼다. 이 남자한테 줄 차가 있었던가? 그것은 너무나도 아득히 멀리 떨어져 정신 착란의 세찬 불길이 사이를 가로막았으며, 정신 착란이 사고 경로에 무슨 짓을 벌여 놓았는지 기억 저장소 전체가 불타 버린 것 같았다. 그의 모든 과거를 담은 곳은 연기를 내뿜는 전선과 시꺼메진 전기 계량기만 잔뜩 남긴 채 불타 버린 작은 방이었다. 이 섬뜩한 남자가 알고 싶어 하는 차 대신에 그가 전에 소유했던 첫 번째 차, 직접 분홍색 총알 코를 그려 넣은 1953년형 스투드베이커의 이미지가 불쑥 떠올랐다.

부드럽게, 프라이가 한 손으로 브래든턴의 입을 덮고 나머지 손으로 그의 콧구멍을 꼭 쥐어 막았다. 그 밑에서 브래든턴이 들썩거리기 시작했다. 오싹한 신음 소리가 프라이의 손 주위로 새 나왔다. 프라이가 양손을 떼고 말했다.

"기억을 되찾는 데 좀 도움이 됐어?"

이상하게도, 정말로 그랬다.

"차……."

브래든턴은 개처럼 숨을 헐떡거렸다. 세상이 빙빙 돌다가 안정되자 그는 계속 말을 이어 나갈 수 있었다.

"차는 주차해 놨어…… 코노코 주유소 뒤편에…… 마을 바로 바깥쪽. 51번 도로."

"마을 북쪽이야 남쪽이야?"

"남…… 남……."

"그렇군요, 남이라굽쇼! 알아들었어. 계속 말해 봐."

"방수포에 덮여 있어. 뷰…… 뷰…… 뷰익이야. 운전석에 차량 등록증. 만들었어…… 랜들 플랙 명의로."

기력이 쇠약해진 그가 다시 숨을 헐떡거렸고, 더는 말을 한다거나 뭐든 한다는 것이 불가능한 상태가 되어 그저 말없이 프라이를 희망의 눈길로 쳐다볼 뿐이었다.

"열쇠는?"

"마루 깔개. 밑에다……"

프라이의 엉덩이가 브래든턴의 가슴에 주저앉아 더 나오려는 말을 끊어 버렸다. 그가 친구의 아파트에 있는 편안한 방석에 앉는 것처럼 가슴에 주저앉자, 갑자기 브래든턴은 작은 숨조차 제대로 쉴 수 없었다.

그는 마지막 숨을 딱 하나의 단어로 내보냈다.

"……제발……."

"고마워요."

리처드 프라이이자 랜들 플랙이 점잖게 싱글거리며 말했다.

"잘 자요, 키트."

말을 할 수 없는 키트 브래든턴은 그저 불룩해진 눈구멍 속에서 눈알을 허옇게 굴려 댈 수밖에 없었다.

"내가 불친절하다고 생각지는 마."

다크맨이 그를 내려다보며, 부드럽게 말했다.

"지금이야로 서둘러야 할 때거든. 카니발이 일찍 열릴 것 같아. 온갖 놀이 기구와 고리 던지기 게임과 빼빼이 바퀴 돌리기 게임을 개시할 거란 말이야. 오늘이야말로 내 행운의 밤이야, 키트. 난 느낄 수 있어. 아주 강하게 느껴. 그러니 서둘러야만 해."

코노코 주유소까진 2킬로미터 하고도 500미터 떨어져 있었고, 플랙이 그곳에 다다랐을 때는 새벽 3시 15분이었다. 세차게 부는 바람이 길거리를 따라다니며 구슬피 울어 댔고, 이곳까지 오는 길에 그는 죽은 개 세 마리와 죽은 남자 한 명의 시체를 목격했다. 남자는 유니폼 같은 것을 입고 있었다. 하늘에는 별들이 강렬하고 밝게 빛났으며, 별 꽃들이 우주의 검은 가죽을 찢어 놓았다.

뷰익을 덮은 방수포는 팽팽하게 땅에 못 박혀 바람에 펄럭거리고 있었다. 플랙이 못을 뽑아내자 방수포가 커다란 갈색 유령처럼 어둠 속으로 굴러 동쪽으로 움직였다. 문제는 그가 가려는 곳이 어느 방향인가였다.

그는 새것처럼 보이는 1975년형 뷰익 옆에 서서(그곳에 나와 있는 차들은 상태가 좋았다. 시동 걸기를 어렵게 만드는 습기와 녹이 거의 없었다.) 코요테처럼 여름의 밤공기를 음미했다. 밤공기에는 사막의 향기가 묻어났다. 오로지 밤에만 확실하게 맡을 수 있는 그런 종류의 냄새였다. 뷰익은 절단된 부품이 가득한 자동차 시체실에 우뚝 서 있었다. 바람 드센 고요 속에 우뚝 선 이스터 섬의 석상처럼. 엔진 덩어리. 근육질 소년의 아령처럼 보이는 차축. 바람이 통과하며 울음소리 효과음을 만들어 내는 타이어 더미. 금이 간 자동차 앞유리. 그밖의 부품들.

그는 이 같은 풍경 속에서 생각이 가장 잘 떠올랐다. 이 같은 풍경 속에서는 누구라도 『오셀로』에 나오는 이아고 같은 흉악한 사람이 될 수 있었다.

그는 뷰익을 지나쳐 걸으며 한때는 머스탱 코브라의 것이었을지도 모르는 우그러진 자동차 보닛을 손으로 훑었다.

"이봐, 작은 코브라, 넌 네가 녀석들을 혼쭐내리란 걸 모르니……."

그가 부드럽게 노래를 불렀다. 먼지투성이 장화로 찌그러진 라디에이터를 걷어차자, 어슴푸레한 빛을 내며 그에게 윙크하는 보석들의 둥지가 드러났다. 거위 알만 한 루비, 에메랄드, 진주, 별 못지않은 다이아몬드들. 그가 그것들을 향해 손가락을 튕겼다. 보석들이 사라졌다. '그'가 갈 곳은 어디인가?

바람이 오래된 플리머스의 박살 난 문짝 유리 틈새로 신음 소리를 냈고 자그마한 생명체들이 차 안에서 부스럭거렸다.

다른 무엇인가가 플랙의 뒤에서 부스럭거렸다. 그가 돌아보니 부스럭 소리의 주인공은 키트 브래든턴이었다. 우스꽝스러운 노란 팬티 한 장만 걸친 그 시인의 올챙이 배가 눈사태의 정지 화면처럼 팬티 허리끈 위에 걸려 있었다. 브래든턴이 디트로이트 공장에서 만든 굴렁쇠 잔해가 쌓인 곳에서 플랙을 향해 걸어왔다. 판

스프링 하나가 십자가에 못 박히는 고난처럼 브래든턴의 발을 꿰뚫었으나 상처에선 피 한 방울 흐르지 않았다. 브래든턴의 배꼽은 하나의 검은 눈동자였다.

다크맨이 손가락을 튕기자 브래든턴이 사라졌다.

그는 히죽거리며 다시 뷰익으로 걸어갔다. 이마를 조수석 쪽의 지붕 경사면에 갖다 댔다. 시간이 흘렀다. 상당히 오랜 시간이 흐르고 나서야 그는 몸을 꼿꼿이 세우고, 계속 히죽거렸다. 그는 깨달음을 얻었다.

그는 뷰익의 운전석에 슬그머니 들어가 앉고 기화기를 작동시키려 두어 번 가속 페달을 밟았다. 모터가 움직이며 그르렁거렸고 연료계 바늘이 F를 가리켰다. 그는 차를 움직여 주유소 쪽으로 돌아 나왔으며, 전조등 불빛이 코노코 주유소 여자 화장실 옆 키 큰 풀밭에서 조심스럽게 반짝이고 있는 또 한 쌍의 에메랄드, 고양이의 두 눈을 포착했다. 고양이의 입에 축 늘어진 작은 쥐의 몸뚱이가 물려 있었다. 운전석 창문에서 이쪽을 주시하며 히죽거리는 달덩이 같은 얼굴을 발견하자, 고양이는 식량을 떨어뜨리고 달아났다. 플래그은 요란하게 마음껏 웃어 댔다. 마음속에 오로지 즐거운 일들만 가득한 사내의 웃음이었다. 코노코 주유소의 아스팔트 길이 고속도로로 접어드는 지점에서 그는 오른쪽으로 방향을 틀어 남쪽을 향해 달리기 시작했다.

제32장

누군가가 엄중 경비 구역과 그 너머의 독방 구역 사이에 있는 문을 열어 놓고 그대로 방치했다. 기다란 철벽 통로가 자연스럽게 증폭기 역할을 하여 오전 내내 지속적으로 계속되던 고함을 괴물 같은 크기로 부풀려 울려 퍼지게 하고, 다시 메아리치게 했다. 그 바람에 로이드 헨리드는 그 고함과 자신이 느끼는 매우 당연한 두려움 사이에 치여 철저하고도 완벽하게 미치고 환장할 것 같은 지경까지 이르렀다.

"어머니."

거칠게 울려 퍼지는 그 함성이 찾아왔다.

"어어머니이!"

로이드는 자신의 독방 바닥에 책상다리를 하고 앉아 있었다. 두 손이 피투성이여서 빨간 장갑을 낀 사람처럼 보였다. 죄수복인 연한 파란색 면 셔츠가 피로 더럽혀져 있었는데 손을 좀 더 꽉 쥘 수 있도록 핏물을 없애려고 두 손을 셔츠에다 계속 닦아 냈기 때문이었다. 6월 29일 오전 10시였다. 이날 아침 7시경에 그는 독방 침대의 앞쪽 오른편 다리가 헐거워진 것을 발견했고, 그때부터 독방 바닥과 침대 골조 하단부에 그 다리를 붙들어 맨 나사못을 풀려고 기를 썼다. 그는 오로지 손가락만을 연장 삼아 이 일을 시도하는 중이었고, 이제껏 나사못 여섯 개 중에서 다섯 개를 뽑았다. 그 결과로 그의 손가락은 이제 너덜너덜해진 햄버거 스테이크 날고기처럼 보였다. 여섯 번째 나사못이 고분고분하지 않은 아가씨라는 게 드러났지만, 그는 정말로 그것을 뽑을 수 있다고 생각했다. 아니, 그는 자신이 생각 따위를 하는 것조차 용납하지 않았다. 맹목적인 두려움을 억누르는 유일한 길은 생각을 하지 않는 것이었다.

"어어머니이……."

그가 벌떡 일어서자 상처를 입어 욱신거리는 손가락에서 나온 핏방울이 바닥에 질펀하게 떨어졌다. 그는 얼굴을 가능한 한 많이 통로 쪽으로 들이밀며 눈을 맹렬히 부릅뜨고 두 손으로 철창을 움켜쥐었다.

"닥쳐, 좆맹구리 새끼야!"

그가 소리 질렀다.

"닥쳐, 네놈 새끼 때문에 좆나 돌아 버리겠다!"

긴 침묵이 찾아왔다. 로이드는 예전에 갓 구운 뜨거운 맥도날드 쿼터 파운드 치즈버거를 음미했던 것처럼 그 침묵을 음미했다. 침묵은 금이다. 그는 늘 그것이 멍청한 격언이라고 생각해 왔지만, 나름대로 시사하는 바가 있음이 분명했다.

"어어어머니이이이"

그 목소리가 또다시 감방의 쇠창살 통로를 향해 짙은 안개를 알리는 뱃고동처럼 애달프게 날아 들어왔다.

“맙소사. 제기랄 맙소사. 닥쳐! 닥치라고! 아가리 닥쳐, 이 좆도 얼간이 자식아!”

“어어어어어어머니이이이이이이”

로이드는 제자리로 돌아가서 침대 다리를 무지막지하게 공격하며, 독방 안에 나사못을 떼어 낼 만한 도구가 있었으면 하고 바랐고, 손가락의 욱신거림과 마음속의 두려움을 외면하려 애썼다. 그는 자신의 변호사를 마지막으로 보았던 때가 정확히 언제인지 생각하려 애썼다. 로이드의 마음속에서 이제 곧 희미해질 것 같은 사항이었으며, 체가 물을 걸러 보내듯 그의 마음도 과거 일들을 날짜 순으로 금방금방 걸러 보내고 있었다. ‘사흘 전이었지. 맞아.’ 그 육시랄 매서스가 그의 불알을 후려치고 난 다음 날. 경비원 두 명이 그를 접견실로 또다시 데려갔고 여전히 문 앞에 있던 쇼클리가 그를 맞았다.

“이게 누구야, 건방진 고름 주머니가 왔네. 용건이 뭐냐, 고름 주머니야. 뭐 굉장한 얘깃거리라도 있어서 왔냐?”

그러고 나서 쇼클리는 입을 벌리고 로이드의 얼굴에 정통으로 재채기를 해 침을 잔뜩 뿌려 댔다.

“널 위해 준비한 감기 균이 좀 들어 있어, 고름 주머니 놈아. 다른 사람들은 모두 소장님한테서 감기를 받아 갔단 말이야. 나는 부(富)는 분배되어야 한다고 믿거든. 미국에서는 너같이 후줄근한 씹탱구리들조차도 마땅히 감기에 걸릴 수 있어야 한다, 이거지.”

그런 다음 그들은 로이드를 안으로 들여보냈고, 드빈스는 나중에 가서 나쁜 소식으로 뒤집히기라도 할까 봐 굉장히 좋은 소식을 일부러 감추려 기를 쓰는 사람처럼 보였다. 로이드의 사건을 심리하기로 되어 있던 판사가 독감에 걸려 몸져누워 버렸던 것이다. 다른 두 명의 판사도 역시 건강이 좋지 않았다. 한창 유행 중인 독감이나 그 밖의 다른 병을 앓았던 것인데, 그래서 대기 중이던 떨거지 판사들은 늘어난 업무량 때문에 제정신이 아니었다. 어쩌면 그들이 재판을 연기할 수도 있었다.

"두 손 모아 열심히 행운을 빌고 있으란 말이야."

변호사가 말했다.

"언제쯤 재판 날짜를 알 수 있을까?"

"아마 마지막 순간이 임박할 때까진 알 길이 없을걸. 내가 나중에 알려 줄 테니까 걱정하지 마."

그러나 그때 이후로 로이드는 드빈스를 보지 못했는데, 인제 와서 돌이켜 생각해 보니 변호사도 콧물을 흘리고 있었던……

"오우우우 맙소사!"

오른손 손가락들을 입 안으로 쑥 집어넣자 피 맛이 느껴졌다. 하지만 그 망할 놈의 청천벽력이 약간의 깨달음을 선사했다. 그 병에 걸릴 게 확실하다는 뜻이었다. 심지어 복도 끝 저 아래에서 설치는 어머니 외침꾼조차 더는 그를 괴롭게 할 수 없었다. 적어도…… 아주 심란하게 괴롭힐 수는 없었다. 로이드는 그 병에 걸릴 것이다. 그런 다음에 무슨 일이 생기나 그저 기다리며 지켜볼 뿐일 것이다. 그는 손가락을 입 안에 넣고 앉아, 손가락이 휴식을 취하도록 했다. 이 휴식이 끝나면 셔츠를 가느다랗게 찢어 싸맬 생각이었다.

"어머니?"

"네놈이 네 어머니랑 뭔 짓을 하는지 난 다 알아."

로이드가 중얼거렸다.

그가 드빈스와 마지막으로 대화를 나누었던 그날 밤, 교도소 측은 아픈 죄수들을 밖으로 꺼내 가기 시작했는데, 노골적으로 말해서 사형 집행이었다. 교도소 측에선 이미 죽은 것이나 다름없는 상태가 아니면 웬만한 죄수는 꺼내지 않기 때문이었다. 로이드의 오른쪽 독방에 있는 트라스크는 경비원들 대다수가 심하게 콧물 흘리는 소리를 낸다는 점을 지적했다.

"어쩌면 우리는 이번 사태에서 뭔가 득을 볼 수도 있어."

트라스크가 말했다.

"그게 뭔데?"

"나야 모르지."

그는 블러드하운드 사냥개처럼 길쭉한 얼굴에 빼빼 마른 남자였으며, 무장 강도와 살상 무기에 의한 폭행 혐의로 재판을 기다리는 동안 엄중 경비 구역에 있었다.

"재판이 연기되려는지, 나야 모르지."

트라스크는 침대의 얇은 매트리스 밑에 감춰 놓았던 대마초 여섯 개비 중 네 개비를 꺼내 바깥세상이 어떻게 돌아가고 있는지 알려 주는 경비원 한 명한테 주었다. 여전히 건강해 보이는 그 경비원은 사람들이 정처 없이 피닉스를 떠나는 중이라고 말했다. 병이 끝도 없이 퍼졌고, 말이 종종걸음을 치는 속도보다 더 빠르게 사람들이 쿨럭거리고 있었다. 정부는 백신이 곧 보급될 거라 말했지만 사람들은 대개 새빨간 거짓말이라고 생각하는 듯싶었다. 캘리포니아의 수많은 라디오 방송국들이 계엄령, 군대의 도로 봉쇄, 자동 화기를 들고 날뛰는 불량 청소년들에 대한 정말로 소름 끼치는 소문과 수천수만씩 죽어 나가는 사람들 소문을 방송하고 있었다. 그 경비원은 장발의 공산당 협력자 등신 새끼들이 수돗물에다 뭔가를 집어넣어 이 사태를 유발했다는 걸 알더라도 자기는 별로 놀랍지 않을 거라고 말했다.

그 경비원은 자기가 건강한 것 같다고 말했지만, 정작 그야말로 근무 시간이 끝나자마자 곧바로 "세상에 이런 일이!"를 외쳐야 할 운명이었다. 군대가 이튿날 오전경에는 17번 고속도로와 10번 주간 고속도로와 80번 고속도로를 막아 버릴 것이라는 얘기를 주워들은 그는, 아내와 자식과 손에 넣을 수 있는 최대한의 식량을 차에 싣고 사태가 가라앉을 때까지 산 속에 틀어박혀 있을 계획이었다. 그곳에 오두막집이 있다던 그는 만일 누구든 오두막에서 30미터 이내로 접근하려고 들면 머리통에 총알을 박아 줄 생각이었다.

다음 날 아침 트라스크는 콧물을 흘렸고 열이 난다고 말했다. 녀석이 두려움에 부들부들 떨 정도였다고, 로이드는 손가락을 빨며 떠올렸다. 트라스크는 그가 정말로 병에 걸리거나 그 비슷한 경우를 당하기 전에는 절대 꺼내 주지 않을 경비원들한테 고함을 질렀다. 경비들은 그를 아예 거들떠보지도 않았고, 이제는 영양실조 걸린 동물원의 사자처럼 안절부절 못하는 다른 죄수들도 마찬가지였다. 그때가 바로 로이드가 겁을 집어먹기 시작한 때였다. 보통 때는 언제든지 그 구역에 스무 명 정도 되는 경비들이 있었다. 그런데 어쩌다가 철창 반대편에 겨우 네다섯 명의 얼굴만 보이는 지경이 되었단 말인가?

바로 그 27일에 로이드는 철창 틈새로 제공된 식사를 절반만 먹고 나머지 절반을 금쪽 같은 음식을 조금씩 침대 매트리스 밑에 모으기 시작했다.

어제 트라스크가 갑작스럽게 발작을 일으켰다. 얼굴이 트럼프 카드의 스페이드 에이스처럼 까맣게 변하더니 숨을 거두고 말았다. 로이드는 트라스크가 반쯤 먹다 남긴 점심을 애타게 바라보았으나, 손에 넣을 방도가 없었다. 어제 오후에도 그 구역에는 소수의 경비원만 있었지만, 그들은 이제 아무리 심한 환자도 의무실로 데려가지 않았다. 아마 경비원들도 역시 의무실에서 죽어 가고 있는 것 같았으며 교도소장은 헛된 노력을 중단하기로 결정한 것 같았다. 아무도 트라스크의 시신을 치우러 오지 않았다.

로이드는 어제 오후 늦게 깜빡 잠이 들었다. 깨어나 보니 엄중 경비 구역 통로가 텅 비어 있었다. 저녁 식사가 오지 않았다. 이제 그곳에서는 진짜로 동물원 사자 우리 같은 소리가 절절하게 흘러나왔다. 로이드는 만일 엄중 경비 구역이 수용 인원을 꽉 채웠더라면 얼마나 무지막지하게 사나운 소리가 흘러나왔을까 궁금해할 만큼 상상력이 풍부하진 않았다. 그는 얼마나 많은 사람이 저녁밥 달라고 소리 지를 정도로 여전히 팔팔하게 살아 있는지 전혀 몰랐지만, 복도에는 꽤 많은 사람의 소리가 울리는 것 같았다. 다만 로이드가 확실히 알았던 것은 그의 오른쪽에 있는 트라스크가 파리 떼를 불러 모으고 있으며 왼쪽 독방은 비어 있다는 사실이었다. 저번에 왼쪽 독방을 차지하고 있던 죄수는 늙은 여자의 목을 조르려다가 살인을 저질렀던 주절주절 말이 많은 젊은 흑인 녀석이었는데, 며칠 전 의무실로 옮겨졌다. 맞은편에는 두 개의 독방이 텅 비어 있었고, 점당 1센트짜리 포케노 카드 게임을 하다가 아내와 처남을 살해한 죄로 복역 중이던 남자의 두 발이 허공에 매달린 것을 볼 수 있었다. 별명이 포케노 살인자였던 그 사람은 분명히 허리띠로 목을 맸거나, 만일 교도소 측이 그것을 압수해 간 상태였다면 입고 있던 바지로 목을 맸을 것이다.

그날 밤늦게 자동으로 실내등이 켜지고 나자 로이드는 이틀 전에 모아 뒀던 콩 요리 일부를 먹어 치웠다. 맛이 끔찍했지만 어쨌든 먹어 치웠다. 그는 양변기에 고인 물로 입가심을 하고 침대로 기어올라 가슴에 무릎을 끌어안고서, 그를 이토록 더러운 신세로 전락시킨 장본인인 포크를 저주했다. 모든 것이 포크의 잘못이었다. 혼자였다면, 로이드는 경미한 처벌을 넘어서는 범행을 저지르는 객기를 절대 부리지 않았을 것이다.

조금씩 조금씩, 음식을 달라고 떠들어 대는 소리가 잦아들었고, 로이드는 보험 삼아 음식을 모아 뒀던 사람이 자기 혼자만은 아니겠거니 짐작했다. 그런데 많이 모아 두지는 않았다. 만약 정말로 이런 일이 벌어질 거라 믿었다면 더 많이 챙겨 두었을 것이다. 마음속에 그가 보고 싶어 하지 않았던 무언가가 있었다. 마치 마음속에 펄럭거리는 커튼이 쳐져 있어서, 그 뒤에 무엇인가가 있는 것 같았다. 커튼 자락 아래로 오로지 그 무언가의 뼈만 남아 앙상한 발이 보였다. 그 정도까지만 보고 싶었다. 왜냐하면 그 발은 흔들거리는 수척한 시체의 일부였으며, 그 시체의 이름은 '아사'였기 때문이다.

"아, 안 돼. 누군가 와 주겠지. 분명히 그럴 거야. 똥이 담요에 들러붙는다는 사실만큼이나 분명히 확실해."

그러나 그는 자꾸만 토끼를 떠올렸다. 멈출 수가 없었다. 학교 기금 마련 복권에서 토끼와 토끼 사육용 철망 우리를 상품으로 받은 적이 있었다. 아빠는 토끼 기르기를 원치 않았지만, 로이드는 자신이 책임지고 토끼를 돌보고 먹이를 챙겨 주겠다고 어찌어찌 아빠를 설득했다. 그는 토끼를 사랑했고, 정말로 잘 돌보았다. 처음에는 그랬다. 문제는 얼마 지나지 않아 챙겨야 할 일들이 그의 마음에서 스르르 빠져나갔다는 것이다. 문제는 늘 그런 식으로 발생하곤 했다. 그리고 어느 날 펜실베이니아 주 마라톤 마을에 있던 꾀죄죄한 집 뒤편의 말라빠진 단풍나무에 매달린 타이어에 앉아 한가로이 그네를 타던 로이드는, 토끼가 생각나 갑자기 앉아 있던 몸이 꼿꼿하게 굳어졌다. 자기 토끼를 깜빡 잊고 있었던 것이다. 그러니까…… 2주일도 넘게. 토끼 생각이 마음에서 아주 완벽하게 스르르 빠져나갔더랬다.

그는 헛간에 붙은 작은 창고로 달려갔는데, 당시는 지금과 똑같이 여름이었다. 창고 안으로 들어서자 토끼 지린내가 크게 휘두른 권투 선수의 주먹처럼 얼굴을 후려쳤다. 쓰다듬는 게 그렇게 좋았던 토끼털이 헝클어지고 더러워져 있었다. 한때는 선명한 분홍색 눈을 담고 있었던 토끼의 눈구멍 속에서 허연 구더기들이 바쁘게 우글우글 기어 다녔다. 토끼 발은 상처투성이였고 피범벅이었다. 발이 피범벅인 것은 토끼가 철망 우리에서 빠져나오려고 무리하게 긁어 댔기 때문이었을 것이다. 하지만 실제로도 분명히 그랬을 것이라고 믿으려 애썼다. 그의 마음속 불량하고 어두운 부분이 어쩌면 그 토끼는 굶주림 때문에 극단적인 궁지에 몰린 나머지 자기 몸을 먹으려 했던 것일 거라고 속삭였다.

로이드는 철망 우리째로 토끼를 가져다가 깊은 구덩이를 파서 묻었다. 아버지는 토끼에 관해 그에게 한 번도 물어본 적이 없었고, 심지어 아들한테 토끼가 있다는 사실조차 잊었을 수도 있었지만(로이드는 몹시 영특하진 않았으나 아빠한테 혼쭐날 만한 일이 쌓였을 때는 지능적인 천재가 되었다.), 로이드는 결코 잊지 못했다. 늘 생생한 꿈에 시달려서, 토끼의 죽음이 섬뜩한 악몽들을 계속 불러왔다. 그리고 이제 토끼 생각이 다시 찾아오자, 그는 가슴팍에 무릎을 끌어안고 침대 위에 앉아 누군가 올 거라고, 누군가 분명히 와서 그를 자유롭게 해 줄 거라고 스스로에게 말하고 있었다. 그는 캡틴 트립스라는 독감에 걸리지 않았다. 그는 그저 굶주렸을 뿐이다. 그의 토끼가 굶주렸던 것처럼. 바로 그렇게.

자정이 지나자 어느 틈엔가 로이드는 잠들었고, 오늘 아침부터 침대 다리를 상대로 씨름을 해 왔다. 그리고 이제, 피투성이가 된 손가락들을 보면서, 그는 해칠 생각이 전혀 없었던 오래전 토끼의 발을 생각하며 피 끓는 공포에 잠겼다.

6월 29일 오후 1시경, 로이드가 침대 다리를 뽑아냈다. 결국에 가선 나사못이 싱거울 정도로 손쉽게 풀려 침대 다리가 독방 바닥에 쩔그렁거리며 떨어졌다. 그는 그저 우두커니 바라보면서, 애당초 도대체 무엇 때문에 그것을 그리도 원했던 건지 어리둥절해했다. 다리는 약 1미터 정도의 길이였다.

로이드는 그것을 독방 앞쪽으로 가지고 가서 파란 철창에다 대고 맹렬히 두들기기 시작했다.

"이봐!"

그가 소리치는 동안 철창이 징처럼 깊은 음색을 흘렸다.

"이봐, 나 나가고 싶어! 여기서 좆나게 나가고 싶어, 알아들었냐? 이봐, 이런 니미럴, 이보라고!"

그는 잠시 멈추고 메아리가 희미해지는 소리를 들었다. 한동안 오로지 침묵만이 있은 다음 감방 구역에서 열광적이고도 쉬어 터진 목소리로 대답이 들려왔다.

"어머니! 여기서 죽게 생겼어요, 어머니! 나 여기서 죽게 생겼다고요!"

"마아압소사!"

로이드가 부르짖으며 침대 다리를 구석으로 집어 던졌다. 오랜 시간 동안 몸부림쳐서, 실제로 손가락이 으스러질 지경까지 됐는데, 그 결과가 고작 저 개자식을 깨워 놓은 것밖에 안 되다니.

그는 침대에 앉아 매트리스를 들어 올리고 딱딱한 빵 한 쪼가리를 꺼냈다. 대추 한 움큼도 추가할까 말까 고민하다가, 아껴야 한다고 다짐했지만 결국에는 그것들도 끄집어내고 말았다. 그는 얼굴을 찌푸리고 하나씩 하나씩 먹으며, 끈적끈적하고 달착지근한 맛을 입에서 가시게 하려고 빵을 마지막 순서로 남겨 놓았다.

초라한 음식에 대한 변명을 늘어놓으며 식사를 끝마치고, 그는 아무 생각 없이 독방 오른편으로 걸어갔다. 아래를 내려다보고 나니 극도의 혐오감으로 고함이 터지며 숨이 막혔다. 트라스크의 몸이 반은 침상 위에 나머지 반은 침상 밖에 걸린 채 뻗어 있었고, 바지가 약간 위로 밀려 올라가 있었다. 교도소에서 신으라고 주는 슬리퍼 위로 발목이 고스란히 드러났다. 커다랗고 반들반들 윤이

나는 쥐 한 마리가 트라스크의 다리 위에서 점심을 먹고 있었다. 쥐의 징그러운 분홍색 꼬리가 회색 몸통 둘레를 깔끔하게 똘똘 말았다.

로이드가 독방 귀퉁이로 가서 침대 다리를 집어들었다. 다시 돌아온 그는 한동안 가만히 서서, 만약 쥐가 그를 본다면 옆방 친구가 너무나 기운이 넘쳐 얼쩡거리지 않는 다른 방으로 가 버리겠다고 결심할 것인지 궁금해했다. 그러나 쥐는 그에게 등을 돌린 상태였고, 로이드가 보기에 쥐는 그가 그곳에 있는지조차 모를 듯싶었다. 로이드는 눈대중으로 거리를 어림해 보고 침대 다리가 멋지게 닿으리라 판단했다.

"헙!"

로이드가 기합을 넣으며 침대 다리를 휘둘렀다. 쥐는 트라스크의 다리 위에서 찌부러졌고, 트라스크는 뻣뻣한 철떡 소리를 내며 침대에서 떨어졌다. 쥐는 옆으로 비스듬히 뻗은 채 넋이 나가서 가냘프게 골골거리고 있었다. 쥐의 콧수염에 핏방울이 맺혔다. 뒷다리가 움직이는 꼴이 마치 쥐새끼의 작은 뇌가 어디론가 도망가라고 명령을 내리지만 척추 신경을 따라 내려온 명령 신호들이 죄다 엉망진창이 되는 것 같았다. 로이드가 다시 후려치자 그놈은 죽었다.

"꼴좋구나, 구질구질한 좆만아."

로이드는 침대 다리를 내려놓고 침대로 어슬렁거리며 돌아갔다. 열이 달아올랐고 겁이 났으며 울고 싶은 기분이 들었다. 그는 어깨 너머로 돌아다보고 외쳤다.

"쥐새끼가 지옥에 가니 좋냐, 꼬질꼬질 쬐그만 좆맹구리야?"

"어머니!"

물음에 응답한 목소리가 행복한 듯 외쳐 댔다.

"어어어머니이이!"

"닥쳐! 나는 네 어머니가 아냐! 네 어머니는 인디애나 똥구멍 마을의 창녀촌에 근무하는 좆 빨아 주기 담당이야!"

"어머니?"

목소리가 이젠 의심을 가득 담아 가냘프게 말했다. 그러고는 침묵에 잠겼다.

로이드는 흐느끼기 시작했다. 울면서 어린아이처럼 주먹으로 눈을 비볐다. 스테이크 샌드위치가 먹고 싶었고 변호사한테 말하고 싶었으며, 이곳에서 밖으로 나가고 싶었다.

마침내 그는 침대에 드러누워, 한쪽 팔로 눈을 가리고 자위를 했다. 여느 때처럼 잠에 빠져 드는 방법으로는 그것이 그만이었다.

다시 눈을 떴을 땐 오후 5시였고, 엄중 경비 구역은 죽은 듯이 고요했다. 부스스 일어난 로이드가 침대에서 내려오자 침대는 받침다리 하나가 떨어져 나간 쪽으로 술 취한 듯 기울어졌다. 그는 침대 다리를 붙잡고 "어머니!"라는 외침도 감수하겠다고 마음을 가다듬은 다음, 농장 요리사가 성대한 시골 저녁 식사 시간에 일꾼들을 불러모으듯 철창을 두들기기 시작했다. '저녁 성찬.' 이제 막 그 말이 떠올랐는데, 마땅히 더 좋은 표현이 있으려나? 햄 스테이크와 고깃국물을 곁들인 감자와 신선한 해콩과 허시 초콜릿

시럽을 풍덩 떨어뜨린 우유. 그리고 디저트로는 엄청나게 커다란 접시에 담은 딸기 아이스크림. 마땅히 저녁 성찬과 겨룰 만한 말은 결코 없었다.

"이봐, 거기 누구 없어?"

갈라진 목소리로 로이드가 외쳤다.

대답 없음. 심지어 "어머니!"라고 부르짖는 소리조차 없음. 이 시점에서라면, 그는 그 외침이라도 기쁘게 받아들였을 것이다. 미친 사람의 친구가 죽은 사람의 친구보다는 한결 나으니까.

로이드가 침대 다리를 떨어뜨려 쩔그렁 소리가 났다. 그는 비틀거리며 침대로 돌아와 매트리스를 뒤집고 재고 조사를 했다. 빵덩어리 두 개, 대추 두 줌, 반쯤 뜯어 먹은 돼지 갈비, 볼로냐 소시지 한 조각. 그는 소시지 조각을 둘로 쪼개 커다란 반쪽을 먹었지만, 식욕을 자극해서 열불이 나기만 할 뿐이었다.

"더는 안 돼."

중얼거리고 나서 갈비뼈에 붙어 있던 돼지고기를 게걸스럽게 먹어 치운 그는 자기 자신한테 욕을 퍼붓고 한참 더 흐느꼈다. 그는 여기에 갇혀 죽을 것이다. 그의 토끼가 철망 우리에 갇혀 죽었던 것처럼, 트라스크가 그의 독방에 갇혀 죽었던 것처럼.

트라스크.

그는 생각에 잠겨 한참 동안 트라스크의 독방 안을 들여다보며, 파리 떼가 빙빙 돌다 착륙하고 이륙하는 모습을 구경했다. 퇴색한 트라스크의 얼굴 위에 파리 떼 전용 로스앤젤레스 국제공항이 생겼다. 한참이 지난 후, 마침내 로이드는 침대 다리를 들고, 철창으로 가서 철창 사이로 침대 다리를 내밀었다. 발끝을 딛고 선 덕분에 쥐 몸뚱이를 붙들기에 딱 충분한 거리만큼 다가가 쥐를 자신의 독방 쪽으로 끌어 올 수 있었다.

쥐가 상당히 가까워지자 로이드는 무릎을 꿇고 자기 쪽으로 끌어당겼다. 꼬리를 잡아 쥐를 들어 올린 다음 오랫동안 눈앞에 대롱거리는 그 몸뚱이를 잡고 있었다. 그러고는 파리 떼가 끼지 않는 침대 매트리스 밑에 흐느적대는 몸뚱이를 집어넣고 남아 있는 음식 저장물과 따로 떼어 놨다. 그는 한참 동안 쥐를 뚫어지게 쳐다보다 매트리스를 도로 덮으며, 자비롭게 그 쥐를 보이지 않도록 감추었다.

"만일의 사태를 대비해서. 어디까지나 만일의 사태를 대비해서, 그뿐이지 뭐."

로이드 헨리드가 정적 속에서 말했다.

그런 다음 침대의 맞은편 끄트머리로 올라가, 양쪽 무릎을 끌어안고 가만히 앉아 있었다.

제33장

보안관 사무실 입구 위쪽에 달린 시계가 9시 22분을 가리켰을 때, 전깃불이 나갔다.

닉 앤드로스는 잘생긴 집주인의 아들들을 가르치기로 돼 있던 외진 저택이 귀신에 씌었다고 생각하여 공포에 질린 여자 가정교사가 나오는 괴기 소설 문고본을 잡화점 진열대에서 가져다 읽던 중이었다. 책을 아직 반도 안 읽었지만 닉은 그 귀신이 실은 잘생긴 집주인의 아내이며, 아마도 다락방에 갇혀서 미치광이가 되어버린 상태라는 것을 이미 알아차렸다.

전깃불이 나가자 그는 가슴에서 펄떡이는 심장을 느꼈고 마음 속 깊은 곳에서, 이제는 잠들 때마다 매번 출몰하는 악몽들이 잠복해 있는 그 장소에서 어떤 목소리가 그에게 속삭였다. '그가 너를 찾아 오고 있어…… 지금 저기 밖에 있어. 밤의 고속도로에…… 몸을 숨기고 고속도로에…… 다크맨이…….'

닉은 문고본을 책상에 내던지고 거리로 나갔다. 오후의 마지막 빛이 아직은 하늘에서 사라지지 않았지만, 태양이 지평선 경계에서 실랑이 벌이던 시간은 거의 끝났다. 모든 가로등이 꺼졌다. 밤낮을 안 가리고 빛나던 잡화점 형광등 조명들도 사라졌다. 전봇대 꼭대기의 전기 배선함에서 나오던 웅웅 소리도 역시 사라졌다. 닉이 전봇대에다 손을 대 보고 나무 몸체 외에는 아무런 느낌이 없다는 것으로 확인한 사실이었다. 그에게는 일종의 소리였던 전봇대의 진동이 멈추었던 것이다.

사무실 물품 보관함 속에 한 상자 가득 양초가 있었지만, 양초 생각이 그를 그리 편하게 해 주진 못했다. 전깃불이 나가 버렸다는 사실이 그에게 몹시 충격을 주었고, 이제 그는 서쪽을 바라보고 서서, 전깃불이 그를 버리지 말기를 그리고 이런 어두운 묘지 속에 그를 남겨 두지 말기를 조용히 애원했다.

그러나 전깃불은 정말로 떠나가 버렸다. 9시가 지나고 10시가 되자 닉은 하늘에 남아 있던 희미한 빛조차 기대할 수 없었고, 사무실로 돌아와 길을 더듬거리며 양초가 있는 보관함으로 갔다. 그가 양초 상자가 있는 선반을 만지작거릴 때 뒤편 문이 왈칵 열리며 레이 부스가 비틀거리며 들어왔는데, 얼굴은 까맣게 부었고 루이지애나 주립 대학 반지는 여전히 손가락에서 반짝이고 있었다. 그는 일주일 전 6월 22일 밤 이래로 마을 근처의 숲 속에 앓아누워 있었다. 24일 아침경에 몸에 이상이 생기고 있다는 것을 느낀 그는 마침내 이날 저녁 굶주림과 목숨에 대한 공포로 마을로 내려왔으며, 마을에서 아무도 보지 못하다가 처음부터 자신을 이런 궁지로 몰아넣었던 육시랄 벙어리 기형아를 목격했던 것이다. 그 벙어리는 저주받은 악마처럼 거만하게, 레이가 거의 평생을 살아온 그 마을을 자기가 다 가진 듯이 마을 광장을 건너고 있었고, 보안관의 권총을 오른쪽 엉덩이에 차고 총잡이용 가죽끈으로 허벅지에 고정해 놓았다. '아마 저 녀석은 자기가 정말로 마을을 다 가졌다고 생각했겠지.' 레이는 다른 모든 사람의 목숨을 빼앗아 가 버린 정체 모를 병 때문에 그 자신도 죽을 거라 짐작했지만, 우선은 육시랄 기형아 새끼한테 개똥 하나 갖기도 어림없다는 사실을 보여줄 작정이었다.

닉은 등을 돌리고 서 있었던 까닭에 베이커 보안관 사무실에 더는 혼자가 아니라는 사실을 전혀 몰랐다가, 두 손이 목을 덮쳐 조르는 순간에야 비로소 깨달았다. 그가 방금 집어 들었던 상자가 손에서 떨어지면서 양초가 사방으로 흩어져 바닥에 굴러다녔다. 약간 숨이 막히고 나서야 그는 처음에 엄습했던 공포를 극복했고, 문득 자신의 꿈에 나왔던 검은 괴물이 현실 속에 살아 나온 것이라고 확신했다. 지옥의 지하실에서 올라온 마귀가 그의 뒤에 있었고, 전기가 나가자마자 비늘 덮인 갈퀴 손으로 그의 목을 감싼 것이었다.

순간 발작적으로 그리고 본능적으로, 닉은 자신의 손으로 목을 누르고 있던 두 손을 붙잡아 떼어 내려 기를 썼다. 뜨거운 숨결이 오른쪽 귀로 불어 닥쳐, 귓속에 들을 수는 없으나 느낄 수는 있는 바람 터널을 만들고 있었다. 그가 짓눌리고 거칠어진 숨을 헐떡거리자 두 손이 또다시 억세게 죄어 왔다.

두 사람은 어둠 속의 댄서들처럼 암흑 속에서 휘청거렸다. 레이 부스는 애 녀석이 몸부림칠수록 자신의 힘이 빠지는 것을 느낄 수 있었다. 머리가 쿵쿵 울렸다. 벙어리를 신속하게 끝장내지 못하면 도리어 그가 끝장날 판국이었다. 그는 두 손에 남은 온 힘을 짜내 그 삐쩍 마른 녀석의 목을 억눌렀다.

닉은 세상이 저만치 멀어지는 것을 느꼈다. 처음엔 심했던 목 안의 통증이 이젠 마비되어 저 멀리 가 버렸다. 거의 유쾌할 지경이었다. 그는 장화 뒤꿈치로 부스의 한쪽 발등을 세게 내리찍는 동시에 체중을 실어 그 덩치 큰 사내를 뒤로 젖혔다. 부스가 어쩔 수 없이 한 발짝 뒤로 물러났다. 한쪽 발이 양초 하나를 밟았다. 그것이 그의 발밑에서 구르자 그가 바닥으로 와르르 무너져 머리가 닉의 등에 깔렸다. 그의 두 손이 마침내 충격을 받아 느슨해졌다.

닉이 몸을 굴려 빠져나와 거친 숨을 몰아쉬었다. 모든 것이 저 멀리 떠나가 허공에 붕 뜬 것만 같았다. 목 안의 고통이 느릿느릿 쿵쿵 터지면서 돌아와 버린 것만 빼면. 그는 목구멍 속에서 미끌미끌한 피 맛을 느낄 수 있었다.

누군지는 몰라도 그에게 뛰어들었던 커다랗고 구부정한 형체가 비틀대며 일어섰다. 총을 기억해 낸 닉은 허리춤을 더듬거렸다. 총은 제자리에 있었지만, 뽑히지 않을 기세였다. 무슨 일인지 권총집 안에 척 들러붙었다. 두려웠던 그는 발광하듯 총을 힘껏 잡아당겼다. 총이 발사됐다. 총탄이 다리 표면을 긁고 지나가 바닥에 파묻혔다.

시커먼 형체가 죽을 운명처럼 그를 덮쳤다.

닉의 입에서 숨이 터져 나왔고, 그러자 커다란 흰 손이 그의 얼굴을 더듬다가 엄지손가락이 눈을 후벼 팠다. 닉은 희미한 달빛 속에서 손가락 중 하나가 자줏빛으로 번쩍거리는 것을 보았고, 놀란 입이 어둠 속에서 "부스!"라는 모양을 만들었다. 그의 오른손이 끊임없이 총을 잡아당겼다. 허벅지를 쭉 가르며 뜨겁게 지글거리는 고통은 거의 느낄 틈도 없었다.

레이 부스의 한쪽 엄지가 닉의 오른쪽 눈을 쑤시고 들어왔다. 극심한 고통이 머릿속에서 타올라 불꽃을 튀겼다. 그가 드디어 총을 쑥 뽑았다. 노동으로 피부에 못이 박여 딴딴해진 부스의 엄지손가락이 힘차게 시계 방향으로 또 반대 방향으로 회전하며 닉의 눈알을 으깼다.

닉이 공기의 격렬한 울림에 지나지 않는 형체 없는 비명을 토하면서 권총을 부스의 축 늘어진 옆구리에 들이댔다. 방아쇠를 당기자 권총은 닉이 오로지 자신의 팔에서만 격렬한 반동으로 느낀 억눌린 '쾅!' 소리를 냈다. 권총 가늠쇠가 부스의 셔츠 속에 파묻혔다. 닉은 총구에서 나온 불빛을 보았고, 잠시 후 화약 냄새와 부스의 셔츠가 타는 냄새를 맡았다. 레이 부스는 뻣뻣해지더니, 닉의 몸 위로 무너졌다.

고통과 두려움 때문에 흐느끼며, 닉은 자신의 몸 위에 늘어진 무거운 것을 밀쳐 냈다. 부스의 시체가 반은 바닥에 떨어지고 반은 닉의 몸으로 주르르 미끄러졌다. 닉은 그 밑에서 기어나와 한 손으로 상처 입은 눈을 힘껏 막았다. 한참 동안 바닥에 누워 있으려니 목에서 불이 났다. 머리에서는 마치 엄청나게 큰 잔혹한 집게가 관자놀이를 뚫고 들어온 것 같은 느낌이 들었다.

마침내 그는 주위를 더듬거려 양초를 찾았고, 책상 라이터로 불을 붙였다. 희미한 노란 양초 불빛으로 그는 바닥에 얼굴을 처박고 엎어져 있는 레이 부스를 볼 수 있었다. 그 남자는 해변 위로 몸을 던진 고래의 시체처럼 보였다. 권총이 그의 셔츠에 팬케이크 크기만 한 시꺼먼 원을 만들어 놓았다. 피가 엄청나게 흘러나왔다. 양초 불빛이 이리저리 어른거리는 속에서 부스의 그림자가 멀리 있는 벽까지 커다랗게 기괴한 모습으로 뻗어 나갔다.

닉은 끙끙대며 작은 화장실로 휘청휘청 들어가 손으로 눈 위를 막고 거울 속을 들여다보았다. 손가락들 틈새로 피가 새 나온 것을 보고 할 수 없이 손을 치웠다. 확신할 수는 없었지만, 그는 이제 귀머거리에 벙어리일 뿐만 아니라 외눈박이 신세도 된 것 같다고 생각했다.

그는 사무실로 다시 걸어와서 레이 부스의 힘 빠진 몸뚱이를 걷어찼다.

'네가 나를 망쳐 놨어.' 그가 죽은 남자한테 말했다. '처음엔 내 이를 그리고 이젠 내 눈을. 행복하냐? 할 수만 있다면 양쪽 눈 모두 뽑아 버리려고 그랬지, 그렇지? 내 두 눈을 뽑아내서 나를 죽은 자들의 세상 속에서 귀머거리, 벙어리에다 장님 신세로 만들어 버리려고. 결국 이런 꼬락서니가 됐으니 속이 후련하냐, 불량배 놈아?'

그가 다시 부스를 걷어찼다. 발이 시체의 살덩이 속으로 가라앉는 느낌 때문에 기분이 나빴다. 잠시 후 그는 침대로 물러나 앉아 두 손에 얼굴을 묻었다. 바깥에는, 어둠이 단단히 자리를 잡았다. 바깥에는, 세상의 모든 빛이 사라지고 있었다.

제34장

오랜 시간 동안, 며칠 동안(정확히 며칠이냐고? 그걸 누가 알겠는가? 쓰레기통맨은 몰랐다. 분명히.), 도널드 머윈 엘버트는, 희미하고 혼란스러운 초등학교 시절의 친한 친구들 사이에서 쓰레기통맨으로 알려진 그 남자는 인디애나 주 포탠빌의 거리를 이리저리 헤매 다니면서, 머릿속의 목소리들한테 움찔거리면서, 귀신들이 던지는 돌덩이들을 몸을 비켜 피하고 손을 들어 막고 있었다.

'야, 쓰레기통!'

'야, 쓰레기통맨, 네 죄를 네가 알렸다. 쓰레기야! 이번 주에 쌈빡한 불장난 좀 했지?'

'늙은 셈플 아줌마의 연금 수표에 불 질렀을 때 그 아줌마가 뭐라고 그러디, 쓰레기야?'

'야, 쓰레기 새끼야, 석유 좀 사고 싶냐?'

'너 말이야 테르 오트에서 전기 충격 치료를 받아 보는 게 어

때, 쓰레기야아?'

'쓰레기……'

'……야, 쓰레기통……'

때때로 그는 그 목소리들이 진짜가 아님을 알았지만, 때때로 그는 유일한 진짜 목소리라곤 그의 목소리뿐임을 간신히 깨닫고도, 그 목소리들한테 그만 하라고 소리 높여 부르짖으려 했고, 그의 목소리는 집들과 상점들로부터 그를 향해 되돌아왔고, 그의 목소리는 그가 일해 왔던 스크루바두바 세차장의 콘크리트 벽에도 튕겼다. 이제 그는 6월 30일 아침 그 세차장에 앉아 땅콩버터와 젤리와 토마토와 굴덴 디아블로 겨자 소스가 들어간 크고 너저분한 샌드위치를 먹고 있었다. 다른 목소리는 없고 오직 그의 목소리만이, 집들과 상점들에 부딪히면서 불청객처럼 방향을 바꾸고 그리하여 그의 귀로 다시 되돌아왔다. 웬일인지 포탠빌이 텅텅 비었기 때문이었다. 사람들이 모두 떠나 버렸다…… 정말로? 사람들은 늘 그가 미쳤다고 말했는데, 그가 사는 마을이 자신만 빼고 텅 비어 버렸다는 것이야말로 미친 남자가 생각할 만한 일이었다. 그런데 그의 눈길이 크고 하얗고 둥그레서 꼭 낮게 깔린 구름 같은, 지평선 위의 석유 탱크들로 자꾸만 향하고 있었다. 그것들은 개리와 시카고로 가는 도로와 포탠빌 사이에 우뚝 서 있었다. 그는 자신이 하고 싶은 일을 잘 알았으며 그것이 꿈만은 아니라는 것을 잘 알았다. 나쁜 짓이지만 불가능한 꿈은 아니었고 그는 자신의 마음을 억제하지 못할 것 같았다.

'너 손가락 데었지, 이 쓰레기야?'

'야, 쓰레기통맨, 불장난하면 밤에 오줌 싸는 거 모르냐?'

무엇인가가 곁을 휑하니 지나가는 것 같아 그는 숨을 헐떡이고 흙먼지 속에 샌드위치를 떨어뜨렸고, 두 손을 치켜들고 뺨을 목 속으로 움츠렸지만, 주위엔 아무것도, 아무도 없었다. 스크루바두바 세차장의 콘크리트 벽 너머에는 개리로 향하는 인디애나 주 130번 고속도로뿐이었고, 그 도로는 먼저 치어리 석유 회사의 거대한 저장 탱크옆을 지났다. 약간 헐떡이며 그는 샌드위치를 집어 들어 하얀 빵에서 회색 흙을 최대한 털어 내고 다시 우적우적 씹어 먹기 시작했다.

꿈이었을까? 엘버트의 아버지가 살아 있을 적에 보안관이 감리교회 바로 앞 거리에서 그를 쓰러뜨렸고, 엘버트는 평생을 그때 일을 짊어지고 살아야만 했다.

"야, 쓰레기, 그릴리 보안관이 미친개 다루듯 니네 꼰대를 쓰러뜨렸어. 알기나 하냐, 좆도 미친 새끼야?"

그의 아버지인 웬델 엘버트는 오툴 술집에서 사소한 말다툼을 벌이다 마침 총을 갖고 있어서 바텐더를 쏘아 죽였고, 그런 다음 집으로 와서 쓰레기통의 형 둘과 누나 한 명을 총으로 살해했다.(웬델 엘버트는 정말로 성질이 더러운 이상한 녀석이었고 그날 밤 이전에도 오랫동안 기이한 행동을 보이곤 했다. 포탠빌 주민이라면 누구라도 그렇게 말했을 것이고, 그 아버지에 그 아들이라고 말했을 것이다.) 그는 쓰레기통의 어머니인 샐리 엘버트까지도 살해했을 테지만 그녀는(나중에 쓰레기통맨이라고 알려지는) 다섯 살배기 도널드를 품에 안고 야밤에 비명을 지르며 도망쳐 버렸다. 웬델 엘버트는 현관 계단 위에 서서, 도망치는 어머니와 아들을 향해 총을 쏘았다. 총알이 길거리에 날아다니다 부딪혔고, 웬델이 시카고의 스테이트 스트리트에 있는 술집에서 깜둥이한테 구입한 싸구려 권총은 마지막 발사와 함께 손 안에서 폭발하고 말았다. 날아오른 파편이 그의 얼굴 거의 전부를 날려 버렸다. 그는 눈에서 피를 흘리면서 거리를 헤매며 비명을 질렀고, 불붙이면 터지는 장난감 시가 담배처럼 총신이 버섯 모양으로 갈라진 싸구려 권총의 잔해를 흔들어 댔다. 그가 감리교회에 다다르자마자 그릴리 보안관이 포탠빌 유일의 순찰차를 타고 나타나 그에게 꼼짝 말고 총을 던지라고 명령했다. 그러나 웬델 엘버트는 자신이 손에 쥔 싸구려 리볼버의 잔해를 보안관을 향해 겨누었고, 그 싸구려 리볼버의 총신이 파열된 상태인 것을 그릴리가 눈치 못 챘든지 눈치 못 챈 척 했든지 간에 어느 쪽이든 결과는 똑같았다. 그는 웬델 엘버트에게 위아래로 두 개인 총신의 맛을 보여 주었다.

"야, 쓰레기, 네 잡지에다가도 불 질렀냐?"

그는 누가 외쳐 댔는지 보려고 주위를 두리번거렸다. 그 소리의 주인공은 칼리 예이츠이거나 그가 알고 지냈던 애들 중 한 명인 것 같았다. 다만 칼리는 이제 어린아이가 아니었으며, 그보다 더 큰 성인이 되었다.

어쩌면 이제 그는 쓰레기통맨 대신에 다시금 도널드 엘버트 본연의 모습을 되찾을 수도 있었다. 칼리 예이츠가 이젠 이 마을에 있는 스타우트 크라이슬러 플리머스 대리점에서 차를 파는 칼 예이츠가 된 것과 똑같이 말이다. 다만 칼 예이츠는 가 버렸고, 다른 사람들도 다 가 버렸으며, 어쩌면 그가 다른 사람들처럼 되기에는 너무 늦은 것 같았다.

그는 이제 스크루바두바의 벽에 기대앉아 있지 않았다. 그는 마을 북서쪽으로 일이 킬로미터 정도 떨어진 곳에서 130번 도로를 따라 걷고 있었고, 포탠빌 마을이 어린아이의 모형 철도 놀이판 위에 있는 마을처럼 그의 발아래 펼쳐졌다. 석유 저장 탱크들은 겨우 0.5킬로미터 떨어져 있었고 그는 한 손엔 연장 세트를, 다른 손엔 20리터들이 석유통을 들었다.

'그건 너무 나쁜 짓이야. 하지만……'

그러한 사정으로 웬델 엘버트가 지하에 묻히고 나서 샐리 엘버트는 포탠빌 카페에 일자리를 얻었고, 그녀의 하나 남은 자식 도널드 머윈 엘버트는 1학년 때였나 2학년 때였나, 어느 순간부터 남의 집 쓰레기통에 불을 지르고 달아나기 시작했다.

"여자들 조심해, 쓰레기통맨이 이쪽으로 온다. 걔가 옷을 불태워버릴 거야!"

"꺄아아아! 변태다아아아!"

불장난은 그가 3학년쯤 되어서 멈췄는데, 그 이유는 어른들이 누가 그 짓을 벌이고 다니는지 알아차렸고 그러자 보안관이, 착한 보안관 그릴리 아저씨가 척 나타났기 때문이었다. 그는 그게 바로 감리교회 앞에서 그의 아버지를 쓰러뜨렸던 남자가 그의 양아버지가 되는 것으로 결론 나 버린 계기였다고 짐작했다.

"야, 칼리, 내가 수수께끼 하나 낼게. 어떻게 하면 너희 아버지가 너희 아버지를 살인할 수가 있게?"

"난 모르겠어, 피티, 어떻게 하면 그럴 수 있지?"

"나도 모르지롱, 그치만 쓰레기통맨이라면 알 거야."
"히히하하하호호호!"

그는 이제 자갈 깔린 찻길의 꼭대기에 서 있었다. 연장 세트와 석유통을 운반했던 터라 어깨가 쑤셨다. 출입구에 붙은 표지판은 다음과 같았다. '치어리 정유 주식회사. 모든 방문객은 사무소에서 출입 절차를 밟으십시오! 감사합니다!"

자동차 몇 대가 주차장에 세워져 있었으나 많지 않았다. 그중 여러 대의 바퀴에 펑크가 나 있었다. 쓰레기통맨은 찻길을 걸어 올라가 빠끔히 열려 있던 출입구 사이로 슬쩍 들어갔다. 낯설어하는 그의 푸른 눈동자가 가장 가까운 저장 탱크 둘레를 소용돌이 모양으로 휘감으며 꼭대기까지 올라가는 거미줄 같은 철제 계단으로 향했다. 계단 밑바닥을 가로질러 쇠사슬이 걸려 있었고 그 쇠사슬에 걸린 또 다른 표지판이 흔들거렸다. 표지판에는 '접근 금지! 펌프장 폐쇄' 라고 씌어져 있었다. 그는 쇠사슬을 넘어 계단을 오르기 시작했다.

그것은 옳지 않았다. 그의 어머니가 그릴리 보안관과 결혼하다니 말이다. 4학년이던 해에 그는 우편함에 불을 지르기 시작했고, 그때가 바로 늙은 셈플 부인의 연금 수표를 불살라 다시 붙잡힌 해였다. 언젠가 새 남편이 그 애를 테르 오트에 있는 정신 치료 시설로 보내는 게 어떠냐고 언급하자 샐리 엘버트 그릴리는 히스테리를 일으켰다.("당신은 개가 미쳤다고 생각하는 거지! 어떻게 열 살짜리 애가 미칠 수가 있어? 내 생각에 당신은 그저 그 애를 치워 버리고 싶은 거야! 그 애 아버지를 치워 버리더니 이젠 그 애마저 치워 버리고 싶어 하는 거야!") 그릴리가 취할 수 있는 다른 수단이라곤 소년을 법의 심판에 맡기는 것뿐이었으나 열 살짜리 애를 소년원에 보낼 순 없는 노릇이었다. 만일 그 애 똥구멍이 치수 290짜리 신발만 하게 늘어지기를 원치 않는다면, 또 새로 얻은 아내와 이혼하길 원치 않는다면.

계단을 높이 더욱 높이 올랐다. 발소리가 철판에서 자그맣게 울려 퍼졌다. 그는 목소리들을 저 밑에 두고 왔고 아무도 이렇게 높은 곳까지 돌멩이를 던질 수는 없었다. 주차장에 있는 차들이 반짝반짝 빛나는 코기 장난감처럼 보였다. 오로지 바람 소리만이 그의 귓가에 낮게 소곤거렸고 통풍구 어딘가에서 신음하고 있었다. 바람 소리, 아득히 멀리서 새들이 지저귀는 소리. 나무와 평야가 사방에 펼쳐졌고, 모두 꿈결 같은 아침 아지랑이가 만든 녹색에 푸른색이 살짝 가미된 장막 속에 잠겨 있었다. 그는 행복한 웃음을 띠고 소용돌이 모양의 철제 계단을 따라 빙글빙글 돌며 높이 더 높이 올라갔다.

저장 탱크의 납작한 원형 뚜껑에 다다르자 분명히 세상의 지붕 바로 밑에 서 있는 듯한 기분이 들었고, 위로 손을 뻗으면 손톱으로 하늘 밑바닥에서 파란 분가루를 긁어 낼 수 있을 것 같았다. 그는 석유통과 연장 세트를 내려놓고 그저 경치를 바라보았다. 이곳에선 실제로 개리가 보였다. 평소 공장 굴뚝이 쏟아 내던 연기가 없어져 위쪽 공기가 아래처럼 맑아졌기 때문이었다. 시카고는 여름 아지랑이에 싸여 꿈같은 풍경을 드러냈고, 진짜 미시간 호수 또는 그 호수가 있을 것 같은 더 먼 북쪽에까지 희미하게 파란 섬광이 보였다. 환한 부엌에서 맞는 조용한 아침 식사를 떠올릴 만큼 공기는 부드럽고 찬란한 향취를 풍겼다. 그리고 얼마 안 있어 불길에 휩싸일 참이었다.

석유통을 그냥 놔둔 채, 그는 연장세트를 펌프 기계 있는 데로 가져가 이리저리 살피기 시작했다. 그는 기계류에 관한 한 직관적인 이해력을 지녔다. 천재적인 재능을 지닌 정신지체자가 머릿속으로 일곱 자리 숫자의 곱셈 나눗셈을 암산할 수 있는 것처럼 그는 기계류를 다룰 수 있었다. 기계에 관해 생각을 깊이 한다거나 머리를 싸맬 일은 없었다. 그는 그냥 잠깐만 기계 여기저기를 살피다가, 그런 다음 확신을 갖고 신속하게 두 손을 움직이면 그만이었다.

"야, 쓰레기통, 왜 교회에 불지를 생각을 했어? 차라리 학교에 불을 지르지?"

5학년이 되었을 때 그는 인근 마을 세들리에 있는 버려진 집의 거실에 화재를 일으켰고, 그 집은 전소되었다. 양아버지 그릴리 보안관은 그를 유치장에 넣어 놓았다. 애들 패거리가 그를 두들겨 패는 데다가 이제는 어른들까지도 패고 싶어 했기 때문이었다.("어이구, 만일 비가 오지 않았더라면 우린 저 빌어먹을 불벌레 애

새끼 덕분에 마을의 절반을 잃을 뻔했다고!") 도널드를 테르 오트에 있는 정신 치료 시설로 보내 검사를 받게 해야겠다고 그릴리가 샐리한테 말했다. 샐리는 만일 그가 그녀의 아기, 그녀의 하나뿐인 어린 자식한테 그런 짓을 한다면 그와 갈라서겠다고 말했지만, 그릴리는 일을 진행하여 판사의 명령서를 받아 냈고, 그래서 쓰레기통맨은 한동안, 2년 동안 포탠빌을 떠나 있었고, 그의 어머니는 보안관과 이혼했고 그해 후반기에 마을 유권자들은 보안관을 불신임했고 그릴리는 개리로 가서 자동차 생산 라인에서 일하는 것으로 결론 났다. 샐리는 매주 쓰레기통맨을 면회하러 왔고 올 때마다 항상 울어 댔다.

"너 여기 있었구나, 니에미 씹할 놈아."

쓰레기통이 중얼거렸다. 그러고는 행여 누구라도 자기가 나쁜 욕을 하는 걸 들었을까 싶어 슬그머니 주위를 두리번거렸다. 물론 들은 사람은 아무도 없었다. 그는 치어리 석유 회사의 1번 저장 탱크 꼭대기에 있었으므로. 그리고 만약 그가 저 아래 맨땅에 있는 상황이었다 하더라도 남아 있는 사람은 아무도 없었다. 귀신들만 빼면. 그의 위쪽으로 뚱뚱한 흰 구름들이 떠다녔다.

복잡한 모양새를 한 펌프 기계에서 큰 파이프 하나가 밖으로 돌출했는데, 지름은 50센티미터가 넘었고 끝은 정유 업계 사람들이 고정 호스라고 부르는 것을 끼울 수 있도록 나사 홈이 파여 있었다. 그 파이프는 석유가 유출되거나 흘러넘치지 못하게 단단히 막혀 있어야 했지만 저장 탱크에서는 가득 찬 무연 휘발유의 일부가 뚝뚝 새 나오고 있었다. 반 리터쯤 되는 양이 저장 탱크 위에 얇게 내려앉은 먼지 사이로 반들거리는 실개천을 만들었다. 쓰레기통은 뒤로 물러서서 눈을 반짝이며, 여전히 한 손에는 커다란 렌치를 나머지 한 손에는 망치를 쥐고 있었다. 그것들을 떨어뜨리자 쩔그렁 소리가 났다.

그가 가져온 휘발유는 결국 필요 없을 듯싶었다. 그는 석유통을 들어 "터진다. 대피해라!"라고 고함치면서 옆으로 떨어뜨렸다. 그것이 구르고 반짝거리며 떨어져 가는 모습을 몹시 흥미롭게 지켜보았다. 석유통은 3분의 1쯤 내려가다 계단에 부딪혀 옆구리에서 구멍이 뚫려 누리끼리한 휘발유를 뿌려 대면서 펄쩍 튕기더니 계속 또 계속 뒤집히며, 곧장 땅바닥으로 추락했다.

그는 기름이 새 나오는 파이프 쪽으로 몸을 돌렸다. 반짝거리는 휘발유 웅덩이들을 바라보았다. 가슴 주머니에서 종이 성냥 한 갑을 꺼내 쳐다보면서, 죄책감을 느꼈고 황홀경에 빠졌고 흥분에 사로잡혔다. 성냥갑 앞면에는 시카고의 라살레 우편 통신 교육원에서 누구라도 원하는 분야에서 배움의 기회를 얻을 수 있다고 선전하는 광고가 있었다. '나는 폭탄 위에 서 있다.' 그는 눈을 감으며, 공포와 환희 속에 전율했고, 익숙하고 서늘한 흥분에 온몸이 사로잡혀서, 발가락과 손가락에 감각이 없었다.

'야, 쓰레기, 좆도 불벌레야!'

테르 오트에 있는 정신 치료 시설은 열세 살이 되자 그를 풀어주었다. 그들은 그가 치료됐는지 어떤지 몰랐으면서도 치료됐다고 말했다. 그들은 그가 쓰던 병실이 필요했고 그래야만 그 병실에 2년 동안 또 다른 미친 아이를 넣어 둘 수 있었다. 쓰레기통은 집으로 갔다. 그는 학교 공부가 뒤처져서 수업을 제대로 이해할 수 없었다. 테르 오트 사람들은 그에게 전기 충격 요법을 동원했고, 그래서 포탠빌로 돌아왔을 땐 기억력을 발휘할 수가 없었다. 시험공부를 하고 나면 절반은 잊어버려서 60점이나 40점 같은 낮은 점수로 시험을 망치기 십상이었다.

그래도 한동안 그는 단 한 번도 불을 지르지 않았다. 적어도 그땐 그랬다. 모든 것이 마땅히 그래야 하는 상태로 돌아갔다. 아니, 그런 것 같았다. 아버지를 죽인 보안관은 가고 없었다. 그 사람은 개리 저쪽에서 닷지 자동차에 전조등을 달고 있었다.("아차차에 참회의 바퀴를 달고 있는 게지." 그의 어머니는 이따금 그렇게 말했다.) 어머니는 다시 포탠빌 카페로 일을 나가고 있었다. 다 좋았다. 물론 하얗게 칠해진 초거대 양철 깡통들처럼 지평선 위로 솟아 있는 치어리 석유 회사의 하얀 저장 탱크들이 있었고, 그것들 너머엔(아버지를 죽인 보안관이 있는) 개리에서 공장 연기가 피어올라 그곳이 이미 화재에 휩싸인 듯했다. 그는 종종 치어리 석유 탱크들이 폭발하면 어떨지 궁금했다. 강력한 폭발이 세 차례 일어나 커다란 폭음이 고막을 갈가리 찢어발기고 눈부신 섬광이 눈구멍 속에 든 눈알을 태워 버릴까? 불기둥 삼위일체(아버지, 아들, 그리고 성스러운 아버지를 죽인 보안관)가 몇 달 동안이고 밤낮으로 불탈까? 혹시나 전혀 불이 일어나지 않으려나?

그는 확인할 생각이었다. 부드러운 여름 산들바람이 불어와 그가 처음에 켰던 성냥 두 개를 꺼뜨렸고, 그는 까맣게 탄 성냥 부스러기들을 리벳 못이 박힌 철판 바닥에 떨어뜨렸다. 그의 오른편에서, 저장 탱크 가장자리를 따라 둥글게 쳐진 무릎 높이의 난간 근처에서, 휘발유 웅덩이 속에 빠져 힘없이 꿈틀대는 벌레 한 마리가 보였다. '나는 저 벌레와도 같아.' 그는 분개하며 생각했고, 하나님이 휘발유 웅덩이 속 벌레처럼 사람을 거대한 끈끈이 진창 속에다 붙들어 놓으려 드는 이놈의 세상이 어떻게 생겨 먹은 것인지 궁금했다. 게다가 하나님은 사람을 그따위 세상에서 몇 시간 동안, 어쩌면 몇 날이고 며칠이고 몸부림치며 살아가게 내버려 두셨다…… 그런데 그의 경우엔 몇 년 동안이나 그렇게 될 수도 있었다. 불살라 버려야 마땅한 세상이었고, 그것이 이번 일의 본질이었다. 그가 허리를 구부리고 서서 세 번째 성냥을 그을 준비를 했을 때 산들바람이 잦아들었다.

마을로 돌아온 후 한동안 그는 얼간이, 덜떨어진 녀석, 불쟁이로 불렸지만, 그때 세 학년 앞서 있던 칼리 예이츠가 쓰레기통을 기억해 내서 그렇게 불러 댄 탓에 그 별명이 굳어졌다. 열여섯 살이 되었을 때 그는 어머니의 허락을 받아 학교를 그만두었고("뭘 더 바라겠어? 사람들이 그 애를 테르 오트에서 완전히 망가뜨려 놓았다고. 내가 돈만 있었어도 그 사람들한테 재판을 걸었을 거야. 충격요법, 그치들은 그렇게 부르더라고. 염병할 전기의자, 난 그렇게 불러!"), 스크루바두바 세차장에 일하러 다녔다. '전조등에 비누칠하기/ 문짝 틀에 비누칠하기/ 와이퍼 털기/ 백미러 닦기/ 저기요 손님 차에 왁스 찜질해 드릴까요?' 그리고 좀 더 오랫동안 이런저런 상황이 예정된 경로로 흘러갔다. 사람들은 길 모퉁이나 지나가는 차 속에서 그를 향해 고함치며, 그가 늙은 (무덤에 들어간 지 이젠 4년이 지난) 셈플 부인의 연금 수표를 불태웠을 때 그녀가 뭐라고 말했는지, 또는 그가 세들리에 있던 그 집에 불을 붙이고 나서 침대에 오줌을 쌌는지 안 쌌는지 알고 싶어 했다. 구멍가게 앞에서 빈둥거리거나 오툴 술집 문간에 기대서서 서로 야유를 날렸다. 그들은 성냥이나 담배꽁초를 감추라고 서로서로 아우성을 쳐 대기도 했는데, 쓰레기통맨이 지나가는 중이기 때문이었다. 모든 목소리는 환영에 불과한 소리가 되었지만, 캄캄한 골목길 어귀나 길 건너편에서 쌩하고 날아오는 돌멩이를 모른 척하기란 불가능했다. 언젠가 한 번은 누군가가 지나가는 차 속에서 반 정도 들어찬 맥주 깡통을 그를 향해 냅다 던져서 깡통이 이마를 때리는 바람에 무릎을 꿇으며 쓰러진 적도 있었다.

그것이 인생이었다. 목소리들, 가끔 날아오는 돌멩이, 스크루바두바. 그리고 점심 휴식 시간이면 그는 오늘도 쭉 앉아 있던 바로 그 자리에 앉아, 어머니가 그를 위해 싸 준 베이컨과 상추와 토마토가 들어간 샌드위치를 먹으며, 치어리 석유 저장 탱크들을 바라보고 폭발하면 어떤 모습이 될지 궁금해했다.

그것이 인생이었다. 어느 날 밤 그가 감리교회의 현관 홀에서 20리터들이 석유통을 든 자신의 모습을 발견했을 때까진, 어쨌든 그랬다. 그때 그는 휘발유를 사방에(특히 구석에 있던 오래된 찬송가 책 더미 위에) 뿌리다가 멈추고 생각했다. '이건 나쁜 짓이야. 아마 나쁜 것보다 더 나쁠 거야. 멍청한 짓이라고. 사람들은 누가 그랬는지 알 거야. 설사 다른 사람의 짓이라 해도 사람들은 누가 그랬는지 알 거라고. 날 가둬 버리겠지.' 목소리들이 귀신 들린 종탑 속의 박쥐처럼 머릿속에서 활개 치며 맴도는 동안 그는 그런 생각을 하며 휘발유 냄새를 맡았다. 그러고 나자 느릿느릿한 미소가 그의 얼굴에 찾아왔고 그는 석유통을 거꾸로 세워 그걸 들고 중앙 통로를 거침없이 달렸다. 달리기 시작한 지점인 현관 홀에서부터 설교대까지 빠짐없이 휘발유를 흩뿌렸는데, 그 모습이 마치 노총각 신랑이 자기 결혼식에서 너무 흥분한 나머지 이제 곧 치를 부부의 결합에서 쓰는 것이 더욱 적절한 뜨거운 액체를 질질 흘려 대는 것 같았다.

그러고 나서 그는 다시 현관 홀로 뛰어와 가슴 주머니에서 나무 성냥 한 개비를 꺼내 청바지 지퍼에다 그은 다음, 그 성냥을 흠뻑 젖은 찬송가 책 더미 위로 내던지니, 단번에 성공하여 화르륵! 이튿날 그는 까맣게 타서 뼈대만 남은 채 연기를 뿜어 대는 감리교회 앞을 지나 북부 인디애나 교도소로 실려 가고 있었다.

칼리 예이츠가 스크루바두바 건너편의 가로등에 기대서서 럭키스트라이크 한 개비를 입가에 꼬나물고 그의 고별사, 그의 최종 평가, 그의 '잘됐다 잘 가라' 인사를 소리쳐 외쳤다.

"야, 쓰레기통. 왜 교회에 불지를 생각을 했어? 차라리 학교에 불을 지르지?"

소년 교도소에 갔을 때 그는 열일곱 살이었고, 열여덟 살로 접어들자 사람들은 그를 주립 교도소로 보냈고, 거기서 얼마나 오래 있었더라? 그걸 누가 알겠는가? 쓰레기통맨은 몰랐다. 그것은 확실했다. 감옥에 있는 누구도 그가 감리교회를 불살라 버린 것에 신경 쓰지 않았다. 감옥에 있는 사람 중엔 더욱 나쁜 짓을 저질렀던 사람도 있었다. 살인. 강간. 나이 든 도서관 사서 여자의 머리를 깨서 열어 보기. 재소자 중 일부는 그에게 어떤 일을 하길 원했고, 또 다른 일부는 그가 그들에게 어떤 일을 해 주길 원했다. 그는 꺼림칙하게 여기지 않았다. 그런 일은 조명등이 다 꺼진 다음에 일어났다. 머리가 벗겨진 어떤 남자는 자기가 그를 사랑한다고 말했다.

"너를 사랑한다, 도널드."

그리고 그것은 돌멩이를 피하는 것보단 훨씬 나았다. 이따금 그는 그저 여기서 영원히 살 수 있었으면 좋겠다고 생각하곤 했다. 그러나 이따금 밤이 되면 치어리 석유 탱크 꿈을 꾸곤 했다. 그 꿈속에선 한 번의 천둥 같은 폭발에 이어 나머지 두 번의 폭발이 잇따랐는데, 그 소리는 쿠쾅!…… 쿠쾅! 쿠쾅! 거대하고 묵직한 폭발이 훤한 대낮 같은 빛살 속을 뒤흔들었으며, 망치로 때려 얇은 동판의 모양새를 만들어 내듯 폭발이 빛살의 모양새를 만들어 냈다. 마을의 사람들 모두 하던 일을 멈추고 북쪽을, 개리가 있는 쪽을, 하얗게 칠해진 초거대 양철 깡통처럼 석유 탱크 세 개가 하늘에 맞서 서 있는 쪽을 바라볼 것이다. 칼리 예이츠는 2년 동안 굴러다닌 플리머스 자동차를 아기 딸린 젊은 부부한테 팔려고 안간힘을 쓰다가 손님한테 떨던 아양을 멈추고 바라볼 것이다. 오툴 술집과 구멍가게에 있는 게으름뱅이들도 마시던 맥주와 초콜릿 우유를 그냥 놔둔 채, 바깥으로 모여들 것이다. 카페에선 그의 어머니가 금전 등록기 앞에서 멈출 것이다. 스쿠루바두바 세차장에 새로 들어온 소년이 비누칠하던 전조등에서 몸을 똑바로 세우면서, 손에는 여전히 스펀지 장갑을 낀 채로, 거대하고도 불길한 소리가 얇은 동판 같던 그날의 일상을 강하게 후려쳐 버리는 북쪽을 바라볼 것이다. 쿠콰광! 그것이 그의 꿈이었다.

그는 교도소에서 모든 면에서 모범수가 되었다. 이상한 병이 돌았을 때 사람들은 그를 의무실로 보냈으며 며칠 전부터는 아픈 사람이 아예 없었는데 병에 걸린 모든 이들이 다 죽어 버렸기 때문이었다. 모두 죽거나 달아났다. 제이슨 드빈스라는 젊은 경비원이 교도소 세탁 트럭 운전석에 앉아 총으로 자살한 것만 빼면.

당시 그가 달리 어디 갈 데가 있었겠는가, 고향집 말고?

산들바람이 뺨을 부드럽게 만지다 잦아들었다.

그는 또 성냥에 불을 붙여 떨어뜨렸다. 그것이 작은 휘발유 웅덩이에 착륙하자 휘발유가 불이 붙었다. 불꽃이 파랬다. 불꽃은 우아하게 퍼져 나가 가운데 놓인 불탄 성냥 개비와 함께 둥글게 불의 고리를 만들어 갔다. 한동안 지켜보던 쓰레기통은 황홀함에 몸이 굳어 버렸고, 그런 다음 저장 탱크 둘레를 빙빙 돌아 바닥으로 내려가는 계단 쪽으로 황급히 걸음을 옮기며, 어깨 너머로 뒤돌아보았다. 펌프 기계가 이제는 고열의 아지랑이에 가로막혀 신기루처럼 이리저리 너울거리는 모습이 보였다. 푸른 불꽃들이, 높이가 겨우 5센티미터 정도인 불꽃들이 기계를 향해, 줄줄 새는 파이프를 향해 점차 넓어지는 반원을 그리며 퍼져 나갔다. 벌레의 몸부림이 끝장났다. 그것은 그저 까만 숯덩이에 지나지 않았다.

'나를 직접 저런 꼴로 만들 수도 있어.'

그러나 그는 그런 것을 원하는 것 같진 않았다. 막연하게나마 이제 인생에 또 다른 목표가, 매우 웅장하고 장엄한 무언가가 있는 것만 같았다. 그래서 그는 공포의 손길을 느꼈고, 계단을 뛰쳐 내려가기 시작했으며, 신발 소리를 울리며 경사가 가파른 녹슨 난간 위로 재빠르게 손을 훑어 내렸다.

아래로 더 아래로 빙글빙글 돌아 내려가며 휘발유가 흘러넘치는 파이프의 주둥아리 근처에 떠돌고 있는 증기에 불이 붙으려면 얼마나 오래 걸릴지, 그렇게 점화시킬 정도로 엄청난 열기가 파이프의 목구멍 속을 뛰쳐 내려가 저장 탱크의 뱃속에 도달하려면 얼마나 오래 걸릴지 그는 궁금해했다.

이마의 머리칼이 뒤로 휘날리고, 겁에 질린 미소가 얼굴에 떡하니 붙은 채 바람이 귓속에서 울부짖는 가운데, 그는 뛰쳐 내려갔다. 반쯤 내려온 그는 '치어' 라고 적힌 글자들을 지나쳐 달렸는데, 그 글자들은 높이가 5미터에다 저장 탱크의 흰색과 대비되는 연두색이었다. 아래로 더 아래로, 그런데 만일 날아가듯 분주한 그의 발이 꼬이거나 무언가에 걸린다면 그는 석유통이 굴러 떨어졌듯이 굴러 떨어져 썩은 나뭇가지처럼 뼈가 부러졌을 것이다.

땅바닥이 더욱 가까워졌다. 저장 탱크 주위엔 하얗고 둥근 자갈밭, 자갈밭 너머엔 녹색 풀밭이었다. 주차장에 있는 차들이 다시 정상적인 크기로 보이기 시작했다. 그러나 여전히 그는 꿈속에서 둥실 두둥실 떠다니는 것 같았고, 땅바닥엔 절대로 닿지 못하고, 아무리 달리고 또 달려 봤자 아무 데도 갈 수 없을 것 같았다. 그는 폭탄 곁에 있었고 도화선에 불이 붙었다.

갑자기 저 멀리 머리 위에서 10센티미터짜리 7월 4일 독립기념일 폭죽이 터지는 것 같은 쾅 소리가 들려왔다. 어렴풋이 철커덩 소리가 났고, 그러고 나서 무엇인가가 그의 곁으로 휙휙 날아들었다. 그것은 흘러넘치던 파이프의 파편이었고, 그는 강렬하면서도 흡족하기까지 한 두려움에 젖어 파편을 보았다. 그것은 고열로 말미암아 전혀 새롭고 짜릿하리만큼 뒤죽박죽된 모양으로 완전히 까맣게 찌그러졌다.

그는 한 손으로 난간을 짚고 훌쩍 뛰어넘다가 손목에서 뚝 소리가 나는 것을 들었다. 기분 나쁜 통증이 팔로 기어올라 팔꿈치까지 흘렀다. 그는 마지막 남은 7미터 50센티미터의 높이에서 뛰어내려 자갈밭에 떨어졌고 큰대 자로 뻗었다. 자갈이 팔뚝 살갗을 후벼 팠지만, 거의 느끼지 못했다. 그는 신음하고 히죽거리며 광란에 빠졌고, 그날은 너무도 눈부신 것 같았다.

쓰레기통맨이 허둥지둥 몸을 일으켜 목을 길게 빼고 뒤를 보았고, 다시 달리기 시작하면서도 위를 쳐다보았다. 가운데 저장 탱크의 꼭대기에 노란 머리칼이 자라나는가 싶더니 놀라운 속도로 계속 자랐다. 저장 탱크 전체가 언제라도 터질 수 있었다.

그는 부러진 손목 때문에 오른손을 덜렁거리며 달렸다. 주차장 경계석 위를 뛰어넘었고, 발이 아스팔트 위를 찼다. 이제 그는 발에 자신의 그림자를 질질 끌면서 주차장을 가로질렀고, 이제 그는 드넓게 자갈이 깔린 진입로를 쭉 내달리고 있었고 반쯤 열린 출입구 사이로 뚫고 나와 130번 고속도로로 돌아오고 있었다. 고속도로를 가로지른 다음 곧장 내달려 건너편에 있는 배수로 속으로 몸을 던진 그는 죽은 나뭇잎과 축축한 이끼가 쌓인 부드러운 퇴적물 위로 떨어지며 두 팔로 머리를 감쌌다. 잭나이프가 찔러 대듯 숨이 폐를 들락날락하며 할퀴었다.

석유 탱크가 터졌다. '쿠콰쾅!' 이 아니라 '퍼억펑!' 하는 매우 거대하고도 매우 짧고 거친 소리가 들렸고, 그는 공기의 진동이 마구 변하는 동안 실제로 고막이 안으로 눌리고 눈알이 밖으로 밀리는 것을 느꼈다. 두 번째 폭발이 이어지더니 세 번째 폭발도 일어났고, 쓰레기통은 죽은 나뭇잎들 위에서 몸서리치고 히죽거리고 소리 없이 비명을 질렀다. 일어나 앉아 양손으로 귀를 막고 있는 그를 갑작스러운 바람이 강타하며 한낱 휴지 조각인 양, 엄청난 힘으로 바닥에 내동댕이쳤다.

뒤에 있던 어린나무들이 뒤쪽으로 휘청거리고 나무 이파리들이 맹렬하게 날갯짓하는 소리를 내는 것이 꼭 바람 많은 날 중고차 야외 판매장에 내걸린 오색 깃발들 같았다. 어린나무 한두 그루가 자그맣게 우지직거리며 툭 부러지는 게, 마치 누가 과녁을 향해 사격 중인 것 같았다. 불타는 저장 탱크 파편들이 도로 반대편에 떨어지기 시작했고, 일부는 실제로 도로 위에도 떨어졌다. 파편들이 철커덩 소리를 내며 지면과 충돌했고, 석유가 새는 파이프였다가 지금은 찌그러지고 새까맣게 탄 쇳덩어리들 중 일부에는 아직도 리벳 못이 달려 있었다.

퍼엉 쿠콰콰쾅!

다시 일어나 앉은 쓰레기통은 치어리 석유 회사 주차장 너머로 불타는 거대한 나무를 보았다. 검은 연기가 불타는 나무 꼭대기에서 굽이치며 바람이 훼방을 놓아 떠내려 보내기 전까지는 놀랄 만큼 높이 곧장 솟아오르고 있었다. 눈을 거의 감았다 싶게 실눈을 뜨지 않고서는 그 광경을 바라볼 수가 없었고 이제는 복사열이 도로를 넘어와 피부를 팽팽하게 조이며 반들반들하게 느껴지도록 그를 태우고 있었다. 그의 눈이 괴롭다는 표시로 눈물을 쏟아냈다. 불타는 쇳덩어리 하나가 또, 이번엔 넓은 쪽이 2미터가 넘고 다이아몬드처럼 생긴 것이 하늘에서 추락해 그의 5미터 왼쪽에 있는 배수로에 떨어졌고, 축축한 이끼 위에 덮인 마른 나뭇잎들이 눈 깜짝할 사이에 불타올랐다.

퍼억 쿠콰콰앙 펑!

만일 그가 여기 그대로 머물렀다면 자연 발화되어 넘실거리는 불길 속에 타 죽었을 것이다. 그는 서둘러 일어나 개리 방향으로 난 고속도로의 갓길을 따라 달리기 시작했는데, 호흡이 폐 속에서 점점 뜨겁게 더 뜨겁게 변하고 있었다. 공기에서 중금속 같은 맛이 났다. 이윽고 그는 불이라도 붙었는지 알아보려고 머리를 매만지기 시작했다. 달착지근한 휘발유 악취가 공기 속을 가득 메워, 그를 뒤덮는 것 같았다. 뜨거운 바람이 그의 옷을 잡아 뜯었다. 전자레인지에서 무언가가 빠져나오려는 것 같은 기분을 느꼈다. 눈에서 눈물이 쏟아지는 바람에 도로가 두 개로 겹쳐 보이더니 세 개로 겹쳐 보였다.

기침을 토하듯 또 다른 포효 소리가 진동하자 솟구친 공기 압력이 치어리 석유 회사 사무실 건물의 내부를 파괴해 버렸다. 칼날 같은 유리 파편들이 공기를 가르며 말 울음소리를 냈다. 콘크리트와 석탄재 블록 덩어리들이 하늘에서 비 오듯 내리며 도로 위로 쏟아졌다. 25센트 동전 크기에 마르스 초코바 두께만 한 쇳조각이 쌩하니 날아들어 쓰레기통의 셔츠 소매를 베어 내고 살갗에 작은 생채기를 냈다. 그의 머리를 구아바 젤리 병 정도로 보이게 할 만큼 큰 쇳조각이 발 앞에 충돌했다가 튕겨 나가면서, 큼지막한 구덩이를 파 놓았다. 그는 죽음의 파편들이 쏟아지는 지역을 뒤로 한 채 계속 달렸다. 피가 머릿속에서 요동치는 게 마치 그의 뇌에

2번 저장 탱크의 들끓는 석유가 흩뿌려진 다음 불이 붙은 것만 같았다.

퍼엉쿠콰쾅!

또 다른 저장 탱크 하나에서 폭발이 일어나자 그의 앞에 있던 공기 저항이 사라지는가 싶더니 거대한 따뜻한 손이, 발꿈치부터 머리까지 그의 몸 전체 윤곽에 딱 들어맞는 손이 뒤에서 그를 힘껏 밀었다. 손은 발끝이 거의 땅에 닿지 않을 만큼 그를 앞으로 떼밀었고, 한껏 바람이 부는 상태에서 세상에서 가장 큰 연에 매달렸다가 나중에 바람이 어디론가 사라져 버려 속수무책으로 급강하하면서 추락하는 내내 비명을 질러 대는 지경이 될지라도, 지금은 날아라 날아라 인간 새야 하면서 하늘로 딸려 올라가기라도 하듯 쓰레기통맨의 얼굴엔 겁에 질려 바지에 오줌을 찔끔거릴 듯한 웃음이 배시시 감돌았다.

뒤편의 완벽한 연쇄 폭발로 말미암아 하나님의 탄약 저장고가 정의의 불길 속에 타올라 사탄의 폭풍 천국을 이루었으며, 사탄의 포병대장은 빰이 뻘겋게 벗겨졌는데도 미친 듯이 히죽거리는 바보 천치, 그 이름하여 쓰레기통맨이었으니, 다시는 도널드 머윈 엘버트의 신분으로 절대 돌아가지 못할 것이다.

덜덜덜 진동하는 주위 풍경. 도로 위에 널브러진 차들, 우편물이 들어 있음을 알리는 작은 깃발이 세워진 스트랭 씨의 파란 우편함, 네발을 위로 치켜들고 죽은 개, 옥수수밭에 늘어뜨려진 전력선.

이제 등 뒤의 손은 그를 그리 강하게 밀고 있지 않았다. 앞쪽에서 다시 저항이 느껴졌다. 쓰레기는 위험을 무릅쓰고 뒤를 힐끔거렸고, 석유 탱크들이 서 있던 작은 산이 불덩이가 된 것을 보았다. 모든 것이 불타고 있었다. 그곳에 있는 도로까지도 불길에 휩싸인 듯싶었고, 여름 나무들이 횃불처럼 불타오르는 것이 보였다.

그는 400미터쯤 더 달린 다음 숨을 몰아쉬고 헐떡거리며 비틀비틀 걸었다. 1킬로미터가량 더 가서 휴식을 취하며 뒤를 돌아다보고, 기분 좋은 탄내를 맡았다. 소방차와 소방관들이 전혀 출동하지 않아 불은 바람이 이끄는 대로 어느 쪽으로든 옮겨 갈 것이다. 불은 몇 달 동안이나 계속될지도 몰랐다. 포탠빌 마을이 없어질 것이고, 남쪽으로 불길이 번져 나가 집과 마을과 농장과 농작물과 목초지와 숲을 계속 파괴할 것이다. 불은 테르 오트가 있는 남쪽 저 멀리까지 번질지도 몰랐고 그가 갇혀 지냈던 그 장소를 불살라 버릴지도 몰랐다. 그것은 더욱 멀리까지 번질지도 몰랐다! 사실은…….

그는 시선을 다시 북쪽으로, 개리가 있는 쪽으로 돌렸다. 그는 이제 그 도시를 볼 수 있었고, 어마어마한 공장 굴뚝들이 조용히 그리고 거리낌 없이 서 있는 모습이 연청색 칠판 위에 분필로 그려 놓은 것 같았다. 그 너머는 시카고였다. 얼마나 많은 석유 탱크가 있을까? 얼마나 많은 주유소가 있을까? 얼마나 많은 기차가 정류소에 조용히 서 있을까, 엘피 가스와 불에 잘 타는 비료를 가득 실은 채로? 얼마나 많은 빈민가가 있을까, 불쏘시개처럼 바싹 마른 채로? 개리와 시카고 너머엔 얼마나 많은 도시가 있을까?

불타기 딱 좋게 온 나라가 여름 태양 아래 무르익었다.

히죽거리면서, 쓰레기통맨은 일어나 걷기 시작했다. 그의 피부는 이미 바닷가재 익듯 빨게지고 있었다. 그는 알아차리지 못했지만, 그날 밤엔 화상 입은 피부 덕에 온갖 발광을 하며 잠을 이루지 못할 터였다. 그의 앞길에 더 크고 더 멋진 불 잔치들이 있었다. 그의 눈빛은 부드러웠고 기쁨에 겨웠고 극도로 흥분했다. 그것은 자신의 운명을 움직이는 어마어마한 중심축을 발견하고 그것에 손을 갖다 댄 사람의 눈빛이었다.

제35장

"나, 이 도시 밖으로 나가고 싶어."

리타가 뒤도 돌아보지 않고 말했다. 그녀는 아파트의 작은 발코니에 서 있었고, 이른 아침의 산들바람이 그녀가 입은 속 비치는 잠옷 가운을 미닫이문 사이로 날리고 있었다.

"알았어요."

래리가 말했다. 그는 탁자 앞에 앉아 계란 프라이 샌드위치를 먹고 있었다.

돌아보는 그녀의 얼굴이 수척했다. 공원에서 만났던 날 우아한 40대 여성으로 보였던 리타는 이제 60대 초반과 후반을 가르는 연령의 칼날 위에서 춤추는 여자처럼 보였다. 손가락 사이에 끼워져 있던 담배의 끄트머리가 흔들려 연기가 흐트러지는 순간, 그녀는 담배를 입술에 갖다 대 빨지도 않고 숨을 훅 불어 냈다.

"정말이야, 나 진지하다고."

래리가 냅킨으로 입을 닦았다.

"나도 알아요. 그리고 무슨 말씀인 줄도 알고요. 우린 떠나야 해요."

리타의 안면 근육이 안도감 같은 것으로 가라앉자 거의 무의식적인 혐오감을 상당히(하지만 아주 심하게는 아니고) 느끼며 래리는 그 모습이 그녀를 더욱 늙어 보이게 한다고 생각했다.

"언제?"

"오늘 당장에라도 괜찮겠죠?"

"넌 참 근사한 애야. 커피 더 줄까?"

"알아서 갖다 먹을래요."

"말도 안 돼. 넌 그냥 자리에 앉아만 있어. 난 늘 남편한테 두 번째 잔을 갖다 주는 게 습관이었거든. 남편이 그걸 원했어. 비록 아침 식사 시간에 남편 머리털 외엔 전혀 보지 못했지만. 그 사람의 나머지 모습은 《월스트리트 저널》이나 지겹도록 따분한 문학책 뒤에 가려 있었지. 아주 의미심장하거나 심오한 작품은 아니었지만, 명확하게 의미를 잉태한 것. 하인리히 뵐. 카뮈. 밀턴, 어이구. 그에 비하면 너는 환영할 만한 변화야."

리타가 간이 부엌으로 가면서 어깨 너머로 돌아다보았다.

"하긴 네 얼굴을 신문 뒤에 가리는 건 애석한 일이지."

래리는 보일 듯 말 듯 웃음 지었다. 그녀의 재치는 오늘 아침에도 거칠 것이 없는 듯했다. 어제 오후 내내 그랬던 것과 마찬가지로. 그는 공원에서 그녀를 만났을 때, 자신이 그녀의 말을 당구대의 녹색 펠트 위에 아무렇게나 뿌려 놓은 다이아몬드 같다고 생각했음을 떠올렸다. 어제 오후부터는 거의 완벽한 인조 보석, 하지만 아무리 해도 결국은 인조 보석일 뿐인 지르콘 광석의 반짝거림에 더 가까운 것처럼 여겨졌다.

"자, 여기 있어."

리타가 와서 잔을 내려놓았고, 여전히 떨고 있던 그녀의 손이 뜨거운 커피를 래리의 팔뚝에 엎질렀다. 아픔을 느낀 그는 고양이가 소스라치듯 숨을 들이켜며 황급히 뒤로 물러났다.

"어머, 미안해……."

그녀의 얼굴에 놀라는 것 이상의 표정, 거의 극도의 공포라 할 만한 표정이 나타났다.

"괜찮아요……."

"아냐, 내가 당장…… 차가운 행주를…… 괜찮아, 그냥 앉아 있어…… 꼴사납게…… 내가 멍청해서……."

왈칵 눈물을 터뜨리며 꺼이꺼이 쉰 목소리로 울어 대는 그녀의 모습은 마치 그에게 가벼운 화상을 입힌 게 아니라 친한 친구의 참혹한 죽음을 목격한 것 같았다.

래리는 일어나 그녀를 붙잡았고, 기다렸다는 듯 그녀가 와락 껴안았지만 별로 개의치 않았다. 그녀의 포옹은 죽기 살기로 매달리는 꽉 움켜잡기에 가까웠다. '범우주적인 꽉 붙잡기, 래리 언더우드의 새로운 앨범 제목이라네.' 그는 언짢은 기분으로 생각했다. '아 씨발. 이건 좋은 남자가 아냐. 지겹게도 또 시작이구나.'

"미안해, 난 내 문제가 뭔지 잘 모르겠어. 결코 이런 적이 없었는데. 정말 미안해……."

"괜찮아요, 별일 아닌데요 뭐."

래리는 무의식적으로 리타를 계속 달래며 그녀가 욕실에서 정성 들여 시간을 보냈다면 훨씬 더 멋져 보였을 희끗희끗한 머릿결을(솔직히 말하면 그녀의 모든 것이 더 나아 보였을 것이다.) 손으로 쓰다듬었다.

물론 래리는 골칫거리가 무엇인지 알았다. 그것은 개인적인 부분인 동시에 그렇지 않은 부분이기도 했다. 그것이 그에게도 영향을 끼쳤지만, 그리 갑작스럽거나 심각한 것은 아니었다. 그녀와 함께 한 지난 20여 시간 동안 래리는 내면의 수정 구슬이 산산이 부서진 듯했다.

개인적이지 않은 부분에서 판단해 보면 원인은 냄새였다. 냄새가 바로 지금 서늘한 이른 아침의 산들바람에 실려 아파트 거실과 발코니 사이로 열린 틈을 통해 들어오고 있었는데, 만일 오늘 낮이 사나흘 전과 비슷하다면 그 산들바람은 나중에 움직임이 없는 눅눅한 열기에 자리를 내주고 말 것이다. 그 냄새의 적나라한 진실을 정확히 정의하자면 아무래도 고통을 감수할 수밖에 없었다. 곰팡이 핀 오렌지나 상한 생선이나 객차의 창문이 열렸을 때 이따금 지하철 터널 안에서 풍기는 냄새와 비슷하다고 말할 수는 있었다. 하지만 그 어느 것도 정확히 들어맞는 표현은 아니었다. 닫힌 문 뒤에서 사람들 수천 명이 썩어 가는, 고온에서 부패하고 있는 냄새라고 해야 제대로 된 표현이겠지만, 그렇게까지는 말하고 싶지 않은 것이 인지상정이었다.

맨해튼에는 아직 전기가 들어왔지만, 래리는 그런 상황이 더 오래갈 것이라고 생각하지 않았다. 다른 지역은 대부분 이미 전기가 끊어져 버렸다. 어젯밤 리타가 잠들고 나서 그는 발코니에 서 있었는데, 그처럼 높은 곳에서는 브루클린 지역 절반 이상과 퀸스 지역 전체에 불이 나간 것을 볼 수 있었다. 110번가를 가로질러 맨해튼 섬까지 이르는 길은 완전히 까만 고립 지대가 되었다. 나머지 지역들을 바라보니 유니언시티와 (아마도) 베이욘에선 아직 밝은 불빛이 보였지만, 이와 달리 뉴저지는 새까맸다.

새까맣다는 것은 전기가 끊어졌다는 것 이상을 의미했다. 여러 가지 의미 중에서도 그것은 에어컨이, 만성적으로 난잡하게 확산된 이 특이한 도시 지역에서 6월 중순 이후에도 살아가기가 가능하게 해 주었던 현대 문명의 이기가 끊어졌다는 의미였다. 이는 곧 자신들의 아파트와 건물 속에서 조용히 죽어 갔던 모든 사람들이 이제 찜통 속에서 썩어 가고 있다는 뜻이었고, 이 생각을 할 때마다 그의 마음은 1번 횡단로에 있는 공중변소에서 보았던 그 물체로 되돌아갔다. 래리는 그것이 나오는 꿈을 꿔 왔고, 꿈 속에서 까맣고 달콤한 진수성찬이 살아나 그에게 손짓했다.

한 가지 더욱 개인적인 관점에서 보면, 어제 그들이 공원을 걸어 내려갔을 때 발견한 것 때문에 리타가 괴로워한다고 판단할 수 있었다. 그 공원을 출발할 때 그녀는 웃고 수다를 떨고 명랑했지만, 아파트로 돌아오면서 늙기 시작했다.

괴물 외침꾼이 길에서 자기 피로 얼룩진 커다란 웅덩이 속에 잠겨 쓰러져 있었던 것이다. 뻣뻣하게 쭉 뻗은 그의 왼손 옆으로 양쪽 렌즈가 박살 난 안경이 놓여 있었다. 역시나 어떤 괴물이 돌아다니고 있었던 것이다, 분명히. 그 남자는 여러 차례 칼에 찔렸다. 속이 메스꺼워진 래리의 눈에는 그 남자가 인간 바늘방석처럼 보였다.

리타는 비명을 지르고 또 질러 댔으며, 마침내 히스테리가 잠잠해지자 그 남자를 묻어 주자고 고집했다. 그래서 그들은 그렇게 했다. 그러고는 아파트로 돌아오면서, 그녀는 래리가 오늘 아침에 발견한 여자로 변해 버렸다.

“괜찮다니까. 그냥 조금 덴 것뿐인데. 살갗이 별로 빨개지지도 않았잖아요.”

“언구엔틴 연고 갖고 올게. 약품 보관함 속에 있어.”

리타가 움직이자 래리는 그녀의 어깨를 단단히 잡아 앉혔다. 그녀가 밑이 거무스름한 눈으로 그를 올려다보았다.

“누님이 해야 할 일은 식사예요. 스크램블 에그, 토스트, 커피. 그런 다음에 지도를 몇 개 구해서 맨해튼을 떠나는 가장 좋은 길이 뭔지 알아보는 거죠. 누님도 알다시피, 우린 걸어서 가야 할 테니까.”

“그래…… 그래야겠지.”

래리는 간이 부엌으로 향하며, 그녀의 눈 속에 담긴 무언의 호소와 마주치길 더는 원치 않았고, 냉장고에서 마지막 남은 계란 두 개를 꺼냈다. 대접에 계란을 깨 넣은 다음 껍질을 쓰레기 분쇄기 속에 던지고 계란을 휘젓기 시작했다.

“어디로 가고 싶어요?”

“뭐? 글쎄…….”

“어느 쪽?”

래리가 약간 조바심을 내며 말했다. 그는 계란에 우유를 붓고 나서 프라이팬을 가스레인지 위에 올려놓았다.

“북쪽? 뉴잉글랜드가 그쪽이죠. 남쪽? 사실 남쪽에 대해선 잘 몰라요. 우리가 갈 수 있는……”

목이 메는 흐느낌. 돌아선 그는 리타가 자신을 바라보며 양손을 무릎 위에서 꼼지락대고, 눈을 반짝거리는 것을 보았다. 그녀는 혼자서 진정하려 애쓰고 있었지만 소용이 없었다.

"무슨 일이에요?"

그가 다가서며 물었다.

"왜 그래요?"

"도저히 못 먹을 것 같아."

그녀가 흐느꼈다.

"내가 식사하기를 바란다는 건 아는데…… 노력해 볼게…… 하지만 냄새가……."

래리는 거실을 가로질러 가서 스테인리스스틸 홈을 따라 유리문을 드르륵 움직여 닫고, 걸쇠를 단단히 걸었다.

"봐요."

그가 기분 좋게 말했다. 그녀가 귀찮아졌다는 감정이 드러나지 않길 희망하며.

"좀 낫죠?"

"그래. 훨씬 낫네. 이젠 먹을 수 있겠어."

그녀가 힘차게 말했다.

래리는 간이 부엌으로 돌아가 거품이 일기 시작한 계란을 휘저었다. 주방 서랍 속에 있는 강판에다 미국산 체더치즈 덩어리를 갈아 작은 무더기를 만들어 계란에 뿌려 넣었다. 그의 뒤편에서 리타가 움직이는가 싶더니 잠시 후 래리의 취향에는 너무 가볍고 간드러진 드뷔시의 음악이 아파트를 가득 채웠다. 그는 가벼운 클래식 음악 따위는 신경 쓰지 않았다. 만약 클래식으로 폼을 잡고

자 한다면, 철저하게 심취해서 나만의 베토벤이나 나만의 바그너나 좌우간 그런 식으로 나만의 음악가를 모셔 두고 있어야 하는 법이었다. '왜 그 지랄을 떨어?'

생계를 위해 무슨 일을 했느냐고 리타가 지나가는 말로 물은 적이 있었다…… 지나가는 말로. 래리는 짐짓 분개하며 곰곰이 생각했다. '생계'와 같은 아주 사소한 일로는 절대 곤란을 겪어 본 적이 없는 인간에 관하여.

"로큰롤 가수였어요."

그는 과거 시제의 말이 어찌나 아무렇지도 않던지 약간 놀랐다.

"한동안은 이 밴드랑 노래하고, 그러고는 다른 밴드랑도 하고. 가끔은 스튜디오에서 연주도 해 줬고요."

리타는 고개를 끄덕였고 그걸로 얘기는 끝났다. 그는 「베이비, 당신의 남자를 믿나요?」에 관해 그녀한테 말해 주고픈 욕구가 없었다. 그것은 이제 과거였다. 저번 인생과 이번 인생 사이의 간격이 아직도 제대로 파악 못 할 정도로 너무나 거대했다. 저번 인생에서 그는 코카인 장사꾼한테서 도망 다니고 있었다. 이번 인생에서 그는 센트럴 파크에 있는 한 남자를 묻을 수 있었고 그것을 당연한(어느 정도는) 일로 받아들일 수 있었다.

래리는 계란을 접시에 담아 리타의 취향대로 크림과 설탕을 듬뿍 넣은 인스턴트커피 한 잔을 추가하여(래리 자신은 트럭 운전사의 신조에 찬성하는 입장이었다. "원하는 게 크림과 설탕 범벅 한 잔이라면, 뭣 땜에 커피는 찾아 대고그려?") 식탁에 가져왔다. 그녀는 방석에 앉아 팔짱을 끼고 스테레오 오디오를 향해 있었다. 드뷔시의 음악이 녹아 버린 버터처럼 느끼하게 스피커에서 스며 나왔다.

"수프 왔습니다."

리타는 맥없는 웃음을 띠고 식탁으로 와서 육상 선수가 죽 늘어선 허들 장애물을 바라보듯 계란 요리를 보더니 먹기 시작했다.

"좋아. 네 말이 옳았어. 고마워."

"천만에 만만에요. 저기 있잖아요, 내 생각은 이래요. 일단 5번가를 내려가 39번가로 가서 서쪽으로 방향을 트는 거예요. 링컨 터널로 뉴저지를 건너는 거죠. 북서쪽 495번 길을 따라 파사이크로 갈 수도 있고요, 그리고…… 계란 어때요? 맛이 이상하진 않아요?"

그녀가 웃음 지었다.

"맛 좋아."

그녀는 포크로 계란을 더 떠서 입에 넣었고, 이어 커피 한 모금을 마셨다.

"딱 내가 원하던 거였어. 계속 얘기해. 듣고 있으니까."

"파사이크부터는 차를 운전할 수 있을 만큼 도로가 훤히 트일 때까지 서쪽으로 그냥 뚜벅뚜벅 걷는 거예요. 그러고 나서 북동쪽으로 방향을 바꿔 뉴잉글랜드로 향할 수도 있겠죠. 단추 갈고리로 단추 빼듯 쑥 들어갔다 나오는 식이라고요. 내 말 알아듣겠어요? 상당히 먼 길로 여겨지겠지만, 결국은 수많은 혼란을 덜어 주는 방법이 될 거예요. 아니면 메인 주의 해변에 집을 한 채 얻죠. 키터리, 요크, 웰스, 오군킷, 어쩌면 스카보로나 부스베이 하버에다. 어때요?"

창문 밖을 내다보며 상념에 잠겨 말하던 래리가 리타를 돌아다보았다. 그는 소스라치며 놀랐다. 그녀는 미쳐 버린 듯한 모습이었다. 웃고 있었지만, 고통과 공포로 입이 벌어져 있었다. 큰 땀방울이 송골송골 얼굴 위에 돋았다.

"리타 누님? 맙소사, 누님, 무슨……"

"……미안……."

그녀가 의자를 뒤집어엎으며 황급히 일어서서 거실을 쏜살같이 가로질렀다. 그녀가 앉았던 방석이 한쪽 발에 걸려 초대형 체크무늬 판처럼 옆으로 굴러 갔다. 하마터면 엎어질 뻔했다.

"리타 누님?"

그녀가 화장실로 들어가자 래리는 먹었던 아침 식사가 올라와 공장 기계같이 꺽꺽거리는 소리를 들을 수 있었다. 그는 짜증이나 손으로 식탁을 내리치고 자리에서 일어나 그녀를 따라 화장실 안으로 들어갔다. 젠장, 그는 사람들이 토하는 것이 그렇게도 싫었다. 언제나 지켜보는 사람까지 토할 것 같은 기분이 들게끔 했다. 화장실 안에서 덜 소화된 체더치즈 냄새가 풍겨 그는 구역질이 날 것 같았다. 리타는 개똥지빠귀 새알의 색깔 같은 파란 바닥 타일에 다리를 포개고 앉아 머리를 좌변기 위에 힘없이 늘어뜨리고 있었다.

화장지로 입을 닦고 애원하듯 그를 올려다보는 얼굴은 종잇장처럼 핏기가 없었다.

"미안해. 식사를 할 수 있는 상태가 아니었어, 래리. 정말이야. 너무 미안해."

"이런, 먹으면 그렇게 될 줄 미리 알았다면, 왜 먹으려고 들었던 거예요?"

"네가 그러길 바랐으니까. 그리고 네가 나한테 화 내는 걸 원치 않았어. 화났구나, 그런 거지? 나한테 화난 거야."

래리의 마음이 어젯밤으로 되돌아갔다. 리타는 대단히 격정적으로 그와 사랑을 나누었으며, 처음으로 그는 그녀의 나이에 대해 생각하고 있는 자신을 발견하고 약간 정떨어지는 기분을 느꼈다. 운동 기계에 붙들려 있는 것 같은 기분이었다. 그는 급히 사정을 했고 거의 자기 방어를 한다 싶을 만큼 서둘렀지만 그녀는 한참 뒤에야 물러나면서 숨을 씩씩거리며 아쉬워했다. 나중에 그가 막 잠이 들려고 하는 순간 그녀가 그에게 가까이 붙었고 또다시 그는 그녀의 향주머니 냄새를 맡을 수 있었는데, 그것은 그의 어머니가 아들과 영화 보러 외출할 때면 늘 풍기고 다녔던 향내보다 더한층 고급스러웠다. 리타는 그가 갑작스럽게 잠을 떨치고 그후 2시간 동안 깨어 있게 만들었던 말을 속삭였다.

"넌 나를 떠나지 않을 거지, 그럴 거지? 나만 혼자 남겨 두고 떠나지 않을 거지?"

그 전에도 그녀는 침대에서 그가 할 말을 잃을 만큼 아주 능숙한 모습을 보였다. 그들이 만났던 날 점심을 같이 먹고 나서 그녀는 그를 이곳으로 데려왔고, 그다음에는 너무도 자연스럽게 일이 진행되었다. 그가 그녀의 유방이 얼마나 처졌는지 보았을 때, 그리고 파란 핏줄이 얼마나 눈에 거슬리게 도드라졌는지 보았을 때(그것을 보니 지렁이 떼처럼 부어올랐던 어머니 다리의 핏줄이 생각났다.) 순간적으로 역겨운 감정이 치밀었지만, 그녀의 다리가 올라오며 허벅지가 놀라운 힘으로 엉덩이를 짓누르자 그는 언짢은 감정을 모두 잊었다.

"천천히 해요. 나중 된 자들이 먼저 되고 먼저 된 자들이 나중

되리라."

리타가 웃었다.

래리가 폭발하기 직전에 다다랐을 때 리타는 갑자기 그를 밀치고 담배를 집어 들었다.

"느닷없이 뭐 하시는 거예요?"

그가 놀라서 묻는 동안 그의 똘똘이는 분노하듯 허공에서 까딱거리며 눈에 띄게 방망이질 쳤다.

그녀가 미소 지었다.

"당신은 손이 비잖아, 안 그래? 나도 마찬가지고."

그래서 그들은 섹스를 하면서 담배를 피웠고, 그녀는 온갖 것들에 관하여 잡담을 했다. 비록 그녀의 볼에 발그레한 빛이 돌고 잠시 후 호흡이 짧아지자 그녀가 말한 것은 흐지부지해져 잊혀 버리고 말았지만.

"지금이야."

그녀가 자신과 래리의 담배를 모두 비벼 껐다.

"당신이 시작한 일을 제대로 마무리 지을 수 있는지 어떤지 한번 보자고. 만약 능력 부족이면 내가 갈가리 찢어발길 테야."

래리는 마무리 지었다. 둘 다 상당히 만족할 정도로. 그리고 그들은 잠에 빠져 들었다. 그는 4시가 좀 지나서 깨어나 그녀가 잠자는 모습을 지켜보며, 역시나 경험이 중요하다는 말에는 일리가 있다고 생각했다. 그는 지난 10여 년간 수없이 오입을 하고 다녔지만, 예전에 했던 짓은 오입 깨나 했다고 말하기조차 민망한 것이었다. 오입이란 것은 그런 것보다 훨씬 더 대단한 것이었던 것이다. 좀 퇴폐적이기는 해도.

'우와, 이 여자 남자 여럿 후렸겠는데.'

이 생각이 그를 다시 흥분시켰고, 그는 그녀를 깨웠다.

그리고 그렇게 쭉 지내다가 그들은 괴물 외침꾼 시체를 발견했고 어젯밤을 맞았다. 그전에도 래리를 신경 쓰게 하는 일이 여럿 있기는 했다. 하지만 그는 그런 것들을 받아넘겼다. 그럴듯하게 합리화했다. '딱 지금 이런 상황 말이야. 약간 사이코가 된 것 같긴 하지만, 뭐 손해 볼 건 없으니까.'

그저께 밤에 래리는 새벽 2시쯤 지나서 잠에서 깨 그녀가 화장실에서 유리잔에 물 채우는 소리를 들었다. 아마도 수면제를 한 번 더 먹으려고 하는 것 같았다. 그녀는 서부 해안 지역에선 "노란 재킷"으로 알려진 빨갛고 노랗고 커다란 젤라틴 캡슐이 있었다. 힘센 침착약. 슈퍼 독감이 생겨나기 오래전부터 그 약을 복용해 왔을 거라고 그는 확신했다.

게다가 리타는 아파트 안에서 래리를 이곳저곳 졸졸 따라다니기까지 했다. 심지어 그가 샤워를 하거나 용변을 보는 동안에도 화장실 문가에 서서 그에게 말을 걸었다. 그는 화장실에선 조용히 있기를 선호하는 사람이었지만, 어떤 사람들은 그게 아닌가 보다고 생각했다. 그런 일은 대개 어린 시절의 가정교육과 관련이 있는 문제였다. 그녀와 그 점에 관해 이야기해 볼 작정이었다. 언젠가는.

그런데 이젠…….

그녀를 등에 짊어지고 다녀야만 하는 것일까? 맙소사, 래리는 아니기를 바랐다. 리타는 그보단 더 힘이 넘치는 듯했다. 적어도 처음엔 그랬다. 그것이 바로 공원에서 만났던 날 그녀가 그에게 매우 강한 호감을 주었던 여러 이유 중 하나였다…… 사실은 가장 큰 이유였다. '화려해 보였던 광고 속에 진실은 없는 법이지.' 그는 씁쓸하게 생각했다. 자기 몸 하나 제대로 추스르기 힘든 때가 오면 도대체 어떻게 그가 그녀를 책임지리라 보장한단 말인가? 그는 음반으로 대박을 터뜨리고 나서 이를 매우 결정적으로 보여 준 전력이 있었다. 웨인 스투키 역시 주저하지 않고 그 점을 지적해 주었다.

"아니야. 화난 게 아니에요. 그저…… 누님도 알다시피, 저는 누님을 부리는 두목이 아니잖아요. 누님이 식사할 기분이 아니면, 그냥 그렇게 말하면 돼요."

"말했잖아…… 난 못 먹을 것 같다고 말……"

"좆도 그러셨지."

래리가 펄쩍 뛰며 딱딱거렸다.

리타가 고개를 숙여 두 손을 바라보자 그는 자기가 싫어할까 봐 흐느끼지 않으려고 발버둥치는 중이라는 것을 알았다. 한동안 그것이 어느 때보다 더욱 그를 화나게 해서 그는 거의 소리지를 뻔했다. '나는 당신 아버지도 당신 돈벌레 남편도 아냐! 난 당신을 책임지지 않을 거야! 당신은 나보다 서른 살이나 더 많잖아, 제기랄!' 그러자 그는 자기혐오라는 이름의 친숙한 파도가 밀려오는 것을 느꼈고 도대체 자신한테 무슨 문제가 있는 건지 몰라 어리둥절해졌다.

"미안해요. 내가 개념 없는 개자식이라서 그래요."

"아냐, 넌 그런 사람 아니야."

그녀가 말하며 코를 훌쩍거렸다.

"그건 그저…… 모든 게 나 때문에 시작된 거니까. 그건…… 어제, 공원에 있던 그 불쌍한 남자…… 난 생각했어. 누구 한 사람도 그 남자한테 그 짓을 저지른 범인을 붙잡아 감옥에 처넣으려고 하지 않겠구나. 범인은 계속해서 또 그런 짓을 아무렇지도 않게 저지르고 다니겠구나. 정글 속의 동물처럼. 그러고 나니까 모든 게 너무나 실감 나게 여겨졌어. 이해하는 거야, 래리? 내 말 알아들은 거야?"

리타가 눈물 젖은 시선을 그에게로 돌렸다.

"그래요."

말은 그렇게 했지만 래리는 여전히 그녀를 견디기가 힘들었고, 약간 경멸스럽기까지 했다. 실제로 그러했는데 어떻게 부인할 수가 있겠는가? 둘은 그러한 상황의 한복판에 있었고 이토록 막가는 지경까지 발전하는 과정을 쭉 지켜보았다. 래리의 어머니는 죽었다. 그는 어머니가 죽는 것까지 지켜보았는데, 리타는 이 상황에서 그보다 더 상처받기 쉬운 몸이시라고 유세를 떤단 말인가? 그는 어머니를 잃었고 리타는 메르세데스 벤츠를 선물해 주었던 남자를 잃었지만 어쨌든 자기 쪽 손실이 더 큰 것으로 여긴다 이거였다. 참 엿 같은 소리였다. 아주 엿 같았다.

"나한테 화 안 내도록 노력해 줘. 나도 더 나은 모습을 보여 줄게."

'나도 그러고 싶어. 나도 정말 정말 그러고 싶다고.'

"누님은 멋져요."

래리는 그녀가 일어서는 것을 도왔다.

"힘내세요. 네? 우린 할 일이 많아요. 준비됐어요?"

"그래."

말은 그렇게 했지만, 얼굴 표정은 그가 계란 요리를 건네주었던 때의 모습과 달라진 게 없었다.

"이 도시 밖으로 나가면, 누님 기분도 한결 나아질 거예요."

그녀가 래리를 뚫어져라 쳐다보았다.

"그럴까?"

"그럼요. 당연히 그럴 거예요."

래리가 진심으로 말했다.

그들은 최고급 상점가로 갔다.

맨해튼 스포츠용품점은 문이 잠겨 있었지만 래리가 길에서 발견한 긴 쇠 파이프로 진열창에 구멍을 냈다. 도난 경보기가 인적 없는 거리에 무의미하게 울려 퍼졌다. 그는 자기 것으로 커다란 배낭을 고르고 리타를 위해 더 작은 것을 골랐다. 그녀는 둘이 각자 갈아입을 옷 두 벌씩을 챙겨 놓았고(래리가 허락한 최대한의 수량이었다.), 그는 그 옷들을 칫솔과 함께 그녀가 벽장에서 찾아낸 팬암 항공 여행 가방 속에 담아 끌고 다니는 중이었다. 칫솔은 약간 우스꽝스러운 느낌이 들었다. 리타는 도보 여행을 위해 화려하게 차려입었다. 하얀 실크 바지와 민소매 블라우스로. 래리는 빛바랜 청바지와 소매를 접어 올린 흰 셔츠를 입었다.

그들은 배낭에다 냉동 건조식품만 채워 넣고 그 밖에 다른 것은 넣지 않았다. 옷을 포함한 다른 물건을 더 많이 챙겨 몸을 무겁게 하는 짓은 제정신 가진 사람이 할 짓이 아니라고 래리가 말했다.

강 건너편에 가면 원하는 것을 얼마든지 손에 넣을 수 있는 판국이니. 리타가 힘없이 동의하자, 별다른 관심을 내비치지 않는 그녀의 모습에 래리는 또다시 짜증이 났다.

마음속으로 자신과 짧은 토론을 거친 뒤, 래리는 30구경 탄환을 사용하는 30-30 소총 한 정과 탄약 200발을 짐에 추가했다. 그가 방아쇠울에서 뜯어내 아무렇게나 바닥에 던져 버린 그 아름다운 총의 가격표에는 450달러라고 찍혀 있었다.

"정말로 그게 필요할까?"

그녀가 근심스럽게 물었다. 그녀는 아직도 자기 지갑 속에 32구경 권총을 지니고 있었다.

"갖고 있는 편이 나을 거예요."

래리는 입 밖에 내진 않았지만 괴물 외침꾼의 처참한 종말에 대해서 생각했다.

"아."

리타가 작은 소리로 말하자 그는 눈치로 보아 그녀 역시 그것에 대해 생각하는 거라고 짐작했다.

"배낭이 너무 무겁진 않죠?"

"어, 그래. 안 무거워. 정말이야."

"뭐, 배낭이란 건 짊어지고 걷는 동안 점점 더 무거워지게 마련이에요. 누님은 그저 말씀만 하세요, 그럼 내가 한동안 메고 갈 테니까."

"끄떡없을 거야."

리타가 말하며 웃음 지었다. 다시 인도로 나오고 나서 그녀가 길 양쪽을 둘러보고 말했다.

"뉴욕을 떠나는 거구나."

"그래요."

리타가 그에게 시선을 돌렸다.

"난 기뻐. 기분이 꼭…… 어린 소녀 시절로 돌아간 것만 같아. 아버지라면 이렇게 말씀하셨겠지. '우리는 오늘 여행을 가는 거란다.' 그럴 때 기분이 어떤지 너도 기억하지?"

래리가 답례로 약간 웃으면서, 저녁이면 그의 어머니가 했을 말을 떠올렸다. '네가 보고 싶어 하던 서부영화가 크레스트 극장에서 하더구나, 래리. 클린트 이스트우드 영화. 어때, 생각 있니?'

"나도 또렷이 기억나는 것 같아요."

그녀가 발끝을 곧추세우고 어깨의 배낭을 약간 고쳐 멨다.

"긴 여행의 시작."

리타의 음성이 너무 조용해서 래리는 자기가 제대로 들었는지 확신하지 못했다.

"길은 하염없이 발길을 이끌고……."

"뭐라고요?"

"톨킨의 소설에 나오는 구절이야. 『반지의 제왕』. 난 늘 그 말을 모험으로 향하는 관문 같은 것으로 여겨 왔어."

"모험이야 적을수록 좋은 거죠."

래리는 그녀의 말이 무슨 뜻인지 알고픈 맘이 거의 없었다.

리타는 계속 거리를 바라보고 있었다. 이곳 교차로 인근은 드높은 돌벽과 쭉 늘어서서 햇살을 반사시키는 이중 판유리 사이로 좁은 협곡이 만들어졌는데 몇 킬로미터가 넘게 자동차로 꽉 막혀 있었다. 마치 모든 뉴욕 사람들이 동시에 길거리에다 주차하기로 작정해 버린 듯싶었다.

"나는 버뮤다에도 잉글랜드에도 자메이카에도 몬트리올에도 사이공에도 모스크바에도 가 봤어. 하지만 내가 어린 소녀였을 때 아버지가 베스 언니와 나를 동물원에 데리고 갔던 이후로는 진짜 여행을 해 본 적이 없지. 자, 떠나자고, 래리."

그것은 래리 언더우드가 절대 잊지 못할 도보 여행이었다. 그는 여행에 앞서 톨킨의 글을 인용한 리타가 그리 틀린 것은 아니었다고 생각했는데, 톨킨으로 말하자면 시간의 렌즈와 반은 미치고 반은 숭고한 심상의 렌즈를 통해 바라본 엘프와 엔트와 트롤과 오크가 살아가는 자기만의 신비로운 나라들을 지닌 사람이었다. 뉴욕에는 톨킨이 만들어 낸 생명체가 하나도 없었지만, 너무도 변해 버렸고 너무도 혼돈에 빠진 뉴욕을 환상의 세계와 결부하지 않고 생각하기란 불가능했다. 공원 밑으로 한때는 북적거리는 상업 지구였던 5번가와 동쪽 54번가 사이에 있는 가로등 기둥에 한 남자가 매달려 있었고, '약탈자' 라는 외마디 단어가 적힌 종이 카드가 목에 걸려 있었다. 어미 고양이가 새끼들과 함께 육각형 휴지통 꼭대기 위에 드러누워(그 휴지통에는 옆면에 금방 부착한 듯한 브로드웨이 쇼 광고지들이 붙어 있었다.), 새끼들한테 젖을 먹이고 오전 중반의 햇살을 즐기고 있었다. 여행용 손가방을 든 젊은 남자가 활짝 싱글거리며 그들에게 어슬렁어슬렁 다가오더니, 백만 달러를 줄 테니까 15분 동안 여자 좀 쓰게 해 달라고 래리한테 말했다. 아마도 백만 달러가 손가방 안에 있는 모양이었다. 래리는 메고 있던 소총을 풀고 그 남자한테 백만 달러의 용도는 딴 데 가서 알아보라고 말했다.

"알았어, 이 사람아. 총 부라리지 마. 뭔 소린지 알지? 그냥 좀 물어봤다고 사람을 욕할 순 없는 거잖아, 안 그래? 좋은 하루 보내. 기분 풀고."

그 남자를 만나고 나서 바로 뒤에 그들은 5번가와 동쪽 54번가가 접한 길모퉁이에 도착했다. 감정적이 되어 기분이 들뜬 리타는 그 남자를 존 베어스포드 팁튼이라고 부르길 고집했는데, 래리는 왜 그러는지 의미를 알 수 없는 이름이었다. (존 베어스포드 팁튼은 1950년대 텔레비전 쇼 「백만장자」에 등장하는 정체불명의 부자로서 사람들한테 100만 달러를 선물해 준다. 「백만장자」는 그렇게 돈을 받은 사람들의 생활을 보여 주어 인기를 누렸다.—옮긴이) 정오가 거의 다 되자 래리는 점심을 먹자고 했다. 모퉁이에 가공 식품 판매점이 있었지만, 문을 열어젖혔더니 썩은 고기 냄새가 밀려와 그녀를 뒷걸음치게 했다.

"식욕을 지키려면 저 안에 안 들어가는 게 좋겠어."

그녀가 변명조로 말했다.

래리는 안에 들어가 고기 가공 식품(살라미 소시지, 페페로니 소시지 따위 고기들)을 좀 찾아 볼까 고민해 보았으나, 네 블록 떨어진 곳에서 '존 베어스포드 팁튼'을 만나고 난 후였으므로 상점 안에 들어가 둘러보는 그 짧은 시간조차도 그녀를 혼자 놔두고 싶지 않았다. 그래서 그들은 서쪽으로 반 블록 떨어진 곳의 벤치에 앉아 말린 과일과 말린 베이컨 조각을 먹었다. 치즈를 얹은 리츠 크래커로 식사를 마무리하고 아이스커피가 든 물병을 주거니 받거니 했다.

"이번엔 진짜로 배고팠어."

그녀가 자랑스럽게 말했다.

래리는 기분이 조금은 누그러져서 웃음을 지어 보였다. 움직이고 있다는 것만으로도 호의적인 반응을 얻는 것, 좋은 일이었다. 뉴욕을 떠나면 기분이 한결 나아질 거라는 말은 당시엔 그저 어쩌다 나온 말이었다. 정작 자기 기분도 한껏 부풀어 올랐음을 깨달은 래리는 그 말이 사실이라고 여겼다. 뉴욕에 머물기란 죽은 자들이 아직 평화롭게 잠들지 못한 공동묘지에 있는 것과 같았다. 한시라도 빨리 밖으로 벗어날수록 신상에 더 좋을 것이다. 어쩌면 그녀는 공원에서 처음 만났던 날과 같은 모습으로 돌아갈 것이다. 그들은 지선 도로를 이용해 메인 주까지 가서 기막히게 호화로운 여름 별장들 중 하나를 골라잡아 거기서 살림을 차릴 것이다. 당장은 북쪽에, 9월이나 10월엔 남쪽에 살림을 차린다. 여름엔 부스베이 하버에다. 겨울엔 키 비스케인에다 차리는 것이다. 그러자 근사한 기분이 들었다. 그런 생각에 골몰하느라 그는 이제껏 고집스럽게 들고 다녔던 소총을 어깨에 메면서, 그녀가 아파서 찡그리는 것을 보지 못했다.

이제 서쪽으로 움직이는 그들 뒤쪽으로 그림자가 졌다. 처음엔 개구리처럼 땅딸막하던 그림자가 오후로 접어들자 길어졌다. 그들은 아메리카스 대로, 7번, 8번, 9번, 10번 대로를 지나갔다. 거리마다 꽉꽉 막혀 온갖 색깔의 자동차들로 얼어붙은 소리 없는 강물을 이루었는데, 그중에는 택시들의 노란색이 눈에 두드러졌다. 그 택시들 대다수가 영구차가 되어 버렸고, 그런 차에서 썩어 가고 있는 운전사들은 여전히 운전대에 기대 있었으며, 탑승객들은 몸이 푹 꺼져 있는 것이 마치 교통 체증에 지치다 못해 잠들어 버린 듯한 모습이었다. 래리는 어쩌면 리타와 둘이서 이 도시를 벗어나자마자 오토바이 두 대를 구해야 한다고 생각했다. 그것은 이동성과 아울러 사방 천지의 고속도로에 어질러져 있을 것이 분명한 움직이지 않는 차들이 최악의 상태로 엉켜 버린 곳을 우회할 가능성을 선사할 것이었다.

어쨌든 그녀가 오토바이를 운전할 수 있다는 가정하에서라고 그는 생각했다. 그런데 사정이 돌아가는 꼬락서니를 보아하니, 그녀는 운전할 능력이 없는 것으로 판명 날 것 같았다. 리타와 함께하는 인생이란 게 엉덩이의 찌릿찌릿한 통증처럼 짜증스러운 것으로 판명 나고 있었다. 적어도 그런 관점에서 보면 상당히 그랬다. 그래도 이왕 머리 굴리는 거, 좋은 쪽으로 밀어붙인다면 그녀는 그의 뒷자리에 타고 갈 수 있겠다는 생각이 들었다.

39번가와 7번가의 교차로에서, 그들은 무릎께를 잘라 낸 데님 반바지 외에는 아무것도 안 걸친 젊은 남자가 '딩동 택시' 꼭대기에 누워 있는 것을 보았다.

"저 사람 죽은 건가?"

리타의 목소리가 들리자 젊은 남자가 일어나 앉아 두리번거리더니, 그들을 보고 손을 흔들었다. 그들도 손을 흔들어 주었다. 젊은 남자는 다시 평온하게 드러누웠다.

2시가 막 지날 무렵 그들은 11번 대로를 건넜다. 래리는 뒤쪽에서 고통에 겨워 숨죽여 울먹이는 소리를 듣고 리타가 더 이상 그의 왼편에서 걷고 있지 않다는 것을 깨달았다.

그녀는 한쪽 무릎을 꿇고 발을 붙잡고 있었다. 약간 두려운 기분을 느끼며, 래리는 그녀가 발끝이 트인 값비싼 샌들을, 아마도 80달러대의 샌들을 신고 있는 것을 처음으로 눈여겨보았고, 그것은 그저 5번 대로를 따라 상점 진열장들을 구경하면서 네 블록 정도를 거니는 데나 어울리는 신발이지, 그들이 이제껏 해 왔던 것과 같은 오래 걷기(사실은 도보 여행)에서는…….

발목 가죽 끈이 들썩거려 그녀의 살갗이 까졌다. 발목에서 피가 뚝뚝 떨어지고 있었다.

"래리, 나 너무……."

그가 난폭하게 그녀를 덥석 일으켜 세웠다.

"무슨 생각으로 이러는 거예요?"

래리는 그녀의 얼굴에다 대고 고함을 질렀다. 그녀가 움찔하는 불쌍한 모습을 보고 잠깐 무안해지기도 했지만, 한편으론 비열한 쾌감을 느끼기도 했다.

"발이 아프면 택시라도 잡아타고 아파트로 돌아갈 수 있다고 생각했던 거예요?"

"나 절대 그런 생각은……"

"이런, 제기랄!"

그가 두 손으로 자신의 머릿결을 쓸었다.

"안 그런 줄은 나도 알아요. 피 나잖아요, 리타 누님. 상처 난 지 얼마나 됐어요?"

그녀의 목소리가 쉬었고 또 너무 작아서 그는 불가사의한 고요 속에서조차 알아듣기가 어려웠다.

"그때부터…… 그러니까, 내 짐작엔 아마도 5번가와 49번가쯤에서부터."

"염병할, 스무 블록이나 되는 거리를 지나는 동안 발이 계속 아팠는데도 아무 말도 안 했단 말이에요?"

"내 생각엔…… 고통이 그냥…… 가실지도 몰라서…… 더는 안 아플지도…… 난 그냥…… 너무나 좋은 시간을 보내고 있는데…… 이 도시를 벗어나고 있는데…… 내 생각엔 그냥……."

"그냥 생각이 없었던 거네. 이 지경이 됐는데 뭐 얼마나 좋은 시간을 보내겠어? 좆같은 발이 십자가에 좆같이 못 박힌 것처럼 보이는 판국에."

"나한테 욕하지 마, 래리."

리타가 흐느끼기 시작했다.

"제발 그러지 마…… 네가 그러면 나 마음이 너무 아파…… 제발 나한테 욕하지 마."

래리는 이제 분노의 무아지경에 빠졌는데, 나중에는 피 흘리는 그녀의 발을 본 것이 왜 그의 모든 신경 회로를 망가뜨려 버렸는지 이해할 수가 없었다. 그 순간에는 그런 건 아무래도 상관없었다. 그는 그녀의 얼굴에 대고 고함을 질렀다.

"좆 까! 좆 까! 좆 까!"

그 말이 메아리가 되어 높이 솟은 아파트 건물에서 돌아왔다. 희미하고 무의미하게.

리타는 두 손에 얼굴을 묻고 고개를 숙인 채 울었다. 이에 래리는 더욱 화가 났는데, 그녀가 진심으로 두 눈을 들어 앞을 보고 싶어 하지 않았기 때문이라고 그는 판단했다. 일찌감치 두 손으로 얼굴을 가리고 오로지 그가 끌어 주기를 바라는 것이었다. 왜 아니겠는가, 우리의 여주인공, 꼬마 소녀 리타를 돌보아 주는 누군가가 항상 주위에 있어 왔으니. 차를 운전해 주는 사람, 시장에서 장을 봐 주는 사람, 변기 청소해 주는 사람, 공과금 납부해 주는 사람. 그러니 저 역겹도록 달짝지근한 드뷔시 음악 좀 깔아 놓고 매니큐어를 곱게 칠한 두 손으로 두 눈을 가리고 모든 부담을 래리한테 떠넘기자. 나를 책임져, 래리, 괴물 외침꾼한테 벌어진 일을 두 눈으로 보고 나서, 나는 이제 두 눈으로 앞을 보지 않기로 결심해 버렸어. 그런 꼴을 보는 건 나의 혈통과 배경에 비추어 정말이지 신물 나게 추접스러운 짓이거든.

래리는 그녀의 두 손을 홱 잡아당겼다. 그녀가 움찔하며 손을 다시 눈에 갖다 대려고 기를 썼다.

"나 좀 봐 봐요."

그녀는 고개를 흔들었다.

"염병할, 나 좀 보란 말이야, 리타 누님."

그녀가 결국 어색하게 꽁무니를 빼듯 그를 보았다. 마치 그가 이제는 혀뿐만 아니라 주먹으로도 그녀를 다스릴 것이라 생각하기라도 한 듯. 그의 마음 한구석은 지금 같아선 그것도 아주 좋은 수단 중 하나가 될 거라고 생각했다.

"누님한테 현실을 말해 주고 싶어요. 누님이 제대로 이해 못 하는 거 같으니까. 현실은, 우리가 40 내지 50킬로미터를 더 걸어가야 할지도 모른다는 거예요. 현실은, 만약 그 긁힌 상처가 감염되면 패혈증에 걸려 죽을 수도 있다는 거예요. 현실은, 누님이 징징거리는 엉덩이에서 엄지손가락을 떼고 뭔가 나한테 도움이 될 만한 짓을 시작해야 한다는 거예요."

그는 그녀의 양팔 윗부분을 계속 붙잡고 두 엄지손가락이 그녀의 살 속으로 거의 사라지다시피 하는 모습을 보았다. 그녀를 놔주며 팔에 생긴 빨간 자국을 보고 그의 분노가 사그라졌다. 그는 다시금 애매한 감정으로 뒷걸음치며, 자신이 과잉 반응을 보였음을 소름 끼치도록 확실하게 깨달았다. 래리 언더우드 또다시 사고 치다. 만일 그가 좇 나게 현명했다면, 출발하기 전에 왜 그녀의 신발을 점검해 보지 않았던 것인가?

'그건 리타가 알아서 할 일이니까.'

마음 한편에서 뿌루퉁하게 방어적으로 말했다.

아니, 그것은 진실이 아니었다. 그것은 래리의 문제였던 것이다. 왜냐하면 리타는 몰랐으니까. 만약 그가 그녀를 데리고 가는 것이었다면(그리고 그가 혼자 떠났으면 얼마나 간편한 인생이 되었을까 하고 생각하기 시작한 때는 바로 오늘이었다.), 그는 그녀를 책임져야 할 것이 틀림없었다.

'책임지느니 차라리 죽는 게 낫지.' 뿌루퉁한 목소리가 말했다.

그의 어머니 말씀: "너는 받기만 하는 사람이다. 래리."

창문 밖으로 그의 뒤에 대고 부르짖었던, 포드햄에 사는 구강위생사의 말씀: "나는 네가 좋은 남자라고 생각했는데! 너는 좋은 남자 아냐!"

'너한테는 특이한 본성이 남아 있어, 래리. 너는 그저 받기만 하는 사람이야.'

'거짓말! 염병할 거짓말이야!'

"리타 누님, 미안해요."

리타는 민소매 블라우스와 하얀 실크 바지 차림으로 길바닥에 주저앉았고, 머리는 희끗해서 늙어 보였다. 그녀가 고개를 수그리고 상처 난 발을 붙잡았다. 래리를 보지 않을 작정이었다.

"미안해요."

그가 거듭 사과했다.

"난…… 저기요, 난 그런 말을 할 자격이 없어요."

이미 말해 버렸지만, 무슨 상관이랴. 사과를 하면 상황이 대충 부드럽게 넘어가는 법이다. 그게 세상 돌아가는 이치였다.

"혼자 떠나, 래리. 나 때문에 지체하지 말고."

"내가 말했잖아요, 미안하다고."

그가 약간 초조해하며 리타에게 말했다.

"우리 함께 누님이 신을 새 신발이랑 새 흰 양말 구해 봐요. 우리가……"

"우린 같이 있을 일 없어. 혼자 떠나."

"리타 누님, 미안……"

그녀가 고개를 뒤로 젖히고 날카로운 비명을 질렀다. 래리는 한 걸음 뒤로 물러나, 누가 그녀의 비명을 들은 것은 아닌지 확인하려고 주변을 둘러보았다. 젊은 놈이 신발 벗고 길바닥에 주저앉아 있는 나이 든 숙녀 분한테 무슨 끔찍한 짓을 하고 있는지 알아보러 혹시라도 경찰이 뛰어오는 것은 아닐까? '문화적 지체 현상이로군.' 그는 심란한 마음으로 생각했다. '모든 게 너무 재밌어.'

리타가 비명 지르기를 멈추고 그를 바라보았다. 손으로 휘휘 내젓는 동작을 취했다. 마치 그가 성가신 파리라도 되는 것처럼.

"누님, 그만하시는 게 좋겠어요. 안 그럼 나 진짜로 누님을 떠날 거예요."

리타는 그저 그를 바라볼 뿐이었다. 래리는 그녀의 눈을 마주 대할 수가 없어서 시선을 아래로 떨어뜨리며, 자신을 그렇게 만든 그녀를 미워했다.

"알았어요. 강간당해 죽어도 난 몰라. 좋은 시간 보내시구려."

소총을 어깨에 둘러메고 다시 출발한 그는 차들로 꽉 찬 495번 진입 경사로를 향해 왼쪽으로 비스듬히 꺾어지며 터널 입구를 향해 내려가고 있었다. 경사로 맨 밑에서 그는 처참한 충돌 사고의 현장을 보았다. 메이플라워 이삿짐 트럭을 운전하던 사람이 주행선으로 냅다 뛰어들려다 추돌한 사고로, 자동차들이 트럭 주변에 볼링 핀처럼 뿔뿔이 흩어져 있었다. 불타 버린 핀토 승용차 한 대가 트럭 차체 밑에 거의 완전히 깔렸다. 트럭 운전사가 운전석 창문 밖으로 반쯤 내걸려, 머리는 밑으로 떨어뜨린 채 팔을 축 늘어뜨리고 있었다. 남자 밑의 차 문짝에는 뿜어져 나온 피와 구토물이 부채꼴 형태로 말라붙어 있었다.

래리는 주위를 두리번거리며 그를 향해 걸어오는 그녀를, 또는 그를 책망하는 눈빛으로 서 있는 그녀를 보리라 믿었다. 그러나 리타는 가고 없었다.

"좆 까라."

그가 신경질적으로 적개심을 드러내며 말했다.

"난 사과하려고 노력은 했어."

한동안 그는 앞으로 나아갈 수 없었다. 주위의 모든 차들 속에서 그를 주시하는 시체들의 성난 눈동자 수백 개에 따끔하게 찔리는 듯한 기분이 들었다. 밥 딜런의 노래 한 대목이 떠올랐다.

"나는 교통 체증으로 꼼짝 못 하고 그대를 기다렸지…… 그대는 내가 다른 곳에 있는 줄로 알았던 그때…… 그런데 그대는 오늘 밤 어디에 있으려나, 어여쁜 마리여?"

앞쪽에 서쪽 방면으로 향하는 차들이 운집한 4차선 도로가 터널의 시커먼 아치형 입구 속으로 사라지는 광경이 보였다. 진정한 공포를 느끼며 래리는 링컨 터널 안쪽의 천장 형광등이 꺼진 것을 보았다. 자동차 무덤 속으로 걸어 들어가는 느낌이었다. 시체들은 그가 터널을 반 정도 지나도록 놔두었다가 일제히 꿈틀거리기 시작하고…… 살아나서…… 차 문짝들이 덜컥 열렸다가 부드럽게 탕 닫히는 소리가 들리고…… 질질 끌리는 그것들의 발소리도…….

땀이 슬그머니 돋았다. 머리 위로 새 한 마리가 귀에 거슬리도록 사납게 울자 래리는 흠칫했다. '어리석게 굴지 마.' 그가 혼잣말을 했다. '어린애 같은 짓이야, 아무렴 그렇고 말고. 네가 할 일은 오로지 보행자용 쪽길로만 걸어 가는 거야, 그 길에서 벗어나는 즉시 너는……

……걸어 다니는 시체들한테 목이 졸려 죽을 거야.'

래리는 마른 입술을 적시고 웃어 보려고 했다. 결과는 끌사납기만 했다. 경사로가 고속도로와 만나는 지점을 향해 다섯 걸음을 걷다가 다시 멈췄다. 그의 왼편에 캐딜락 엘도라도 한 대가 있었고, 새까매진 트롤 괴물의 얼굴을 한 여자가 그를 내다보고 있었다. 그녀의 코는 차창 유리에 공 모양으로 눌려 있었다. 피와 콧물이 차창으로 새 나왔다. 캐딜락을 운전하던 남자는 마치 바닥에 있는 뭔가를 찾듯이 운전대 위로 푹 고꾸라져 있었다. 차창은 모두 올라가 있었다. 안은 온실과도 같을 것이다. 만일 차 문을 열었더라면 그 여자는 밖으로 쏟아져 나와 썩은 멜론 자루처럼 포장도로 위에 부서져 터졌을 것이고, 뜨뜻하고 김이 자욱한 썩은 냄새가 축축하게 스멀거렸을 것이다.

바로 터널 속에서 나는 냄새였을 것이다.

느닷없이 뒤돌아선 래리는 왔던 길을 총총걸음으로 되돌아가면서, 그가 걷느라 만들어진 산들바람이 이마에 난 땀을 식히는 것을 느꼈다.

"리타 누님! 내 말 들어 봐요! 내가 바라는 건……."

그는 경사로 꼭대기에 이르러 외치던 소리를 멈추었다. 리타는 가고 없었다. 39번가가 점점 작아져 점이 되었다. 그는 남쪽 인도에서 북쪽 인도까지 내달리며, 차량 범퍼들 사이를 헤쳐 나갔고, 피부에 물집이 잡히도록 뜨거운 보닛들 위를 기어 다녔다. 하지만 북쪽 인도 역시 텅 비었다.

래리는 두 손을 입가로 모으고 부르짖었다.

"리타! 리타!"

그의 대답만이 쓸쓸한 메아리로 돌아왔다.

"리타…… 이타…… 이타…… 이타……"

4시경, 검은 구름이 맨해튼 상공에 자리를 잡자 천둥소리가 도시의 절벽들 사이로 이리저리 울려 댔다. 번개가 빌딩들을 향해 내리꽂혔다. 마치 하나님이 세상 밖으로 나온 소수의 생존자들을 겁주려는 것 같았다. 래리는 누렇고 기묘하게 변하는 그 빛이 맘에 들지 않았다. 배에서 경련이 일었고, 담배에 불을 붙이자 이날 아침 리타의 손에서 떨렸던 커피 잔처럼 담배가 떨렸다.

래리는 진입 경사로의 끄트머리에 앉아 난간의 가장 낮은 쇠기둥에 등을 기댔다. 배낭이 무릎에 있었고, 30-30 소총은 옆 난간에 기대어져 있었다. 그는 리타가 무서움을 느끼고 머지않아 돌아올 것으로 생각했지만, 그녀는 그러지 않았다. 15분 전 그는 그녀의 이름을 외치기를 포기해 버렸다. 메아리가 그를 몹시 우왕좌왕하게 했다.

천둥이 또 울렸다. 이번엔 가까이서. 싸늘한 바람이 땀으로 래리의 살갗에 들러붙은 셔츠 등짝을 어루만졌다. 그는 어디 다른 곳으로 들어가던가 아니면 뭉그적거리기를 집어치우고 터널을 통과해야 할 처지였다. 만일 터널을 통과할 만큼 배짱을 발휘할 수 없다면 또 하룻밤을 이 도시에서 보내고 아침에 조지 워싱턴 다리를 건너가야 했는데, 다리는 북쪽으로 140블록 떨어진 곳에 있었다.

래리는 터널에 대하여 이성적으로 생각해 보려 했다. 그곳에는 그를 물어뜯을 만한 것이 아무것도 없었다. 그는 크고 성능 좋은 손전등을 챙겨 오는 것을 깜빡했다. '젠장, 혼자서 모든 것을 생각해 내지는 못하는 법이지.' 그래도 빅 가스라이터만은 단단히 챙겼고 터널 안의 쪽길과 차도 사이엔 가드레일이 쳐져 있었다. 그 밖에 다른 것은…… 예를 들어 터널 속의 죽은 사람들에 관해 생각하자면…… 그것은 그저 겁에 질려 나온 얘기고, 만화책에서나 가능한 것이며, 옷장 속에 있는 요괴를 두려워하는 것만큼이나 예민한 생각이었다. '생각해 낸 게 겨우 그것뿐이라면, 래리야 (그는 자신에게 훈계했다.), 그렇다면 너는 이 멋진 신세계에서 살아가지

못할 거야. 절대로. 너는……'

내리치는 번개가 머리 바로 위에서 하늘을 갈라 그를 소스라치게 했다. 그 뒤로 천둥의 강력한 폭음이 잇따랐다. 그는 두서없이 생각했다. '7월 1일, 이런 날은 애인을 데리고 코니 아일랜드 유원지로 가서 핫도그를 잔뜩 먹기에 딱 좋은 날이야. 공 한 방에 나무로 만든 우유병 세 개를 왕창 쓰러뜨려서 큐피 인형을 따 내야지. 밤이 되면 불꽃놀이가……'

차가운 빗물이 튀어 래리의 얼굴을 때리더니 또 다른 빗물 방울이 목 뒤를 치고 셔츠 옷깃 안쪽으로 주르륵 흘러들었다. 동전 크기만 한 빗방울이 주위에 몰아치기 시작했다. 그는 일어서서 배낭을 어깨에 걸치고, 소총을 들어 올렸다. 아직도 어느 쪽으로 갈지 확신이 서지 않았다. 39번가로 되돌아가느냐 아니면 링컨 터널 속으로 들어가느냐. 아무튼 그는 몸을 피할 곳을 찾아야 했다. 비가 억수같이 퍼붓기 시작했으므로.

별안간 머리 위에서 엄청나게 큰 굉음을 내며 천둥이 치는 바람에, 그는 두려움에 떨며 비명을 질렀다. 2백만 년 전 크로마뇽인이 지르던 비명과 별반 다를 바 없는 소리였다.

"넌 좆도 겁쟁이야."

래리는 터널의 아가리로 향하는 경사로를 바삐 내려가며, 비가 더욱 세차게 내리기 시작하자 고개를 앞으로 숙였다. 빗물이 머릿결에서 뚝뚝 떨어졌다. 그는 캐딜락 엘도라도의 조수석 창문에다 코를 박은 여자를 지나면서 보지 않으려 애썼지만, 한순간 곁눈질로 그녀를 목격하고 말았다. 비가 재즈 악단의 타악기처럼 차 지붕 위를 두들겼다. 너무 세차게 내리는 바람에 다시 위로 튀어오른 비가 가벼운 안개 장막을 일으켰다.

래리는 터널 바로 앞에서 한동안 멈춰 서서, 결정을 못 내리고 또다시 두려워했다. 그때 우박이 퍼붓기 시작했고, 그래서 그는 결심했다. 우박 덩어리들은 크고 날카로웠다. 천둥이 또 으르렁거렸다.

'좋아. 좋아, 좋아, 좋아. 결심했어.'

그는 링컨 터널 속으로 걸음을 내디뎠다.

안쪽은 래리가 막연히 상상했던 것보다 훨씬 더 깜깜했다. 처음에는 뒤편의 터널 입구에서 앞으로 어슴푸레하게 흰빛이 비쳐 들어서 수많은 차들이 범퍼와 범퍼를 맞댄 채 짓눌려 있는 광경이 보였으며('지독했을 게 분명해, 이 안에서 죽는 거 말이야.' 이렇게 생각한 그 순간 폐소 공포증이 바나나처럼 두툼하고 은밀한 손길로 사랑스럽게 그의 머리를 감싸고는 처음엔 어루만지더니 이내 그의 관자놀이를 압박했다. '정말로 지독했을 게 분명해. 좆나 무서웠을 게 분명하다고.'), 그리고 위쪽으로 둥글게 구부러지는 벽을 감싼 초록빛이 감도는 하얀 타일들도 보였다. 오른편에 보이는 보행자용 쪽길 난간이 희미하게 앞쪽으로 뻗어 있었다. 왼편으로는 10미터에서 12미터 간격을 두고, 큰 기둥들이 떠받치고 있었다. 표지판 하나가 그에게 충고했다. '차선을 변경하지 마시오.' 터널 천장에는 불 꺼진 형광등이 파묻혀 있었고, 폐쇄 회로 텔레비전 카메라의 멍한 유리 눈도 있었다. 래리가 오른쪽을 향해 완만하게 기울어진 첫 번째 커브길을 부드럽게 헤쳐 나가는 동안 빛은 점점 더 희미해져, 보이는 것이라곤 자동차 크롬 광택의 맥빠진 번쩍거림밖에 없는 지경에 이르렀다. 그 후로 빛은 완전히 끊어졌다.

그는 손을 더듬거려 빅 라이터를 찾아내 들어 올린 다음, 점화톱니를 돌렸다. 라이터가 만들어 낸 빛은 애처로울 정도로 약해서, 불안감을 달래 주기는커녕 오히려 부채질했다. 불꽃이 사방을 밝히기는 했어도 겨우 지름 1.5미터 정도의 원형만 보일 뿐이었다.

그는 라이터를 주머니에 도로 집어넣고 계속 걸으며, 손으로 가볍게 쪽길 난간을 짚어 나갔다. 이곳에서도 메아리가 울렸는데, 바깥에서 겪었던 메아리보다 결코 더 좋다고 할 수는 없었다. 그 메아리는 누군가 그의 뒤에 있는 것 같은…… 그를 몰래 따라오는 것 같은 소리를 냈다. 몇 번씩이나 멈춰 선 그는 고개를 쳐들어 눈을 크게 뜨고(그래 봤자 눈뜬장님), 메아리가 사그라질 때까지 귀를 기울였다. 잠시 후 그가 콘크리트 바닥에서 발꿈치를 들지 않고 발을 끌며 걷기 시작하자, 메아리는 다신 되살아나지 않았다.

그 후로 얼마간 시간이 지나 래리는 다시 멈춰서서 라이터를 켜 손목시계에 가까이 댔다. 4시 20분이었는데, 어떻게 생각해야 할지 애매했다. 이런 암흑 속에서 시간은 실질적인 의미가 없는 듯했다. 그리 보면 거리도 의미 없기는 매한가지였다. 도대체 링컨 터널은 얼마나 긴 것인가? 1.5킬로미터? 3킬로미터? 분명히 허드슨 강 밑이 3킬로미터가 될 수는 없었다. 1.5킬로미터라고 치자. 그런데 고작 1.5킬로미터라면, 그는 이미 터널 반대쪽 끝에 도착해 있었어야 하는 게 맞다. 만약 보통 성인이 시간당 6킬로미터를 걷는다고 치면, 그는 15분에 1.5킬로미터를 걸을 수 있는데 이미 그보다 5분이나 더 오래 이 냄새 고약한 구멍 속에 있었던 것이다.

"너무 느리게 걷고 있잖아."

그가 자기 목소리에 놀라 움찔했다. 그 바람에 라이터가 손에서 떨어져 쪽길 위로 떨그럭거렸다. 메아리가 대답하자, 마치 미치광이의 소름 끼치도록 능글거리는 목소리가 다가오는 듯했다.

"……고 있잖아…… 잖아…… 잖아……"

"맙소사."

래리가 중얼거리자 메아리가 되받아치며 속삭였다.

"소사…… 소사…… 소사……."

그는 손으로 얼굴을 훔치며 두려움과 싸웠고, 생각을 포기하고 그저 무턱대고 앞으로 뛰쳐나가고 싶은 충동과도 싸웠다. 그런 충동에 굴복하는 대신 그는 무릎을 꿇고 (무릎에서 총소리 같은 뻥 소리가 나서 그를 또 섬뜩하게 했다.) 보행자용 쪽길의 세밀한 지형을 손가락으로 탐색했다. 시멘트 속에 잘게 부서진 계곡들, 오래된 담배꽁초 능선, 자그맣게 똘똘 뭉친 은박지의 언덕. 그러다 마침내 빅 라이터를 찾아냈다. 깊은 한숨과 함께 라이터를 손으로 꼭 쥐며, 일어서서 걸음을 계속했다.

래리가 다시금 안정을 찾을 무렵, 물렁물렁하다고는 할 수 없는 딱딱한 무엇인가가 발에 부딪혔다. 그는 숨을 들이켜듯 비명을 지르며 비틀비틀 두 걸음 뒤로 물러났다. 마음을 굳게 다지면서 그는 빅 라이터를 주머니에서 꺼내 불을 켰다. 떨리는 손아귀에서 불꽃이 미친 듯이 흔들렸다.

그는 한 군인의 손을 밟고 있었다. 군인은 등을 터널 벽에 기대고 앉아 통행로를 가로질러 두 다리를 쫙 벌리고 있었으니, 무서운 보초병이 이곳에 남아 통로를 막은 것이었다. 윤기 나는 두 눈이 래리를 올려다보았다. 입술이 이에서 떨어져 히죽거리는 듯 보였다. 단추를 누르면 날이 튀어나오는 칼이 남자의 목구멍에서 의기양양하게 솟아 있었다.

라이터가 손안에서 뜨거워지고 있었다. 래리는 불을 껐다. 입술을 핥으며, 난간을 필사적으로 꼭 붙들고 간신히 몸을 앞으로 움직이자 신발 끝이 또 군인의 손을 찼다. 그런 다음 훌쩍 뛰어넘어 우스꽝스러울 만큼 보폭을 크게 벌리는 순간, 악몽 같은 확신이 생겨났다. 서 있는 곳을 바꾸는 동안 군인의 군화가 부스럭거리는 소리가 들린 것 같았고, 그러고 나면 군인이 손을 뻗어 축 처진 싸늘한 손아귀로 다리를 움켜쥘 것 같았다.

발을 질질 끌다시피 하며 냅다 달린 래리는 열 발자국을 더 나아간 다음, 걸음을 멈추었다. 멈추지 않으면 두려움이 승리할 것이고, 무작정 뛰어다니느라 소름 끼치는 메아리 군단한테 쫓기리라는 것을 깨달았기 때문이었다.

어느 정도 진정이 되었다고 느낀 그는 다시 걷기 시작했다. 그러나 이제 더욱 심각해졌다. 발가락이 신발 속에서 움츠러들며 어느 순간이든 쪽길 위에 널브러진 또 다른 시체와 마주칠까 봐 무서워했고…… 그리고 오래지 않아 그런 일이 생겼다.

그는 끙끙거리며 다시 라이터를 꺼냈다. 이번에는 훨씬 지독했다. 이번에 발로 찬 시체는 파란 정장을 입은 늙은 남자의 시체였다. 챙 없는 검정 실크 모자가 대머리에서 떨어져 무릎에 얹혀 있었다. 옷깃에는 은박으로 된 유대인의 육각형 별 장식이 달려 있었다. 그 사람 너머엔 또 다른 여섯 구의 시체가 있었다. 중년 여성 둘, 중년 남성 하나, 70대 후반인 것 같은 할머니 하나, 10대 소년 둘.

라이터가 너무 뜨거워져서 더 들고 있을 수가 없었다. 라이터를 꺼서 도로 바지 주머니 속으로 밀어 넣자 주머니 속에서 다리에 닿은 라이터가 뜨뜻한 석탄 덩어리처럼 달아올랐다. 저 뒤에 있는 군인과 마찬가지로 캡틴 트립스가 이 시체 집단의 목숨을 뺏은 것은 아니었다. 피, 찢긴 옷, 산산이 부서진 타일들, 총알 구멍들이 보였다. 시체들은 총격을 받아 사망한 것이었다. 래리는 군인들이 맨해튼 섬에서 나가는 출구 지점들을 막아 버렸다는 소문을 기억했다. 그는 그런 소문들을 믿어야 할지 말아야 할지 알 수 없었다. 일상이 무너져 내리던 지난주에는 너무도 많은 소문을 들어 버렸으니까.

이곳의 상황을 재현하기는 어렵지 않았다. 사람들이 터널 속에 갇혀 버렸지만, 그들의 신체 상태는 너무 아파 걷지 못할 정도가 아니었던 것이다. 그들은 차에서 나와 뉴저지 쪽을 향해 나아가며 지금의 래리와 똑같이 쪽길을 이용했다. 그곳엔 지휘소가 있어서 기관총 같은 것이 설치되어 있었다.

'그랬다는 거지? 아니면 지금도 그런 걸까?'

래리는 땀을 뻘뻘 흘리며 서서, 결단을 내리려고 애썼다. 짙은 어둠은 상상력을 맘껏 펼칠 수 있도록 완벽한 극장 스크린을 제공했다. 그는 보았다. 세균 방호복을 입은 냉혹한 눈빛의 군인들이 적외선 탐지기가 장착된 기관총 뒤에 웅크리고 있었는데, 그들의 임무는 터널을 통과하려 시도하는 이탈자들은 누구든 쓸어 버리는 것이었다. 군인 한 명은 뒤에 남고, 자살 지원병 한 명이 적외선 고글을 착용하고 이 사이에 칼을 물고 래리를 향해 기어 오고 있기도 했다. 군인 둘이 조용히 독가스탄 한 발을 박격포에 장전하고 있기도 했다.

아무리 그렇다 해도 되돌아가고 싶은 생각은 없었다. 그는 이러한 상상들이 그저 부질없는 망상일 뿐임을 전적으로 확신했고, 발걸음을 되돌린다는 생각은 용납할 수 없었다. 이제 군인들은 분명히 다 없어졌다. 그가 뛰어넘었던 군인 시체가 그 점을 입증해 주는 것 같았다. 그러나……

그러나 진정으로 그를 괴롭히는 것은, 그가 짐작하기에는 바로 앞에 있는 시체들이었다. 그것들은 이삼십 미터에 걸쳐 서로서로 엉켜 도처에 널려 있었다. 군인 위로 넘어갔던 것처럼 시체들 위를 훌쩍 넘어갈 수는 없었다. 시체들을 빙 돌아 가려고 쪽길을 벗어났다간, 다리나 발목이 부러질 위험을 각오해야만 했다. 계속 전진하려면, 그가 해야 할 일은…… 그러니까…… 시체들 위를 걸어가야 했다.

그의 뒤, 어둠 속에서 무엇인가가 움직였다.

래리는 몸을 돌려, 단 한 번의 부스럭 소리가 만들어 낸 공포에 순식간에 빨려 들었다…… 단 한 번의 발소리.

"거기 누구야?"

그가 소총을 어깨에서 풀며 외쳤다.

대답은 없고 메아리만이 울렸다. 메아리가 사그라지자 그는 조용히 숨 쉬는 소리를 들었다. 또는 들었다고 생각했다. 그는 어둠 속에서 눈이 휘둥그레진 채 서 있었고, 목덜미에 난 털이 쭈뼛 곤두섰다. 숨을 멈추었다. 아무 소리도 들리지 않았다. 방금 들었던 소리를 상상이었다고 떨쳐 버리려 할 무렵 그 소리가 다시 찾아왔다. 스르르 움직이는…… 조용한 발소리.

래리는 라이터를 찾으려 미친 듯이 더듬거렸다. 라이터를 사용하면 눈에 띄는 표적이 되리란 생각은 전혀 떠오르지 않았다. 주머니에서 라이터를 꺼내려는 순간 라이터의 점화 톱니바퀴가 순간적으로 주머니 안감에 걸려 라이터가 손에서 떨어져 버렸다. 그것이 난간에 부딪혀 땡그랑 소리가 들리더니, 밑에 있는 차량의 보닛엔가 트렁크엔가 부딪치면서 나지막이 퉁 소리가 들렸다.

스르르 움직이는 발소리가 다시 들려왔고, 이번엔 좀 더 가까워졌는데, 얼마나 가까운지 판단하기가 불가능했다. 누군가가 그를 살해하러 오고 있었으며, 공포에 휩싸인 그가 마음속으로 떠올린 그림은 목을 칼날에 꿰뚫렸던 그 군인이 어둠 속에서 천천히 그를 향해 움직여……

또다시 나지막하게 부스럭거리는 발소리.

래리는 소총을 떠올렸다. 그는 개머리판을 어깨에 대고 총을 쏘기 시작했다. 폭발음이 밀폐된 공간 안에서 요란하게 흩날렸다. 그는 총소리 때문에 비명을 질렀으나 그 비명은 포효하는 총성에 묻혔다. 30-30의 총구에서 불꽃이 날름거리는 동안 터널 타일과 얼어붙은 차로에는 사진기의 플래시 전구가 점멸하는 이미지들이 일련의 즉석 흑백 사진처럼 차례차례 터져 나왔다. 튀어 나간 탄환들이 죽음을 예감하고 통곡하는 밴시 요정처럼 울부짖었다. 총이 계속 또 계속 어깨를 쳐 대는 바람에 어깨가 얼얼해졌고, 급기야 래리는 총의 반발력 때문에 발 위치가 바뀌어 자기가 쪽길을 따라 뒤쪽을 쏘는 게 아니라 차도를 쏘는 중이라는 걸 알아차렸다. 그래도 발사를 멈출 수는 없었다. 손가락이 두뇌의 기능을 떠

맡아 아무 생각 없이 몸부림쳤고, 마침내는 소총의 격발 장치가 건조하고 무기력한 철컥 소리를 내며 나가떨어졌다.

메아리가 물러갔다. 강렬한 잔상들이 세 겹으로 겹쳐 눈앞에 맴돌았다. 그는 코르다이트 무연 화약의 악취와 자신이 가슴 깊은 곳에서 만들어 내고 있었던 울음소리를 어렴풋이 알아차렸다.

총을 부여잡은 채 그는 다시 몸을 돌렸고, 이제 그의 마음속 극장 스크린에 보이는 것은 『안드로메다 스트레인』에 나오는 무균 방호복을 입은 군인들이 아니었다. 그것은 H. G. 웰스의 소설 『타임머신』을 각색한 옛날 만화에 나오는 등이 굽고 눈먼 생명체 몰록 종족이, 엔진이 계속 또 계속 돌아가는 그들의 지하 동굴에서 튀어나오는 광경이었다.

그는 부드럽고도 뻣뻣한 시체들의 장애물을 건너느라 안간힘을 쓰기 시작했으며, 발이 걸리고, 굴러 떨어질 뻔했지만 난간을 꼭 붙잡고 계속 앞으로 나아갔다. 발이 지독하게 끈적거리는 어떤 덩어리 속을 푹 찌르자 가스 상태의 썩은 냄새가 나는 것을 그는 희미하게 인식했다. 그래도 숨을 헐떡거리며 계속 나아갔다.

그때 뒤에서, 어둠 속에서 비명이 치솟아 래리는 그 자리에 얼어붙고 말았다. 절망적이고 비참한 소리였으며, 정신의 한계에 다다른 소리였다.

"래리! 오, 래리, 제발……."

리타 블레이크무어였다.

래리는 돌아섰다. 이제는 흐느끼는 소리가 났고, 거센 흐느낌이 그곳을 생생한 메아리로 가득 채웠다. 광기 어린 한순간 그는 어찌 됐든 계속 앞으로 나아가기로, 그녀를 내버려 두기로 결심했다. 그녀는 어차피 자기가 알아서 길을 찾아갈 것이었다. 왜 또다시 그녀를 짊어진단 말인가? 그러나 그는 자신의 마음을 추스르고 소리쳤다.

"리타 누님! 거기 그대로 있어요! 내 말 들리죠?"

흐느낌이 계속되었다.

래리는 왔던 길을 거슬러 시체들 위를 비틀비틀 걸으며 숨을 쉬지 않으려 애썼고, 얼굴이 혐오스러운 우거지상으로 잔뜩 일그러졌다. 이내 그는 리타를 향해 달렸지만, 왜곡되는 메아리의 특성 때문에 얼마나 더 가야 할지 확신하지 못했다. 결국에 가서는 하마터면 그녀 위로 엎어질 뻔했다.

"래리……."

그녀가 래리에게 몸을 날려서 질식시킬 듯 강하게 그의 목을 꽉 붙들었다. 그는 리타의 셔츠 밑에서 몹시 가파른 속도로 벌렁거리는 심장을 느낄 수 있었다.

"래리, 래리, 내버리지 마. 나를 혼자 여기에 내버리지 마. 나를 혼자 어둠 속에……"

"안 그래요."

그가 리타를 단단히 붙잡았다.

"나 때문에 다쳤어요? 그러니까…… 총 맞았어요?"

"아니, 스치는 바람은 느꼈어…… 총알 하나가 아주 가깝게 지나가서 바람을 느꼈어…… 그리고 파편이…… 타일 파편들, 내 생각엔…… 내 얼굴에…… 얼굴에 상처가 났어……."

"오 맙소사, 난 정말 몰랐어요. 난 이 안에서 제정신이 아니었어요. 너무 어두워서. 라이터도 잃어버렸고…… 누님이 날 소리쳐 불렀더라면 좋았을 텐데. 내가 누님을 죽일 뻔했잖아요."

그 말의 진실성이 래리의 가슴에 사무쳤다.

"내가 누님을 죽게 할 수도 있었단 말이에요."

그가 너무 놀라 현실이 될 뻔했던 사실을 거듭 말했다.

"앞에 있는 사람이 너라고 확신할 수 가 없었어. 네가 경사로를 내려가고 나서 난 어떤 아파트 안으로 들어갔어. 그리고 네가 돌아와서 소리쳐 불렀을 때 나는 거의 나갈 뻔…… 하지만 그럴 수가 없었어…… 그때 비가 내리기 시작했고, 남자 둘이 나타났어. 내 생각엔 그 남자들이 우리를 찾고 있었나 봐…… 아니면 나를 찾았거나. 그래서 난 있던 곳에 계속 머물렀고 그들이 가 버리고 나서 생각했어. 어쩌면 그들은 가 버린 게 아니다. 어쩌면 숨어서 나를 기다리는 중이다. 그렇게 밖으로 나갈 엄두를 못 내다가, 네가 터널 끝에 닿을 거라는 생각을 했어. 그러면 두 번 다시 너를 보지 못할 거라고…… 그래서 나…… 나는…… 래리, 나를 떠나지 않을 거지, 그럴 거지? 도망가지 않을 거지?"

"그래요."

"내가 틀렸어. 내가 말했던 거 말이야, 내가 틀렸다고. 네가 옳았어. 내가 샌들 얘기를 했어야 하는 건데. 새 신발을 신을게. 나 아무 거나 잘 먹을 거야. 네가 하는 말이라면 나…… 나…… 어어흐흐으흐……."

"쉬이이."

래리가 그녀를 붙잡으며 달랬다.

"이젠 다 괜찮아요. 다 괜찮아."

그러나 마음속에서 그는 공포에 빠져 무작정 리타를 향해 총을 쏘는 자신의 모습을 보았으며, 발사된 총탄 중 하나가 얼마나 손쉽게 그녀의 팔을 박살 내거나 그녀의 배를 터뜨렸을지를 생각했다. 갑자기 화장실로 뛰어들고 싶은 욕구가 강하게 빌려왔고 이가 덜덜 떨려 왔다.

"누님이 걸을 수 있겠다 싶으면 우리 떠나요. 천천히, 마음을 진정시키세요."

"어떤 남자가 있었어. 남자였던 것 같아…… 내가 그를 밟았어, 래리."

그녀가 침을 삼키자 목구멍에서 꿀꺽 소리가 났다.

"아, 그땐 거의 비명을 지를 뻔했는데, 그러지 않았어. 왜냐하면 그 시체는 네가 아니라 앞서 보았던 남자들 중 한 명일지도 모른다고 생각했으니까. 그리고 네가 고함질렀을 때…… 그 메아리…… 난 분간할 수가 없었어. 그것이 너였는지, 아니면…… 아니면……."

"저 앞에 죽은 사람들이 더 있어요. 견딜 수 있겠어요?"

"네가 같이 있으면. 제발…… 네가 같이 있기만 한다면."

"그럴 거예요."

"그럼 가자. 여기서 나가고 싶어."

리타가 그에게 붙어 발작하듯 몸을 떨었다.

"내 인생에서 무언가를 이토록 간절히 바란 적은 한 번도 없었어."

래리는 그녀의 얼굴을 더듬어 찾아 키스했다. 처음엔 그녀의 코에, 그다음엔 두 눈에 각각, 그다음엔 그녀의 입에.

"고마워요."

무슨 뜻으로 하는 말인지 알지도 못한 채, 래리가 애처롭게 말했다.

"고마워요. 고마워요."

"고마워."

그녀가 되풀이했다.

"래리, 사랑하는 래리. 나를 떠나지 않을 거지, 그럴 거지?"

"그럼요. 난 누님을 떠나지 않을 거예요. 출발할 수 있겠다 싶으면 말만 해요. 그럼 함께 출발할 테니까."

그녀가 출발할 수 있겠다고 느꼈을 때, 그들은 출발했다.

둘은 시체들을 넘으며, 동네 술집에서 집으로 돌아가는 술 취한 친구들처럼 서로의 목에 팔을 걸었다. 그 너머에서 그들은 장애물을 만났다. 육안으로 보는 것은 불가능했지만, 두 손으로 훑어 본 뒤에 리타는 그것이 위로 길게 세워진 침대인 것 같다고 말했다. 그들은 힘을 모아 쪽길 난간 위로 그것을 간신히 넘어뜨렸다. 그것이 밑에 있는 차에 충돌하여 요란하게 쿵쾅 소리를 내며 메아리치는 바람에 둘은 펄쩍 뛰며 서로 부둥켜안고 말았다. 장애물이 있던 자리 너머엔 널브러진 시체가 더 있었는데, 래리는 그 세 구의 시체가 유대인 가족을 쏴 죽였던 군인들일 것이라 짐작했다. 그들은 시체들을 넘었고 서로 손을 맞잡고 계속 앞으로 나아갔다.

잠시 후 리타가 불쑥 멈추었다.

"무슨 일이에요? 앞에 거치적거리는 게 있어요?"

"아니. 나 보여, 래리! 저건 터널 출구야!"

래리는 눈을 깜빡거리고는 자신도 보인다는 것을 깨달았다. 빛이 흐릿한 데다 너무 천천히 밝아졌기 때문에 리타가 말하기 전까진 알아차리지 못했다. 타일 벽 위로 희미한 광택을 알아볼 수 있었고, 바로 곁에 선 리타의 흐릿한 얼굴도 어슴푸레하게 알아볼 수 있었다. 왼쪽을 훑으니 자동차들이 죽음의 강을 이룬 모습도 볼 수 있었다.

"자, 갑시다."

그가 기쁨에 겨워 말했다.

앞으로 쭉 60걸음쯤 가니 통로에 널브러진 시체들이 더 있었다. 모두 군인들이었다. 그들은 시체들 위를 넘어갔다.

"왜 그들은 뉴욕을 막아 버리려고만 했을까? 만약 어쩌면…… 래리, 어쩌면 비상사태는 뉴욕에서만 일어났던 게 아닐까!"

"그런 것 같진 않은데요."

그는 그렇게 대답하기는 했지만, 어쨌든 근거를 알 수 없는 희망감을 느꼈다.

둘은 더욱 빠르게 걸었다. 터널의 입이 앞에 보였다. 코를 맞대고 주차한 커다란 군용 호송 트럭 두 대가 입구를 막고 있었다. 트럭들이 햇빛을 거의 가리고 있었다. 트럭만 없었어도 래리와 리타는 터널 속 훨씬 뒤쪽에서부터 빛을 받았을 것이다. 외부로 나가는 경사로와 이어진 쪽길이 내려가는 지점에 널브러진 시체들이 더 있었다. 둘은 호송 트럭들 사이를 비집고 들어가 뒤얽힌 범퍼 위로 기어올랐다. 리타는 트럭 안쪽을 들여다보지 않았지만, 래리는 보았다. 삼각대를 반쯤 조립하다 만 기관총, 탄약 상자들, 최루탄인 듯 보이는 포탄들이 있었다. 거기다 죽은 남자 세 명도.

바깥으로 나오자 비로 축축해진 산들바람이 둘을 향해 밀려들었고, 놀랍도록 신선한 바람의 냄새는 이 모든 고생을 한 보람을 느낄 수 있게 해 주는 듯했다. 래리가 리타한테 이렇게 말하자 그녀는 고개를 끄덕이고 한동안 머리를 그의 어깨에 기댔다.

"그렇다곤 해도 난 백만 달러를 준다 한들 두 번 다시 저곳을 통과하진 않을 거야."

"몇 년만 더 고생하면 누님은 돈을 화장지로 사용할 만큼 부자가 되시겠어요. 그렇더라도 부디 지폐로 밑 닦을 생각은 자제해 주시와요."

"그런데 아까 했던 말……."

"비상사태는 단지 뉴욕만이 아니었다?"

래리가 손짓했다.

"자, 봐요."

통행료 징수소가 텅 비어 있었다. 가운데 칸은 깨진 유리 더미 속에 서 있었다. 그 너머 서쪽으로 향하는 길은 지평선까지 텅텅 비어 있었지만 동쪽으로 향하는 길, 즉 터널 속으로 들어가 그들이 방금 떠나온 도시로 진입하는 차로들은 소리 없는 교통 체증으로 꽉 들어차 있었다. 교통이 마비된 차로 속에 시체 더미가 흐트러져 있었고, 상당히 많은 갈매기들이 시체 더미를 지키고 있었다.

"아아, 맙소사."

그녀가 힘없이 말했다.

"뉴욕을 빠져나가려고 기를 쓰는 사람들만큼이나 많은 사람이 뉴욕으로 들어가려고 기를 쓰고 있었어요. 왜 군인들이 뉴저지 끝에 있는 터널을 차단하느라 골머리를 앓았는지 이유를 모르겠네요. 아마 그 사람들도 이유를 몰랐겠지. 그냥 누군가의 눈부신 아이디어였을 거야. 분주하기만 하고 별 효과는 없는 일…….”

리타가 길바닥에 주저앉아 울고 있었다.

“그러지 마요.”

래리가 그녀 곁에 무릎을 꿇으며 말했다. 그는 터널 속의 경험이 아직도 너무나 생생해서 그녀에게 화가 나지 않았다.

“다 괜찮아졌잖아요, 누님.”

“뭐가 괜찮아졌어?”

그녀가 흐느꼈다.

“뭐가 괜찮아졌어? 한 가지만 말해 봐.”

“밖으로 나왔잖아요, 결국. 그게 대단한 거지. 그리고 신선한 공기도 있고. 사실 말이지, 뉴저지 공기가 이렇게 좋은 냄새를 풍긴 적은 한 번도 없었다고요.”

그 말 덕분에 그는 힘없는 미소를 볼 수 있었다. 래리는 터널 타일의 파편에 스쳐 그녀의 뺨과 관자놀이에 생긴 상처들을 바라보았다.

“약국에 가서 상처에다 과산화수소 좀 발라야겠어요. 걸을 수 있겠어요?”

“그래.”

소리 없이 감사의 표정으로 바라보는 그녀의 모습에 래리는 어색함을 느꼈다.

“나 새 신을 구해야겠어. 운동화로. 네가 말하는 대로 할 거야, 래리. 그러고 싶어.”

“누님한테 소리 질렀던 건, 내가 정신이 혼란스러워서 그랬던 거예요."

그가 조용히 말했다. 그는 리타의 머릿결을 뒤로 쓸어넘기고 그 오른쪽 눈 위에 난 상처에 키스했다.

"나 그렇게 나쁜 놈 아니에요."

그가 조용히 덧붙였다.

"그저 나를 떠나지만 마, 래리."

래리는 일어서는 것을 도우며 리타의 허리에 슬쩍 팔을 둘렀다. 그런 다음 둘은 통행료 징수소를 향해 천천히 걸어가 그 사이로 빠져나갔으며, 뉴욕을 뒤로하고 강을 건넜다.

제36장

오군큇 마을 중앙의 작은 공원에는 남북전쟁 당시의 대포와 전쟁 기념비가 있었다. 거스 딘스모어가 죽은 뒤, 프래니 골드스미스는 그 공원의 오리 연못가에 앉아 연못 속에 돌을 던지고, 잔물결이 고요한 수면으로 퍼져 나가다 결국엔 연못 주위를 둘러싼 커다란 수련 잎에 이르러 산산이 흩어지는 모습을 멍하니 지켜보고 있었다.

프래니는 그저께 해변 아래에 있는 핸슨의 집으로 거스를 데려다 놓았다. 더 지체했다간 거스가 걸을 수도 없어져서 공용 해변 주차장 인근에 있는 그의 뜨겁고 비좁은 쪽방 속에서, 그녀의 조상이 상당히 소름 끼치고도 적절한 완곡어법으로 이름 붙였을 법한 '최후의 감금 상태'를 그가 혼자서 보내야 할 것 같아 걱정이 되었기 때문이었다.

그녀는 거스가 그날 밤 죽을 거라고 생각했다. 그는 열이 높았고 미친 듯한 정신 착란 상태에 빠져 침대에서 두 번이나 떨어졌으며, 핸슨 씨의 침실 주위를 비틀비틀 돌아다니면서 물건들을 뒤집어엎다 무릎을 꿇고 쓰러졌다가, 다시 일어났다. 거스는 그곳에 있지도 않은 사람들한테 고함을 지르고, 그들한테 대답을 하고, 유쾌한 듯싶다가도 낙담하기도 하며 온갖 다양한 감정으로 그들을 지켜보았는데, 나중에 가서는 프래니가 거스의 보이지 않는 친구들이 진짜 사람이고 자기는 허깨비라고 느끼기 시작할 지경이었다. 그녀는 거스한테 침대로 돌아가라고 사정했지만, 거스에게 그녀는 그곳에 존재하지 않는 사람이었다. 그녀는 그의 앞길에서 물러나 있어야만 했다. 안 그랬다면, 그는 그녀를 넘어뜨리고 그녀 위로 걸어갔을 것이다.

마침내 그가 침대로 쓰러지자 힘이 넘치던 정신 착란 상태는 프래니가 최후의 혼수상태라고 여겼던 헐떡거리며 힘겹게 호흡하는 무의식 상태로 넘어갔다. 그런데 다음 날 아침 그녀가 찾아가 보았더니, 거스는 일어나 침대에 앉아 선반에서 발견한 서부 소설 문고본을 읽고 있었다. 그는 프래니에게 돌봐 줘서 고맙다고 했고 자기가 전날 밤에 난처한 말이나 행동을 하지 않았는지 모르겠다고 진지하게 말했다.

그런 일을 한 적 없다고 말하자, 거스는 미심쩍어하며 난장판이 된 침실을 둘러보고 어쨌든 그렇게 말해 주니 고맙다고 했다. 프래니가 수프를 만들어 주자 그는 매우 맛있게 먹었고, 저번 주에 마을 남쪽 끝에 있는 차단막에서 교대로 경계를 서는 동안 부러졌다면서 안경도 없이 책 읽기가 어찌나 힘든지 모르겠다고 투덜대자, 그녀는 (그의 힘없는 만류를 뿌리치고) 문고본을 뺏어다가 헤

이븐 북쪽에 사는 여류작가가 쓴 서부 소설을 네 장(章) 읽어 주었다. '총탄 크리스마스.' 그것이 소설 제목이었다. 보안관 존 스토너는 와이오밍 주 으르렁 바위라는 마을에서 기승을 부리는 난폭한 패거리 일로 골치를 겪는 중이었는데, 더욱 골치 아픈 것은 사랑스러운 젊은 아내에게 크리스마스에 줄 마땅한 선물을 딱 꼬집어 생각해 낼 수가 없다는 거였다.

프래니는 더욱 낙관적으로 바뀌어 거스가 회복 중이겠거니 하고 생각했다. 그러나 어젯밤 그는 다시 악화되었고, 오늘 아침 8시 15분에 죽고 말았는데, 그것은 겨우 1시간 30분 전에 일어난 일이었다. 그는 마지막에 가서는 제정신을 차렸지만, 자신의 상태가 정확히 얼마나 심각한지는 깨닫지 못했다. 그는 매년 7월 4일 독립 기념일마다, 또 뱅고어에 축제가 벌어지는 9월의 노동절마다 아버지가 그와 그의 형제들에게 사 주었던 것과 똑같은 아이스크림 소다수를 먹고 싶다고 간절히 말했다. 그렇지만 그때는 오균퀏 마을에 전기가 끊어져(전자시계에 따르면 끊어진 시점은 정확히 6월 28일 저녁 9시 17분이었다.) 마을에서는 아이스크림을 전혀 구할 수 없었다. 프래니는 혹시나 마을에 있는 누군가가 아이스크림 제조기와 연결해 비상 전력을 가동시킬 만한 석유 발전기를 가지고 있지는 않을까 하고 궁리해 보았고, 심지어는 해럴드 로더를 찾아가 물어보려는 생각도 했지만, 그때 거스가 마지막으로 씩씩거리며 절망적인 호흡을 시작했다. 호흡이 지속되던 5분 동안 그녀는 한 손으로 그의 머리를 받치고 다른 손으로는 찐득한 가래를 받아 내려고 입 밑에 수건을 갖다 댔다. 그러다 숨이 멎었다.

프래니는 깨끗한 천으로 그를 덮고 바다가 내려다보이는 친근한 잭 핸슨의 침대 위에 그대로 두었다. 그런 다음 여기로 왔고 그때부터 별다른 생각 없이, 연못에 돌멩이를 던지고 있었다. 그렇지만 그녀는 아무 생각도 안 하는 것이 그리 나쁘지 않음을 무의식적으로 깨달았다. 아버지가 돌아가시던 날 그녀를 에워쌌던 이상한 무감각과는 달랐다. 그날 이후 그녀는 더욱더 침착한 모습을 유지해 왔다. 그녀는 나산의 꽃집에서 장미 나무를 가져다가 피터의 무덤가에 정성 들여 심어 놓았다. 그녀는 진심으로 그 나무가 훌륭하게 뿌리내릴 거라고 생각했으며, 아버지도 그렇게 말씀하셨을 것 같았다. 지금 그녀의 생각 결핍은 거스의 마지막 임종을 지켜본 후에 갖는 일종의 휴식이었다. 그녀가 예전에 겪어 본 적이 있었던, 광기를 예고하는 전조 같은 것이 전혀 아니었다. 그런 불길한 전조는 눈에 보이기보다는 몸으로 느껴지는 형상들로 가득 찬 칙칙하고 불쾌한 터널 속을 지나는 것과도 같았다. 결코 두 번 다시 여행하고 싶지 않은 터널이었다.

그러나 그녀는 다음에 무엇을 할지 조만간 생각을 해야만 했고 그 생각에 해럴드 로더를 포함해야 할 것이라고 여겼다. 단지 그녀와 해럴드가 이제 그 지역에 마지막 남은 두 사람이기 때문만이 아니라, 누군가 돌봐 줄 사람이 없다면 해럴드가 어떻게 될지 짐작조차 할 수 없기 때문이었다. 자신이 세상에서 가장 능력 있는 보호자라고 여기진 않았지만, 그녀가 이곳에 있기 때문에 그녀가 맡아서 해야 할 일이었다. 여전히 해럴드를 각별하게 좋아하는 것은 아니었지만, 적어도 그는 싹싹하게 굴려고 노력해 왔고 어느 정도는 보기 좋은 면도 지니고 있음을 드러냈다. 아주 조금, 게다가 자신만의 괴상한 방식으로.

나흘 전 만난 이후로 해럴드는 프래니를 홀로 놔두었는데, 아마도 부모님을 애도하고픈 그녀의 희망을 존중했기 때문일 것이다. 그럼에도 프래니는 로이 브래니건의 캐딜락을 타고 이곳 저곳 정처 없이 돌아다니는 해럴드를 이따금 목격했다. 그리고 두 번, 바람이 적당해졌을 때, 그녀는 자기 침실 창문가에서 그의 타자기가 딸깍거리는 소리를 들었다. 로더의 집이 거의 2.5킬로미터나 떨어져 있는데도 그런 소리를 충분히 들을 수 있을 만큼 조용하다는 사실이 이제껏 벌어졌던 사태의 현실성을 강조해 주는 듯싶었다. 캐딜락을 손에 넣은 해럴드가 자기 수동 타자기를 조용히 윙윙거리는 전동 타자기로 바꿀 생각을 안 했다는 사실에 그녀는 약간 즐거워졌다.

'그걸 가질 수 있는데도 안 그랬어.'

그녀는 그렇게 생각하면서 자리에서 일어나 반바지의 엉덩이를 털었다. 아이스크림과 전동 타자기는 과거의 일이 되었다. 그것이 그녀를 슬프게도 향수에 젖게 했고, 그녀는 어떻게 그토록 극심한 대격변이 고작 2주일 사이에 벌어질 수 있었던 것인지 깊은 당혹감에 사로잡혀 다시금 의아해했다.

해럴드가 뭐라 말했든 간에 다른 사람들이 남아 있을 것 같았다. 만약 정부 조직이 일시적으로 무너졌다 해도, 정부 당국자들은 뿔뿔이 흩어진 사람들을 반드시 찾아내 정부를 다시 구성해야 했다. 왜 '정부'를 그토록 반드시 있어야 할 것으로 여기는지는 이상하지 않았다. 왜 자동적으로 해럴드한테 책임감을 느꼈느냐 하는 문제와 다를 바가 없었다. 그냥 원래 그런 것이었다. 조직 체계는 필수적인 것이었다.

프래니는 공원을 나와 중심가를 천천히 걸어 로더네 집으로 향했다. 날은 이미 따뜻했지만, 공기는 바닷바람 때문에 상쾌했다. 그녀는 불현듯 해변으로 내려가 맛있는 해초를 찾아내 뜯어 먹고 싶었다.

"어이구, 구역질 난다 프래니야."

그녀가 크게 소리쳤다. 물론 진짜로 구역질이 나는 것은 아니었다. 그저 임신했을 뿐이었다. 그뿐이었다. 다음 주엔 버뮤다 양파 샌드위치가 먹고 싶을 수도 있었다. 맨 위에다 크림 빛 겨자 소스를 뿌려서.

그녀는 길모퉁이에 멈춰 서서, 해럴드네 집까지 아직 한 블록 남은 상태에서, 자신의 '미묘한 상태'에 관해 생각하기 시작한 이래로 얼마나 오랫동안 그런 식으로 지내왔는지를 떠올리고 깜짝 놀랐다. 예전에는 '나는야 임신부' 개념이 생각의 끄트머리마다 달라붙는다는 사실을 항상 깨닫곤 했다. 깨끗이 치우기를 빈번이 잊어버린 불쾌한 오물인 것처럼. 나는 반드시 저 파란 드레스를 금요일 전에 세탁소에 맡겨 놓아야 한다(몇 달만 있으면 벽장 속에 걸어 놓을 옷이잖아. '나는야 임신부' 니까). 샤워 좀 해야겠다(몇 달 후에는 샤워실에 고래가 한 마리 있는 것처럼 보일 거야, '나는야 임신부' 니까). 피스톤이 소켓이나 다른 어딘가에서 떨어져 나가기 전에 차 엔진 오일을 갈아야겠네(시트고 주유소에서 일하는 자니가 뭐라고 말할지 궁금한데, '나는야 임신부' 라는 사실을 알면.). 그러나 이제는 그런 생각에 익숙해져 버린 것 같았다. 어쨌거나 그녀는 거의 3개월을, 임신 기간의 거의 3분의 1을 지내 온 것이다.

처음으로 그녀는 아기를 출산할 때 과연 누가 도와줄 것인지를 염려했다.

로더네 집 뒤편에서 수동식 잔디깎이가 부단히 톱니를 움직이는 철컥철컥 소리가 났고, 모퉁이를 돌아 나온 프래니는 너무나 기묘한 모습을 보고 놀란 나머지 요란하게 터지려던 웃음보가 막혀 버렸다.

해럴드가 팽팽하게 꽉 죄는 파란 수영복만 걸친 채 잔디를 깎고 있었다. 하얀 피부가 땀으로 번들거렸다. 긴 머리가 목에서 들썩거렸다.('단정해 보이려고 분명히 바로 얼마 전에 머리를 감았던 것 같은데.') 사각 수영복의 허리 밴드 위와 다리 밴드 아래의 비곗살이 위아래로 격렬하게 덜렁거렸다. 발목 위까지 잘린 풀에 덮인 발은 초록빛이었다. 등이 벌겠다. 열심히 일해서 그런 건지 볕에 탄 초기 증상인지 딱히 꼬집어 말할 수는 없었지만.

그런데 해럴드는 그냥 잔디를 깎고 있는 것이 아니었다. 그는 뛰고 있었다. 로더네 집의 뒤쪽 잔디는 그림같이 뻗어 있는 돌벽으로 경사져 내렸고, 그 한복판에 팔각형 정자가 있었다. 프래니와 에이미는 소녀 시절에 '차 마시는 시간'을 갖곤 했다. 프래니는 갑작스레 마음을 찌르는 그리움에 돌연 아픔을 느끼며, 그들이 동화 『샬럿의 거미줄』의 결말에 슬퍼하고 학교에서 가장 귀여운 소년이었던 처키 마요를 두고 행복하게 신음할 수 있었던 그 시절을 돌이켜 회상했다. 로더네 잔디밭은 그 푸름과 한적함이 그럭저럭 영국식이라 할 만했는데, 지금은 파란 수영복을 입은 난봉꾼이 이 목가적인 경치를 훼방 놓고 있었다. 해롤드는 자기 집 뒤쪽, 잔디가 한 줄로 늘어선 오디 덤불에 막혀 윌슨네 잔디와 갈라지는 북동쪽 모퉁이를 돌면서, 듣기에 위태로울 정도로 헐떡거리는 소리를 내고 있었다. 그는 잔디깎이의 T자형 손잡이 위로 몸을 숙이고 기계음을 울리며 잔디 경사면을 내달렸다. 톱날이 윙윙 돌아갔다. 초록빛으로 분출된 풀이 휘날려 해럴드의 다리 아래쪽을 뒤덮었다. 그는 대략 잔디밭의 절반을 깎아 놓았다. 남은 것은 가운데 정자가 딸린 점점 좁아지는 사각 지형이었다. 그는 언덕 밑바닥의 모퉁이를 돌아 기계음을 울리다 한동안 정자에 가려졌고, 그런 다음 다시 나타나 포뮬러 원 자동차 경주 선수처럼 자신의 기계 위로 몸을 수그렸다. 그러다 그녀를 보았다. 정확히 같은 순간에 프래니가 머뭇머뭇 말했다.

"해럴드?"

눈물로 범벅된 해럴드의 얼굴이 보였다.

"헉!"

해럴드가 말했다. 실제로는 켁켁거렸다. 자기만의 세계에 빠져 있던 그를 프래니가 놀라게 한 것이었고, 한순간 그녀는 한창 열심히 일하던 그가 갑작스럽게 심장마비를 일으킬까 봐 두려웠다.

그러고는 그가 집을 향해 뛰어 갔고, 그의 발이 베어진 풀더미를 걷어차자 그녀는 휘날린 풀들이 뜨거운 여름 공기에 만들어 놓은 달콤한 냄새를 어렴풋이 느꼈다.

프래니가 그를 쫓아 걸음을 내디뎠다.

"해럴드, 뭐가 잘못됐니?"

그 순간 그는 현관 계단을 뛰어오르고 있었다. 뒷문이 열리고 해럴드가 안으로 뛰어 들어가자 그의 뒤에서 문이 부서질 듯 세차게 닫혔다. 뒤이어 몰려든 정적 속에서 어치가 귀가 따갑도록 울어 댔고, 작은 동물이 돌벽 뒤의 덤불 속에서 부스럭거렸다. 한때는 프래니와 에이미가 자그마한 손가락으로 바비 인형의 소꿉놀이 찻잔을 우아하게 받쳐 들고 쿨에이드를 마시곤 했던 정자에서 약간 떨어진 곳에는, 깎인 풀들을 뒤로한 잔디깍이가 높이 자란 풀을 앞에 둔 채 버려져 있었다.

프래니는 한동안 망설이며 서 있다가 마침내 문으로 걸어 올라가 노크했다. 응답이 없었지만, 안쪽 어딘가에서 우는 소리가 들려왔다.

"해럴드?"

여전히 무응답. 계속되는 울음.

그녀는 뒤쪽 현관 마루로 들어섰는데, 그곳은 어둡고, 서늘하고, 향기로웠다. 로더 부인의 식품 저온 보관실이 마루 왼쪽으로 트여 있었다. 프래니의 기억에 뒤편에서는 사과와 계피를 말린 듯한 좋은 냄새가 났다. 파이 만드는 꿈을 꾸는 것처럼.

"해럴드?"

현관 마루를 지나 부엌으로 가 보니 해럴드가 탁자 앞에 앉아 있었다. 그는 두 손으로 머리칼을 움켜쥐고, 초록으로 물든 발을 로더 부인이 티끌 하나 없이 깨끗이 유지했던 빛바랜 리놀륨 바닥에 뻗고 있었다.

"해럴드, 뭐가 잘못됐니?"

"저리 가요!"

눈물에 젖은 그가 고함쳤다.

"저리 가요. 누난 나를 싫어하잖아!"

"아냐, 난 널 좋아해. 너는 괜찮은 애야, 해럴드. 훌륭하지는 않을지라도, 괜찮은 애라고…… 사실은 말이야, 이것저것 따져 보면, 지금 당장은 너야말로 전 세계에서 내가 가장 좋아하는 사람들 중 한 명이라고 말할 수밖에 없어."

이 말이 해럴드를 더욱 눈물 나게 한 것 같았다.

"뭐 마실 것 좀 있니?"

"쿨에이드요."

그가 훌쩍거리며 코를 닦고, 계속 탁자를 바라보다 덧붙였다.

"그거 미지근해요."

"당연히 그럴 테지. 너 마을 급수장에서 물을 길어다 먹었니?"

많은 소도시가 그러하듯 오군큇은 아직도 마을 회관 뒤에 공용 급수장을 두고 있었었다. 비록 지난 40년간 급수장은 실질적인 물 공급원이 아니라 유적지로서 한몫을 해 왔지만. 여행객들은 이따금 그곳의 사진을 찍었다. 이게 바로 우리가 휴가를 보냈던 작은 해안 마을의 공용 급수장이야. 이야, 참 괴상하게 매력적이지 않니.

"맞아요. 거기서 떠 온 물이에요."

그녀는 두 사람이 마실 쿨에이드를 잔에 따라 가져와 자리에 앉았다. '정자에 가서 마셔야 하는데. 새끼손가락을 쭉 펴고 예쁘게 마셔야 하는데.'

"해럴드, 뭐가 잘못됐니?"

해럴드는 이성을 잃은 듯 이상한 웃음소리를 내면서 서툴게 쿨에이드를 입에 갖다 댔다. 그는 유리잔을 비운 다음 내려놓았다.

"잘못돼요? 인제 와서 잘못될 일이 뭐가 있겠어요?"

"내 말은 그러니까, 뭐 별다른 일이라도 있는 거야?"

그녀가 쿨에이드 맛을 보고 얼굴이 찡그려지려는 걸 꾹 참았다. 그리 미지근하진 않아서 해럴드가 바로 얼마 전에 물을 길어다 놓은 것이 분명했지만, 설탕 넣는 것을 깜빡 잊은 듯했다.

마침내 그녀를 올려다보는 해럴드의 얼굴은 눈물로 얼룩져 있었고, 계속 펑펑 울고픈 모습이었다.

"어머니가 보고 싶어요."

그가 천진하게 말했다.

"오, 해럴드……."

"막상 일이 벌어졌을 때, 어머니가 돌아가셨을 때 저는 생각했어요. '뭐 그다지 슬프지 않네.'"

유리잔을 손에 쥔 그는 약간 섬뜩해 보이는 격앙되고 매서운 모습으로 프래니를 노려보았다.

"그 말이 누나한테 얼마나 소름 끼치게 들릴지 저도 알아요. 하지만 전 가족들이 다 죽어 버렸을 때 어떻게 받아들여야 할지 전혀 몰랐어요. 전 아주 예민한 놈이에요. 그렇기 때문에 마을 어르신들이 고등학교라고 이름 붙인 공포의 집에서 바보 천치들한테 무지 괴롭힘을 당했던 거고요. 저는 너무 슬퍼서 돌아 버릴 줄 알았어요. 가족들이 죽고 나서 말이에요. 아니면 적어도 1년간은 피폐해질 거라고…… 이를테면 제 정신적 태양이 결국엔…… 결국엔…… 그런데 막상 그렇게 되고 보니, 우리 어머니랑…… 에이미 누나랑…… 우리 아버지…… 저는 혼자 되뇌었어요, '뭐 그다지 슬프지 않네.' 내…… 가족들이……."

그가 탁자를 주먹으로 내리치자 프래니는 움찔했다.

"왜 말이 안 나오는 거죠?"

그가 소리 질렀다.

"저는 항상 하고 싶은 얘기를 말로 할 수 있었다고요! 언어를 가지고 조각하는 것이 작가의 일이잖아요. 뼈대에 가깝도록 다듬는 거 말이에요. 그런데 왜 그때 일이 어떤 느낌인지 말로 할 수 없는 거죠?"

"해럴드, 자책할 필요 없어. 네가 어떤 기분인지 나도 알아."

놀라서 말문이 막힌 그가 프래니를 뚫어지게 쳐다보았다.

"누나가 안다고……?"

그가 고개를 저었다.

"아니야. 누나는 몰라요."

"네가 우리 집에 왔을 때 기억하니? 내가 무덤을 파던 중이었지? 그때 나는 정신이 반쯤 나가 있는 상태였어. 내가 뭘 하고 있었는지 기억조차 할 수 없었다고. 감자튀김을 만들려다가 집을 홀라당 태워 먹을 뻔했어. 그러니까 풀을 깎아서 기분이 한결 나아진다면, 좋은 일이야. 그래도 수영복만 입고 하다간 볕에 타고 말 거야. 벌써 그을렸잖아."

프래니가 잔소리를 덧붙이며 그의 어깨를 보았다. 예의 바르게도, 그녀는 맛이 형편없는 쿨에이드를 조금 더 홀짝거렸다.

해럴드는 두 손으로 입을 닦았다.

"가족을 썩 좋아해 본 적도 없어요. 그래도 어쨌거나 슬퍼해야 하는 법이잖아요. 오줌보가 꽉 차면 오줌을 눠야 하는 것처럼 당연하게. 만약 가까운 친척이 죽으면, 슬픔에 잠겨야 마땅한 거잖아요."

프래니는 끄덕거리면서, 그 말이 이상하기는 해도 아주 틀린 말은 아니라고 생각했다.

"우리 어머니는 항상 에이미 누나를 챙겼어요. 어머니는 에이미 편이었어요."

그가 무의식적으로 불쌍하기 이를 데 없는 어린애처럼 과장된 말투로 얘기했다.

"그리고 아버지한테 저는 소름 끼치는 혐오의 대상이었고요."

프랜은 충분히 짐작할 수 있었다. 브래드 로더는 덩치 큰 건장한 남자였고, 케네벙크에 있는 모직 공장의 주임이었다. 그는 자기 거시기로 생산해 놓고도 어쩌다 이토록 뚱뚱하고 특이한 아들이 만들어졌는지 전혀 이해하지 못했을 것이다. 해럴드가 이야기를 이어 갔다.

"한번은 아버지가 저를 구석으로 데려갔죠. 그러고는 나한테 호모 새끼인지 아닌지 물어보는 거예요. 정말로 아버지가 그렇게 물었어요. 제가 너무 겁에 질려 울자, 아버지가 제 얼굴을 때리더니 만날 그렇게 염병할 새끼처럼 굴려거들랑 저더러 당장 마을을 떠나는 게 낫겠다고 그러지 뭐예요. 그리고 에이미 누나는……에이미 누나는 저한테 아무 관심도 없었다고 말해도 괜찮을 거란 생각이 드네요. 누나가 친구들을 집에 데리고 오면 저는 그저 부끄러움의 대상이었어요. 누나는 저를 너저분한 방처럼 취급했거든요."

애를 쓴 끝에, 프랜은 쿨에이드를 다 마셨다.

"그래서 가족들이 다 죽고 제가 이것도 저것도 아닌 어정쩡한 감정을 느꼈을 때, 저는 저 자신이 잘못됐다고만 생각했어요. '슬픔은 무릎의 반사 운동처럼 당연히 생기는 것이 아냐.' 혼자 그렇게 생각했죠. 그렇지만 제가 바보 같았어요. 매일 매일 점점 더 가족들이 그립더라고요. 주로 어머니가. 만일 어머니를 볼 수만 있다면…… 많고 많은 순간마다 어머니는 곁에 없었어요. 내가 어머니를 원했을 때…… 어머니가 필요했을 때…… 어머니는 에이미를 위해 여러 가지 것들을 챙기느라 너무 바빴거나, 아니면 에이미랑 함께 있었죠. 그래도 어머니는 저한테 한 번도 심하게 대하신 적이 없었어요. 오늘 아침에 가족 생각을 하다 보니 이런 생각이 들더라고요. '풀을 깎아야겠다. 그럼 생각이 안 나겠지.' 그런데도 생각이 났어요. 그래서 빠르게, 더 빠르게 풀을 깎기 시작했고요…… 마치 제가 제 머릿속의 생각보다 앞서 달릴 수 있기라도 한 것처럼…… 그런데 하필 그때 누나가 찾아왔던 거 같아요. 이런 제가 미친 사람처럼 보였죠, 프랜 누나?"

프래니는 탁자 위로 손을 뻗어 그의 손에 얹었다.

"그렇게 느끼는 건 잘못이 아냐, 해럴드."

"정말이에요?"

그는 다시금 어린애처럼 눈을 휘둥그렇게 뜨고 그녀를 뚫어지게 쳐다보았다.

"그래."

"누나가 제 친구가 돼 주실 거예요?"

"그래."

"아, 고마워라. 그렇게 해 주다니 정말 고마워요."

해럴드의 손이 그녀의 손안에서 땀투성이가 되었고, 그녀가 눈치 챈 순간 그도 알아차린 듯 마지못해 손을 놓았다.

"쿨에이드 더 드시겠어요?"

그가 공손하게 물었다.

프래니는 할 수 있는 한 가장 공손한 미소를 지으며 말했다.

"아니, 나중에."

그들은 공원에서 점심을 먹었다. 땅콩버터와 젤리 샌드위치, 호스티스 트윈키 크림빵, 각각 커다란 코카콜라 병 하나씩. 콜라는 오리 연못 속에 담가 뒀던 터라 시원했다.

"앞으로 뭘 할지 생각해 봤어요. 그 트윈키 빵 남은 거 마저 안 드실 거예요?"

"응, 배불러."

프래니의 트윈키가 해럴드의 입속으로 단 한 입에 사라졌다. 그 모습을 보고 그의 때늦은 슬픔이 식욕에 영향을 끼치지 못했던 모양이라고 프래니는 생각했고, 이내 그것이 다소 비열한 사고방식이라고 자책했다.

"뭘 할 건데?"

"버몬트로 갈까 생각 중이었어요."

그가 수줍게 말했다.

"누나도 가고 싶어요?"

"왜 버몬튼데?"

"그곳엔 국립 전염병 및 감염 질병 연구소가 있어요. 버몬트 주 스토빙턴이란 마을에요. 애틀랜타에 있는 시설만큼 크진 않지만, 그곳이 여기서 훨씬 더 가깝다는 건 분명하잖아요. 만약 살아남은 사람들이 있어서 이 독감을 연구하고 있다면, 대부분 그곳에 있을 것 같아요."

"남들처럼 죽지 않았을까?"

"글쎄, 죽었을 수도 있죠, 그럴 수 있죠."

해럴드가 신경질적으로 말했다.

"하지만 스토빙턴 같은 시설은 감염 질병을 다루는 데 익숙한 곳이니까, 예방 조치를 취하는 데도 익숙하죠. 만약 사람들이 아직도 연구 중이라면, 아마 우리 같은 사람들을 찾고 있을 거예요. 면역이 된 사람들을요."

"넌 어떻게 그런 걸 다 아니, 해럴드?"

그녀가 감탄을 숨기지 못하며 바라보자 해럴드는 행복한 듯 낯을 붉혔다.

"이것저것 많이 읽거든요. 그런 시설들은 비밀도 아니고요. 프랜 누난 어떻게 생각하세요?"

그녀는 그것이 굉장히 멋진 아이디어라고 생각했다. 체제와 정부가 무너져 버린 난국에 희망이 생겼다. 그녀는 그런 공공시설을 움직이는 사람들이 죄다 죽었을지도 모른다는 해럴드의 부정적 의견을 즉각 떨쳐 버렸다. 그들은 스토빙턴으로 갈 것이고, 연구소 안으로 모셔져서 검사를 받을 것이며, 여러 검사를 거쳐 그들과 병에 걸려 죽어 간 모든 사람들 사이의 어떤 불일치, 어떤 차이점이 도출될 것 같았다. 도대체 백신이 이 시점에서 무슨 소용이 있을 것인가 하는 의문은 이 순간에 그녀에게 떠오르지 않았다.

"도로 지도를 찾아서 어떻게 그리로 갈지 내일 알아봐야겠어."

그의 얼굴이 환해졌다. 한순간 그녀는 그가 키스할 것이라 생각했고, 단 한 번의 눈부신 순간에 어쩌면 그것을 허락할지도 몰랐지만, 그 순간은 지나갔다. 돌이켜 생각해 보니 그녀에게는 다행이었다.

아무리 먼 거리도 손가락 길이로 축소된 도로 지도 책에 따르면, 상당히 간단해 보였다. 1번 고속도로에서 95번 국도까지, 95번 국도에서 302번 고속도로까지, 그런 다음 302번 도로 북서쪽 방면으로 메인 주 서부의 호수 인근 시골 마을들을 지나 같은 도로를 타고 굴뚝 모양의 뉴햄프셔 주를 횡단한 다음, 버몬트 주로 들어간다. 스토빙턴은 바레에서 서쪽으로 겨우 48킬로미터였으며, 버몬트 61번 도로나 89번 국도 어느 쪽으로든 접근이 쉬웠다.

"다 합치면 얼마나 멀어?"

해럴드가 자를 대고 재 보더니, 지도의 축척을 따져 보았다.

"누난 못 믿을 거야."

그가 침울하게 말했다.

"얼만데? 200킬로미터?"

"500킬로미터가 넘어요."

"아, 맙소사. 내 상식을 깨 버리는구나. 뉴잉글랜드 지방의 여섯 개 주 거의 전체를 단 하루 동안 걸어서 통과할 수 있다는 글을 어디선가 읽었는데."

"그건 눈속임이죠."

해럴드가 최대한 학구적인 음성으로 말했다.

"24시간 안에 네 개 주를 걸어서 지나는 건 가능해요. 올바른 길로만 걷는다면 코네티컷 주, 로드아일랜드 주, 매사추세츠 주 그리고 버몬트 주 경계선을 곧바로 넘어가는 것까지는 가능해요. 하지만 그건 서로 맞물린 두 개의 쇠막대 퍼즐을 푸는 것과도 같죠. 요령만 알면 쉽지만, 모르면 불가능하답니다."

"도대체 넌 그런 걸 어디서 알아냈니?"

그녀가 즐거워하며 물었다.

"세계 기록을 모아 놓은 기네스북."

해럴드가 으스대며 말했다.

"다른 이름으로는 '오군큇 고등학교 자습실의 성서'로 알려졌지요. 실은요, 오토바이로 이동하면 어떨까 생각했어요. 아니면…… 잘은 모르지만…… 어쩌면 스쿠터라도 타고서."

"해럴드, 너는 천재야."

프래니가 진지하게 말했다.

해럴드가 기침하며 얼굴을 붉히더니 다시 기뻐했다.

"오토바이로 웰스 근처까진 갈 수 있어요. 내일 아침에요. 저기 혼다 오토바이 대리점이 있는데…… 프랜 누난 오토바이 운전할 수 있어요?"

"배우면 되지. 한동안 느리게 가도 된다면."

"아, 제 생각에 빨리 가는 건 그리 현명한 짓이 아니에요. 언제 막다른 커브 길을 만나 삼중 추돌 사고를 일으킨 차들이 도로를 막고 있는 걸 발견할지는 아무도 모르니까."

해럴드가 진지하게 말했다.

"그래, 아무도 모를 테지, 그렇지? 그런데 왜 내일까지 기다려? 오늘 떠나는 건 어때?"

"벌써 2시가 지났어요. 웰스보다 더 멀리 갈 순 없어요. 또 여행 준비물도 챙겨야 하고요. 여기 오군큇에서 준비하는 게 더 편할 거예요. 뭐가 어디 있는지 잘 아니까. 총도 필요할 거예요, 당연히."

정말로 이상한 일이었다. 그가 그 말을 하자마자, 프래니는 아기를 떠올렸던 것이다.

"우리한테 왜 총이 필요해?"

그가 잠깐 그녀를 바라보더니, 시선을 떨어뜨렸다. 빨간 홍조가 목까지 뻗쳐오르고 있었다.

"왜냐하면 경찰도 법원도 없어졌고 누나는 여자고, 또 예쁘고, 어떤 사람들은…… 어떤 남자들은…… 아닐 수도…… 신사가 아닐 수도 있으니까요. 그래서요."

그의 홍조는 이제 너무나 빨개서 거의 자줏빛이 되었다.

그가 강간에 대하여 말하고 있다고 그녀는 생각했다. '강간. 그렇지만 어떻게, 어느 누가 나를 강간하고 싶어 할까, 나는야 임신부인데.' 그러나 누구도 알 수 없는 사실이었다. 해럴드조차도. 그리고 털어놓고 얘기하자면, 작정하고 덤벼드는 강간범한테 "'나는야 임신부' 이므로 부탁이오니 당신께서는 그 행동을 삼가 주시렵니까." 하고 말할 수 있을까? 그러면 강간범이 "어이쿠, 아가씨, 제가 잘못했군요. 저는 다른 뇨자를 강간하러 가 보도록 하겠습니다." 하고 이성적으로 대답하기를 기대할 수 있을까?

"알았어. 총. 그렇다 쳐도 오늘 웰스까지는 갈 수 있잖아."

"여기서 하고픈 일이 또 있어요."

모지스 리처드슨의 헛간 꼭대기에 있는 둥근 지붕은 곧 폭발할 듯이 뜨거웠다. 건초를 쌓아 두는 다락으로 올라갔을 때 프래니는 몸에서 땀이 뚝뚝 떨어지는 정도였지만, 헛간 다락에서 둥근 지붕으로 이어진 흔들거리는 계단 꼭대기에 이르자 땀이 강물처럼 하염없이 쏟아져 블라우스를 검게 적시는 바람에 옷이 가슴에 철썩 들러붙었다.

"정말 이 일을 꼭 해야겠니, 해럴드?"

"모르겠어요."

그는 흰색 페인트가 든 양동이와 솔 부분에 아직도 보호용 셀로판지가 붙은 넓적한 페인트 붓을 들고 가는 중이었다.

"그치만 헛간이 1번 고속도로를 굽어보는 위치고, 사람들은 대개 그쪽으로 찾아올 거예요, 제 생각에는요. 아무튼 별로 고통스러운 일은 아니니까요."

"떨어져서 뼈가 부러진다면 고통스러울걸."

더위 때문에 그녀는 머리가 아팠고, 점심때 먹은 콜라가 구역질이 날 듯 뱃속에서 몹시 출렁거리고 있었다.

"사실상, 그걸로 인생이 끝장날 거야."

"난 안 떨어져요."

해럴드가 신경질적으로 내뱉고 그녀를 힐끗거렸다.

"프랜 누나, 몸이 불편해 보이는데요."

"더워서 그래."

그녀가 맥없이 말했다.

"그럼 아래로 내려가요, 제발요. 나무 아래 누우세요. 모지스 리처드슨의 헛간 지붕, 가파른 10도 경사면 위에서 죽음을 무릅쓰고 묘기를 펼치는 인간 파리를 구경이나 하시라니깐요."

"농담하지 마. 난 지금도 어리석은 짓이라고 생각해. 위험하기도 하고."

"그래요. 그렇지만 하고 나면 제 기분이 훨씬 좋아질 거예요. 어서 내려가세요, 누나."

'이런, 얘가 나를 신경 써 주고 있구나.' 그녀는 생각했다.

해럴드는 제자리에 서서 땀에 젖어 겁을 내며, 맨살이 드러난 토실토실한 어깨에 해묵은 거미줄이 달라붙은 채로, 꽉 끼는 청바지의 허리끈 위로 뱃살이 늘어진 채로, 목표를 놓치지 말자고, 옳은 일을 실행에 옮기자고 결심했던 것이다.

그녀는 발돋움해서 그의 입에 가볍게 키스했다.

"너 조심해야 한다."

말하고 나서 재빠르게 계단을 내려가는 동안 콜라가 그녀의 뱃속에서 출렁거렸다. '위아래로 사방으로 출렁출렁, 우웨애애액.' 그녀는 재빠르게 움직였지만, 해럴드의 눈 속에 떠오른 아찔한 행복을 못 보고 지나친 것은 아니었다. 그녀는 건초 다락에서 지푸라기가 어질러진 헛간 밑바닥까지 매달린 붙박이 사다리를 더욱 빠르게 내려갔는데 자기가 곧 토할 것임을 깨달았기 때문이었다. 구역질의 원인이 더위와 콜라와 아기임을 알기는 했지만, 해럴드가 구역질 소리를 들으면 어떻게 생각할 것인가? 그래서 그녀는 소리가 안 들리는 바깥으로 나가고 싶었다. 그리고 그녀는 성공했다. 훌륭하게.

해럴드는 4시 15분에 내려왔고, 볕에 그을린 몸이 빨갛게 이글거렸으며, 두 팔이 흰 페인트로 범벅이 되어 있었다. 그가 일하는 동안 프래니는 리처드슨의 앞마당에 있는 느릅나무 아래서 불안한 선잠을 잤는데, 지붕 판자가 우르르 무너지는 소리와 함께 불쌍한 뚱보 해럴드가 헛간 지붕에서 딱딱한 땅바닥까지 30미터를 추락해 절박한 비명을 지르지는 않을까 싶어 깊은 잠에 빠지지는 못했다. 그런데 그런 소리는 전혀 나지 않았고(하나님 감사합니다.), 그는 그녀 앞에 자랑스럽게 섰다. 초록 잔디 색깔로 물든 발과 하얀 팔과 빨간 어깨와 함께.

"귀찮게시리 그 페인트를 왜 도로 갖고 내려왔어?"

"저 위에 내버려 두고 싶지가 않아서요. 자연 발화로 이어져서 우리가 만든 표시를 잃을지도 모르거든요."

프래니는 그가 단 하나의 목표를 놓치지 않으려고 얼마나 굳은 결심을 했는지 다시금 생각해 보았다. 조금은 두려웠다.

둘은 헛간 지붕을 빤히 올려다보았다. 방금 칠한 페인트가 빛바랜 녹색 지붕 판자들과 뚜렷하게 대비되어 번쩍거렸고, 지붕에 칠한 글씨에서 프래니는 때때로 남부 지방에서 볼 수 있는 헛간 지붕 위로 칠해진 표식들을 연상했다. '예수가 구원하신다' 또는 '빨간 인디언을 짓이겨라.' 해럴드가 쓴 표시는 다음과 같았다.

버몬트 스토빙턴의 전염병 연구소로 떠나다
1번 고속도로로 웰스까지
95번 국도로 포틀랜드까지
302번 고속도로로 바레까지

89번 국도로 스토빙턴까지

1990년 7월 2일 오군퀏을 떠나며

해럴드 에머리 로더

프랜시스 골드스미스

"누나의 중간 이름을 몰라서요."

해럴드가 미안해하며 말했다.

"괜찮아."

프래니는 계속 그 표시를 올려다보았다. 첫 줄은 둥근 지붕의 창문 바로 밑에 적혀 있었다. 마지막 줄, 그녀의 이름은 빗물 빠지는 홈통 바로 위에 있었다.

"저 마지막 줄은 어떻게 쓴 거야?"

"별로 어렵지 않았어요. 대롱대롱 매달려 발을 약간 쳐들고 썼죠. 뭐, 그까짓 거."

그가 수줍어하며 말했다.

"맙소사, 해럴드, 왜 네 이름만 쓰고 끝내지 않은 거니?"

"왜냐하면 우리는 한 팀이니까."

그가 말하고 나서 약간 걱정스러운 듯 그녀를 바라보았다.

"아닌가요?"

"나도 우리가 한 팀이라고 여기지…… 네가 자살하지 않는 한은. 배고프지?"

해럴드의 표정이 밝아졌다.

"곰처럼 배고파요."

"그럼 식사하러 가자. 햇볕에 그을린 데다 내가 베이비 오일 좀 발라 줄게. 당장 셔츠 입어, 해럴드. 볕에 타서 오늘 밤엔 잠도 제대로 못 잘걸."

"난 푹 잘 거예요."

그가 프래니를 향해 웃었다. 프래니도 마주 보고 웃었다. 그들은 깡통에 든 음식과 쿨에이드(그녀가 만들었다. 설탕을 제대로 넣어서.)로 저녁을 먹었고, 이윽고 날이 어두워지자 해럴드가 무언가를 겨드랑이에 끼고 프랜의 집으로 찾아왔다.

"이건 에이미 누나 거예요. 다락방에서 제가 찾아냈죠. 누나가 중학교 졸업할 때 엄마랑 아빠가 선물했던 거 같아요. 아직도 작동하는진 모르겠지만, 철물점에서 건전지를 가져와 봤어요."

그가 토닥거린 양쪽 주머니는 에버레디 건전지로 불룩했다.

해럴드가 가져온 물건은 휴대용 축음기였고, 플라스틱 덮개가 달린 종류로, 열세 살이나 열네 살짜리 십대 소녀들이 해변이나 야외 파티에 가져가도록 고안된 물건이었다. 추억 어린 45회전 싱글 레코드판도 함께 있었다. 오스몬즈, 레이프 가렛, 존 트라볼타, 숀 캐시디의 노래가 담긴 레코드판들. 프래니는 축음기를 가까이 들여다보며 눈물이 차오르는 것을 느꼈다.

"그래, 작동하는지 확인해 보자."

그것은 정말로 작동했다. 그리고 거의 4시간 동안 그들은 앞에 있는 커피 탁자 위에 휴대용 축음기를 올려놓고 소파의 반대편 끝에 서로 떨어져 앉아, 조용하고 애잔한 황홀경에 빠져 얼굴을 환히 빛내며, 죽어 버린 세상의 음악이 여름밤을 가득 메우는 소리에 귀 기울이고 있었다.

제37장

처음에 스튜는 그 소리를 대수롭지 않게 받아들였다. 그것은 눈부신 여름날 아침의 전형적인 소리였다. 그는 뉴햄프셔 주 사우스라이게이트 마을을 막 지나쳐 온 참이었고, 이제 고속도로는 햇살의 움직임을 따라 길 위에 둥근 반점을 드리우는 느릅나무들이 우뚝우뚝 솟아 있는 어여쁜 시골을 굽이치고 있었다. 길 양편으로 덤불숲이 무성했다. 산뜻한 빛깔의 북나무, 청회색 곱향나무, 이름을 알 수 없는 무수한 덤불들. 그 풍성한 덤불들이 동부 텍사스의 덤불에 익숙했던 그의 눈에는 여전히 경이로웠는데, 동부 텍사스 도로변의 식물들은 이토록 다채롭지 않기 때문이었다. 왼편에서는 오래된 암벽이 나무숲에서 들락날락하며 너울거렸고, 오른편에서는 작은 개천이 흥겹게 동쪽으로 졸졸 흘러갔다. 때로 작은 동물들이 덤불 속에서 돌아다닐 것 같았고(어제 스튜는 커다란 암사슴 한 마리가 302번 도로의 하얀 차선 위에 서서 아침 공기를 음미하고 있는 광경을 보고 그 자리에서 몸이 굳어 버렸다.), 새들은 귀가 따갑도록 지저귈 것 같았다. 그리고 그런 소리를 배경으로 짖어 대는 개의 소리는 세상에서 가장 자연스러운 것처럼 들렸다.

그는 1킬로미터가 넘게 걷고 나서야 그 개(소리로 보아 이젠 더 가까워졌다.)가 결코 평범하지 않은 것 같다는 생각이 떠올랐다. 그는 스토빙턴을 떠난 이래로 죽은 개를 무수히 많이 봐왔어도 살아 있는 개는 전혀 보지 못했다. 추측컨대, 독감이 거의 모든 사람을 죽게 했지만 완전히 그렇게 한 것은 아니었다. 그와 마찬가지로, 분명히 그 독감은 대부분의 개를 죽게 했지만 모든 개들을 그렇게 한 것은 아니었던 것이다. 어쩌면 그 개는 지금쯤 극도로 사람을 꺼리는 상태일 것이다. 스튜의 냄새를 맡았다면 덤불숲으로 기어 들어가 그가 녀석의 영역을 떠날 때까지 그를 향해 신경질적으로 짖어 댈 것이 분명할 듯싶었다.

스튜는 메고 있던 데이글로 배낭의 끈을 조절하고 끈 밑으로 양어깨에 각각 끼워 두었던 손수건들을 다시 접었다. 그는 조지아 자이언츠 안전화를 신고 있었는데 사흘간의 걷기로 새 신발의 태가 거의 가셨다. 머리에는 맵시 있는 챙 넓은 빨간 중절모를 썼고, 어깨엔 군용 카빈총을 걸쳤다. 약탈자들을 만날 것으로 생각하진 않았지만, 총을 가지고 있는 편이 좋을 것 같다는 느낌이 막연하게 들었다. 어쩌면 신선한 고기를 사냥하기 위해서라도. 하긴 그는 어제 아직 살아 있는 신선한 고기를 목격해 놓고도 너무나 놀랍고 반가워서 총을 쏠 생각조차 못했다.

배낭을 다시 편하게 추스른 그는 계속 힘차게 길을 나아갔다. 그 개가 다음번 모퉁이 바로 너머에서 짖는 것 같았다. '어쩌면 드

디어 그 녀석을 만나겠군.'

그가 동쪽 방면으로 가는 302번 도로를 택했던 것은 조만간 그 길이 바다로 이어질 거라고 판단했기 때문이었다. 그는 자신과 일종의 계약을 맺었다. '바다에 도착하면, 무엇을 할지 결정할 것이다. 그때까진 뭘 할지 전혀 생각하지 않을 테다.' 나흘째로 접어든 그의 걷기는 이제 하나의 치유 과정이 되었다. 이따금 도로를 막아선 부서진 차들 사이를 요리조리 빠져나갈 수 있게 10단 변속 자전거라든가 아니면 오토바이를 이용하는 것도 생각해 보았지만, 대신 걸어가기로 했다. 그는 줄곧 도보 여행을 즐겨 왔고, 그의 몸은 운동의 필요성을 호소했다. 스토빙턴에서 탈출할 때까지 그는 거의 2주 동안 갇혀 있었기에 기력이 쇠하고 몸이 망가진 것 같은 기분을 느꼈다. 조만간 느린 걸음 때문에 조급해져 자전거나 오토바이를 잡아탈 것이라 예상했지만, 당장은 이 도로를 따라 동쪽으로 터벅터벅 걸으며 무엇이든 둘러보다가 기분 내킬 때 잠깐 쉬거나, 하루 중 가장 뜨거운 시간인 오후에는 낮잠을 자는 생활에 만족했다. 그로서는 이렇게 지내는 것이 좋았다. 조금씩 조금씩, 빠져나갈 길을 찾느라 미친 듯이 헤매던 일은 이제 기억 속으로 사그라지며 식은땀을 쏟게 할 만큼 생생하지 않았고, 그냥 과거에 있었던 일로 치부되었다. 누군가 쫓아오고 있다는 느낌에 대한 기억을 떨쳐 내기가 가장 어려웠다. 길 위에서 보낸 처음 이틀 밤에는 엘더와의 마지막 만남을, 엘더가 자신이 받은 명령을 실행하러 찾아왔던 때의 꿈을 계속 또 계속 꾸었다. 꿈속에서 스튜는 항상 의자를 너무 느리게 휘둘렀다. 엘더는 내리치는 의자가 미치지 못하는 곳으로 물러나 권총 방아쇠를 당겼고, 스튜는 묵직하지만 고통은 별로 없는 권투 글러브처럼 납탄이 그의 가슴에 압박을 가하는 것을 느꼈다. 그는 이런 꿈을 몇 번이고 계속해서 꾸다가 아침에 불안해하며 잠에서 깨어났지만, 살아 있다는 것이 너무 기쁜 나머지 꿈을 거의 실감하지 못했다. 어젯밤엔 그 꿈을 꾸지 않았다. 그는 두려움이 단번에 그칠 것이라고는 믿지 않았지만, 자신이 조금씩 조금씩 신체에서 독을 빼내며 걷는 것일 거라고 생각했다. 어쩌면 결코 모든 독을 제거하진 못하겠지만, 독이 거의 없어지면 다음에 무슨 일을 할지 더 잘 생각할 수 있으리란 확신을 느꼈다. 그때쯤에 바다에 도착하건 말건 간에.

그가 커브 길을 돌자 개가 있었는데 적갈색 아이리시 세터 사냥개였다. 개가 스튜를 발견하고 반갑게 짖으며 길을 뛰어와서, 발톱을 아스팔트 표면에 부득부득 긁으며 꼬리를 앞뒤로 맹렬히 흔들었다. 그러곤 위로 뛰어올라 앞발을 스튜의 배 위에 갖다 대더니 앞으로 밀치는 동작을 취해서 그는 주춤거리며 뒤로 한 발 물러났다.

"워워, 이 녀석아."

그가 히죽거리며 말했다. 개는 그의 음성을 듣자 행복하게 짖고 재차 껑충 뛰었다.

"코작!"

엄한 목소리가 들리자 스튜는 움찔하며 두리번거렸다.

"내려와! 그 사람을 내버려 둬! 그 사람 셔츠에다 온통 발자국을 남기려고 그러느냐! 버릇없는 녀석!"

코작은 네발 모두 다시 도로 위로 내리고 꼬리를 다리 사이에 낀 채 스튜 주변을 걸어 다녔다. 행동을 제지당했어도 꼬리는 기뼘을 꾹 누르며 계속 앞뒤로 휙휙거리고 있어서, 스튜는 이 개가 유능한 사기꾼 개가 될 가능성은 전혀 없을 거라고 여겼다.

그러고는 방금 들렸던 목소리의 임자를, 코작의 임자인 듯한 사람을 보았다. 대략 예순 살 정도인 그 남자가 걸친 것은 남루한 스웨터, 낡은 회색 바지…… 그리고 베레모. 그 사람은 피아노 의자에 앉아 팔레트를 들고 있었다. 캔버스가 놓인 이젤이 그의 앞에서 있었다.

그는 일어서서 팔레트를 피아노 의자 위에 놓더니(스튜는 그 사람이 작은 소리로 중얼거리는 것을 들었다. "자 자, 깜빡 잊고 그 위에 깔고 앉으면 안 돼."), 손을 내밀고 스튜를 향해 걸어왔다. 베레모 밑으로 그의 복슬복슬하고 희끗한 머리칼이 약하고 부드러운 산들바람 속에서 나부꼈다.

"부디 당신이 그 소총으로 부정한 행동을 취할 의사가 없기를 바라오, 선생. 글렌 베이트먼이오, 잘 부탁해요."

스튜는 앞으로 걸어가 그가 뻗은 손을 붙잡았다.(코작이 또다시 까불거리면서 스튜 주위를 뛰어다녔으나 감히 또 뛰어오를 엄두는 못 냈다.)

"스튜어트 레드먼입니다. 총에 대해선 걱정 마세요. 총을 쏴 대기 시작할 만큼 사람들을 자주 보지도 못했어요. 실은 한 사람도 못 봤습니다. 어르신을 만나기까지는."

"캐비어 좋아하시오?"

"먹어 볼 생각도 못 해 본걸요."

"그렇다면 이제 먹어 볼 때가 온 것이오. 그게 맘에 안 들면 다른 것도 얼마든지 많이 있어요. 코작, 껑충 뛰어오르지 마라. 네가 또 미친 듯이 껑충 뛰려고 생각 중이라는 걸 알아. 난 네 속마음을 책처럼 읽어 낼 수 있단 말이야. 네 마음이 그렇더라도 자제하도록 해라. 늘 기억해라, 코작, 자제심은 상류 사회를 하류 사회와 구분 지어 주는 것이란다. 자제!"

그리하여 선한 본성이 움직여, 코작은 엉덩이를 깔고 웅크려 앉아 헐떡거리기 시작했다. 개는 얼굴에 커다랗게 이빨을 드러냈다. 스튜의 경험상 이빨을 드러내는 개는 무는 개 아니면 우라지게 착한 개였다. 그리고 이 개는 무는 개처럼 보이진 않았다.

"점심에 초대하리다. 당신은 지난주 이래로 내가 목격한 첫 번째 사람이에요. 여기 머물겠어요?"

"기꺼이 그러겠습니다."

"남부 사람이군, 그렇지요?"

"동부 텍사스입니다."

"동양 사람이었군, 내가 못 알아봤네."

베이트먼이 자신의 재치에 키득키득 웃고는 자기가 그린 길 건너편의 숲을 묘사한 그저 그런 수채화를 향해 돌아섰다.

"피아노 의자 따위에는 안 앉을 겁니다, 제가 어르신이라면요."

"어허, 안 되지! 안 되고 말고?"

그는 진행 방향을 바꿔 자그마한 평지 뒤쪽으로 향했다. 스튜는 그곳의 그늘에 오렌지색과 흰색으로 알록달록한 아이스박스가 있고, 맨 위에 잔디밭에 까는 하얀 식탁보 같은 것이 접혀 있는 것을 보았다. 베이트먼이 접혀 있던 것을 활짝 펼치자 스튜의 예상대로 식탁보였다.

"우즈빌의 그레이스 침례교회에서 성찬식 물품으로 쓰던 거였다오. 내가 해방시켜 줬지요. 그게 없어졌다고 침례교인들이 아쉬워하리라곤 생각하지 않아요. 모두 예수님한테로 가 버렸으니까. 적어도 우즈빌 침례교인들은 모두 그랬으니까. 이제 각자 알아서 성찬을 행하겠지. 비록 내 생각에 침례교인들은 천국이 어마어마하게 실망스러운 곳이라는 걸 알 테지만 말이오. 만약 천국 관리자 측이 교인들한테 제리 팔웰이나 잭 반 임프 같은 목사의 모습을 시청할 수 있는 텔레비전(천국에선 천국 비전이라고 부르려나.)을 허용하지 않는다면 말이외다. 그 대신에 우리가 여기서 행하는 것은 격식 안 차리는 비기독교적인 성찬이라오. 코작, 식탁보 밟지 마라. 자제, 항상 그것을 기억해 둬, 코작. 온 힘을 다해 너의 지침을 엄수해라. 그럼 길을 건너 손 씻으러 가 보실까요, 레드먼 씨?"

"스튜라고 부르셔도 됩니다."

"알았소, 그렇게 하지요."

그들은 길을 내려가 차갑고 깨끗한 물에 손을 씻었다. 스튜는 행복을 느꼈다. 어쨌거나 이런 특별한 시기에 이런 특별한 사람을 만난다는 것이 더할 나위 없이 좋은 것 같았다. 그들이 있는 개천 아래에선 코작이 물을 핥아 먹고 행복하게 짖어 대며 숲 속으로 뛰어갔다. 개가 꿩을 날아오르게 했고, 스튜는 꿩이 덤불에서 푸드덕 튀어 오르는 것을 지켜보았고, 다소 놀라며 어쩌면 모든 것이 다 잘될 것이라고 생각했다. 어쨌든 잘될 거라고.

그는 캐비어에 별로 구미가 당기지 않았다. 해파리냉채 같은 맛이었다. 그러나 베이트먼은 그 외에도 페페로니 소시지 하나, 살라미 소시지 하나, 정어리 통조림 둘, 약간 물렁한 사과 몇 개, 키블러 무화과 쿠키가 담긴 커다란 상자 하나를 갖고 있었다.

"대장 운동에 굉장히 좋은 거지, 무화과 쿠키 말이에요."

베이트먼이 말했다. 스튜의 대장은 스토빙턴을 떠나 걷기 시작한 이래로 그에게 조금도 고통을 안겨 준 적이 없었으나, 어쨌든 그는 무화과 쿠키가 좋았고, 혼자서 여섯 봉지를 해치웠다. 사실대로 말하면, 그는 모든 음식을 엄청나게 많이 먹었다.

식사를 하는 동안 주로 짭짤한 크래커를 먹던 베이트먼은 스튜한테 자신이 우즈빌 전문대학의 사회학과 조교수였다고 말했다. 그에 따르면 우즈빌은 도로로 10킬로미터 더 가면 나오는 작은 마을이었다.("지역 전문대학과 네 군데 주유소로 유명한 마을이라오.") 그의 아내가 죽은 지 10년이었다. 그들 부부는 자식이 없었다. 동료들은 대개 그를 좋아하지 않았으며, 그로서도 진정으로 피차 마찬가지 감정이었다고 말했다.

"동료들은 나를 괴짜라고 생각했지. 그들 생각이 옳을 가능성이 농후해서 우리는 관계를 전혀 개선하지 못했다오."

그는 슈퍼 독감 유행을 태연하게 받아들였다고 했는데, 그 이유는 마침내 그가 은퇴해서 온종일 그림을 그릴 수 있을 것이기 때문이었다. 그가 늘 원해 왔던 대로 말이다.

그가 디저트(사라리 파운드 케이크)를 잘라 종이 접시 위에 담은 반쪽을 스튜한테 건네며 말했다.

"나는 소름 끼칠 만큼 형편없는 화가라오. 소름이 끼쳐요. 그러나 이번 7월이 되면 문학 학사, 문학 석사, 미술학 석사인 글렌든

페커드 베이트먼보다 풍경화를 더 잘 그릴 수 있는 사람은 지구에 단 한 명도 남아 있지 않을 거라고 혼자 스스럼없이 장담한다오. 저속하고 이기적인 사고방식이죠. 그래도 나만의 것이랍니다."

"코작은 예전부터 어르신의 개였습니까?"

"아뇨. 그건 다소 놀랍고 우연한 인연이라고 해야 할 거요. 그런 거겠지요? 나는 코작이 마을 건너에 살던 누군가의 애완견이었다고 믿습니다. 가끔 보긴 했지만, 개 이름이 뭔진 몰랐으니까. 그래서 개한테 이름을 새로 지어 주는 자유를 얻었지요. 녀석은 이름이야 어떻든 상관 안 하는 것 같더군요. 잠시 실례하겠습니다, 스튜."

그가 총총걸음으로 길을 건넜고 스튜는 그가 물을 첨벙거리는 소리를 들었다. 그는 금세 돌아왔는데, 바짓단을 무릎까지 올린 모습이었다. 물이 뚝뚝 떨어지는 나라간셋 캔 맥주 여섯 개들이 상자를 양손에 하나씩 들고 있었다.

"식사에 곁들여 먹으려고 생각했는데. 바보같이 잊고 있었지 뭐예요."

"식사 후에 마시는 편이 오히려 좋죠."

스튜가 비닐 포장에서 캔 맥주 하나를 꺼내며 말했다.

"고맙습니다."

뚜껑을 따고 나서 베이트먼이 캔을 들어 올렸다.

"스튜, 우리의 만남을 위하여. 부디 행복한 시간을 갖기를, 서로의 마음이 잘 맞기를, 그리고 허리 통증이 조금만, 아니, 아예 없어지기를 염원하며."

"그렇게 되기를, 아멘."

둘은 캔 맥주를 서로 맞부딪치고 나서 마셨다. 스튜는 예전에는 맥주를 들이켜면서 이토록 좋은 맛을 느끼지 못했고 아마 두 번 다시 이런 맛을 결코 즐기지 못할 것이라 생각했다.

"당신은 말수가 적은 사람이군요. 아무쪼록 내가 세상의 무덤 위에서 덩실덩실 춤을 추고 있다고 느끼지 않았으면 좋겠습니다. 말하자면 그렇다는 거죠."

"예."

"난 세상에 대해 편견을 갖고 있었소. 그 점에 대해선 순순히 인정해요. 20세기의 마지막 25년 동안 세상은, 적어도 나한테는 결장암으로 죽어 가는 여든 살 노인의 풍모를 지닌 것처럼 보였어요. 사람들은 어느 세기든 세기말을 향해 치달을수록 모든 서양 사람들이 불안감에 휩싸인다고 말하지요. 우리는 항상 우리 자신을 죽음의 수의로 감싸 왔고, 울부짖으며 돌아다니기만 했어요. 그대들에게 화 있을진저. 오, 예루살렘이여…… 또는 클리블랜드여. 경우에 따라서 지역 이름만 바꾸면 돼요. 15세기 후반 동안에는 온몸이 춤추듯 발작을 일으키는 무도병이 발생했지요. 14세기 말경엔 림프선종 페스트 흑사병이 유럽을 휩쓸어 버렸고요. 17세기 말경엔 소아 호흡기 전염병인 백일해가 있었고, 19세기 말경엔 독감 발생이 처음으로 알려졌어요. 우리는 독감이라는 개념에 너무 익숙해져 있었지요. 보통 감기와 거의 다를 바 없잖아요? 역사가들만 빼면 어느 누구도 100년 전엔 독감이 존재하지 않았다는 사실을 모를 거예요.

어느 세기든 간에 마지막 30년 동안은 광신도들이 세계 종말의 전쟁 아마겟돈이 임박했다는 여러 사실과 조짐을 들이대며 언성을 드높인다오. 물론 그들은 항상 그런 식이에요. 그러나 문제는 세기말이 가까워지면 그들의 지위가 올라가고…… 무수히 많은 사람들한테 진지하게 받아들여진다는 것이오. 괴물들이 출현하지. 유럽을 휩쓴 훈 족의 왕 아틸라, 몽골 제국의 칭기즈칸, 런던의 연쇄 살인마 잭, 부모를 도끼로 찍어 죽인 여자 리지 보든. 우리 시대에는 찰스 맨슨과 리처드 스펙과 테드 번디 같은 살인마들이 있다고 할 수 있겠지요. 서양인은 이따금 강력한 결장 세척이, 깨끗이 정화하는 것이 반드시 필요하며, 이런 일이 각 세기의 끝에 일어난 결과로 서양인은 깨끗하고 낙천주의가 충만한 새로운 세기를 맞이할 수 있다는 주장이 나보다도 훨씬 더 상상력이 풍부한 동료 학자들에 의해 제기되어 왔던 것이에요. 그리고 이번 경우에, 우리가 엄청나게 철저한 관장 세척을 받았다는 점을 생각해 보면, 그런 주장이 완벽히 들어맞을 거요. 우리는 결국 이번엔 단순히 새로운 세기로 다가가는 것이 아니라오. 우리는 완전히 새로운 밀레니엄의 시대로 다가가는 거지요."

베이트먼이 생각에 잠겨 말을 끊었다.

"헌데 생각해 보니, 내가 혼자 흥에 겨워 세상의 무덤 위에서 덩실덩실 춤을 추고 있는 게 맞구먼. 맥주 더?"

스튜는 캔 맥주를 받으며 베이트먼이 말한 것을 곰곰이 생각해 보았다. 그러다 마침내 입을 열었다.

"진짜로 종말은 아니에요. 적어도 저는 종말이라 생각하진 않아요. 그저…… 휴식 시간이랄까."

"상당히 적절한 표현인걸. 말 잘했군요. 난 다시 그림을 그리러 가겠소, 실례가 안 된다면."

"그러세요."

"오는 길에 다른 개를 본 적 있나요?"

코작이 길을 가로질러 홍겹게 뛰어오자 베이트먼이 물었다.

"아뇨."

"나도 그래요. 당신은 내가 이제껏 목격한 유일한 사람이지만, 코작도 생존자 중의 하나라고 볼 수 있겠지요."

"저 개가 살아 있으니 다른 개들도 살아 있을 겁니다."

"별로 과학적인 의견은 아니구먼."

베이트먼이 상냥하게 말했다.

"당신은 어떤 성향의 미국인이시오? 나한테 살아 있는 두 번째 개를 보여 줘 봐요, 암캐면 더 좋고. 그럼 내가 어딘가에 세 번째 개도 살아 있을 거란 당신의 명제를 받아들이겠어요. 그렇지만 나한테 개를 보여 주지 않으면 그걸로 그다음 개의 존재 여부를 단정 지을 수밖에. 그다음 개의 존재는 물거품이 되겠지."

"소들을 봤습니다."

스튜가 생각에 잠겨 말했다.

"소, 그래요, 그리고 사슴도 있지요. 그렇지만 말들은 죄다 죽었던데."

"그렇죠, 그 말씀이 맞아요."

스튜가 동의했다. 그는 도보 여행 중에 죽은 말 몇 마리를 봤다. 몇몇 곳에서는 소들이 육중한 몸을 바람이 불어오는 쪽으로 향하고 풀을 뜯고 있었다.

"그런데 왜 그렇게 되어야만 하는 거죠?"

"전혀 모르겠소이다. 우린 모두 똑같은 방식으로 호흡하는 거고, 이 병은 근본적으로 호흡기 질환인 것 같소. 하지만 난 그 밖에 다른 요인이 있지는 않을까 미심쩍은걸? 사람, 개 그리고 말은 그 병에 걸리지요. 소와 사슴은 안 걸리고. 그리고 쥐는 한동안 줄어들었지만 이젠 다시 수가 불어나는 듯도 싶고."

베이트먼은 팔레트 위에 마구잡이로 물감을 섞고 있었다.

"고양이는 사방에 널렸지요. 고양이들의 대량 급증이려나? 그리고 내가 관찰하기에는, 곤충들은 늘 그랬던 것처럼 똑같은 상태를 유지하고 있었소. 물론 인류가 저지르는 사소한 실책이 그것들한테 영향을 끼치는 경우는 어쨌거나 거의 드문 것 같으니까. 그리고 독감에 걸린 모기를 생각해 보면 그저 너무나 우스꽝스러워서 진지한 생각이 안 들어요. 그런 건 피상적으로라도 전혀 이해가 안 된단 말이오. 정신 나간 생각이지."

"정말 그렇네요."

스튜가 말하며 맥주를 땄다. 술이 거나해진 그의 머리는 유쾌하게 들썩거리고 있었다.

"우리는 앞으로 생태계에서 벌어지는 아주 흥미로운 변화들을 목격할 것 같소."

베이트먼이 말했다. 그는 자신의 그림 속에 코작을 그려 넣는 소름 끼치는 실수를 범할 참이었다.

"만약 호모 사피엔스가 지금과 같은 상황에서도 번식을 할 수 있다면 남은 자손들이 목격하겠지요. 번식에 성공하면 변화를 목격할 자손들을 아주 많이 만들어 낼 테고. 어쨌든 우리는 한데 모여서 번식을 시도해 볼 수는 있을 거요. 그런데 코작은 배우자를 발견할 것 같소? 이 개가 자랑스러운 아빠가 될 수 있겠소?"

"맙소사. 개는 그렇지 않을 거란 생각이 드는데요."

베이트먼이 일어나 팔레트를 피아노 의자 위에 놓고 새 캔 맥주를 꺼냈다.

"나도 당신 말이 옳다고 생각한다오. 어쩌면 다른 사람들, 다른 개들, 다른 말들이 살아 있을 거요. 그러나 동물들 대다수가 번식할 기회조차 얻지 못한 채 죽어 갈지도 몰라요. 독감이 퍼졌을 때 임신 중이었던 관계로 번식의 기회를 잡은 몇몇 동물들이 있을지도 모르지요. 당연해요. 거친 표현이라 미안하지만 지금 당장 미합중국에는 팔팔한 여자들이 수십 명 남아서 오븐 속에 케이크나 굽고 있을지도 모르는 일이오. 그러나 동물들 일부는 돌이킬 수 없는 한계점 밑으로 완전히 가라앉기 십상이에요. 만일 당신이 그런 개체 수 조절의 방정식에서 개들을 구출한다면, 면역력을 갖춘 듯 보이는 사슴들은 길길이 날뛸 거요. 확실히 사슴의 개체 수를 줄여 버릴 만큼 사람들이 많이 남아 있진 않소. 사냥철은 몇 년 동안 중단될 터이고."

"하지만 과잉 증식한 사슴들은 틀림없이 굶어 죽을 겁니다."

"아니오, 그렇지가 않아요. 그것들 전부가 그렇게 되진 않지요. 심지어 대다수가 문제없을지도 몰라요. 어쨌거나 이곳에선 문제가 없다오. 동부 텍사스에 무슨 일이 생겼는지 단언할 수는 없지만, 뉴잉글랜드 지역에서는 이놈의 독감이 발생하기 전에 모든 정원에 식물이 심어져 무럭무럭 자라나고 있었어요. 사슴은 올해 그리고 다음해에도 먹을거리가 풍성해질 거요. 심지어 그 후로도, 우리가 가꿨던 농작물들은 야생 상태로 싹을 틔울 거요. 아마도 7년 정도의 긴 시간 동안 굶어 죽는 사슴은 나오지 않을 것 같소.

만일 당신이 몇 년 후에 이쪽으로 다시 찾아온다면요, 스튜, 길을 지나가려면 사슴을 밀쳐 내야 할 것이오."

스튜는 이 말을 마음속으로 곱씹어 보았다. 마침내 그가 입을 열었다.

"너무 과장하신 것은 아닌가요?"

"일부러 과장한 것 없어요. 내가 고려하지 않은 어떠한 요인 또는 여러 가지 요인들이 있을지는 모르지만, 솔직히 말해 그런 게 있다고는 생각지 않소. 그리고 사슴의 개체 수에서 개의 개체 수를 완벽하게 또는 거의 완벽하게 뺄셈한 결과를 가지고 내 가설을 확인할 수 있다면, 우리는 그 가설을 그 밖에 다른 종들 간의 관계에 적용시킬 수도 있는 것이오. 고양이들은 멈추지 않고 계속 번식하는 중이오. 그게 무슨 뜻이냐고? 자, 나는 쥐들이 생태계의 개체 방정식에서 수가 줄었다가 다시 늘어나는 중이라고 앞서 말했소. 만약 고양이들이 상당히 많이 생겨나면 쥐들 사정도 달라지겠지요. 쥐 없는 세상이 처음엔 좋게 느껴지겠지만, 정말로 그럴진 몹시 의문스럽소."

"인간이 스스로 번식할 수 있느냐 없느냐에 관한 아까의 말씀은 그냥 의문으로 남은 것인가요?"

"두 가지 가능성이 있소. 지금 내가 보기에는 적어도 두 가지요. 첫 번째는, 아기들이 면역성을 갖지 못할 수도 있다는 것."

"그 말은 아기들이 세상에 나오자마자 죽는다?"

"그렇소. 또는 자궁 내에서 그렇게 될 수도 있고. 그럴싸하지는 않지만 여전히 가능성이 있는 것은, 슈퍼 독감이 살아남은 우리한테 불임 효과를 끼쳤을 수도 있다는 거요."

"터무니없는 소리 같네요."

"볼거리도 그런 식으로 작용하는 병인데 뭐."

글렌 베이트먼이 냉담하게 말했다.

"그래도 아기 어머니들이…… 자궁 속에 아기를 갖고 있으면…… 그 어머니들이 면역성을 갖고 있으면……."

"그래요. 어떤 경우에는 병이 옮아가는 것과 마찬가지로 면역성도 어머니한테서 태아로 전달될 수 있지요. 그러나 모든 상황에 해당하는 얘긴 아니라오. 무조건 그러리라고 기대할 순 없어요. 나는 현재 자궁 속에 있는 아기들의 미래가 매우 불확실하다고 생각해요. 그들의 어머니는 면역이 되어 있는 게 확실하지만, 통계적인 가능성으로 보면 그 애들의 아버지는 대개 면역성이 없어서 이미 사망했을 거요."

"나머지 가능성은 뭐죠?"

"우리가 스스로 우리 종족을 파괴하는 짓을 그만둘 수도 있다는 것이오."

베이트먼이 조용히 말했다.

"나는 정말로 그럴 가능성이 매우 높다고 생각해요. 바로 당장은 아니오, 다들 너무 흩어져 있으니까. 그러나 인간은 집단을 이루는 사회적 동물이고, 결국에 가선 다시 함께 모일 것이오. 만약 그렇게만 되면 우리는 서로에게 1990년의 대역병을 어떻게 견뎌냈는지 이야기를 들려줄 수 있어요. 그런 사회들은 대개 우리가 아주 운이 좋지 않은 이상 고만고만한 황제들이 지배하는 원시적 독재 사회의 형태를 띠기 쉽다오. 소수 사회는 문명화된, 민주적인 공동체를 이룰 수도 있는데, 1990년대와 2000년대 초기에 그런 종류의 사회에 무엇이 필수 조건으로 필요할 것인지 정확히 당신에게 일러 주겠소. 그런 공동체는 전기를 복구하려면 충분한 수의 기술자를 두어야만 해요. 그것은 가능한 일이오, 그것도 아주 쉽게. 지금 상황은 모든 것이 폐물로 변해 버린 핵전쟁 직후의 시대가 아니니까. 기계들은 다들 멀뚱히 제자리를 지키고 앉아 누군가가, 올바른 누군가가, 플러그를 손질하고 불타 버린 베어링을 교체하는 법을 아는 사람이 찾아와서 다시 돌려 주기를 기다리는 중이오. 그것은 순전히, 우리 모두가 당연시했던 기술을 살아남은 사람들 중 얼마나 많은 이들이 이해하느냐에 달린 문제인 것이오."

스튜가 맥주를 조금씩 홀짝거렸다.

"그렇게 생각하세요?"

"물론."

베이트먼이 자기 맥주를 꿀꺽 삼키고 나서 앞으로 몸을 숙이고 스튜를 향해 으스스하게 웃었다.

"이제 당신한테 가상의 상황을 제시해 보겠소, 동부 텍사스에서 온 스튜어트 레드먼 씨. 보스턴에 A 공동체가 있고 유티카에 B 공동체가 있다고 가정해 봅시다. 그들은 서로의 존재를 알고, 각각의 집단은 상대편 진영의 상태를 알고 있어요. A 사회는 좋은 모습을 유지하지요. 그들은 호사스러운 생활을 누리며 보스턴의 비컨 힐에 살고 있는데, 그 이유는 구성원 중 한 명이 그저 우연히도 뉴욕 시에 전력과 가스를 공급하던 회사인 '콘에드'의 수리공이었다 이거요. 이 사람은 비컨 힐에 다시 편의를 제공하는 데 필요한 발전소 다루는 법을 아주 잘 압니다. 그것은 주로 발전소가 자동 폐쇄 상태로 돌입했을 때 어떤 스위치를 잡아당기면 되는지를 아느냐 모르느냐의 문제이겠지요. 일단 그것이 돌아가기만 하면, 어쨌든 거의 모든 게 자동 운행되는 거고. 그 수리공은 어떤 레버를 당기고 어떤 계기판을 봐야 하는지 A 사회의 다른 구성원들한테 가르칠 수 있습니다. 발전소 터빈은 기름으로 돌아가는데, 기름이라면 마구 남아돌지요. 왜냐면 기름을 계속 써 대던 사람들이 모조리 군말 없이 죽어 버렸으니까 말이오. 그래서 보스턴에서는 활력이 샘솟는 거지요. 추운 날씨에도 난방이 되고 불이 켜지니 밤에 책을 읽을 수 있고, 냉장고가 돌아가니 문명인처럼 스카치위스키에 얼음을 띄워 마실 수도 있어요. 사실대로 말하자면, 생활이 너무도 얄미울 만큼 목가적이라오. 공해 없음. 마약 문제 없음. 인종 문제 없음. 부족한 것 없음. 돈 문제라거나 거래 문제는 물론 없지요. 왜냐면 모든 물건이, 비록 서비스받는 맛은 없어도 매장에 다 진열돼 있고, 세기가 세 번 바뀌는 동안 근본적으로 몰락해 버린 사회를 지탱할 만큼 물건은 넘쳐 나기 때문이오. 사회학적인 관점에서 말하자면, 그런 집단은 아마도 사실상 공동 사회가 될 것이오. 여기선 독재가 없어요. 독재에 적합한 온상이랄 수 있는 여러 조건, 재화의 부족, 궁핍, 불안정, 빈곤…… 그런 것들이 아예 존재하질 않으니 말이오. 아마도 보스턴은 결국엔 통치를 위해 또다시 마을 회의 형태로 운영되겠지요.

그런데 B 공동체, 유티카의 그곳을 봅시다. 발전소를 돌릴 사람이 아무도 없어요. 기술자들이 죄다 죽었기 때문이오. 그 공동체 사람들이 상황을 다시 복구시키는 법을 알아내려면 아주 오랜 시간이 걸릴 거예요. 그 와중에 그들은 밤마다 추위에 시달리고

(그리고 겨울이 다가오고 있다오.), 통조림이나 따서 식사를 해결해야 하고, 비참하기 이를 데 없지요. 힘센 사람 한 명이 공동체를 장악해요. 사람들은 그를 기쁘게 받아들이는데 혼란스럽고 춥고 기진맥진했기 때문이지요. 그가 결정권을 행사하도록 허용해요. 그리고 물론 그는 그렇게 하지요. 그는 누군가에게 요청서를 들려서 보스턴으로 보낼 거요. '보스턴 사람들이여, 발전소를 다시 돌리는 데 도움을 주었던 당신들의 귀염둥이 기술자를 유티카로 보내 주시렵니까? 우리가 취할 수 있는 다른 방법이라곤 겨울을 대비해 길고 위험한 이동을 하는 것뿐이랍니다.' 그래서 이런 메시지를 받았을 때 A 공동체는 어떤 행동을 취하겠소?"

"기술자를 보내 준다?"

스튜가 물었다.

"어림 반푼 어치도 없는 소리, 그게 아니지요! 그 남자는 본의 아니게 억류된 상태일지도 몰라요. 사실 그럴 가능성이 지극히 클 거요. 독감 사태 이후의 세상에서는 전문 기술 지식이 거래의 가장 완벽한 매개체로서 금을 대신할 것이오. 그리고 그러한 관점에서 보면, A 사회는 부유하고 B 사회는 가난한 것이고. 그렇다면 B 사회는 어떤 행동을 취하겠소?"

"그들은 남쪽으로 이동할 것 같은데요."

스튜가 말하고서 씩 웃었다.

"어쩌면 동부 텍사스까지도 가겠죠."

"어쩌면이오. 아니면, 보스턴 사람들을 핵탄두로 위협할지도 모르고."

"맞아요. 그들은 자기네 발전소를 움직일 순 없지만, 보스턴을 향해 핵미사일을 발사할 수는 있겠지요."

"만약 내가 당사자라면, 미사일 발사 문제로 승강이하진 않을 거요. 난 그저 핵탄두 떼어 내는 법을 알아낸 다음에 그것을 스테이션왜건에 실어 보스턴으로 몰고 가려 할 것이오. 그게 효과가 있으리라 생각해요?"

"제가 안다고 말한다면 뻥치는 거죠."

"설령 효과가 없다고 해도, 재래식 무기들이 곳곳에 무수히 많이 있어요. 그게 요점이에요. 온갖 무기가 지천에 널려서, 누가 집어 가 주기를 기다리고 있다 이거요. 그리고 만약 A 공동체와 B 공동체 모두 귀염둥이 기술자들을 보유한다면, 그들은 종교나 영토나 하찮은 사상적 차이 때문에 녹슨 핵무기를 서로 주고받는 분쟁을 일으킬지도 모르는 일이오. 잘 생각해 보시오. 여섯이나 일곱뿐이던 세계 핵무기 보유국들 대신에, 미 합중국 대륙 안에서, 바로 이 땅에 핵무기 보유국이 60개나 70개쯤 생겨날지도 모르는 거요. 만약 상황이 달랐다면, 틀림없이 못 박은 몽둥이와 돌멩이가 난무하는 싸움이 벌어질 거요. 그러나 현실은 옛날 군인들 모두가 자취를 감추었어도 그들의 장난감은 고스란히 남아 있다는 것이오. 생각해 보면 으스스한 일이지요. 특히 아주 으스스한 일들이 이미 많이 벌어지고 난 후에는…… 그러나 그런 심각한 전쟁 상황이 전적으로 가능하다는 점이 나는 두려운 것이라오."

그들 사이에 침묵이 흘렀다. 멀리 숲 속에서 코작이 짖어 대는 소리가 들렸고, 날은 한낮의 절정으로 접어들었다.

베이트먼이 마침내 말했다.

"그런데 나는 근본적으로 명랑한 사람이오. 아마도 작은 것에도 만족하는 성격을 지닌 탓이겠지요. 그것 때문에 나는 내 전문 분야에서 기피 인물이 되고 말았어요. 당신도 들었다시피, 난 결점이 있답니다. 말이 너무 많아요. 그리고 당신도 보았다시피, 소름 끼치는 실력의 화가이고. 그리고 돈에 관해서는 지독히도 아둔한 편이지요. 이따금씩은 봉급날이 되기 전 마지막 사흘간은 땅콩버터 샌드위치만 먹으며 지냈고, 예금 계좌를 개설했다가도 일주일 뒤에는 없애 버리는 것 때문에 우즈빌에서 악명이 높았다오. 그래도 나는 절대 진짜로 그런 것 때문에 침울해하지는 않았어요, 스튜. 괴짜지만 명랑하다. 그게 나란 말이오. 내 인생에서 유일한 재앙은 내가 꿔 온 꿈들이었어요. 소년 시절부터 줄곧 놀라울 정도로 생생한 꿈에 괴롭힘을 당해 왔거든. 그것들 중 상당수는 불쾌한 것이었어요. 어렸을 때 꿈은 다리 밑에 사는 트롤 괴물이 팔을 위로 뻗어 내 발을 붙잡거나 마녀가 나를 새로 만들어…… 난 비명을 지르려 입을 벌리지만 그저 꺼억꺼억 소리만 연달아 나오고 말 것 같았소. 당신도 악몽을 꿔 본 적 있소, 스튜?"

"가끔은요."

스튜는 엘더에 관하여 생각했고, 그의 악몽 속에서 엘더가 어떻게 비틀거리며 쫓아왔는지 생각했으며, 끝도 없이 그저 서로 얽혀 연결된 채 차가운 형광등 불빛과 메아리로 가득했던 그 복도들에 관하여 생각했다.

"그렇다면 아시겠군. 청소년 시절에 나는 정기적으로 성적인 꿈을 꿨는데, 질펀하고 적나라한 것들이었지만, 이런 꿈들은 이따금 나랑 관계하는 여자가 두꺼비로, 또는 뱀으로, 또는 심지어 썩어 가는 시체로 변하는 꿈으로 점철되곤 했답니다. 나이가 들어

가면서 나는 실패에 대한 꿈, 낙오에 대한 꿈, 자살에 대한 꿈, 끔찍스러운 불의의 죽음에 대한 꿈을 꿨어요. 가장 흔하게 되풀이된 꿈은 내가 주유소 정비 센터의 리프트 아래 천천히 깔려 죽어 가는 꿈이었지요. 내 판단으로는 모조리 트롤 괴물의 꿈이 단순하게 변형된 것들이오. 나는 그런 꿈들이 단순한 심리적 구토제이며, 그런 꿈을 꾸는 사람들은 저주받은 것이라기보단 오히려 축복받은 것이라고 진심으로 생각한다오."

"만약 나쁜 걸 토해서 없애 버리면 쌓이는 일도 없겠죠."

"바로 그거요. 온갖 종류의 꿈 해석이 존재하고, 프로이트의 것이 가장 악명 높지만, 나는 악몽이 단순한 배설 작용에 불과할 뿐 그 이상의 가치는 없다고 늘 믿어 왔던 거요. 그런 꿈들은 이따금 시원하게 누는 똥이다 이 말이오. 그리고 꿈을 꾸지 않는 사람들, 또는 잠에서 깨면 가끔씩만 기억난다는 식으로 꿈을 잘 안 꾸는 사람들은 어떤 면으론 마음이 변비에 걸린 것일지도 모르지. 어쨌거나, 악몽을 꾸는 데 대한 유일하고도 실질적인 보상은 잠에서 깨어 그것이 죄다 꿈이었다는 깨달음을 얻는 것이지요."

스튜가 웃었다.

"그런데 최근에 나는 극도로 나쁜 꿈을 꿨어요. 게다가 자꾸 되풀이돼요. 리프트 밑에 깔려 죽어 가던 꿈처럼. 하지만 이번 꿈과 비교해 보면 옛날 꿈은 하룻강아지처럼 보일 정도라오. 그것은 내가 이제껏 꿔본 어떤 꿈과도 닮지 않았지만, 어떤 면에서는 모든 꿈들과 닮아 있어요. 마치…… 마치 모든 나쁜 꿈들의 총결산이기라도 한 듯. 그리고 난 불쾌한 기분으로 잠에서 깬다오. 마치 그것이 결코 꿈이 아니라 환상적인 현실이었기라도 한 듯이. 그게 얼마나 정신 나간 소리로 들릴지는 나도 알지만요."

"그게 무슨 꿈인데요?"

"웬 남자가 나와요."

베이트먼이 조용히 말했다.

"적어도 내가 보기엔 남자예요. 그는 높다란 건물의 지붕 위에서 있소. 모르죠, 어쩌면 그가 선 곳은 절벽일지도. 장소가 어디든지 간에, 그곳은 매우 높아서 아래로 수천 미터가 안개 속에 잠겨 있소. 때는 해 질 녘인데, 그는 반대쪽, 동쪽을 보고 있어요. 이따금 그는 청바지와 청재킷을 입은 듯 보이지만, 대체로 후드가 달린 수도사의 덧옷을 입었어요. 나는 그의 얼굴을 전혀 볼 수 없지만, 그의 눈은 볼 수 있지요. 빨간 눈이라오. 그리고 나는 그가 나를 기다리고 있는 것 같은 기분을 느껴요. 또 조만간 그가 나를 찾아내든가 내가 어쩔 수 없이 그에게 찾아갈 거란 기분을…… 그리고 그것이 나에겐 죽음이 될 거란 기분도. 그래서 나는 비명을 지르려 하고, 그리고……."

그는 난처한 듯 어깨를 약간 으쓱거리며 말을 머뭇거렸다.

"어르신께서 잠에서 깨어날 때 그러시다는 건가요?"

"그렇다오."

그들은 코작이 총총걸음으로 돌아오는 것을 지켜보았고, 코작이 알루미늄 접시에 코를 박고 마지막 남은 파운드케이크를 깨끗이 먹어 치우는 동안 베이트먼은 그 개를 토닥거렸다.

"뭐, 그냥 꿈이겠지, 그렇겠지요."

베이트먼이 말하고 일어서다 무릎에서 뚝 소리가 나자 얼굴을 찡그렸다.

"만일 내가 정신 분석을 받고 있었다면, 정신과 의사는 그 꿈이 모든 것을 다시 복구할 어떤 지도자 또는 지도자들에 대한 나의 무의식적인 공포를 표현한다고 말할 것 같소. 어쩌면 총체적인 과학 기술에 대한 공포일지도. 왜냐하면 나는 새롭게 생겨나는 모든 사회 집단들이, 적어도 서양 세계에서는 과학 기술을 사회의 초석으로 삼으리라고 강력히 믿기 때문이오. 유감스러운 일이고, 꼭 그래야 할 필요는 없지만, 그렇게 되고 말 거요. 왜냐면 우린 과학 기술의 혜택에 중독되어 있으니까. 사람들은 우리가 페인트를 바닥에 마구 칠하다 우리 스스로 방구석으로 내몰렸던 사실을 기억 못 할 것이오. 아니면 기억하고 싶어 하지도 않을 거요. 더러운 강물, 오존층에 뚫린 구멍, 원자폭탄, 대기 오염. 오로지 사람들이 기억할 것은 옛날 옛날에는 별다른 노력을 기울이지 않고도 밤에 따뜻하게 지낼 수 있었다는 정도겠지요. 내 여러 단점 중에서도 으뜸은, 당신도 눈치 챘겠지만 내가 기계 파괴 운동인 러다이트 지지자라는 것이오. 그런데 이 꿈…… 그것이 나를 괴롭힌다오, 스튜."

스튜는 말이 없었다.

"흐음, 돌아가 봐야겠군."

베이트먼이 씩씩하게 말했다.

"벌써 내 주량의 반을 마셨고, 오늘 오후엔 천둥 소낙비가 내릴 것 같단 말이지요."

그는 평지 뒤편으로 걸어가 그곳을 뒤적거렸다. 얼마 뒤 그가 외바퀴 수레를 가지고 돌아왔다. 수레 맨 밑에 피아노 의자를 집어넣고, 팔레트와 야외용 아이스박스를 꾸역꾸역 눌러 쌓아 놓았는데, 모든 물건들의 맨 위에 아슬아슬 균형을 맞춰 놓아둔 것은 그의 평범하기 짝이 없는 그림이었다.

"여기까지 내내 그것을 밀고 오신 거예요?"

"그리고 싶은 사물이 보일 때까지 수레를 밀고 다녔지요. 나는 날마다 다른 길을 찾아간다오. 운동도 되고 좋지. 동쪽으로 가는 중이라면, 우즈빌에 들러 우리 집에서 밤을 지내는 건 어떻소? 교대로 수레를 밀면서 갈 수도 있고, 저기 시냇물에 시원하게 담가 둔 캔 맥주 여섯 개들이 상자가 더 있는데. 그거면 신명 나게 집까지 가는 동안 충분할 거요."

"그렇게 하겠습니다."

스튜가 동의했다.

"멋진 남자로세. 내 아마도 집으로 가는 내내 말이 많을 거요. 동부 텍사스 양반, 당신은 수다쟁이 교수에게 영락없이 걸려든 거란 말이오. 내가 당신을 따분하게 하거들랑, 확 입 다물라고 말해요. 감정이 상하거나 그러진 않을 테니까."

"저는 다른 사람의 말을 듣는 걸 좋아합니다."

"그렇다면야 당신은 하나님께 선택받은 자들 중 한 명이로군. 출발합시다."

그래서 그들은 302번 도로를 계속 걸어 내려왔고, 한 사람이 수레를 미는 동안 다른 사람은 맥주를 마셨다. 어느 쪽 역할을 맡든지 간에 베이트먼은 말을 내보냈고, 거의 쉴 새 없이 화제를 바꿔가며 끝없이 혼잣말을 계속했다. 코작이 옆에서 뛰어다녔다. 한동안 귀 기울여 듣던 스튜는 생각이 옆길로 새면서 한동안 지치다간 곧 정신이 다시 돌아왔다. 사람들이 모인 수백 개의 작은 거주 집단들이 있으며, 그들 중 일부는 군국주의 사회가 되어 수천 개에 달하는 파멸의 무기들이 어린애의 블록 쌓기 장난감처럼 주위에 널려 있는 나라에서 살아간다는 베이트먼의 설명 때문에 그는 불안해졌다. 그런데 기이하게도, 그의 마음이 자꾸만 향하는 것은 글렌 베이트먼의 꿈이었으니, 드높은 건물의 꼭대기 위 또는 절벽 끝에 선 얼굴 없는 남자가, 빨간 눈을 한 그 남자가, 지는 해를 등진 채, 불안하게 동쪽을 바라보고 있었다.

스튜는 자정이 되기 전 어느 순간엔가 잠에서 깨어났는데, 땀에 흠뻑 젖어 있어서 비명을 질렀던 게 아닌가 염려했다. 그러나 옆방 글렌 베이트먼의 호흡은 느릿느릿 고르고 평온했으며, 복도에는 머리를 발에 묻고 잠자는 코작이 보였다. 모든 것이 달빛 속에 드러나 있었고 너무 밝아 초현실적으로 보였다.

잠이 깨자 스튜는 팔꿈치로 기대며 몸을 일으켰고, 그러고는 축축한 시트로 다시 몸을 덮고 눈 위에 팔을 갖다 대면서 그 꿈이 기억나지 않길 바랐지만 역부족이었다.

그는 다시 스토빙턴에 와 있었다. 엘더는 죽었다. 사람들이 모두 다 죽었다. 그곳은 소리가 울리는 무덤이었다. 그는 유일하게 살아 있는 사람이었는데, 출구를 찾을 수가 없었다. 처음에 그는 극심한 공포를 억제하려 애썼다. '걷자, 뛰지 말자.' 그는 스스로 계속 또 계속 다짐했지만, 얼마 안 가서 뛰어다녀야 했다. 그의 걸음은 빠르게 더 빠르게 움직이고 있었으며, 어깨 너머로 뒤돌아보고 나서 뒤에는 그저 메아리밖에 없다는 사실을 확인하고픈 충동을 참아 내기가 점점 어려워지고 있었다.

그는 우윳빛 반투명 유리 위에 검은 글씨로 이름이 새겨진 닫혀 있는 사무실 문들을 지나쳐 걸었다. 뒤집힌 환자 운반 침대를 지나쳤다. 하얀 스커트가 허벅지까지 말려 올라온 채, 시꺼메져 찡그린 얼굴로 거꾸로 붙은 각얼음 그릇을 닮은 천장 형광등의 싸늘한 흰 빛을 노려보는 간호사 시체를 지나쳤다.

결국 그는 뛰기 시작했다.

빠르게, 더욱 빠르게 문들이 스튜의 옆으로 미끄러지듯 사라졌고, 발이 리놀륨 바닥을 쿵쿵 울렸다. 흰 콘크리트 블록 위로 오렌지색 화살표들이 그려져 있었다. 표지판들. 처음에 그것들은 정상적인 듯 보였다. '방사선과' 그리고 '연구실 연결 통로 B' 그리고 '통행 허가증이 없으면 이 지점 너머로 나아가지 마시오.' 그는 그 시설의 또 다른 구역, 그가 보지도 못했고 보아서도 안 되는 구역에 와 있었다. 벽은 페인트칠이 벗겨지고 떨어지기 시작한 상태였다. 형광등 몇 개는 꺼져 있었다. 나머지는 방충망에 갇힌 파리 떼처럼 윙윙거렸다. 사무실의 반투명 유리창 일부가 박살 났고, 별 모양으로 뚫린 구멍을 통해 그는 부서진 잔해와 지독하게 끔찍스러운 자세로 널린 시체들을 들여다볼 수 있었다. 피가 고여 있었다. 이 사람들은 독감 때문에 죽은 것이 아니었다. 이 사람들은 살해당했다. 시체들은 찔린 상처와 총상과 둔탁한 흉기에 의해서만 생길 수 있는 소름 끼치는 외상을 입은 상태였다. 시체들이 눈이 휘둥그레져서 노려보았다.

그는 멈춰 선 에스컬레이터로 돌진해 타일이 붙은 길고 어두운 터널 속으로 들어갔다. 터널 반대쪽 끝에는 더 많은 사무실이 있었는데, 지금 보니 문들이 생기 없는 검은색으로 칠해져 있었다. 화살표들은 선명한 빨간색이었다. 형광등 조명이 웡웡거리며 깜빡거렸다. 표지판은 '납골당은 이쪽' 과 '레이저 병기' 와 '사이드와인더 미사일' 과 '전염병실' 같은 것들이었다. 그러고 나서 안도감으로 흐느끼던 그는 오른쪽으로 꺾인 화살표를 보았는데, 단 하나의 신성한 단어가 그 위에 붙어 있었다. '출구.'

모퉁이를 돌자 문이 열려 있었다. 그 너머는 달콤하고 향기로운 밤이었다. 그는 문 쪽으로 돌진했고, 그 순간 문 안으로 들어와 그의 길을 막아선 것은 청바지에 청재킷을 입은 남자였다. 스튜는 미끄러져 멈추었으며, 비명이 녹슨 쇳덩이처럼 그의 목에 걸렸다. 그 남자가 깜빡거리는 형광등 불빛 속으로 걸음을 옮기자, 스튜는 그 남자의 얼굴이 있어야 할 곳에 그저 차갑고 시커먼 어둠만 있고, 그 어둠은 영혼이 없는 빨간 두 눈으로 구멍이 뚫린 것을 목격했다. 영혼은 없으나, 유머 감각은 있었다. 존재했다. 춤추듯 덩실거리는 미치광이 같은 환희가.

다크맨이 두 손을 내밀었고, 스튜는 거기서 뚝뚝 떨어지는 피를 보았다.

"하늘과 땅."

얼굴이 붙어 있어야 할 곳에 나 있는 텅 빈 구멍에서 다크맨이 속삭였다.

"하늘과 땅의 모든 것."

스튜는 그렇게 잠에서 깨어났던 것이다.

이제 코작은 복도에서 신음하며 부드럽게 으르렁거렸다. 잠자던 개의 발이 씰룩거리자 스튜는 개들도 꿈을 꾸는 모양이라고 했다. 그것은 더없이 자연스러운 일이었다. 꿈을 꾸는 것은 물론, 심지어 가끔 악몽을 꾸는 것까지도.

그러나 오랜 시간이 지나고 나서야 그는 다시 잠들 수 있었다.

제38장

첫 번째 슈퍼 독감 유행이 서서히 수그러들자, 두 번째 유행이 대략 2주간 지속되었다. 이번 유행은 미 합중국과 같은 과학 기술 사회에서 가장 널리 퍼졌고, 페루나 세네갈 같은 저개발 국가에선 별로 일반적이지 못했다. 미 합중국에서는 두 번째 유행이 슈퍼 독감 생존자들의 약 16퍼센트를 덮쳤다. 페루나 세네갈 같은 곳에서는 겨우 3퍼센트였다. 두 번째 유행에는 이름이 없었는데 그 이유는 증상들이 사례별로 제각각 달랐기 때문이었다. 글렌 베이트먼 같은 사회학자라면 이 두 번째 유행을 "자연사" 또는 "그 옛날 응급실의 줄초상"이라고 부를 법도 했다. 진화론적 관점에서 엄밀하게 보자면 그것은 최후의 가지치기였다고, 어느 때보다도 냉혹한 가지치기였다고 누군가는 말했을 법도 했다.

샘 토버는 다섯 살 반이었다. 어머니는 6월 24일 조지아 주 머프리스보로의 종합 병원에서 죽었다. 25일에는 아버지와 두 살배기 여동생 에이프릴이 죽었다. 6월 27일에는 형 마이크가 죽어, 샘은 혼자 살아가는 처지가 되었다.

샘은 어머니의 죽음 이래로 줄곧 충격 상태였다. 아이는 머프리스보로의 거리 이곳저곳을 아무렇게나 헤매고 다니며 배가 고프면 먹고, 가끔 울음을 터뜨렸다. 그러다 잠시 뒤 우는 것을 그쳤는데, 그 이유는 우는 것이 좋지 않았기 때문이었다. 울어도 사람들이 다시 돌아오지는 않기 때문이었다. 밤이 되면 아빠와 에이프릴과 마이크가 계속 또 계속 죽어 가고, 그들의 얼굴이 까맣게 부어오르고, 콧물에 숨이 막히면서 가슴에서 소름 끼치는 그르렁 그르렁 소리가 나오는 무서운 악몽 때문에 아이는 잠을 설쳤다.

7월 2일 아침 10시 15분, 샘은 해티 레이놀즈의 집 뒤편에 있는 야생 블랙베리 밭 속을 걸어 다녔다. 얼빠진 눈으로 멍하니, 자기 키의 거의 두 배에 육박하는 덤불 사이를 이곳저곳 돌아다니며, 입술과 턱이 검게 더러워질 때까지 열매를 따서 먹었다. 가시가 옷을 찢고 때로는 맨살도 찢었지만, 아이는 거의 눈치 채지 못했다. 벌들이 주위에서 나른하게 윙윙거렸다. 아이는 키 큰 풀과 블랙베리 덩굴 속에 묻혀 있던 오래되고 썩은 우물 뚜껑을 전혀 보지 못했다. 아이의 몸무게가 얹히자 우물 뚜껑이 삐거덕거리며 산산이 부서졌고, 아이는 암석으로 둘러싸인 수직 공간을 따라 5미터 아래의 메마른 우물 밑바닥까지 추락해서, 두 다리가 부러졌다. 샘은 20시간 뒤에 죽었다. 충격과 굶주림과 탈수증 못지않게 공포와 고통에 시달리다가.

이르마 파예트는 캘리포니아 주 로디에 살았다. 스물여섯 살 숙녀인 그녀는 순결한 처녀였고, 병적으로 강간을 두려워했다. 마을에서 약탈 행위가 벌어졌는데도 약탈자들을 막을 경찰이 전혀 없었던 6월 23일 이후로 그녀의 인생은 한편의 긴 악몽이었다. 이르마는 중심가 인근에 위치한 작은 집에서 지냈다. 어머니는 1985년에 심장마비로 사망할 때까지 그녀와 함께 그 집에서 살았다. 약탈이 시작되고, 총소리가 나고, 술 취한 남자들이 오토바이에 타고 중심가의 거리 여기저기에서 부르릉부르릉하며 무서운 소리를 냈을 때, 이르마는 모든 문을 잠그고 아래층의 손님용 빈방으로 숨어 버렸다. 그때부터 그녀는 위층에 주기적으로 슬그머니 쥐처럼 조용히 올라갔다. 음식물을 가지러 또는 용변을 보려고.

이르마는 사람들을 좋아하지 않았다. 만약 지구 위의 모든 이들이 그녀만 빼고 다 죽어 버린다면, 그녀는 완벽하게 행복해질 것이었다. 그러나 사실은 그렇지 않았다. 바로 어제 일이었는데, 그녀가 자신만 빼고 로디에 남아 있는 사람은 전혀 없으리란 희망을 조심스럽게 품기 시작할 무렵, 술에 취한 뚱뚱한 남자가 '나는 섹스와 술을 포기했었는데 그것은 내 생애 가장 무시무시한 20분이었다.' 라고 적힌 셔츠를 입고 손에 위스키 한 병을 들고 거리를 활보하는 것을 목격했다. 그가 쓴 회사 선전용 공짜 모자 밑으로는 어깨까지 무성하게 뒤덮은 긴 금발머리가 치렁치렁 내려와 있었다. 꽉 끼는 청바지 허리춤에는 권총이 꽂혀 있었다. 이르마는 그가 시야에서 사라질 때까지 침실 커튼 사이로 훔쳐보다가 마치 악한 마법에서 풀려나기라도 한 것처럼 방어벽을 쳐 놓은 손님용 방으로 부리나케 뛰어 내려왔다.

사람들이 죄다 죽은 것은 아니었다. 만약 히피 남자 한 명이 남아 있다면, 또 다른 히피 남자들도 남아 있을 것 같았다. 그리고 그들은 모두 강간범일 것 같았다. 그녀를 강간할 것 같았다. 조만간 그들은 그녀를 찾아내 강간할 것이었다.

오늘 아침 동이 트기 전, 그녀는 다락으로 살금살금 올라갔는데, 그곳에는 아버지의 물건 몇 개가 골판지 상자 속에 보관되어 있었다. 아버지는 상선 선원이었다. 그는 1960년대 후반 이르마의 어머니를 내팽개쳤다. 이르마의 어머니는 그 일에 관해 죄다 이르마한테 말해 주었다. 어머니는 더할 수 없이 솔직했다. 아버지는 술에 취하면 어머니를 강간하고 싶어 했던 짐승이었다. 남자들은 다 그랬다. "결혼한다는 건 말이지, 남자한테 원하면 아무 때나 너를 강간할 권리를 주는 것이란다. 심지어 대낮에도 그런 짓 할 권리를." 이르마의 어머니는 항상 자기 남편의 가정 포기를 세 마디 말로 요약했다. 그것은 이르마가 지구 위의 거의 모든 남자, 여자, 어린이의 죽음에도 적용할 수 있었던 똑같은 말이었다.

"대단한 손실은 아니었다."

대부분의 상자에는 그저 외국 항구에서 구입한 싸구려 잡동사니들만 있었다. 홍콩의 기념품, 사이공의 기념품, 코펜하겐의 기념품. 사진이 담긴 스크랩북도 있었다. 사진들은 거의 아버지가 배에 탄 모습이었으며, 가끔은 동료 짐승들과 함께 서로 어깨를 얼싸안고 카메라를 향해 미소 짓는 모습도 있었다. 그런데 아마도 이곳 사람들이 캡틴 트립스라고 부르는 질병이 그가 어디로 줄행랑쳤든지 그를 때려눕혔을 것 같았다. 대단한 손실은 아니었다.

작은 금색 경첩이 달린 나무상자 하나가 있었는데, 그 안에 총이 들어 있었다. 45구경 권총. 붉은 벨벳 천 위에 놓여 있었고, 붉은 벨벳 아래에 있는 비밀 수납함 속에는 총알도 몇 개 있었다. 초록색 총알들은 이끼라도 낀 듯 보였으나, 이르마는 다들 제대로 작동할 거라고 생각했다. 총알은 금속이었다. 우유나 치즈처럼 상하는 물건이 아니었다.

그녀는 거미줄투성이인 다락방 알전구 하나에 의지하여 총을 장전한 다음, 부엌 식탁에서 아침을 먹으러 내려갔다. 이제부턴 쥐구멍 속에 든 쥐처럼 숨지 않을 작정이었다. 그녀는 무장을 했으니까. '강간범들이 설설 기게 해 줘야지.'

그날 오후 그녀는 집 앞 현관에 나가 책을 읽었다. 제목은 『사탄은 지구에서 잘 먹고 잘 산다』였다. 불길하지만 유쾌한 책이었다. 바로 그 책이 그러리라 말했던 대로 죄진 자들과 은혜를 모르는 자들이 응분의 벌을 받았잖은가. 그들은 모두 없어졌다. 히피 강간범 떨거지들만 빼고. 그리고 그녀는 자신이 그들을 처리할 수 있다고 여겼다. 총이 그녀 곁에 있었다.

2시에 금발 머리 사내가 다시 나타났다. 그는 너무 취해서 제대로 서 있기도 힘든 처지였다. 이르마를 보고 그의 얼굴이 밝아졌으니, 의심할 여지 없이 드디어 '쓸 만한 보지'를 발견한 게 얼마나 행운인지 생각하고 있는 듯했다.

"이봐, 베이비!"

그가 외쳤다.

"오직 당신과 나뿐이야! 얼마나 오랫동안……"

이르마가 책을 내려놓고 45구경 총을 들어 올리는 것을 목격하고 공포가 그의 얼굴을 뒤덮었다.

"이봐, 내 말 들어. 그 물건 내려놔…… 그거 총알 들었어? 이봐……!"

이르마가 방아쇠를 당겼다. 권총이 폭발하며, 즉시 그녀를 살해했다. 대단한 손실은 아니었다.

조지 맥두걸은 뉴욕 주 니아크에 살았다. 그는 고등학교 수학 교사였으며, 보충 수업 전문이었다. 그와 그의 아내는 독실한 천주교 신자였고, 아내 해리엇 맥두걸은 그와의 사이에서 열한 명의 자식, 아들 아홉과 딸 둘을 낳았다. 그래서 아홉 살 난 아들 제프가 당시 '독감에서 비롯된 폐렴'으로 진단받은 병에 쓰러진 6월 22일과, 열여섯 살 난 딸 패트리샤(오 하나님, 그 아이는 너무도 젊고 가슴 아플 정도로 아름다웠는데)가 모든 사람들(살아남아 있던 사람들)이 당시 '튜브 목'이라 부르던 병에 쓰러진 6월 29일 사이에, 그는 자신의 몸은 건강을 유지하고 아무 이상을 못 느낀 반면, 이 세상에서 가장 사랑한 사람들 열두 명이 세상을 뜨는 것을 지켜보았다. 그는 자신의 모든 아이들 이름을 제대로 기억할 수 없노라고 학교에서 종종 농담을 하긴 했지만, 그들이 차례로 세상을 뜬 순서는 그의 기억에 새겨졌다. 제프는 22일, 마티와 헬렌은 23일, 아내 해리엇과 빌과 조지 주니어와 로버트와 스탠은 24일, 리처드는 25일, 대니는 27일, 세 살배기 프랭크는 28일, 건강이 나아지는 듯 보이던 패트리샤가 끝내 마지막을 장식했다.

조지는 자신이 미쳐 버릴 것이라 생각했다.

그는 10년 전 의사의 권유를 따라 조깅을 시작했다. 테니스나

핸드볼은 하지 않았고, 집 앞 잔디 깎는 일은 아이한테(당연히 자식들 중 한 명한테) 돈을 주고 시켰고, 해리엇이 빵이 필요하다고 하면 보통은 구멍가게까지 차를 몰고 갔다 왔다. 체중이 불어나고 있다고 워너 박사가 말했다.

"앉아 있는 시간이 많군요. 심장에 좋지 않습니다. 조깅을 해 보세요."

그래서 그는 운동복을 마련해 매일 밤 조깅을 해 왔고, 처음에는 짧은 거리를 뛰다 점점 더 먼 거리를 뛰었다. 애당초 그는 남들 눈에 띄는 게 창피했는데, 이웃들이 이마를 치고 눈을 굴리며 웃어 댈 게 분명하다고 여겼기 때문이었다. 그런데 밖에 나와 잔디밭에 물 주는 모습이 보이면 그가 손을 흔들어 인사하는 정도로만 알고 지냈던 두 사람이 다가와 자기들도 그의 운동에 동참할 수 있는지 물었다. '아마도 인원수가 많은 편이 덜 무안하겠지.' 그때쯤엔 조지의 첫째와 둘째 아들 역시 운동에 동참했다. 그의 조깅은 일종의 동네 행사가 되었고, 비록 사람들이 참여했다 관두느라 구성원들이 늘 변하긴 했지만 계속 동네 행사로 역할을 유지했다.

이젠 그들 모두 없어졌지만, 조지는 여전히 조깅을 했다. 매일 매일. 몇 시간 동안. 오로지 인도 위를 뛰는 테니스화의 발소리와 팔의 흔들림과 끊임없는 거친 호흡에만 집중하면서 조깅을 하는 그 순간에만 금세 미쳐 버릴 듯한 느낌을 잊을 수 있었다. 그는 독실한 천주교 신자인 관계로 자살은 용서받지 못할 죄악이며 하나님께서 다른 무언가로 그를 구원하실 것임을 알았기에 자살을 저지를 수는 없었고, 그래서 조깅을 했다. 어제는 거의 여섯 시간 동안 뛰어서 나중엔 완전히 숨이 거덜 나고 힘이 빠져 구역질이 날 정도였다. 쉰한 살인 그는 이제 청년이 아니었고, 너무 지나친 달리기는 자신한테 좋지 않다고 판단했지만, 더욱 중요한 또 다른 관점에서 보면, 조깅은 어떤 식으로든 좋은 영향을 끼치는 유일한 것이기도 했다.

그래서 조지는 거의 잠 못 이루는 밤(생각이 마음속에서 계속 또 계속 되풀이되었다. '제프 마티 헬렌 해리엇 빌 조지 주니어 로버트 스탠리 리처드 대니 프랭크 패티 그리고 나는 패티가 건강이 나아지고 있다고 생각했지.')을 보낸 후 오늘 아침 동틀 무렵 일어나 운동복을 입었다. 그는 밖으로 나와 인적 없는 니아크 거리를 이리저리 규칙적인 속도로 달리기 시작했다. 때로는 부서진 유리를 밟기도 했고, 한번은 포장도로 위에 박살 난 채 놓여 있는 텔레비전 수상기를 껑충 뛰어넘기도 했으며, 커튼이 다 내려진 주택가 거리와 번화가 교차로에 있는 끔찍한 차량 삼중 충돌 사고 현장도 지나갔다.

처음엔 천천히 규칙적인 속도로 달렸으나, 잡념을 떨쳐 내려면 빠르게 더 빠르게 달려야만 했다. 그는 천천히 뛰다가 빠른 걸음으로 달리다가 냅다 뜀박질을 하더니 결국엔 전력 질주를 하였고, 희끗희끗한 머리에 희끗희끗한 운동복과 하얀 테니스 운동화 차림인 쉰한 살의 나이 든 남자가 마치 지옥의 모든 악마들이 뒤에서 쫓아오기라도 하는 양 텅 빈 거리를 이리저리 질주했다. 11시 15분에 그는 치명적인 관상동맥 혈전증에 걸려 오크 스트리트와 파인 스트리트의 모퉁이 소화전 근처에 쓰러져 죽었다. 그의 얼굴에 나타난 표정은 감사의 마음 그 자체였다.

플로리다 주 클루위스턴의 아일린 드러먼드 부인은 7월 2일 오후 디카이퍼 박하주에 곤드레만드레 취했다. 그녀가 취하고 싶었던 이유는 혹시나 술에 취하면 가족 생각을 떨칠 수 있을 것 같아서였고, 박하주는 그녀가 감당할 수 있는 유일한 술이었기 때문이다. 그녀는 요전날 열여섯 살인 자녀의 방에서 대마초가 가득한 비닐 주머니를 발견하여 대마초에 취하는 데 성공했지만, 그것은 그저 사태를 악화시키는 것 같았다. 그녀는 오후 내내 거실에 앉아, 대마초에 취한 채 앨범 속 가족사진들을 넘기며 엉엉 울어 댔던 것이다.

그래서 이날 오후에는 박하주 한 병을 죄다 마셔 버렸고, 그러고 나자 속이 메슥거려 화장실에서 토했고, 그런 다음 침대에 누워 담배에 불을 붙이고 잠이 드는 바람에 집이 불타 버렸다. 그래서 그녀는 다시는 가족 생각으로 괴로워할 필요가 없어졌다. 영원히. 바람이 세차게 불었고, 그녀는 또한 클루위스턴의 거의 전부를 불살라 버린 결과를 초래했다. 대단한 손실은 아니었다.

아서 스팀슨은 네바다 주 리노에 살았다. 29일 오후에 타호 호수에서 수영하고 난 후, 그는 녹슨 못을 밟았다. 상처가 썩어 들어갔다. 그는 냄새로 병을 진단하고 발을 절단하고자 했다. 수술하는 도중 그는 쇼크와 출혈로 정신을 잃고 토비 하라의 카지노 도박장 로비에서 죽었다. 그가 절단 수술을 시도한 곳이었다.

메인 주 스완빌에서는 캔디스 모런이라는 열 살배기 소녀가 자전거에서 떨어져 두개골 골절로 죽었다.

뉴멕시코 주 하딩 카운티의 목장주 밀턴 크래슬로가 방울뱀에 물려 30분 후에 죽었다.

켄터키 주 밀타운의 주디 호턴은 뜻밖의 사건들로 몹시 만족스러웠다. 주디는 열일곱 살이었고 예뻤다. 2년 전, 그녀는 두 가지 심각한 실수를 저질렀다. 임신을 해 버렸고, 임신을 초래한 그 남자, 주립대학에서 온 안경잡이 공학도랑 결혼하라고 한 부모의 뜻을 거스르지 않았던 것이다. 열다섯 살 때 주디는 한번 만나만 보자는 대학생 남자(비록 그는 겨우 신입생이었지만)의 감언이설에 빠졌고 아무리 생각해도 그녀는 왜 왈도한테 (왈도 호턴이라니 참 우악스러운 이름이다.) '그가 원하는 대로 하도록' 놔두었는지 기억할 수가 없었다. 그리고 설령 그녀가 애를 배려고 작정했다 한들, 왜 하필 상대가 그 사람이어야만 했던가? 주디는 스티브 필립스와 마크 콜린스한테도 그녀를 '그들이 원하는 대로 하도록' 놔두었던 역사가 있었는데. 그들은 모두 밀타운 고교 풋볼 팀(밀타운 쿠거스, 정확한 응원 구호는 '싸워라 싸워라 싸워라 사랑스러운 청백색의 팀을 위해 싸워라') 선수였고 그녀는 치어리더였다. 만일 그 우악스러운 늙다리 왈도 호턴만 아니었으면, 그녀는 3학년 때 쉽게 치어리더 단장이 되었을 것이다. 그리고 요점으로 돌아가 보자면, 스티브나 마크가 더욱 그럴 듯한 남편감이었을 것이다. 그들은 둘 다 듬직한 어깨를 가졌고 마크는 어깨까지 내려오는 열라 깔쌈한 금발머리를 자랑했다. 그러나 상대는 왈도였으며, 빼도 박도 못하게 왈도일 수밖에 없었다. 그저 그녀가 해야 했던 일이라고는 일기장을 들여다보고 임신 날짜나 계산하는 것이었다. 그리고 아기가 태어나고서는 그런 짓마저도 할 필요가 없어질 판국이었다. 아기가 그 남자의 얼굴을 쏙 빼닮았다. 우웩.

그래서 2년 동안 주디가 줄곧 갖은 고생을 하며, 패스트푸드 식당과 모텔에서 다채로운 막일을 전전한 반면에 왈도는 학교를 다녔다. 그런 고로 그녀는 무엇보다 왈도의 학교를 증오했다. 아기와 왈도 그 인간보다도 훨씬 더. '그가 그토록 지독하게 가정을 원했다면, 왜 자기가 나가서 일하지 않는 거지? 나는 그렇게 했는데.' 그러나 그녀의 부모와 그의 부모는 그것을 용납하지 않을 터였다. 주디는 혼자서도 그가 그렇게 하도록 좋은 말로 유도할 수 있었지만(침대에서 그가 손대기 전에 약속을 받아 낼 생각이었다.), 양쪽 사돈 네 사람은 늘 돌아가는 사정을 기가 막히게 냄새 맡았다. 오 주디, 왈도가 좋은 직업을 얻기만 하면 사정이 훨씬 더 나아질 거야. 오 주디, 네가 교회에 더 자주 나가기만 하면 사정이 훨씬 더 밝아 보일 거야. 오 주디, 네가 네 팔자에 익숙해질 때까지 똥이나 처먹고 웃음을 잃지 않으면 돼. 네 팔자에 완전히 익숙해질 때까지 말이야.

그러던 차에 슈퍼 독감이 찾아왔고 주디의 모든 문제가 풀렸다. 그녀의 부모가 죽었고, 그녀의 아이 페티가 죽었고(그건 좀 슬펐지만, 주디는 이틀 만에 그 슬픔을 극복했다.), 그러고 나서 왈도의 부모가 죽었고, 마침내 왈도 본인도 죽어서 그녀는 자유가 되었다. 그녀 자신도 죽을지 모른다는 생각은 전혀 떠오르지 않았고, 물론 그녀는 죽지 않았다.

그들 부부는 밀타운 중심지에 있는 거대하고 혼잡스러운 아파트에 방을 얻어 살았다. 왈도가 선택했던(주디는 물론 결정권이 전혀 없었다.) 그 장소의 여러 특징 중 하나는 지하실에 사람이 걸어 들어갈 수 있는 대형 고기 냉장고가 있다는 것이었다. 1988년 9월에 그 아파트에 입주한 그들의 집은 삼 층에 있었으니, 어느 누가 소고기와 햄버거 고기를 만날 그 냉장고까지 내려가 보관하려고 열성이겠는가? 두 번 세 번 생각할 것도 없이 단번에 답이 나오는 문제였다. 왈도와 페티는 집에서 죽었다. 그때 당시엔 힘 있는 사람 아니면 병원 서비스를 받을 수가 없었고 영안실에는 시신이 너무 몰려 들어갈 틈이 없었지만(어쨌거나 오싹한 장소인지라, 주디는 돈이 걸린 일일지언정 근처에는 얼씬거리지 않을 터였다.), 전기는 여전히 들어왔다. 그래서 그녀는 죽은 식구들을 아래층으로 끌고 가서 냉장고 안에 넣었다.

밀타운은 사흘 전에 전기 공급이 끊겼지만, 아래쪽 그곳은 아직도 꽤 서늘했다. 주디는 하루에 서너 번씩 그들의 시체를 보러 그곳으로 내려갔기 때문에 잘 알았다. 그저 잘 있나 확인해 보려는 거라고 그녀는 혼자 말했다. 그 밖에 무슨 이유가 있을 수 있단 말인가? 그녀가 즐기고 있는 것은 분명 아니잖은가?

주디는 7월 2일 오후에 내려갔다가 냉장고 문 밑에 고무 받침을 대 놓는 것을 잊었다. 문이 그녀 뒤에서 빙 돌아 닫히며 빗장이 걸렸다. 그제야 그녀는 알아챘다. 이 아래로 2년 동안 왔다 갔다 하고 난 지금에야 비로소 냉장고 문 안쪽엔 손잡이가 없다는 사실을. 그때는 너무 따뜻해 얼어 죽을 수는 없는 상황이었지만, 너무 추워 굶어 죽을 수 없는 상황은 아니었다. 그래서 주디 호턴은 결국 아들과 남편을 벗 삼아 죽었다.

미시시피 주 해티스버그의 짐 리는 자기 집 안의 모든 전기 콘센트를 휘발유 전력 발전기에 연결한 다음 발전기를 작동시키려다 자신이 전기에 감전되어 죽었다.

리처드 호킨스는 미시간 주 디트로이트에서만 평생을 살아온 흑인 청년이었다. 그는 지난 5년간 자신이 "헤론"이라고 부르는 곱고 하얀 가루에 중독되었다. 슈퍼 독감 유행이 맹위를 떨치는 동안, 알고 지내던 모든 마약상과 마약 애호가들이 죽거나 도망쳤을 때, 그는 마약 투약을 완전히 중단했다.

이 눈부신 여름날 오후에 어질러진 현관 계단에 앉아 있던 그는 미지근한 세븐업을 마시며 헤로인 주사를, 아주 작고 경미한 피하 주사라도 맞아 봤으면 원이 없겠다고 생각했다.

그는 앨리 맥팔레인에 대하여, 그리고 길거리에서 앨리에 관해 들었던 소문, 나쁜 일이 한꺼번에 터지기 직전에 들었던 그 소문에 대하여 생각하기 시작했다. 사람들은 디트로이트에서 세 번째쯤 되는 마약 거물인 앨리가 순도 높은 물건을 확실히 가지고 있다고 말했다. 모든 사람들이 넉넉하게 사용할 수 있을 만한 양이란다. 저질 갈색 물건은 하나도 없단다. 차이나 화이트 같은 온갖 종류의 헤로인 환각제들이 수두룩하단다.

리치는 맥팔레인이 어디다 그 많은 약을 보관하는지는 확실히 알 수 없었다. 그런 것들을 알려고 하다간 생명에 지장이 있다. 그러나 만약 경찰들이 앨리가 종조부를 위해 구입했던 그로스 포인트의 집에 대해 수색 영장을 발부받기만 하면, 앨리는 초승달이 황금으로 둔갑할 때까지 도피 생활을 해야 할 것이라는 말을 지나다니면서 여러 차례 들어 왔다.

리치는 그로스 포인트까지 걸어가기로 했다. 어쨌든 마땅히 다른 일도 없으니까.

그는 디트로이트 전화번호부에서 에린 D. 맥팔레인의 레이크쇼 드라이브 주소를 알아내 그리로 갔다. 도착해서 발이 아플 때쯤 날이 거의 어두워졌다. 그는 더 이상 이것은 그저 일상적인 산책이라고 생각하려 애쓰지 않았다. 그는 주사를 맞고 싶었고 지독히도 맞고 싶었다. 주택 사유지 주위로 회색 자연석 담장이 있었다. 리치는 검은 그림자처럼 그 담장을 뛰어넘다가 담장 꼭대기에 박힌 깨진 유리에 두 손을 베였다. 집 안에 들어가려고 창문을 부쉈을 때 도난 경보기가 울렸고, 경보에 응답할 경찰이 전혀 없다는 사실이 생각날 때까지 그는 마당 잔디밭으로 도망쳤다. 그는 신경이 예민해지고 땀에 전 상태로 다시 돌아왔다.

집 안 전체에 전기가 나갔고, 그 엿 같은 집에는 방이 대략 스무 개는 있었다. 그가 제대로 살펴보려면 내일까지 기다려야만 했고, 게다가 그곳을 제대로 샅샅이 뒤집어엎으려면 3주는 걸릴 것이었다. 그런 데다 어쩌면 물건이 여기에 없을 수도 있는 노릇이었다. 맙소사. 리치는 온몸으로 메스꺼운 절망의 파도가 물결치는 것을 느꼈다. 그러나 그는 적어도 눈에 띄는 장소들은 살펴볼 작정이었다.

그리고 위층 욕실에서, 하얀 가루로 불룩한 커다란 비닐봉지 열두 개를 발견했다. 그것들은 변기 물통 속에 들어 있었으니, 그야말로 낡은 수법이었다. 비닐봉지를 노려보던 리치는 욕망으로 진저리치며, 앨리가 이런 은닉물을 엿 같은 변기 물통 속에 놔둘 정도라니 높으신 양반들한테 죄다 뇌물을 처발랐을 게 틀림없다고 어렴풋이 생각했다. 이곳에는 한 사람이 열여섯 세기 동안 쓸 수 있을 정도로 충분한 마약이 있었다.

그는 주머니 한 개를 큰 침실로 가져가 침대보 위에 뜯어 놓았다. 투약 도구들을 꺼내어 준비하는 동안 두 손이 떨렸다. 이 물건을 얼마만큼 나눠 써야 하는지 따져 볼 생각은 전혀 떠오르지 않았다. 거리에서 리치가 투약해 봤던 가장 센 주사는 순도 12퍼센트짜리였는데, 그것은 그를 아주 깊이 잠들게 한 끝에 거의 혼수상태로 몰고 갔다. 꾸벅꾸벅 졸 만한 시간조차 없었다. 그냥 쾅 하더니 의식을 잃어, 눈앞이 파래졌다가 까맣게 변했던 것이다.

그는 자신의 팔꿈치에 주사기를 찌른 다음 손잡이를 쭉 밀어 넣었다. 그 물건은 순도가 거의 96퍼센트짜리였다. 그것은 전속력으로 질주하는 화물 열차처럼 핏줄기를 강타했고 리치는 헤로인 주머니들 위로 엎어져, 셔츠 앞이 헤로인 가루로 범벅이 되었다. 그는 6분 후에 죽었다.

대단한 손실은 아니었다.

제39장

로이드 헨리드는 무릎을 꿇었다. 그는 콧노래를 부르며 히죽거리고 있었다. 때때로 그는 자기가 무슨 노래를 흥얼거리던 중이었는지 깜빡 잊었을 것이고 히죽거리던 웃음이 희미해졌을 것이고 조금은 흐느꼈을 것이고, 그러고 나서는 자신이 울고 있던 것을 잊고 콧노래를 계속했을 것이다. 그가 흥얼거리는 노래는 「캠프타운 경마」였다. 때때로 흥얼거리거나 흐느끼는 대신, 그는 "두근, 두근." 하며 가사를 속삭였다. 독방은 콧노래, 흐느낌, 이따금 두근두근, 로이드가 만지작거리는 침대 다리의 희미한 긁힘 소리를 제외하고는 극도로 조용했다. 그는 트라스크의 몸뚱어리를 돌려 다리를 먹어 치울 수 있도록 애쓰는 중이었다. 이봐, 웨이터, 양배추 샐러드랑 다리 하나 더 갖다 줘.

로이드는 극단적인 속성 다이어트에 돌입한 사람처럼 보였다. 교도소 작업복이 흐느적거리는 돛처럼 그의 몸에 걸쳐져 있었다.

독방 안에서 받았던 마지막 식사는 8일 전에 먹은 점심이었다. 로이드의 얼굴 피부가 팽팽하게 펴져 두개골 아래의 모든 곡선과 모서리를 드러내 보였다. 눈은 밝았으며 반짝거리고 있었다. 입술은 말려 올라갔다. 그가 기묘하게 얼룩덜룩한 모습이었던 것은 머리가 뭉텅뭉텅 빠지기 시작했기 때문이었다. 그는 미친 것처럼 보였다.

"두근, 두근."

로이드가 중얼거리며 침대 다리로 낚시질했다. 한참 옛날에는 왜 자신이 손가락을 다쳐 가면서까지 그 빌어먹을 물건을 돌려 빼내느라 안절부절못했는지 알지 못했다. 한참 옛날에는 진정한 굶주림이 무엇인지 잘 안다고 생각했다. 그때의 굶주림은 이번 것과 비교해 보면 그저 식욕을 약간 자극하는 것에 불과한 것이었다.

"온밤을 달려라…… 온종일 달려라…… 두근……."

침대 다리가 트라스크가 입은 바지의 종아리를 낚아챘다가 놓쳤다. 로이드는 고개를 떨어뜨리고 어린애처럼 흐느꼈다. 그의 뒤편 한쪽 구석에 아무렇게나 내던져진 것은 5일 전인 6월 29일에 그가 트라스크의 감방에서 죽인 쥐의 뼈다귀였다. 쥐의 긴 분홍색 꼬리가 여전히 뼈다귀에 붙어 있었다. 로이드는 거듭해서 그 꼬리를 먹으려 노력해 왔지만 너무 질겼다. 변기 속에 들어 있는 물은 아끼려는 그의 고군분투에도 거의 다 없어졌다. 감방이 오줌 지린내로 가득했다. 그는 자신의 식수 공급원을 오염시키지 않으려고 오줌을 복도에 눠왔다. 굳이 대변을 볼 필요까지는 없었는데, 충분히 이해할 만했다. 다이어트 덕분에 극단적으로 쇠약해진 몸 상태를 고려해 본다면.

로이드는 다람쥐처럼 모아 뒀던 음식물을 너무 빠르게 먹어 치웠다. 그는 이제야 그것을 알았다. 그는 누군가 올 줄로만 생각했다. 그가 믿을 수 없던 것은……

그는 트라스크를 먹고 싶지 않았다. 트라스크를 먹는다는 생각은 무시무시했다. 바로 어젯밤 그는 바퀴벌레를 슬리퍼 한 짝으로 간신히 철썩 때려잡아 그놈을 산 채로 먹었다. 이로 반 토막 내기 직전 입 안에서 그것이 미친 듯이 날뛰는 것을 느꼈다. 사실 바퀴벌레가 그다지 맛없지는 않았고, 쥐보다는 훨씬 맛있었다. 결코 그는 트라스크를 먹고 싶지 않았다. 그는 식인종이 되고 싶지 않았다. 그렇게 되는 건 쥐새끼 같은 짓이었다. 그는 손이 닿는 범위에 있는 트라스크의 몸을 확보할 작정이었다…… 그렇지만 만일의 경우를 대비해서일 뿐. 만일의 경우를 대비해서일 뿐. 그는 물이 있는 한 먹을 것 없이도 오랜 시간 생존할 수 있었던 사람의 얘기를 들은 적이 있었다.

(물이 많이 없어 그치만 난 지금은 그것을 생각하지 않을 거야 지금 당장은 안 해 안 한다고 지금 당장은 안 해)

그는 죽고 싶지 않았다. 그는 굶어 죽고 싶지 않았다. 그는 증오로 가득 찼다.

그런 증오가 지난 사흘간 상당히 느긋한 속도로 차곡차곡 쌓이며, 로이드의 굶주림과 함께 커져 갔다. 그는 이렇게 가정해 보았다. 만일 오래전에 죽은 그의 애완용 토끼가 생각할 수 있는 능력이 있었다면, 똑같은 방식으로 그를 증오했을 것이라고.(그는 이제 잠을 굉장히 많이 잤고, 자는 동안 토끼 꿈으로 늘 뒤숭숭했다. 부어오른 그것의 몸뚱이, 헝클어진 그것의 털, 그것의 눈 속에서 우글거리는 구더기 떼, 그리고 무엇보다 가장 지독했던 것은 피 칠갑이

된 토끼의 발들. 잠에서 깨어났을 때 그는 자신의 손가락을 무서울 정도로 넋을 잃고 바라보곤 했다.) 로이드의 증오는 단순한 표상적 개념과 합체했는데, 이 개념은 '열쇠' 였다.

그는 안에 갇혔다. 한참 옛날에는 그런 처지를 마땅히 감수해야 하는 것으로 여겼다. 그는 나쁜 녀석들 중 한 명이었으므로. 진짜 나쁜 녀석은 아니었다. 포크야말로 진짜 나쁜 녀석이었다. 포크가 없었다면 자기 혼자서 했을 만한 가장 나쁜 짓이라야 사소한 행패뿐이었다. 그럼에도 그는 상당히 많은 부분에서 공동 책임을 졌다. 라스베이거스에는 멋쟁이 조지가 있었고, 하얀 콘티넨털에는 세 사람이 있었다. 그는 그때 현장에 있었고, 자신이 그 범행의 일정 부분에 죄가 있다고 여겼다. 그는 자신이 체포되어 약간의 형기를 치르는 게 당연하다고 여겼다. 자신이 자발적으로 나서서 치를 만한 일은 아니었으나, 그들이 기분 내키는 대로 했으면 그들이 쏘는 총알을 받아먹는 신세가 될지도 모르는 일이었다. 변호사한테 말했던 것처럼 그는 '세 개 주를 무대로 한 살인 행각' 에서 자신의 책임 부분에 대해 20년형 정도는 당연하다고 생각했다. 전기의자는 안 된다. 절대 안 된다. 로이드 헨리드가 전깃불에 몸을 싣는다는 생각은 그저…… 그것은 정신 나간 생각이었다.

그런데 그들은 '열쇠' 를 가졌고, 그것이 중요했다. 그들은 사람을 가두고 무슨 짓이든 벌일 수 있었다.

지난 사흘간, 로이드는 열쇠의 상징적이고도 신비로운 힘을 어렴풋이 파악하기 시작했다. 열쇠는 규칙대로 행동하는 데 대한 보상이었다. 만일 그러지 않으면, 그들은 사람을 가둘 수 있었다. 그것은 모노폴리 보드 게임에 나오는 '감옥으로 가시오' 카드와 전혀 다를 바 없었다. 보드를 한 바퀴 일주하지 못할뿐더러 일주하면 나오는 200달러 지폐도 받지 못한다. 그리고 열쇠를 가지면 일정한 특권을 보유했다. 누군가의 인생에서 10년을 빼앗아 갈 수도 있었다. 또는 20년, 또는 40년도. 사람을 두들겨 패라고 매서스 같은 이를 고용할 수도 있었다. 심지어 전기의자로 생명을 빼앗아 갈 수도 있었다.

그러나 열쇠를 갖는다는 것이 곧 맘대로 사라져서 그가 굶어 죽도록 가둬 놔도 되는 권리를 부여하는 것은 아니었다. 억지로 죽은 쥐를 먹고 침대 매트리스의 메마른 천이라도 먹고자 발버둥 치게 하는 권리를 부여하는 것이 아니었다. 그것은 살아남으려면 오로지 옆 감방의 사람을 먹어야 할지도 모르는 그런 장소에 로이드를 내버려 둬도 되는 권리를 그들에게 부여한 것이 아니었다.(만약 당신이 그 옆방 남자를 손에 넣을 수 있다면, 그것은…… 두근, 두근.)

누구든 정말로 사람들한테 할 수 없는 일들이 분명히 있다. 열쇠를 가진 사람들이 그를 여기까지 끌고 왔지만 이젠 진척이 없었다. 그들은 그를 빼낼 수 있으면서도 무시무시한 죽음을 맞도록 여기에 내버려 두었다. 그는 처음 본 사람을 작살낼 만큼 미친 개 같은 살인자가 아니었다. 비록 신문들은 그런 사람이라고 언급해 버렸지만. 포크를 만나기 전까지 그가 저질렀던 가장 나쁜 짓이라고 해 봤자 사소한 행패뿐이었다.

그래서 로이드는 증오했고, 증오는 그에게 살아남으라고 명령했다…… 또는 적어도 시도는 해 보라고. 한동안 그로서는 증오와 계속 살아야겠다는 결심이 부질없어 보였는데, 그 이유는 열쇠를 가진 사람들이 모두 독감에 쓰러져 죽었기 때문이었다. 그들은 그의 복수가 닿지 않는 먼 곳에 있었다. 그러고 나자 조금씩 조금씩, 더욱 굶주릴수록, 독감이 그들을 죽이지 않을 것임을 깨달았다. 그것은 그와 같은 패배자들을 살해할 것이다. 그것은 매서스를 살해하지만 매서스를 고용했던 그 쓰레기 교도관 녀석은 살해하지 않을 것이고, 그 교도관 녀석이 열쇠를 가졌기 때문이었다. 독감은 주지사나 교도소장을 살해하지는 않을 터였다. 교도소장이 아프다고 했던 그 경비원은 명백히 엿 같은 거짓말쟁이였던 것이다. 그것은 가석방 심사관들, 군 보안관들이나 FBI 요원들을 살해하진 않을 터였다. 그 독감은 열쇠를 가진 자들에게는 손을 대지 않을 것 같았다. 감히 그러지 않을 것 같았다. 그러나 로이드는 그들에게 손댈 생각이었다. 만약 그가 오래도록 살아남아 그곳을 빠져나간다면, 그들을 충분히 손봐 줄 생각이었다.

침대 다리가 또다시 트라스크의 바짓단을 낚아챘다.

"어서 와라."

로이드가 중얼거렸다.

"어서 오렴. 어서 이리로 오려무나…… 캠프 타운의 숙녀들은 이이런 노래를 부른다네…… 온통 두근거리는 날일세."

트라스크의 몸뚱이가 천천히, 뻣뻣하게 감방 바닥을 따라 미끄러져 움직였다. 어떠한 어부도 트라스크를 낚는 로이드보다 더 세심하게 또는 더 영악한 방식으로 가다랑어를 낚지는 못했다. 일단 트라스크의 바지가 찢어지자 로이드는 새로운 부위를 걸어야 했다. 하지만 마침내 녀석의 발이 매우 가까이 끌려온 덕분에 로이드는 철창 사이로 손을 뻗고 발을 움켜쥘 수 있었다…… 그가 원하기만 한다면.

"개인적인 감정은 없어."

그가 트라스크한테 속삭였다. 그는 트라스크의 다리에 손을 댔다. 그것을 어루만졌다.

"개인적인 감정은 없다고. 나는 너를 먹지는 않을 거야, 오랜 친구여. 꼭 필요한 때가 아니면 결코 안 먹어."

그는 자신이 군침을 흘리고 있다는 것조차 깨닫지 못했다.

로이드는 황혼 녘의 아스라한 회색빛 속에서 누군가의 소리를 들었다. 처음에 그 소리는 너무나 멀고, 쇠와 쇠가 맞부딪치는 이상한 소리여서, 자신이 꿈을 꾸는 게 분명하다고 생각했다. 깨어 있다가 잠에 빠져 드는 상태가 그는 이제 매우 친숙했다. 그는 거의 의식하지도 못한 채 수면의 경계선을 왔다 갔다 하며 건너다녔다.

하지만 그때 목소리가 튀어나오자 그는 자신의 침상에서 벌떡 일어났으며, 굶어 죽어 가던 얼굴 속의 두 눈이 휘둥그렇게 커지며 번쩍번쩍 빛났다. 그 목소리는 얼마나 멀리 떨어져 있는지는 하나님만이 아시는 교도소 행정 구역에서 통로들을 따라 흘러 내려왔고, 그런 다음 계단을 타고 와서는 면회실 구역을 로이드가 있는 중앙 독방 구역과 이어 주는 복도까지 이르렀다. 그 소리는 이중 철창문 사이로 잔잔하게 굽이쳤고 마침내 로이드의 귓가에 도착했다.

"후우우우…… 후우우우! 이 집에 누구 없어?"

그런데 이상하게도, 로이드한테 첫 번째로 든 생각. '대답하지

마. 아마 그 사람은 그냥 가 버릴 거야.'

"이 집에 누구 없어? 한 번 와 봤지, 두 번 올 줄 아나……? 알았다고, 나 그리로 가려던 참이었는데, 피닉스에서 묻은 내 장화의 먼지를 이제 막 털어 내려고 했는데……."

그 말에 로이드의 마비 상태가 깨졌다. 그는 침상에서 튀어나와 침대 다리를 잡아챈 다음, 그것을 철창에다 대고 정신 나간 듯이 두들기기 시작했다. 쇳덩이를 타고 올라온 진동이 움켜쥔 주먹의 뼈들 사이에서 덜덜 떨었다.

"안 돼! 안 돼! 가지 마! 제발 가지 마!"

그가 절규했다.

그 목소리가 이젠 더 가까워져서, 교도소 행정 구역과 이곳 공간 사이의 계단 길에서 내려왔다.

"우리가 너를 잡아먹을 거야. 우리는 너를 그만큼 사랑해…… 그리고 오, 누군가는 매우…… 굶주렸나 봐."

이 말에 이어 느끼하게 킬킬거리는 웃음이 뒤따랐다.

로이드는 침대 다리를 바닥에 떨어뜨리고 두 손으로 철창을 쥐었다. 이제 그는 그늘 속 어딘가에 있는 발걸음이 독방 구역으로 이어지는 홀을 부단히 밟아 오는 소리를 들을 수 있었다. 로이드는 왈칵 안도의 눈물을 터뜨리고 싶었다…… 결국 그는 구조된 것이다…… 그런데도 그의 마음속에서는 기쁨이 아니라 공포가 느껴졌으며, 불어나기만 하는 두려움은 그가 잠자코 있었더라면 좋았을걸 하고 후회하게 했다. '잠자코 있어? 나 원 참! 굶어 죽는 것보다 더 나쁜 게 뭐가 있겠어?'

굶어 죽는다는 것은 그로 하여금 트라스크를 생각나게 했다. 트

트라스크는 황혼 녘의 아스라한 회색빛 속에 등을 대고 뻗어 누워서, 한쪽 다리를 로이드의 감방으로 빳빳이 내밀었는데, 필연적인 감소 작용이 다리의 종아리 부위에서 일어나 있었다. 다리 종아리의 살이 많은 부분에. 그곳에는 이로 깨문 자국들이 나 있었다. 로이드는 누구의 이가 그런 자국들을 만들어 놨는지 알았지만, 트라스크의 살코기를 점심으로 먹었는지는 기억이 몹시 희미할 뿐이었다. 그렇다고는 해도 혐오감, 죄책감 그리고 강한 공포심이 그의 맘을 가득 채웠다. 그는 옆 철창으로 뛰쳐 가 트라스크의 다리를 녀석의 감방 안으로 도로 밀어 놨다. 그런 다음 목소리의 주인공이 아직 시야에 들어오지 않는다는 것을 어깨 너머로 확인하고는, 철창 기둥에 얼굴을 눌러 대며, 철창 사이로 손을 뻗어 트라스크의 바짓단을 끌어 내려, 그가 저지른 짓을 감추었다.

물론 그리 서두를 것까진 없었다. 왜냐하면 독방 구역 맨 앞에 있는 철창 출입문은 닫혔고, 전기가 끊겨 열림 단추가 작동하지 않을 테니까. 그의 구조자는 되돌아가서 열쇠를 찾아야 할 것이다. 그가 해야 하는 일이라고는…….

철창 출입문을 움직이는 전기 모터가 살아나서 작동하는 소리를 내자 로이드는 툴툴거렸다. 독방 구역의 고요함으로 증폭된 그 소리는, 출입문이 열렸다 닫히는 친숙한 철컥 쿵! 소리와 함께 멎었다.

그러고 나서 누군가의 발걸음이 독방 구역 복도를 부단히 밟아 오고 있었다.

로이드는 트라스크를 깔끔하게 정돈하고 나서 다시 자기 감방 문으로 갔다. 그런데 저도 모르게 감방 문에서 두 걸음 물러서고 말았다. 시선을 바깥쪽 바닥에 떨어트린 그가 처음으로 본 것은 뾰족한 앞부리와 닳아 빠진 뒷굽이 있는 먼지투성이 카우보이 장화 한 켤레였고 그가 처음으로 한 생각은 포크도 저런 장화를 신었다는 것이었다.

그 장화가 로이드의 감방 앞에 멈추었다.

그의 시선이 천천히 올라가며, 장화 위에 가지런히 내려온 빛바랜 청바지, 황동 버클(한 쌍의 동심원들 안쪽에 여러 점성술 기호가 그려진)이 달린 가죽 허리띠, 양쪽 가슴 주머니에 각각 배지가 붙은 청재킷을 차례로 주목했다. 재킷의 배지 중 하나는 웃는 표정을 한 동그란 얼굴이었고, 다른 하나에는 죽은 돼지 그림과 함께 '당신의 경찰 돼지고기는 맛이 어떻습니까' 라는 문구가 찍혀 있었다.

로이드의 눈길이 어쩔 수 없이 랜들 플랙의 검붉게 그늘진 얼굴에 도달한 바로 그 순간, 플랙이 날카롭게 소리 질렀다.

"어흥!"

그 한 마디 소리가 쥐 죽은 듯 조용한 독방 구역에 퍼져 나갔다 다시 되도해 돌아왔다. 로이드가 비명을 지르다 자기 발에 걸려 넘어져 버렸고, 급기야는 울기 시작했다.

"괜찮아."

플랙이 위로했다.

"이봐, 이런 이런, 다 괜찮다니까. 모든 것이 말끔하게 다 괜찮아졌어."

로이드가 흐느꼈다.

"나 내보내 줄 수 있어요? 제발 나 좀 내보내 줘요. 난 내 토끼처럼 되고 싶지 않아. 난 그렇게 끝장나고 싶지 않아. 그건 공평하지 않아요. 포크만 없었다면 난 사소한 행패나 부렸지 다른 나쁜 짓과는 절대 담을 쌓고 살았을 사람이라고요. 제발 나 좀 꺼내 줘요, 선생님. 저 뭐든지 해 드리겠습니다."

"불쌍한 녀석. 다하우 유대인 수용소의 여름휴가 광고를 보는 듯하구먼."

플랙의 음성에 담긴 연민에도 불구하고, 로이드는 자신의 눈길을 새로 온 사람의 청바지 무르팍 위로 들어 올릴 수가 없었다. 만일 또다시 그 얼굴을 바라본다면, 그 얼굴이 그를 죽이고 말 것 같았다. 그것은 악마의 얼굴이었다.

"제발요. 제발 저를 꺼내 주세요. 굶어 죽을 지경입니다."

로이드가 우물우물했다.

"친구여, 얼마나 오랫동안 빵에 갇혀 있었나?"

"모르겠어요."

로이드가 여윈 손가락으로 눈을 닦았다.

"아주 오랫동안요."

"어떻게 했기에 여태 안 죽었지?"

"전 무슨 일이 벌어질지 알았거든요."

자신에게 마지막 남은 너덜너덜한 잔꾀의 조각들을 그러모으며 로이드가 청바지 입은 남자의 다리에 대고 말했다.

"먹을 걸 모아 뒀죠. 그래서 살았어요."

"옆 감방에 있는 이 멋진 사내를 깨물어 먹거나 하진 않았나, 혹시라도 말이야?"

"뭐요?"

로이드는 목이 멨다.

"뭐요? 아뇨! 나 원 참! 저를 뭐로 보시는 겁니까, 선생님? 선생님, 부탁인데요……."

"저 사내의 왼쪽 다리가 오른쪽보다 약간 가늘어 보이더군. 물어본 이유는 그것뿐이야, 내 좋은 친구여."

"그것에 관해서라면 저는 아무것도 모릅니다."

로이드가 중얼거렸다. 그는 온몸을 떨고 있었다.

"형씨의 쥐에 관해서라면? 맛이 어땠어?"

로이드는 두 손을 얼굴에 대고 아무 말도 못했다.

"이름이 뭐지?"

로이드는 말하려 했지만, 나오는 것이라곤 그저 끙끙대는 소리뿐이었다.

"이름이 뭐지, 병사?"

"로이드 헨리드."

그는 그 다음에 무슨 말을 할지 생각해 보려 했으나, 머릿속이 엉망진창이었다. 그는 자신이 전기의자에 앉을 거라고 변호사가 말했을 때도 무섭기는 했지만, 지금처럼 무섭지는 않았다. 자신의 전 생애를 통틀어 지금처럼 무서웠던 적은 없었다.

"그건 죄다 포크의 아이디어였다고요!"

그가 언성을 높였다.

"포크가 여기 있었어야 하는 건데, 내가 아니라!"

"날 봐, 로이드."

"싫어요."

로이드가 중얼거렸다. 두 눈이 격렬하게 굴러다녔다.

"왜 안 봐?"

"왜냐하면……."

"말해 봐."

"왜냐하면 난 당신이 현실이라고 생각하지 않으니까요. 그리고 만일 당신이 현실이라면…… 선생님, 만일 현실이라면, 당신은 악마예요."

로이드가 중얼거렸다.

"날 봐, 로이드."

어쩔 수 없이 로이드는 철창이 가로 세로로 엇갈린 지점 뒤편에 떠 있는 어둡고 히죽거리는 얼굴을 향해 눈을 들었다. 사내의 오른손이 오른쪽 눈 옆으로 무엇인가를 치켜들었다. 그것을 보고 있자니 로이드는 온몸이 차가워지면서도 뜨거워지는 것을 느꼈다. 그 물건은 검은 돌처럼 생겼는데, 너무 검어서 흡사 송진이나 콜타르 덩어리처럼 보였다. 돌 중심에는 붉은 흠집이 하나 나 있었는데 로이드에게는 그것이 무시무시한 눈동자처럼 보였으며, 반쯤 열린 그 피투성이 눈이 그를 노려보는 듯했다. 플랙이 그것을 손가락들 사이로 슬쩍 뒤집어 굴리자 이번에는 검은 돌 속의 붉은 흠집이 마치…… 열쇠처럼 보였다. 플랙은 그것을 손가락들 사이에서 왔다 갔다 하며 뒤집어 굴렸다. 그것은 금방 눈동자가 되었다가, 또 금방 열쇠가 되기도 했다.

눈동자, 열쇠.

사내가 노래를 불렀다.

"그녀가 내게 커피를 가져다주었네…… 그녀가 내게 차를 가져다주었네…… 그녀가 내게 가져다준 것은…… 제기랄 거의 모든 것인데…… 유치장 열쇠만 없네. 그렇지, 로이드?"

"그렇고말고요."

로이드가 쉰 목소리로 말했다. 그의 두 눈은 그 작고 검은 돌에서 절대로 떨어지지 않았다. 플랙이 마술사가 기교를 부리듯 돌을 한 손가락에서 다음 손가락으로 산책시키기 시작했다.

"이제 너는 좋은 열쇠의 가치를 분명히 알아볼 만한 사람이 된 거야."

검은 돌이 그의 움켜쥔 주먹 속으로 사라졌다가 느닷없이 반대쪽 손안에서 다시 나타났으며, 그곳에서 또다시 손가락 산책을 시작했다.

"나는 네가 그런 사람이라고 믿어. 왜냐하면 열쇠라 하는 것의 용도는 문을 여는 것이니까. 인생에서 문을 여는 것보다 더 중요한 게 있을까, 로이드?"

"선생님, 제가 무지 배가 고파서……"

"당연히 그럴 테지."

사내의 얼굴 위로 염려하는 표정이 퍼지더니 그 표정이 너무도 과장되어 괴기스럽게 변했다.

"예수님 맙소사, 쥐는 먹을 만한 음식이 아니잖아! 근데, 내가 점심으로 뭘 먹었는지 알아? 비엔나 빵에다 양파 몇 개랑 굴덴 스파이시 브라운소스를 듬뿍 넣어서 근사한 불고기 샌드위치를 먹었다고. 맛있을 거 같지?"

로이드가 고개를 끄덕거리자 지나치게 반짝거리는 두 눈에서 눈물이 천천히 새 나왔다.

"거기다 감자 버터구이와 초콜릿 우유를 곁들여 먹었고, 그러고 나선 디저트로…… 아이고머니나, 내가 널 고문하고 있구나, 그렇지? 누가 와서 날 말채찍으로 좀 때려 줘야 해. 그런 꼴 당해도 싸지. 내가 잘못했어. 내가 당장 꺼내 줄 테니까 뭐 좀 먹으러 가자고, 좋지?"

로이드는 너무 좋아 고개를 끄덕거릴 수조차 없었다. 그는 열쇠를 가진 남자가 실제로 악마라고, 또는 신기루일 가능성이 더 크다고 판단했으며, 그 신기루는 로이드가 마침내 쓰러져 죽을 때까지 독방 바깥에 서서, 이상하게 생긴 검은 돌을 나타났다가 사라지게 하면서 하나님과 예수님과 굴덴 스파이시 브라운 겨자 소스에 관해 행복하게 떠들어 댈 것 같았다. 그러나 지금 그 남자의 얼굴에 나타난 측은하다는 표정은 상당히 진심인 듯 보였으며, 그의 말은 자신의 경솔한 언행을 진정으로 자책하는 것처럼 들렸다. 검은 돌이 또다시 그의 움켜쥔 주먹 속으로 사라졌다. 그리고 주먹이 펴지자 깜짝 놀란 로이드의 눈에는 낯선 이의 손바닥 위에 화려한 손잡이가 달린 납작한 은색 열쇠가 보였다.

"아아 맙소사, 하나님!"

로이드가 쉰 소리로 외쳤다.

"맘에 들어?"

다크맨이 물어보며 즐거워했다.

"나는 뉴저지 주 세코커스에 있는 안마 시술소 이쁜이한테서 이 속임수 비법을 배웠어, 로이드. 세코커스, 세상에서 가장 큰 돼지 농장의 본고장."

그는 허리를 굽히고 로이드 감방의 자물통 속에 열쇠를 끼웠다. 그런데 이상한 일이었다. 왜냐하면 로이드의 기억력이 명확하게 증언하는 바(지금 당장은 그 증언이 굉장히 명확한 것은 아니었다.), 이곳 감방에는 열쇠 구멍이 전혀 없었는데, 모두 전기의 힘으로 열리고 닫히기 때문이었다. 그러나 그는 그 은색 열쇠가 작동할 거라는 걸 전혀 의심하지 않았다.

열쇠가 자물통을 덜그럭거리는 바로 그 순간, 플랙이 움직임을 멈추고 로이드를 바라보며 음흉하게 히죽거렸고, 로이드는 또다시 온몸을 휩쓰는 절망감을 느꼈다. 그것은 죄다 그냥 속임수였던 것이다.

"내가 자기소개를 했던가? 내 이름은 플랙(Flagg)이야, g가 두 개 붙어. 만나서 반갑다고."

"동감입니다."

로이드가 쉰 소리로 말했다.

"그리고 나는 이렇게 생각해. 이 감방 문을 열고 함께 저녁을 먹기 전에 우리가 사소한 합의를 봐야 한다고 말이야, 로이드."

"당연히 그래야겠죠."

로이드가 쉰 소리를 내고 또 울기 시작했다.

"나는 너를 내 오른팔로 삼을 작정이야, 로이드. 너를 성 베드로와 같은 지위에 올려놓을 작정이라고. 내가 이 문을 열고 네 손에 왕국의 열쇠들을 쥐여 주겠어. 굉장한 대우야, 그렇지?"

"그럼요."

로이드는 중얼거렸고, 다시금 두려움이 커졌다. 이제는 주위가 거의 완전히 어두워졌다. 플랙도 검은 형체에 불과했지만, 두 눈만은 여전히 육안으로도 완벽하게 보였다. 그 두 눈은 스라소니의 눈처럼 어둠 속에서 빛을 내는 듯했으며, 하나는 자물통 상자로

이어진 철창의 왼편에, 다른 하나는 오른편에 떠 있었다. 로이드는 섬뜩한 공포를 느꼈지만, 또 다른 무언가를 함께 느꼈다. 일종의 종교적인 황홀경. 쾌감. 선택받았다는 쾌감. 그가 어쨌든 간에…… 무언가를 온전히 얻어 내고야 말았다는 느낌.

"너를 이곳에 내버려 둔 사람들을 붙잡고 싶은 마음도 간절할 테지, 그게 당연한 거 아냐?"

"으휴, 정말이지, 그냥 콱."

로이드는 일순간 공포를 잊었다. 굶주렸던 강인한 분노가 공포를 집어삼켰다.

"꼭 그 사람들만이 아니라, 그런 짓을 벌일 만한 사람들 모두. 그것은 인간 유형의 하나지, 안 그래? 어느 특정한 인간 유형한테는 너 같은 사람이 그저 쓰레기일 뿐이야. 왜냐면 그들은 높으신 양반들이니까. 그들은 너 같은 인간한테 살아 있을 권리가 있다고 생각하지 않아."

플랙이 넌지시 암시했다.

"아주 지당하신 말씀이십니다."

로이드의 엄청난 굶주림은 별안간 다른 종류의 굶주림으로 변했다. 그것은 검은 돌이 은색 열쇠로 변했던 것처럼 아주 확실하게 변해 버렸다. 이 남자는 겨우 몇몇 문장만으로도 로이드가 느껴 왔던 복잡한 것들을 죄다 표현해 냈다. 로이드가 간절히 붙잡고 싶었던 사람은 단지 출입문 경비원뿐이 아니었다. 이게 누구야, 여기 건방진 고름 주머니가 왔네. 용건이 뭐냐, 고름 주머니야. 뭐 굉장한 이야깃거리라도 있어서 그래? 왜냐하면 출입문 경비원은 우두머리가 아니기 때문이었다. 출입문 경비원이 열쇠를 가지기는 했다. 그건 맞다. 그러나 출입문 경비원이 그 열쇠를 만든 것은 아니었다. 누군가가 그 사람한테 주었던 것이다. 교도소장, 로이드는 그렇게 상상했으나, 교도소장도 역시 열쇠를 만들지는 않았다. 로이드는 열쇠 제작자들과 열쇠 대장장이들을 찾아내고 싶었다. 그들은 독감에 면역되었을 테고, 그는 그들한테 볼일이 있었다. 아, 그렇다, 그것은 확실한 볼일이었다.

"그런 사람들을 보고 성경에서는 뭐라 그러는지 알고 있나?"

플랙이 조용히 물었다.

"성경 말씀에 이르기를 자기를 높이는 자는 낮아질 것이요 힘센 자는 쇠약해질 것이요 목이 뻣뻣한 자는 부러지리라. 그리고 성경에서는 너 같은 사람들을 뭐라 그러는지 알고 있나, 로이드? 성경 말씀에 이르기를 온유한 자는 복이 있나니 저희가 땅을 기업으로 받을 것임이요. 또한 성경 말씀에 이르기를 심령이 가난한 자는 복이 있나니 저희가 하나님을 볼 것임이요."

로이드는 고개를 끄덕이고 있었다. 끄덕이며 울고 있었다. 한순간 강렬하게 빛나는 광채가 플랙의 머리 주위에 생겨났고, 그 빛이 너무도 밝아 오랫동안 바라보았다간 눈이 타서 잿더미로 변해버릴 지경이었다. 그러더니 빛은 사라졌다…… 만일 그 빛이 한순간이라도 그 자리에 존재했다고 가정한다면 말이다. 그런데 빛은 존재하지 않았던 게 틀림없었다. 왜냐하면 로이드는 야간 시력을 하나도 잃지 않았으므로.

"한데 너는 그다지 똑똑하진 않아. 그러나 네가 제일이야. 그리고 나는 네가 매우 충성스러울 거란 느낌이 들어. 로이드, 너와 나, 우린 큰 성공을 거둘 거야. 우리 같은 사람들한텐 좋은 시기지. 모든 것이 우릴 위해 움직이고 있는 중이라고. 오로지 내가 필요한 것은 너의 약속이야."

"야, 약속?"

"우리가 하나로 뭉쳐야 한다는 것, 너와 내가. 궂은 일도 마다하지 않기. 보초 서다 잠자지 않기. 이제 곧 다른 이들도 생겨날 것이다. 그들은 이미 서쪽으로 이동 중이야. 그러나 현재로서는 오직 우리 둘뿐이다. 네가 나에게 약속을 해 준다면 나는 네게 열쇠를 주겠다."

"저는…… 약속합니다."

로이드가 말했고, 말들이 허공에 걸려 괴이하게 진동하는 듯했다. 진동 소리를 들으며 그가 고개를 한쪽으로 젖히자 북극의 오로라 광선이 죽은 사람의 눈 속에서 번뜩이듯 거무스름하게 타오르는 그 두 마디 말이 거의 눈에 보이는 듯했다.

순간 자물쇠 회전판이 자물통 안에서 반 바퀴 돌아가자 그는 말들에 대한 생각을 싹 잊었다. 다음 순간 자물통이 플랙의 발치에 떨어졌고, 덩굴손 같은 연기가 퍼져 나오고 있었다.

"너는 자유다, 로이드. 어서 나와."

믿기지가 않아, 로이드는 머뭇거리며 철창에 손을 갖다 댔다. 마치 철창이 그를 불살라 버리기라도 할 듯. 철창은 실제로 따끈한 것 같았다. 그런데 그가 밀치자, 문이 쉽사리 소리도 없이 뒤로 스르르 움직였다. 그는 자신의 구원자를, 그 사람의 이글거리는 두 눈을 빤히 쳐다보았다.

무엇인가가 그의 손안에 놓여 있었다. 열쇠.

"이제 네 것이야, 로이드."

"내 거?"

플랙이 로이드의 손가락을 부여잡고 열쇠를 움켜쥐도록 했고…… 로이드는 손안에서 그것이 움직이는 것을 느꼈다. 그것이 변하는 것을 느꼈다. 그가 쉬어 터진 절규를 내지르자 손가락이 활짝 펴졌다. 열쇠는 사라졌고, 그것이 있던 자리엔 붉은 흠집이 난 검은 돌이 있었다. 그는 돌을 치켜들고 놀라움을 금치 못하며 이쪽저쪽으로 돌려 보았다. 붉은 흠집이 금방 열쇠처럼 보였다가, 금방 해골처럼도 보였다가, 이젠 또다시 반쯤 열린 피투성이 눈동자처럼 보였다.

"내 거."

로이드가 스스로에게 대답했다. 이번에 그는 아무 도움도 받지 않고 스스로 주먹을 쥐어 돌을 힘껏 움켜잡았다.

"우리 저녁이나 먹으러 갈까? 오늘 밤 아주 멀리까지 운전을 해야 하거든."

"저녁 식사. 좋지요."

"할 일이 대단히 많아."

플랙이 행복하게 말했다.

"우리는 아주 서둘러 움직여야 해."

그들은 함께 계단을 향해 걸어가 독방 구역의 시체들을 지나쳤다. 로이드가 기력이 약해 휘청거리자, 플랙이 위팔을 붙들어 몸을 바로 세워 주었다. 로이드는 고개를 돌리고 고마움 이상의 감정을 담아 히죽거리는 플랙의 얼굴을 들여다보았다. 그는 사랑과도 같은 감정을 담아 플랙을 바라보았다.

제40장

닉 앤드로스는 베이커 보안관의 사무실 침상 위에 잠들어 누워 있었지만 조용히 있질 못했다. 그는 팬티만 걸친 벌거벗은 몸이었고 땀으로 가볍게 젖어 있었다. 전날 밤 잠들기 전에 마지막으로 했던 생각은 자신이 아침이면 죽어 있을 거라는 것이었다. 그의 열띤 꿈들에 끈질기게 출몰해 왔던 다크맨이 어쩌다 잠의 마지막 얇은 장벽을 뚫고 나와 그를 끌고 가 버릴 것 같았다.

이상한 일이었다. 레이 부스가 후벼 파서 암흑이 돼 버린 눈이 이틀 동안 고통스러웠다. 그러고 나자 사흘째 되던 날, 왕집게가 머릿속을 죄어 들어오는 듯하던 느낌이 둔한 아픔으로 잦아들었다. 이제 그 눈으로 보면 그저 회색 얼룩만 보였으며, 그 회색 얼룩 속에서는 가끔 여러 형상이 움직였다. 또는 움직이는 듯 느껴졌다. 그러나 그를 죽이고 있는 것은 눈의 부상이 아니었다. 그것은 총알이 스친 다리의 찰과상이었다.

그는 상처를 소독도 안 하고 그냥 지냈다. 눈의 통증이 너무 지독해서 다리 상처는 거의 느끼지도 못했으므로. 그의 오른쪽 넓적다리를 따라 얇게 벗겨진 찰과상은 무르팍에서 끝이 났다. 상처 입은 다음 날 그는 바지에서 총탄이 빠져나갔던 총알 구멍을 매우 놀라워하며 자세히 관찰했다. 그리고 그 다음 날인 6월 30일, 상처가 가장자리를 따라 빨개지면서 다리의 모든 근육이 쑤시는 듯했다.

그는 솜즈 박사의 진료실까지 절뚝거리며 가서 과산화수소 한 병을 구했다. 30센티미터쯤 되는 길이의 총상 위로 과산화수소 한 병을 몽땅 쏟아 부었다. 말을 도둑맞고 나서야 마구간을 고치는 격이었다. 그날 저녁 오른쪽 다리 전체가 썩은 이처럼 욱신거렸고, 살갗 밑으로는 이제 막 딱지가 앉기 시작한 상처로부터 패혈증세가 또렷한 빨간 핏줄이 사방으로 뻗어 나가는 게 보였다.

7월 1일, 그는 다시 솜즈의 진료실로 가서 약장 속을 샅샅이 뒤져 가며, 페니실린을 찾았다. 몇 알을 발견해 낸 그는 짧은 망설임 끝에, 견본 포장에 있는 알약 두 개를 삼켰다. 만약 몸이 페니실린에 과도한 거부 반응을 나타내면 죽을 것임을 잘 알고 있었지만, 이것마저 안 하면 한층 더 고약한 죽음을 맞을지도 모른다는 생각이 들었다. 세균 감염이 질주, 전력 질주하고 있었다. 페니실린은 그를 죽이진 않았으나, 눈에 띌 만큼 나아진 것도 전혀 없었다.

어제 정오까지 고열에 시달렸던 닉은 상당히 오랜 시간 동안 자신이 정신 착란에 빠졌던 것은 아닌지 의심스러웠다. 음식은 그야말로 충분했지만, 먹고 싶지가 않았다. 오로지 베이커의 사무실에 있는 냉장고에서 증류수를 꺼내 하염없이 마시고만 싶었다. 그 물은 어젯밤 그가 잠에 곯아떨어졌을 때(또는 정신을 잃었을 때) 거의 바닥났지만, 닉은 어떻게 해야 물을 더 마실 수 있을지 몰랐다. 고열에 들뜬 그는 그다지 신경 쓰지 않았다. 이제 곧 죽을 테고, 더는 걱정할 것이 전혀 없을 터였다. 그는 죽어 가고 있다고 해서 광분하지 않았을 뿐 아니라, 이제는 고통을 겪거나 걱정하지 않아도 된다는 생각에 오히려 위안을 느꼈다. 다리가 욱신거렸고 근질거렸고 화끈거렸다.

레이 부스를 살해하고 난 당시에는 낮이고 밤이고 잠을 자도 전혀 자는 것 같지가 않았다. 꿈들이 홍수를 이루었다. 그가 알고 지냈던 모든 사람이 공연이 끝난 후 관중의 환호를 받으려고 다시 몰려나오는 듯싶었다. 루디 스파크먼, 하얀 백지를 가리키고 있다.

"너는 이 백지다."

그의 어머니, 그가 원래 글씨를 망치고 있어도 또 다른 흰 종이 위에 쓰도록 도와주고 선과 동그라미들을 툭툭 두드리고 있다.

"그 글씨가 닉 앤드로스란다. 그게 너야."

제인 베이커, 베개 위에서 얼굴을 옆으로 돌린 채 말하고 있다. "존, 나의 불쌍한 존."

그의 꿈 속에서 솜즈 박사가 존 베이커더러 셔츠를 벗으라고 계속 또 계속 요구했고, 계속 또 계속 레이 부스가 말했다.

"그 새끼 잡어…… 나 이 새끼 뭉개 버릴 거야…… 씹새끼가 날 걷어찼다고…… 그 새끼 잡어……."

닉이 평생 꿔 왔던 꿈들과는 달리 이번 꿈에서는 남의 입술 모양을 읽을 필요가 없었다. 그는 실제로 사람들이 말하는 것을 들을 수 있었다. 그 꿈들은 놀라울 만큼 생생했다. 다리의 통증이 그를 거의 잠에서 깨울 정도로 심해지다 사그라졌다. 그런 다음에 그가 다시 잠 속으로 가라앉고 나면 새로운 장면의 꿈들이 나타났다. 이 두 가지 꿈속에서는 그가 전혀 알지 못하는 사람들이 나왔고, 그는 잠에서 깨어나도 꿈을 매우 뚜렷하게 기억했다.

그는 높은 장소에 있었다. 땅이 입체 모형 지도처럼 그의 밑으로 퍼져 나갔다. 사막 지대였고, 위쪽의 별들은 높은 고도에서 미칠 듯이 맑고 깨끗함을 뽐냈다. 그의 곁에 한 인간이 있었다…… 아니, 인간이 아니라 인간의 형상이었다. 그 형체는 마치 실체라는 옷감에서 잘려 나온 듯했고, 그의 곁에 실제로 서 있는 것은 음성적 인간, 인간의 형상을 띤 블랙홀인 듯했다. 이 형상의 목소리가 속삭였다.

"네가 보는 모든 것이 너의 것이 될 것이다. 네가 무릎을 꿇고 나를 숭배한다면."

닉은 고개를 흔들며, 그 섬뜩한 벼랑에서 뒷걸음질치고 싶었고, 그 형상이 검은 팔을 내뻗어 그를 벼랑 끝 너머로 밀어 버릴까 봐 무서웠다.

'왜 너는 말을 하지 않느냐? 왜 너는 그저 고개를 흔들고만 있느냐?'

꿈속에서 닉은 자신이 그동안 의식이 깨어 있는 세상에서 수도 없이 해 왔던 몸동작을 취했다. 손가락을 입술 위에 갖다 대고, 그런 다음 손바닥을 목에 갖다 댔다…… 그러고 나자 그는 자신이 완벽하게 맑은, 꽤 아름다운 음성으로 말하는 소리를 들었다.

"나는 말 못해요. 나는 벙어리에요."

'너는 말할 수 있어. 네가 원한다면, 너는 할 수 있어.'

닉이 손을 내밀어 그 형상을 만지던 순간, 놀라움과 타오르는 기쁨의 홍수 속에 그의 두려움이 순간적으로 휩쓸려 나갔다. 그러나 그의 손이 그 형체의 어깨에 접근하자 형체는 얼음같이 차가워졌고, 너무도 차가워 그가 그 형체를 달궈 놓는 듯한 기분이었다. 그는 수정 같은 얼음덩이들이 생겨난 손가락 마디로 그 형체를 확 밀쳤다. 그리고 그것이 그에게 다가왔다. 그는 들을 수 있었다. 검은 형상의 목소리. 사냥하는 밤새의 아득히 먼 울부짖음. 바람의 영원한 통곡 소리. 그는 그것에 놀라움을 느끼고 다시금 완전한 벙어리로 전락했다. 그가 전혀 경험해 보지 못했기에 전혀 그리워하지 않았던 세상의 새로운 차원이 존재했고, 이제 그것이 제자리를 찾아 들어왔다. 그는 소리를 듣고 있었다. 여태껏 들어 본 적 없었어도 각각의 소리가 무엇을 뜻하는지 알 것 같았다. 그것들은 예뻤다. 예쁜 소리. 그는 손가락을 자신의 셔츠 위로 이리저리 비벼 댔고 손톱이 면 옷에 닿는 재빠른 부스럭 소리에 감탄했다.

그러자 다크맨이 그를 향해 몸을 움직였고, 닉은 소름 끼치도록 무서워졌다. 이 생명체는, 정체가 무엇이든 공짜 기적을 베푸는 것은 아니었다.

"네가 만일 무릎을 꿇고 나를 숭배한다면."

그리고 닉은 양손으로 얼굴을 감싸고 말았으니, 이 드높은 사막 지대에서 검은 인간 형상이 내보여 주었던 모든 것을 그가 원했기 때문이었다. 도시, 여자, 보물, 힘. 그러나 무엇보다도 그는 자신의 손톱이 셔츠에서 만들어 낸 황홀한 소리를, 한밤중이 지나 빈 집 안에서 괘종시계가 똑딱거리는 소리를, 비가 내지르는 은밀한 소리를 들을 수 있기를 원했다.

그러나 그가 했던 대답은 "아니오."였고, 그러자 얼어 죽을 듯한 추위가 또다시 그를 덮치며 그는 떠밀렸고, 끝도 없이 계속 추락하며 소리 없이 비명을 지르는 동안 그가 이 구름 낀 심연을 뚫고 굴러 떨어져, 들어간 곳의 냄새는……

'옥수수?'

그렇다. 옥수수. 이것은 또 다른 꿈이었으며, 꿈들이 이처럼 뒤섞여 각각의 차이를 나타내는 이음매를 거의 느낄 수 없었다. 닉은 옥수수 속에, 풋옥수수밭 안에 있었고, 그 냄새는 여름의 대지와 소똥 거름과 자라나는 작물들의 냄새였다. 그는 일어서서 자신의 몸이 떨어져 있던 옥수수 밭고랑을 따라 걷기 시작하다가, 순간적으로 걸음을 멈추고는 7월 옥수수밭의 푸르고 칼날 같은 잎사귀들 사이로 흐르는 바람의 부드러운 울음소리를 들을 수 있다는 것을 깨달았다…… 그리고 또 다른 무엇인가도.

'음악?'

그렇다. 일종의 음악이었다. 그리고 꿈속에서 닉은 생각했다. '저게 사람들이 음악이라고 부르는 거야.' 그것은 곧장 앞에서 나오고 있었고, 그는 그쪽으로 걸어가면서 예쁜 소리의 이 특이한 연속음이 '피아노' 또는 '호른' 또는 '첼로' 또는 뭐라고 부르는 것에서 나오는 것인지 알고 싶었다.

그의 콧구멍을 맴도는 뜨거운 여름의 냄새, 머리 위로 아치를 이룬 파란 하늘, 저 사랑스러운 소리. 이 꿈속에서, 닉은 더 바랄 것 없는 행복을 느꼈다. 그리고 그가 음악의 진원지로 다가갈수록 하나의 목소리가 음악에 합류했는데, 피부가 검은 사람이 내는 것 같은 그 늙은 목소리는, 그 노래를 스튜 요리 삼아 종종 다시 데워 깊은 맛을 절대로 잃지 않게 하려는 듯이, 가사를 약간 얼버무리고 있었다. 매혹된 채로 닉은 그쪽을 향해 걸었다.

나는 홀로 정원으로 간다네
이슬이 아직 장미꽃 위에 머무르는 동안
들리는 목소리, 내 귓가에 떨어지고
하나님의…… 아들이…… 나타나아신다
나와 함께 걸으시고 나와 함께 말씀하신다
나는 그의 사람이라 내게 말씀하신다
우리가 그곳에 머물며 나누는 기쁨
다른 사람은…… 절대로…… 알지 못하네.

그 구절이 끝났을 때, 늘어선 옥수수 줄의 맨 앞으로 닉이 헤쳐 나오자, 그곳 평지에는 판잣집이나 다름없는 오두막 한 채가 있었으며, 오두막 왼편에는 녹슨 쓰레기통이, 오른편에는 낡은 타이어를 매단 그네가 있었다. 그네는 마디마디 옹이가 졌지만 아직도 아름다운 생명력으로 푸름을 자랑하는 사과나무에 매달려 있었다. 집에서 돌출되어 기울어진 현관 마루는 낡아서 벌어진 틈새를 기름때가 뭉친 오래된 자동차 수리용 잭들로 떠받쳤다. 창이 열렸고, 온화한 여름 산들바람이 남루한 흰 커튼을 창 안팎으로 휘날렸다. 지붕에는 함석으로 된 뾰족한 굴뚝이 움푹 찌그러지고 연기에 그을려서 낡고 기묘하게 구부러진 모습으로 솟아 있었다. 이 집은 밭을 쳐낸 평지에 자리 잡았고 눈길 닿는 곳 끝까지 온 사방으로 옥수수밭이 뻗어 나갔다. 그 옥수수밭은 오직 북쪽으로만 난 흙 길로 갈라져 있었으며 길은 점점 폭이 줄어들어 평평한 지평선 위에서 한 점이 되었다. 그 광경이 보이면 항상 닉은 자신이 어디에 있는지 알아차렸다. 네브래스카 주 포크 카운티, 오마하에서 서쪽 그리고 오세올라에서 조금 북쪽. 그 흙 길에서 멀리 떠 있는 것은 플랫 강 북쪽 제방 위에 자리 잡은 30번 고속도로와 콜럼버스였다.

현관에 앉아 있는 사람은 미국에서 가장 나이 많은 여성, 복슬복슬한 흰 머리가 드문드문 나 있는 흑인 여자였다. 그녀는 몸이 말랐으며, 집 안에서 입는 긴 원피스에 안경을 쓴 차림새였다. 상당히 말라 보여서 오후의 세찬 바람이 그녀를 마구 날려 드높은 푸른 하늘로 내동댕이치고 어쩌면 콜로라도 주 줄스버그까지 휑하니 데려다 놓을 수도 있을 것 같았다. 그리고 그녀가 연주하고 있는 악기(어쩌면 그것이 그녀를 잡아 내리고 있는 것, 그녀를 땅에서 떨어지지 못하게 하고 있는 것이리라.)는 '기타' 이고, 닉은 그 꿈에서 생각한다. '저것이 '기타' 라는 악기가 내는 소리로구나. 멋지다.' 그는 그날의 나머지 시간 동안 자신이 있는 곳에 꼼짝 않고 서서, 포크 카운티 오마하의 서쪽과 오세올라의 조금 북쪽에 있는, 네브래스카 옥수수밭의 한복판에서 자동차 잭으로 떠받친 현관 마루에 앉아 있는 늙은 흑인 여자를 지켜보면서, 귀로 들을 수 있을 것이라 느낀다. 그녀의 얼굴은 지형이 고르지 못한 상태를 표시하는 지도처럼 몇백만 개의 주름살로 갈라진다. 뺨의 갈색 살가죽을 따라 이루어진 강들과 협곡들, 불룩한 아래턱에 난 산등성이들, 이마 언저리 뼈에 꾸불꾸불 쌓인 빙하 퇴적물 언덕, 두 눈에 난 동굴들.

그녀가 다시 노래를 시작하며 낡은 기타 연주를 몸소 곁들인다.

예에에수, 열로오쉬지이아느렵니까

오 예에에수, 열로오쉬지이아느렵니까

예수여 여기로 오시지 않으렵니까?

왜냐하면 지금은…… 매우 궁핍한 시간

오 지금은…… 매우 궁핍한 시간

지금은 매우…….

"말해 보오, 청년이여. 누가 당신을 그곳에 못 박았나요?"

그녀는 무릎 위에 기타를 아기처럼 올려놓고 닉에게 앞으로 나오라고 손짓한다. 그는 나아간다. 그는 자신은 그저 그녀가 노래하는 것을 듣고 싶다고, 노랫소리가 아름답다고 말한다.

"글쎄, 노래 부르는 것은 하나님껜 하찮은 것일진대, 나는 지금 그것을 가장 열심히 한다오…… 당신은 그 검은 남자를 어떻게 생각해요?"

"그는 저를 겁먹게 합니다. 저는 무서워서……."

"청년이여, 원래 우리는 무서움을 타게 마련이에요. 심지어 해질 무렵의 나무도 제대로 된 방식으로 보면, 무서움을 타게 마련이에요. 우린 모두 죽음을 앞둔 존재이니 하나님을 공경해야 해요."

"그렇지만 제가 어떻게 그 검은 남자한테 아니오라고 말하겠어요? 제가 어떻게……."

"당신은 어떻게 숨을 쉬나요? 당신은 어떻게 꿈을 꾸나요? 아무도 모르는 거죠. 그래도 당신은 나를 보러 올 수는 있어요. 어느 때든지. '마더 애버게일' 이 사람들이 나를 부르는 이름이랍니다. 난 이 지역에서 가장 나이 많은 여자예요, 내 짐작으론. 난 지금도 나만의 비스킷을 직접 만들어요. 언제든지 나를 보러 와요, 청년이여. 그리고 당신 친구들도 데려오고."

"그런데 이 상황을 어떻게 빠져나가죠?"

"하나님이 그대에게 은총을 내려 주시기를, 청년이여. 어느 누구도 은총을 대신 내려 줄 순 없답니다. 당신은 오로지 온 정성을 다해 믿음으로 그분을 우러러봐야 해요. 그리고 마음이 정해지면 어느 때든지 나를 보러 와요. 나는 바로 여기 있을 테니, 내 짐작으론. 이제는 그다지 많이 돌아다니지 않는 몸이라서. 그러니 나를 보러 와요. 나는 바로……

"……여기, 바로 여기……."

닉이 조금씩 조금씩 잠에서 깨어나면서 네브래스카의 풍경이 사라졌다. 옥수수밭 냄새도, 마더 애버게일의 주름진 검은 얼굴도. 현실 세계가 스며들어 꿈의 세계를 덧씌우는 동안 그다지 많이 변하는 게 없는가 싶더니 꿈의 세계는 시야에서 사라졌다.

그는 아칸소 주 소요에 있었고, 그의 이름은 닉 앤드로스였으며, 그는 한 번도 말을 해 본 적이 없었고 '기타' 소리를 들어 본 적도 없었다…… 그러나 그는 여전히 살아 있었다.

닉은 간이침대에서 일어나 걸터앉아 다리를 흔들어 보고 까진 상처를 바라보았다. 부었던 것이 좀 가라앉았다. 통증은 그저 욱

신거리기만 했다. '몸이 낫고 있어.' 그는 대단히 안도하며 생각했다. '괜찮아질 것 같아.'

그는 간이침대에서 빠져나와 팬티 바람으로 창문까지 절뚝거리며 갔다. 다리가 뻣뻣했지만, 조금만 운동하면 풀어질 만한 정도였다. 그는 조용한 마을을, 더 이상 소요가 아닌 소요의 송장을 내다보았고, 오늘 떠나야 한다는 걸 알았다. 멀리 갈 힘은 없을 테지만, 일단 시작해 볼 참이었다.

어디로 갈까? 그는 자신이 답을 안다고 여겼다. 꿈이란 그저 꿈일 뿐이지만, 우선은 북서쪽으로 가 봐야겠다고 판단했다. 네브래스카를 향하여.

닉은 7월 3일 오후 1시 15분경에 페달을 밟아 마을을 빠져나갔다. 그는 아침에 배낭을 꾸리며 만일의 경우를 대비해 페니실린 알약을 넣었고, 통조림 음식들도 넣었다. 그가 가장 좋아하는 두 가지, 캠벨 토마토 수프와 셰프 보야디 라비올리를 두둑이 챙겼다. 권총에 쓸 탄약 상자 몇 개도 넣고 물통도 집어 들었다.

그는 거리를 걸으며 여러 차고 속을 들여다보다 결국 원하던 것을 발견했다. 그의 키에 딱 맞는 10단 변속 자전거. 그는 번화가에서 기어를 저속으로 하여 조심스럽게 페달을 밟았다. 부상당한 다리가 천천히 달아오르며 움직였다. 그는 서쪽으로 이동하고 있었고, 그의 그림자가 그를 뒤쫓으며 자기 소유의 까만 자전거를 타고 있었다. 그는 도시 교외의 우아하고 산뜻해 보이는 집들이 내내 커튼을 내려 가리고 서 있는 곳을 지나쳐 갔다.

그는 그날 밤 소요에서 서쪽으로 15킬로미터 떨어진 한 농가에서 야영했다. 7월 4일 해 질 녘이 돼서는 오클라호마 주 근방에 도착했다. 그날 저녁 잠들기 전 그는 또 다른 농가의 마당에 서서, 얼굴을 하늘로 향하고, 비처럼 떨어지는 유성들이 서늘한 하얀 불길로 밤을 할퀴는 광경을 지켜보았다. 그는 그토록 아름다운 것은 한 번도 본 적이 없다고 생각했다. 앞길에 무엇이 놓여 있든지 간에, 그는 살아 있다는 것이 기뻤다.

제41장

래리는 8시 30분에 햇빛과 새소리에 깨어났다. 그것들 모두가 그를 흥분시켰다. 뉴욕 시를 떠나온 이래로 날마다 햇빛과 새소리. 그리고 추가적인 흥미 요소로, 보너스 공짜 선물로 맘에 드는 것이라면, 공기가 맑고 신선한 냄새를 풍긴다는 것. 리타조차도 그것을 알아차렸다. 그는 계속 생각하고 있었다. '휴우, 가면 갈수록 좋아지는구나.' 그래도 계속해서 더 좋아져야 했다. 사람들이 이제껏 이 행성에 무슨 짓을 벌여 놨는지 깨닫고 놀랄 때까지 더 좋아져야 했다. 그리고 미네소타 주 북부와 오리건 주와 로키 산맥의 서쪽 경사 지역 같은 산골에서도 공기가 늘 이런 식의 냄새를 풍겼을지 궁금해졌다.

파사이크에서 여행 물품에 추가했던 2인용 텐트의 낮은 캔버스 지붕 아래서, 대형 침낭 반쪽 부분에 누워 있었던 7월 2일 아침, 래리는 누더기 자투리들 밴드의 일원인 앨 스펠먼이 그와 두서너 명의 다른 녀석들과 함께 캠핑 여행을 가자고 래리를 설득하려 했던 때를 기억했다. 그들은 동쪽으로 이동하여 라스베이거스에서 하룻밤을 머물고, 그다음엔 콜로라도 주 러브랜드라는 곳으로 갈 계획이었다. 닷새 정도는 러브랜드 위쪽의 산악 지역에서 야영할 계획이었다.

"「상쾌한 로키 산맥」 따위는 존 덴버 같은 순진한 가수한테나 맡겨 두라고."

래리가 조롱했다.

"너희 모두 모기한테 잔뜩 물리고 어쩌면 숲 속에서 똥 때리느라 뿡뿡 대다 덩굴나무에 옻이 올라 꼴 좋게 돌아올걸. 그러니까 말이야, 만일 마음을 바꿔 라스베이거스의 듄스 호텔에서 닷새 동안 야영하기로 결정하면, 나한테 따르릉 따르릉 전화 걸어 줘."

그러나 아마도 캠핑 여행은 이런 것이었을 것이다. 그저 혼자서, 아무도 들볶는 사람 없이(리타만 뺀다면, 그러나 그녀가 들볶는 것은 참아 낼 수 있을 듯싶었다.), 좋은 공기를 호흡하고 밤에 잠이 들 때는 이리저리 뒤척이는 일 없이, 그냥 쾅 신속하게 잠에 빠지는 것이다. 누군가 망치로 머리를 내려치기라도 한 듯. 아무 걱정도 없었다. 내일은 어느 쪽으로 갈 거며 얼마나 오랜 시간을 이동할 수 있을지만 빼면. 그런 경험은 굉장히 경이로운 것이었다.

그리고 버몬트 주 베닝턴의 오늘 아침, 9번 고속도로를 따라 똑바로 쪽을 향한 상태인 오늘 아침은 특별했다. 오늘은 정녕 7월 4일, 독립기념일이었던 것이다.

래리는 침낭 속에서 일어나 앉아 리타를 훑어보았는데, 그녀는 아직도 곯아떨어져서는 침낭의 겉껍데기 밑으로 몸의 굴곡을, 그리고 그 위로 부스스한 머릿결만을 드러내 놓고 있었다. 뭐랄까, 그는 오늘 아침엔 그녀를 화려한 방식으로 깨울 작정이었다.

래리는 침낭의 자기 쪽 지퍼를 열고 나왔다. 알몸으로. 잠시 닭살이 돋았다가 자연스럽게 공기가 따스하게 느껴졌는데, 아마도 벌써 기온이 섭씨 20도인 듯했다. 오늘도 또다시 멋진 하루가 될 것이었다. 그는 텐트에서 기어 나와 두 발로 섰다.

텐트 옆에 주차된 것은 검은 본체에 크롬 광택을 입힌 1200시시 할리데이비드슨 오토바이였다. 침낭과 텐트처럼 그것도 파사이크에서 손에 넣었다. 당시 그들은 이미 차량 세 대를 거친 후였다. 두 대는 지독한 교통 체증에 막혔고, 세 번째 차는 트럭 두 대의 충돌 현장을 빙 돌아가려다 너틀리 외곽의 진창에 빠졌다. 오토바이가 해결책이었다. 사고 현장을 끌고 가면서 통과할 수도 있고, 저속 기어에서도 본체를 지탱할 수 있었다. 교통 체증이 심각해서 꽉 막혀 있을 때도 비상 차선이나 인도가 있다면 충분히 지나갈 수 있었다. 리타는 오토바이를 좋아하지 않았다. 뒷자리에 동승하는 것을 불안해한 그녀는 필사적으로 래리를 꽉 껴안았다. 그래도 그녀는 오토바이가 유일한 실질적 해결책이라는 점에는 동의했다. 인류 최후의 교통 체증은 현저하게 심해졌다. 파사이크를 떠나 교외로 들어온 이후로 죽 그들은 멋들어진 시간을 보냈다. 7월 2일 저녁에는 뉴욕 주를 다시 가로질러 쿼리빌 교외에 텐트를 쳤다. 서쪽으로 안개가 낀 신비로운 캐츠킬 산맥을 마주한 곳이었다. 그들은 3일 오후에 동쪽을 향해 달리다, 해가 막 떨어질 무렵 버몬트 주로 넘어왔다. 그리하여 이곳 베닝턴에 왔다.

그들은 마을 외곽의 언덕에서 야영을 했고, 이제 래리는 오토바이 옆에 발가벗고 서서 오줌을 누면서 아래에 펼쳐진 그림엽서 같은 뉴잉글랜드 지방의 경치를 내려다보며 감탄할 수도 있었다. 깨끗하고 하얀 교회 두 채, 푸른 아침 하늘을 찔러 댈 듯 솟아 있는 교회의 뾰족탑들. 사립학원 하나, 담쟁이덩굴로 뒤덮인 회색빛 자연석의 학원 건물들. 공장 하나. 빨간 벽돌로 된 학교 건물 두 채. 여름 녹색 가운을 걸친 수많은 나무. 그 그림에서 미묘하게 잘못된 유일한 요소는 공장 굴뚝에서 연기가 안 나온다는 것과 번화가에서 반짝거리는 장난감 같은 수많은 차량이 기묘한 각도로 어수선하게 멈춰 있다는 것이었으며, 차량 행렬이 이어진 고속도로 또한 사정은 마찬가지였다. 그래도 햇살에 눈이 부신 고요 속에서 (고요, 정말 그랬다. 가끔 지저귀는 새소리만 빼면.), 래리는 고인이 된 이르마 파예트의 감상적인 생각을 되풀이했을지도 모르는 일이었다. 만일 그 숙녀를 알고 있었더라면. '대단한 손실은 아니야.'

다만 그날은 7월 4일 독립기념일이었고, 래리는 자신이 지금도 미국 국민이라고 여겼다.

그는 목을 가다듬은 다음 침을 뱉고서, 콧노래를 조금 흥얼거려 적당한 음정을 찾았다. 숨을 들이켜고, 벌거숭이 가슴과 엉덩이에 닿는 가벼운 아침 산들바람을 절절히 실감하면서 갑자기 노래 부르기 시작했다.

오! 말해 주오, 그대 보이는가,
새벽의 여명이 비추는 그것,
어제 황혼 녘의 마지막 빛 속에서,

그는 베닝턴을 마주 보며 미국 국가를 계속 부르다가, 끝 부분에서는 약간 익살스럽게 골반 돌리기를 선보였는데, 그 이유는 지금쯤 리타가 텐트 입구에 나와 서서 그를 향해 미소 짓고 있을 것이기 때문이었다.

그는 베닝턴 카운티 청사일 것 같다고 생각되는 건물을 향해 절도 있게 경례하는 것으로 노래를 끝내고 돌아서며, 즐겁고 정겨운 미 합중국에서 새로운 독립의 해를 맞이하는 가장 멋진 방법은 즐겁고 정겨운 미국식 빠구리를 행하는 것일 거라고 생각했다.

"래리 언더우드, 애국 소년이여, 네가 부디 훌륭한 남자가 되기를 빈……."

그러나 텐트 입구가 여전히 닫혀 있어서 그는 일순간 또다시 리타에게 짜증을 느꼈다. 그는 그런 감정을 단호히 억눌렀다. 그녀가 만날 그의 감정 주기에 맞춰 줄 수는 없었다. 그게 전부였다. 그것을 인식하고 처신할 수 있으면, 어른스러운 관계를 맺는 단계에 들어선 것이었다. 그는 터널 속에서 처절한 경험을 한 이후로 리타와 잘해 보려 매우 열심히 노력 중이었고, 그런대로 잘하고 있다고 스스로 생각했다.

너 자신이 리타의 입장이 되어 행동하라, 그것이 핵심이었다. 그녀는 나이가 상당히 더 많다는 점을 명심해야만 하느니, 그녀는 인생의 거의 전 기간 동안 일정한 방식으로 사물을 판단하는 데 익숙해져 있었다. 그래서 뒤죽박죽이 된 세상에 적응해야 하는 힘든 일을 겪는 리타로서는 당연한 것이었다. 이를테면 알약들. 그녀가 비틀어 여는 뚜껑이 달린 젤리 병에다가 자신의 지랄 같은 약국 전체를 담아 가지고 왔다는 사실을 발견하고서 래리는 그다지 기쁘지는 않았다. 노란 캡슐 진정제, 수면제 퀘일루드, 진통제 다르본 그리고 그녀가 '내 작은 활력소'라고 부르는 또 다른 약물. 그 작은 활력소는 빨간 캡슐 진정제였다. 세 알을 테킬라 한 잔과 함께 먹으면 하루 온종일 꿈틀꿈틀 지랄 춤을 춰 댈 정도였다. 래리는 그런 것을 싫어했는데 정신이 너무 자주 오르락내리락 널뛰기를 한다는 것은 곧 그 사람의 등에 사나운 원숭이 한 마리를 업히는 것이기 때문이었다. 그 원숭이는 대략 킹콩만 했다. 그가 그런 것을 싫어했던 또 다른 이유는, 만일 치즈가 눈에 띈다고 해서 냉큼 달려들었다간 쥐덫에 걸려들어 본의 아니게 뒤통수 맞는 사태가 벌어지기 때문이었다. 그렇지 않던가? 그녀는 무엇 때문에 신경 불안에 시달려야 했을까? 왜 밤에 잠들기가 그렇게 힘든 걸까? 그는 그런 증상이 하나도 없는 게 분명한데. 그가 그녀를 돌보지 않았던 것인가? 돌봐 주고 있다고 온 동네에 떠벌리고 다녀도 될 정도인데.

래리는 텐트로 돌아가다가 한순간 망설였다. 어쩌면 그녀를 자게 놔두는 편이 좋을 듯 싶었다. 어쩌면 그녀는 피곤할 것 같았다. 그렇지만……

래리는 자신의 똘똘이를 내려다보았고, 똘똘이는 그녀를 자게 내버려 두는 걸 진심으로 바라지 않았다. 별로 범벅이 된 바나나 거시기를 찬양하는 정겨운 노래를 불렀더니 후끈하게 달아올랐다. 그래서 래리는 텐트 입구로 되돌아가 안으로 기어 들어갔다.

"리타 누님?"

그리고 신선하고 맑은 바깥의 아침 공기를 접한 후에 갑자기 그것을 발견했다. 모르고 있었다니, 그전까지 그는 곤히 잠든 상태였던 게 분명했다. 그 냄새가 압도적으로 강렬하지 않았던 것은 텐트에 공기가 상당히 잘 통했기 때문이었지만, 그래도 그 냄새는 꽤 강렬했다. 토해서 구역질이 나는 달콤새큼한 냄새.

"리타 누님?"

그는 꼼짝 않고 누워 있는 그녀의 침낭 밖으로 불쑥 나온 메마르고 부스스한 머리 모습에 불안감이 솟구쳤다. 그는 두 손 두 발로 그녀를 향해 기어가며, 이젠 더 강렬해진 구토 냄새 때문에 배에 힘을 주었다.

"괜찮아요? 일어나요, 리타 누님!"

움직임 없음.

래리가 그녀를 옆으로 굴리고 보니 마치 밤새 빠져나오려 몸부림치기라도 한 듯 침낭 지퍼가 반 정도 풀려 있었다. 아마도 그녀는 자신한테 무슨 일이 벌어지고 있는지 알아차리고 몸부림치다 실패했고, 그는 그녀 옆에서 내내 평화롭게 잠만 자면서 정겨운 로키 산맥의 상쾌한 사나이가 된 기분을 만끽했으리라. 다시 옆으로 굴리자 그녀의 약병 중 하나가 손에서 떨어졌고 눈은 반쯤 감긴 눈꺼풀 뒤로 흐릿하고 생기 없는 구슬로 변했으며 입에는 그녀를 질식하게 했던 녹색 구토물이 가득 차 있었다.

래리는 아주 오래인 듯한 시간 동안 죽은 그녀의 얼굴을 뚫어지게 쳐다보았다. 둘은 코와 코가 거의 맞닿을 만큼 가까웠고, 텐트는 어느 8월 말 오후 시원한 번개 소낙비가 들이치기 직전의 다락방처럼 될 때까지 점점 더 뜨겁게 달아오르는 듯했다. 래리는 머리가 끝없이 팽창하고 있는 것 같았다. 리타의 입은 똥물로 가득 찼다. 그는 거기서 눈을 뗄 수가 없었다. 개 경주 트랙의 난간에 달린 기계인형 토끼처럼 그의 뇌 속에서 빙글빙글 돌아다니는 의문은 이것이었다. '이 여자가 죽고 난 후 나는 얼마나 오랫동안 곁에서 잠을 자고 있었던 것일까? 진정해, 이 사람아. 지이이인정하라고.'

마비 상태가 풀리자 텐트 밖으로 기어 나온 래리는 바닥 천을 벗어나 맨땅에 닿는 순간 양쪽 무릎이 까졌다. 그는 토할 것 같다고 생각했고, 당연히 그런 기분에 발버둥 치며 토하지 않겠다고 다짐했는데, 무엇보다 토하는 것을 끔찍이도 증오했기 때문이었다. 그러고 나서 그는 '그래도 나는 저 여자랑 빠구리하러 저 안으로 다시 들어갈 거다, 불끈불끈!' 하고 생각했고 모든 것이 꾸물꾸물 입으로 돌진해 올라오자 김이 푹푹 나는 자신의 오물을 피해 기어갔으며, 엉엉 울며 입과 코에서 풍기는 적나라한 향취를 증오했다.

래리는 아침 내내 리타에 대해 생각했다. 그녀가 죽었다는 데서 안도감을 느꼈다. 사실은 엄청난 안도감이었다. 그는 그것을 절대 아무한테도 말하지 않을 작정이었다. 그것은 그의 어머니가, 그리고 웨인 스투키가, 그리고 심지어 포드햄 대학 인근의 아파트에 살던 멍청한 영계가 그에 관해 말했던 모든 것을 입증해 주는 것이었다. 래리 언드우드, 포드햄의 변태 성욕자.

"나는 좋은 남자가 아냐."

그가 큰 소리로 말했고, 그렇게 말하고 나니 기분이 한결 나아졌다. 진실을 말하기가 더 쉬워졌는데 이것이야말로 가장 중요한 것이었다. 왕좌 뒤편의 실세들이 별의별 술책을 다 부리는 잠재의식이라는 밀실 속에서, 래리는 자신과 협정을 맺은 바 있었다. 리타를 돌보겠다고. 아마 그는 좋은 남자는 아니었겠지만 살인자도 아니었는데, 터널 속에서 그가 했던 일은 살인 미수에 상당히 가까운 짓이었다. 그래서 그는 그녀를 돌볼 작정이었으며, 이따금 아무리 열 받더라도(그들이 할리데이비드슨에 올라타자 그녀가 캔자스시티 특유의 우격다짐으로 그를 짜증 나게 꽉 붙들었을 때처럼) 그녀한테 소리 지르지 않을 작정이었다. 그녀가 그를 얼마나 많이 방해하든 또는 그녀가 어떤 부분에서 얼마나 멍청하게 굴든지 간에 그는 광분하지 않을 작정이었다. 죽기 전날 밤 그녀는 깡통 뚜껑을 뚫지도 않은 채 콩 요리 깡통을 장작불 속에 놔두었고 그는 새까맣게 타서 부풀어 오른 그 깡통을 끄집어냈다. 깡통이 폭탄처럼 터져서 아마도 파편이 날아다니는 갈고리로 변해 그들을 장님으로 만들어 버리는 불상사가 일어나기 약 3초 전에 말이다. 그런데 그가 그 일로 그녀한테 잔소리를 해 댔던가? 아니다. 그는 그러지 않았다. 그는 가벼운 농담을 하고는 그 일을 얼렁뚱땅 넘겨 버렸다. 알약 문제도 같은 식이었다. 그는 알약을 그녀가 판단할 일로 여겼다.

'어쩌면 그 여자와 함께 상의했더라면 좋았을 텐데. 어쩌면 그 여자는 네가 그래 주기를 원했을 거야.'

"염병할 심리 상담 회의 따위를 하자는 건 아니었어."

래리가 큰 소리로 말했다. 알약은 생존에 필요한 것이었다. 그리고 그녀는 그것을 끊을 수가 없었다. 어쩌면 그녀는 그 사실을 쭉 알고 있었을 것이다. 그녀가 손안에서 폭발할지도 모르는 싸구려 같은 32구경 권총으로 멀구슬나무를 향해 경솔한 사격을 했던 센트럴 파크의 그날 이후로 계속. 어쩌면……

"어쩌면, 씨발!"

래리가 화가 나서 말했다. 물통을 입에 대고 기울였지만 텅 비었고 입 안에서는 여전히 끈적끈적한 맛이 났다. 어쩌면 그녀 같은 사람들은 전국 방방곡곡에 깔렸을 것이다. 독감은 오로지 살아남을 사람들만 골라서 남겨 놓지는 않았다. 도대체 골라내야 할 이유라도 있나? 바로 이 순간 국토 어딘가에는 이런 젊은 남자가 존재할지도 모른다. 완벽한 육체적 조건, 독감에도 면역되었음. 그러나 편도선염으로 죽어 가고 있는 중. 코미디언 헤니 영맨이 말했던 바 그대로다.

"이보쇼, 여러분. 나한테는 그런 사람이 백만 명이나 있어."

래리는 고속도로 바로 옆 경치 좋은 아스팔트 갓길에 앉아 있었다. 황금빛 아침 아지랑이 속에서 뉴욕 쪽으로 펼쳐진 버몬트의 풍경은 숨 막히게 황홀했다. 표지판은 이곳이 20킬로미터 전망소라고 알려 주었다. 실제로는 20킬로미터보다 더 상당히 멀리까지 볼 수 있다고 래리는 생각했다. 맑은 날에는 끝도 없이 멀리까지 볼 수 있을 것이다. 갓길 바깥쪽에는 무릎 높이만 한 돌벽이 있어서 돌덩이들이 시멘트로 뭉쳐 있었고, 깨진 버드와이저 맥주병 몇 개도 보였다. 거기에 더해 쓰고 버린 콘돔 한 개도. 그는 황혼 녘에 고등학생들이 여기까지 올라와 아래로 펼쳐진 마을에 불이 하나 둘씩 켜지는 광경을 구경하곤 했을 거라 생각했다. 그들은 먼저 흥겨운 기분에 젖고 나중에는 자리에 누워 버릴 것이다. 게네들이 쓰는 말로 '빡섹때'. 빡세게 섹스 한 판 때리기.

그건 그렇고 왜 그는 그토록 기분이 나쁜 것인가? 그는 진실을 말하는 중이었다. 그렇지 않던가? 그랬다. 그리고 가장 최악의 진실은 그가 안도감을 느꼈다는 것이었다. 안 그런가? 그의 목을 누르던 돌이 없어지지 않았던가?

'아니야, 최악은 혼자가 되었다는 것이지. 외롭게 됐다는 것.'

감상적이지만 진실. 래리는 이 멋진 풍경을 함께 나눌 사람을 원했다. 고개를 돌려 "맑은 날에는 끝도 없이 멀리까지 볼 수 있다고요."라고 온화한 표정으로 말해 줄 만한 사람을. 그러나 단 하나 있던 동반자는 입 안 가득 녹색 구토물을 담고 2킬로미터 하고도 500미터 더 떨어진 텐트 안에 있었다. 점점 뻣뻣해지면서. 점점 파리 떼를 끌어 모으면서.

래리는 얼굴을 무릎에 대고 눈을 감았다. 울지 않겠다고 다짐했다. 그는 토하는 것을 증오하는 것과 맞먹을 정도로 우는 것도 끔찍이 증오했다.

결국 그는 겁쟁이였다. 그는 리타를 땅에 묻을 수 없었다. 그는 상상할 수 있는 최악의 생각들을 그러모았다. 그녀의 냄새를 맡고 냠냠 식사하러 찾아 들어올 구더기들과 딱정벌레들과 마멋들, 한 인간이 사탕 껍질이나 내버려진 펩시콜라 깡통인 양 또 하나의 쓰레기로 남는 것의 부당함. 그러나 또한 그녀를 땅에 묻는 것에 대해선 막연히 불법적인 요소가 있는 듯 보였는데, 진실을 말하자면

(그리고 그는 현재 진실을 말하는 중이었다. 안 그런가?) 그런 생각은 그저 싸구려 자기 합리화일 뿐이었다. 그는 베닝턴으로 내려가서 인기 만점 철물점을 부수고 들어가, 인기 만점 삽과 그에 어울리는 인기 만점 곡괭이를 과감하게 집어 들 수 있었다. 심지어 그는 조용하고 아름다운 이곳으로 다시 올라와 인기 만점 20킬로미터 전망소 근처에 인기 만점 무덤을 과감하게 팔 수도 있었다. 하지만 그 텐트 속으로 들어가서(그 속은 이제 인기 만점 시커먼 달착지근 진수성찬이 영원토록 자리 잡고 있을 센트럴 파크 내부의 1번 횡단로 공중변소와 매우 흡사한 냄새를 풍길 것이다.) 침낭의 지퍼를 마저 내리고 그녀의 빳빳하고 불룩한 몸뚱이를 끄집어내 양쪽 겨드랑이를 잡고 무덤 구덩이까지 끌고 가서는 속에 굴려 넣은 다음, 그 위에 삽으로 흙을 떠 넣으며, 정맥 확장증으로 불룩 솟은 지렁이 같은 결절들로 가득한 그녀의 하얀 다리로 흙 무더기가 후두둑 떨어지고 그녀의 머릿결 속에도 박히는 걸 눈으로 지켜보며……

'저런 저런, 이보게. 나는 이런 생각에는 동참하지 않겠어. 날 겁쟁이 촌닭이라고 부를 거면, 그러라지 뭐. *꼬꼬댁 꼬꼬댁 꼬꼬댁.*'

그는 텐트가 세워진 곳으로 돌아가서 입구를 들추었다. 긴 막대기를 발견했다. 그는 신선한 공기를 깊이 들이쉬고는 숨을 멈추고, 막대기로 그의 옷가지들을 낚아챘다. 그러고는 물러나 옷을 입었다. 또 한 번 숨을 깊이 들이쉬고는 숨을 멈추고, 막대기로 그의 장화를 낚시질했다. 쓰러진 나무 위에 앉아 장화도 신었다.

냄새가 그의 옷가지에 배었다.

"니미럴."

래리는 그녀의 모습을 볼 수 있었다. 반은 침낭 속에 반은 침낭 밖에 걸쳐진 그녀가 굳어 버린 손을 뻗어 이제는 그곳에 존재하지 않는 약병을 여전히 움켜쥔 모습을. 그녀의 반쯤 감긴 눈이 비난하듯 노려보는 것 같았다. 그 모습이 그에게 다시금 터널을 생각나도록 했고, 걸어 다니는 시체들에 대한 환상도 생각나게 했다. 그는 재빨리 막대기를 써서 텐트 입구를 닫았다.

그러나 래리는 여전히 자신에게서 그녀의 냄새를 맡았다.

그래서 결국 베닝턴을 첫 번째 휴게소로 삼아 베닝턴 남성용품 매장에서 옷을 다 벗고 새 옷을 입었다. 양말 네 켤레와 팬티를 포함해 세 번씩 옷을 갈아입어야 했다. 그는 새 장화도 찾아냈다. 삼면 거울로 자신을 바라보니 그의 뒤로 펼쳐진 텅 빈 매장과 도로 경계석에 아무렇게나 기대 놓은 할리데이비드슨도 보였다.

"옷발이 끝내 주네요. 멋져, 멋져."

그가 웅얼거렸다. 그러나 그곳에는 그의 취향을 황홀하게 바라보아 줄 사람이 아무도 없었다.

그는 매장에서 나와 할리를 움직였다. 철물 잡화점에 들러 텐트랑 새 침낭이 있는지 알아볼 생각도 했지만, 지금 그가 간절히 원하는 것은 베닝턴에서 벗어나는 것이었다. 더 멀리 간 다음에야 멈춰 설 작정이었다.

그는 할리를 몰고 마을을 빠져나가면서 완만한 오르막 경사지 쪽을 올려다보았는데, 20킬로미터 전망소가 보였지만 그들이 텐트를 세웠던 곳은 눈에 띄지 않았다. 정말이지 하늘이 내려 준 은총이었으며, 그것은……

래리는 다시 도로를 바라보았고 별안간 섬뜩한 공포가 그의 목구멍에서 철렁했다. 바로 코앞에 말 운반 트레일러를 끄는 인터내셔널 하베스터 픽업트럭이 다른 차량을 피하려다 도로를 벗어나 운반 트레일러가 뒤집힌 현장이 다가온 것이다. 그가 할리를 그 사고 현장으로 곧장 몰고 가려 했던 것은 자기가 어디로 향하고 있는지 제대로 보지 않았기 때문이었다.

오른쪽으로 힘껏 방향을 틀자 새 장화가 도로에 끌리며 잘 빠져나가는 듯싶었다. 그러나 오토바이의 왼쪽 발걸이가 트레일러의 뒤 범퍼에 덜컥 걸려 그의 아래에서 오토바이를 홱 잡아당겼다. 래리는 뼈가 으스러질 듯 쿵 소리를 내며 고속도로 가장자리에 떨어졌다. 할리가 잠시 그의 뒤에서 덜덜거리다 멎었다.

"너 괜찮으냐?"

그가 큰 소리로 물었다. 겨우 시속 30킬로미터 정도로 운전하고 있었던 것이 하나님께 감사할 노릇이었다. 리타가 함께 있지 않은 것도 하나님께 감사할 노릇이었으니, 그녀라면 히스테리에 빠져 제정신을 잃고 헛소리를 해 댔을 것이다. 물론 만약 리타가 함께 있었다면 그는 애당초 저 위를 올려다보지 않았을 테고, 기분 좋게 룰루랄라, 그러니까 하던 일에 전념했을 것이다.

"나는 괜찮아."

래리가 스스로에게 대답했지만, 정말 그런지는 확신하지 못했다. 그는 일어나 앉았다. 이따금 그래 왔던 것처럼 정적이 그를 내리눌렀다. 너무 조용해서 만일 그것에 관해 생각했다간 미쳐 버릴 수도 있었다. 당장은 징징대는 리타조차 위안이 되었을 것이다. 별안간 모든 것이 눈부신 반짝임으로 가득 차는 듯했고, 급작스러운 공포를 느끼며 그는 자신이 의식을 잃을 거라 생각했다. '나 무지 많이 다친 거야. 잠시 후면 느낄 거라고. 충격이 가시고 나면, 그때가 바로 내가 부상을 느낄 때인 거야. 심하게 상처를 입었든가 했겠지. 그러면 누가 와서 지혈대를 동여매 줄까?'

그러나 순간적인 어지럼증이 지나가고 나자, 그는 자신의 몸을 보고는 어쩌면 괜찮은지도 모르겠다고 생각했다. 양손이 찢어졌고 새 바지의 오른쪽 무르팍이 갈가리 찢겨 나갔지만(또한 무릎 살도 찢어졌지만), 그런 것들은 모두 그저 긁힌 것이어서 아주 다행스러운 일이었다. 누구든 오토바이에서 떨어질 수 있는 법이고, 이따금 모든 사람한테 일어나는 일이었다.

그러다 래리는 정말로 다행스러운 일이 무엇인지 알았다. 머리를 제대로 받혀서 두개골이 깨질 수도 있었고 그 자리에서 뜨거운 땡볕 속에 쓰러져 있다가 결국 죽을 수도 있었다. 또는 이제는 고인이 된 그의 어떤 친구처럼 자신의 구토물에 숨 막혀 죽을 수도 있었다.

래리는 비틀거리며 걸어가서 할리를 일으켜 세웠다. 오토바이는 어떤 식으로든 손상을 입은 것 같지는 않았지만, 모습이 달라 보였다. 예전에는 오로지 기계였으며, 그를 운송하는 것과 그를 제임스 딘 또는 영화 「지옥의 천사들이 나가신다」의 잭 니컬슨처럼 느껴지도록 하는 두 가지 목적에 충실한 상당히 매력적인 기계였다. 그런데 이제 오토바이의 크롬 광택이 서커스 막간 쇼의 바람잡이처럼 그를 향해 히죽거리는 듯했으며, 제대로 올라타기나 하라고 그를 꼬드겨서는 바퀴 둘 달린 괴물을 운전할 만한 남자인지 아닌지 확인해 보려는 것 같았다.

시동 페달을 세 번 후려 차니 오토바이가 움직였고, 래리는 걷는 것과 다를 바 없는 속도로 베닝턴을 빠져나갔다. 식은땀이 팔찌처럼 팔을 휘감고 있었고 그는 이제껏 살아오는 동안 다른 사람의 얼굴을 볼 수 있길 그때만큼 지독하게 염원해 본 적이 없었다. 전혀 없던 일이었다.

그러나 그는 그날 아무도 만나지 못했다.

오후 들어 래리는 속력을 좀 높였지만, 속도계 바늘이 시속 30킬로미터 근처에만 가도 가속 손잡이를 조금도 더 힘주어 돌릴 수가 없었다. 전방 도로가 훤히 뚫려 있는 게 보이더라도 차마 그럴 순 없었다. 윌밍턴 외곽에 스포츠용품 겸 오토바이 매장이 있어서 그곳에 들러 침낭, 두터운 장갑, 헬멧을 챙겼는데, 시속 40킬로미터 이상 속력을 낼 수 없는 처지도 미덥지가 못해서 헬멧까지 동원한 것이다. 다음에 뭐가 있는지 안 보이는 길모퉁이에서는 속도를 줄여 덩치 큰 오토바이를 끌고 걸어 다녔다. 그는 정신을 잃은 채 길가에 누워 아무도 봐 주는 이 없이 피 흘리다 죽는 환상에 자꾸만 시달렸다.

5시 무렵 그가 브래틀보로에 접근할 때, 할리의 과열 경고등이 켜졌다. 래리는 오토바이를 정차시키고 안도감과 혐오감이 뒤섞인 감정으로 엔진을 껐다.

"이럴 줄 알았으면 차라리 더 밀어붙일걸. 시속 100킬로미터 정도는 달리고 뻗어야지, 이 빌어먹을 병신아!"

그는 오토바이를 놔두고 마을로 걸어 들어가며 나중에 다시 오토바이를 찾으러 올 건지는 생각도 하지 않았다.

그는 그날 저녁 브래틀보로 시내 광장의 반원형 음악당 한쪽 벽 아래서 잠을 잤다. 날이 어두워지자마자 그곳으로 들어가 즉시 잠에 빠졌다. 얼마 뒤 덜커덕거리는 소리가 그를 깨웠다. 그는 손목시계를 보았다. 숫자판 위의 라듐 도색한 가는 눈금이 11시 20분을 가리키고 있었다. 한쪽 팔꿈치로 몸을 일으킨 그는 어둠 속을 주시하면서, 자신을 에워싼 반원형 음악당의 거대함을 느끼며, 체온을 보호해 주던 작은 텐트를 그리워했다. 그것은 너무나 멋지고 아담한 캔버스 자궁이었다!

그것이 무슨 소리였든 간에 이젠 들리지 않았다. 귀뚜라미들조차 잠잠해졌다. 아무 이상 없나? 아무 이상 없다고 장담할 수 있나?

"거기 누구야?"

래리는 자신의 목소리에 소스라치게 놀랐다. 그는 30-30 소총을 더듬거렸지만 놀랍도록 당혹스럽고 긴 시간 동안 그 총을 찾아낼 수가 없었다. 찾아냈을 때, 그는 생각할 것도 없이 방아쇠를 잡아당겼다. 바다에 빠져 숨 넘어가는 사람이 앞에 던져진 구조 기구를 잡아당기듯 꼭 그렇게. 만약 안전장치가 걸려 있지 않았으면, 그는 총을 발사하고 말았을 것이다. 어쩌면 자기 자신을 향해.

고요함 속에 무엇인가가 있었고, 그는 그것을 확신했다. 어쩌면 사람, 어쩌면 크고 위험한 짐승. 물론 사람도 역시 위험한 존재일 수 있었다. 불쌍한 괴물 외침꾼을 몇 번씩이나 칼로 찔러 댔던 사람이나 그의 여자를 이용하는 대가로 현찰 백만 달러를 주겠다고 제안했던 존 베어스포드 텁튼 같은 사람이라면.

"누구냐니까?"

배낭 속에 손전등이 있었지만 그것을 찾아내려면 그가 무릎 위로 바짝 끌어당겼던 소총을 내려놓아야만 했다. 게다가…… 그는 진정으로 소리의 주인공을 보고 싶어 했던가?

그래서 그는 그냥 제자리에 앉아서, 그를 잠에서 깨어나게 했던 움직임 또는 거듭되는 소리의 정체를 고심하다가(그것이 소리를 냈던 것인가? 아니면 그저 그가 꿨던 꿈의 일부인가?), 잠시 후 고개를 끄덕거리기 시작하더니 이내 꾸벅꾸벅 선잠이 들었다.

별안간 그의 머리가 위로 치켜졌고, 눈이 커지며 살이 뼈에 달라붙었다. 그때 소리가 났고, 만일 밤이 구름 낀 날씨가 아니라면, 달이 떴고, 거의 보름달이었으니, 그에게 드러나 보이는 것은…….

그러나 그는 보고 싶지가 않았다. 안 된다. 그는 너무나 확실하게 보고 싶지가 않았다. 그런데도 그는 앞으로 몸을 기울여 앉아 목을 길게 빼고, 버몬트 주 브래틀보로 중심가의 인도를 저벅거리며 그에게서 멀어져 가는 먼지투성이 장화 뒤꿈치 소리를 귀 기울여 들었다. 그 소리는 서쪽으로 이동하며 희미해지다가, 이윽고 온갖 사물들이 내는 광활한 잡음 속으로 사라졌다.

래리는 벌떡 일어서서 침낭을 발목까지 주르륵 미끄러뜨리고는 고함치고 싶은 미칠 듯한 충동을 갑작스럽게 느꼈다. '돌아와, 네가 누구든지 간에! 나는 끄떡없어! 돌아와 보란 말이야!' 그러나 그는 진정으로 '누구든지 간에'라는 백지 수표를 발행하고 싶었던 것인가? 반원형 음악당이 그의 고함을, 그의 핑계를 증폭시켰을 것이다. 그리고 만약 저 장화 뒤꿈치 소리가 정말로 되돌아와서, 귀뚜라미조차 울지 않던 고요 속에서 더욱 요란하게 울려대면 어쩐다?

서 있는 대신, 래리는 자리에 드러누워 두 손으로 소총을 감싼 채 태아의 자세처럼 몸을 웅크렸다. '오늘 밤엔 다시는 잠들지 못하겠지.' 그는 그렇게 생각했지만 3분 뒤에 잠이 들었으며 다음날 아침이 되어서는 모든 것이 꿈이었다고 철석같이 믿었다.

제42장

래리 언더우드가 7월 4일, 주 하나만큼의 거리를 사이에 두고 오토바이에서 내동댕이쳐지고 있을 무렵, 스튜어트 레드먼은 길가에 있는 커다란 바위에 앉아 점심을 먹고 있었다. 그는 다가오는 엔진 소리를 들었다. 한입에 캔 맥주를 해치우고 리츠 크래커가 들어 있는 매끈한 종이 상자 뚜껑을 조심스럽게 접어 놓았다. 소총은 옆에 있는 바위에 기대어져 있었다. 그는 총을 집어 들어 안전장치를 손가락으로 튕겨 풀고 손에서 좀 더 가까운 위치에 다시 내려놓았다. 오토바이들이 오는 중, 소리로 보아 소형임. 250시시짜리들인가? 이토록 광활한 정적 속에서는 얼마나 멀리 있는지 말하기가 불가능했다. 어쩌면 15킬로미터, 그러나 그저 어쩌면일 뿐. 그가 원하기만 한다면야 식사를 할 시간은 많이 남아 있었지만, 스튜는 그러지 않았다. 바야흐로 태양은 따스했고 인류 동포들을 만난다는 생각은 유쾌했다. 그는 우즈빌에 있는 글렌 베이트먼의 집을 떠난 이래로 살아 있는 사람을 전혀 만나 보지 못했다. 다시금 소총을 힐끔 쳐다보았다. 안전장치를 풀었던 것은 인류 동포들이 엘더 같은 족속으로 판명날지도 모르기 때문이었다. 소총을 바위에 기대 놓았던 것은 그들이 베이트먼 같은 사람들이길 희망했기 때문이었다. 그 양반은 미래에 관해 지극히 비관적이지만은 않았다.

"사회 조직이 재출현할 것이오. 내가 사회에다 '재구성'이란 말을 사용하지 않았다는 걸 명심해요. 무시무시한 말장난이지. 우리 인류 안에서 귀중하고도 작은 재구성이 일어날 거요."

베이트먼의 말이었다. 그러나 베이트먼 본인은 사회 조직의 재출현 과정에 처음부터 참여하여 한몫 챙기길 원하지는 않았다. 그는 적어도 당분간은 코작과 산책하기, 그림 그리기, 정원 주변을 어슬렁거리기, 그리고 거의 초토화된 인류의 사회학적인 세분화에 대하여 생각하는 일에 완벽하게 만족하는 듯싶었다.

"만약 당신이 이쪽으로 다시 돌아와서 '똥맹'을 맺자고 거듭 권유한다면, 스튜, 나는 아마도 동의할 거요. 그것은 인류에겐 저주이지요. 친목을 도모하려는 습성. 그리스도가 했음 직한 말씀은 바로 이것이오. '참말로, 진정으로, 너희 둘 또는 셋이 함께 뭉칠 때면, 어떤 다른 사람은 혼자서 죽을 똥을 싸느라 피폐해질 것이니라.' 사회학이 인류에 관해 무엇을 보여 주는지 말해 볼까요? 내 당신한테 아주 간략하게 전해 드리리다. 내게 홀로 있는 남자 또는 여자를 보여 줘 보시오. 그러면 나는 당신한테 한 명의 성자를 보여 주겠소. 내게 두 사람을 줘 보시오. 그러면 그들은 서로 사랑에 빠질 거요. 내게 세 사람을 줘 보시오. 그러면 그들은 우리가 '사회'라고 부르는 매력적인 것을 발명해 낼 것이오. 내게 네 사람을 줘 보시오. 그러면 그들은 피라미드형 계층 조직을 만들어 낼 것이오. 내게 다섯 사람을 줘 보시오. 그러면 그들은 한 명을 추방할 것이오. 내게 여섯 사람을 줘 보시오. 그러면 그들은 편견을 재발명해 낼 거요. 내게 일곱 사람을 줘 보시오. 그러면 7년 후에 그들은 전쟁을 재발명해 낼 거라오. 인간이 하나님의 형상을 본떠 만들어졌을지는 몰라도, 인간 사회는 하나님과 반대되는 존재의 형상을 본떠 만들어졌으며, 그 사회는 항상 고향으로 돌아가려고 기를 쓰는 법이라오."

정말로 그러했던가? 만약 그렇다면 하나님 아버지, 인간을 도와주소서. 요 근래 스튜는 옛 친구들과 지인들을 꽤 자주 떠올렸다. 그의 기억 속에서는 그들의 사랑스럽지 못한 특성들을 경시하거나 완벽히 잊으려는 경향이 두드러졌다. 빌 햅스콤이 코를 쥐어뜯으며 코를 풀고 신발 밑창으로 콧물을 뭉개던 모습, 아이들을 두들겨 패던 노먼 브루엣의 매서운 손, 카우보이 장화 뒤꿈치로 갓 태어난 새끼 고양이의 연약한 두개골을 짓뭉개 버림으로써 집 주변 고양이 수를 조절하던 빌리 베레커의 불유쾌한 방식.

떠오르는 생각들이 전적으로 좋게 보이기만을 원했다. 새벽에 사냥하러 떠나며 누비 재킷과 데이글로 오렌지색 조끼로 몸을 따뜻하게 감싸던 일. 랠프 호지스의 집에서 열렸던 포커 게임과 윌리 크래덕이 어떻게 자기는 게임만 하면 4달러만 남느냐고 늘 투덜대던 일, 그는 게임 시작할 때 20달러를 갖고 있었는데도 말이다. 토니 레오민스터가 술에 취해 정신을 잃고 스카우트 트럭을 배수구 속으로 빠뜨렸을 때 친구들 예닐곱 명이 그 트럭을 도로 위로 밀어 올리던 일, 토니는 주위를 비틀거리면서 자기는 멕시코 불법 입국자들로 가득한 유홀 이삿짐 트럭을 피하려다 도로를 이탈하고 말았노라고 하나님과 온갖 성인들한테 맹세하고 있었다. 아이고, 그들이 어찌나 눈물겹게 웃어 댔던지. 크리스 오르테가에게서 한없이 흘러나오는 인종 차별 농담들. 창녀들을 만나러 헌츠빌로 원정 나갔던 일, 그때 조 밥 브렌트우드는 사면발이에 감염되었고 그것이 윤락업소 응접실 소파에서 옮은 것이지 위층 창녀한테서 옮은 것은 아니라고 모든 사람들한테 해명하려 애썼다. 그들은 지랄 맞게도 좋은 시절을 겪어 왔다. 나이트클럽과 고급 레스토랑과 박물관에 익숙한 세련된 도시 사람들은 아마도 좋은 시절이라고 생각지 않을 것이다. 그러나 스튜 본인에게는 좋은 시절로 여겨지는데 어쩌겠는가. 그는 그 시절 추억들에 관해 생각했고, 거듭 음미했다. 늙은 은둔자가 지저분한 트럼프 카드로 혼자 하는 카드놀이를 몇 판이고 계속해서 펼치는 모습 그대로. 주로 그는 다른 사람의 목소리를 듣고 싶었고, 누군가를 알고 지내고 싶었고, 요 전날 밤 비 오듯 쏟아지는 유성 무리를 보았을 때처럼 특별한 일이 생겼을 때 누군가에게 고개를 돌려 "당신도 봤어요?"라고 말할 수 있기를 바랐다. 그는 말 많은 사람은 아니었지만, 외톨이로 지내는 것에 그다지 관심이 없었고, 외톨이가 된 적도 결코 없었다.

그래서 마침내 오토바이들이 커브 길을 돌아 나왔을 때 그는 몸을 좀 더 똑바로 하고 앉았다. 250시시 혼다 오토바이 두 대였는데, 한쪽에는 열여덟 살 정도의 소년이 탔고 나머지 한쪽엔 아마도 소년보다는 나이가 많을 듯한 여자 애가 타고 있었다. 여자 애는 선명한 노란색 블라우스와 연청색 리바이스 청바지를 입고 있었다.

바위 위에 앉아 있는 스튜를 본 오토바이 운전자들이 놀라서 잠시 휘청하는 바람에 혼다 두 대가 약간 길을 벗어났다. 얼떨결에 소년의 입이 벌어졌다. 그들이 멈출 것인지 아니면 그저 속력을 내서 서쪽을 향해 갈 것인지 한동안은 불분명했다.

스튜가 빈손을 들어 올리고 상냥한 목소리로 "안녕!" 하고 말했다. 심장이 가슴에서 육중하게 고동쳤다. 그는 그들이 멈추기를 바랐다. 그들은 멈추었다.

한순간 스튜는 그들의 태도에 드러난 긴장감 때문에 당황했다. 특히 소년 때문에. 그 아이는 아드레날린 한 양동이를 피 속에 죄다 쏟아 버린 듯한 모습이었다. 물론 스튜는 소총을 가졌지만 그들한테 겨누지도 않았고, 그들도 나름대로 무장을 했다. 소년은 권총을 차고 있었고 여자는 등에다 가죽 끈으로 작은 사슴 사냥총을 걸쳐 멨다. 확고한 신념도 없이 납치범한테 세뇌당한 부잣집 상속녀 패티 허스트를 연기하는 여배우처럼.

"내 생각엔 좋은 사람인 것 같아, 해럴드."

여자 애가 말했지만, 해럴드라고 불린 소년은 자기 오토바이에 걸치고 서서 놀란 표정으로 스튜를 바라보며 적개심을 버리지 않았다.

"내 생각에는 말이야……."

여자 애가 다시 입을 열었다.

"그걸 어떻게 알아요?"

해럴드가 스튜에게서 눈을 떼지 않은 채 퉁명스럽게 말했다.

"저기, 난 말이지, 자네들을 만나서 반가워. 참고가 될진 모르지만 말이야."

스튜가 말했다.

"내가 당신을 못 믿는다면 어쩔 건데?"

해럴드가 대들었고, 스튜는 그 소년이 새파랗게 겁에 질린 것을 알았다. 아이는 자신과 여자 애에 대한 책임감 탓에 겁에 질렸다.

"뭐, 그렇다면 나도 모르지."

스튜가 바위에서 내려왔다. 해럴드의 손이 총집에 든 권총을 향해 들썩거렸다.

"해럴드, 그거 건드리지 말고 놔둬."

여자 애가 말했다. 그러고 나서 조용해졌고 잠시 그들 모두 어쩔 수 없이 침묵을 더 고수하는 듯싶었다. 그들은 점 세 개의 모임이었으며, 서로 이어지면, 아직 정확한 모습은 예견할 수 없어도 삼각형을 이루어 낼 것 같았다.

"어우우우. 내 궁둥이에선 굳은살이 떨어질 날이 절대 없을 거야, 해럴드."

프래니가 도로 옆 느릅나무 아래에 있는 이끼 밭에 편하게 앉았다.

해럴드가 뭐라고 퉁명스럽게 투덜거렸다.

그녀가 스튜한테 고개를 돌렸다.

"혼다를 타고 270킬로미터 거리를 달려 본 적 있으세요, 레드먼 씨? 권할 만한 일이 못 돼요."

스튜가 미소 지었다.

"자네들은 어디를 향해 가는 길이지?"

"자네들의 일에 무슨 상관이시지?"

해럴드가 무례하게 물었다.

"그게 무슨 태도니? 레드먼 씨는 거스 아저씨가 죽은 이후로 우리가 처음으로 만난 사람이라고! 다른 사람을 찾아보러 떠난 게 아니라면 우리가 뭐 때문에 길을 떠난 거니?"

"그 친구는 아가씨를 지켜 주려고 그러는 것 같은데."

스튜가 조용히 말했다. 그는 풀 하나를 뽑아 입술 사이에 갖다 댔다.

"그 말이 맞아요, 그런 거예요."

해럴드가 기분을 풀지 않은 채로 말했다.

"난 우리 두 사람이 서로 지켜 준다고 생각했어."

그녀가 말하자 해럴드는 음울하게 얼굴을 붉혔다.

스튜는 생각했다. '내게 세 사람을 줘 보시오. 그러면 그들은 사회를 형성할 테니까.' 이들은 그의 사회에 적합한 두 사람인가? 그는 여자 애가 좋았다. 그러나 소년은 겁먹은 허풍쟁이 같은 인상이었다. 그리고 겁먹은 허풍쟁이는 매우 위험한 사람이 될 수 있었다. 적절한 환경에서…… 또는 그릇된 환경에서.

"말이야 쉽지."

해럴드가 중얼거렸다. 그는 언짢은 표정으로 스튜를 째려보더니 재킷 주머니에서 말보로 한 갑을 꺼냈다. 그는 담배 한 개비에 불을 붙였다. 아주 최근에 흡연 습관을 들인 녀석처럼 담배를 피웠다. 어쩌면 그저께 배운 것처럼.

"우리는 버몬트 주 스토빙턴으로 가는 중이에요. 거기 있는 전염병연구소로. 우린…… 뭐가 잘못됐어요? 레드먼 씨?"

프래니가 물었다. 그는 순식간에 창백해졌다. 그가 씹던 풀줄기가 무릎 위로 떨어졌다.

"왜 그리로?"

"왜냐하면 때마침 그곳에 감염 질병을 연구하는 시설이 존재하니까."

해럴드가 거만하게 말했다.

"내 생각은 이래요. 만약 이 나라에 질서라는 게 남아 있거나, 지난번 재앙에서 탈출한 정부 당국 사람들이 조금이라도 살아 있다면, 스토빙턴이나 애틀랜타에 있을 것 같다는 거죠. 애틀랜타도 또 다른 연구 시설이 있는 곳이에요."

"그 말이 맞아요."

프래니가 말했다.

"너희들은 시간을 낭비하고 있어."

스튜의 말에 프래니가 어리둥절해하는 듯 보였다. 해럴드는 분노하는 듯 보였다. 그의 옷깃 사이로 빨간 핏대가 또다시 뻗쳐오르기 시작했다.

"나는 아저씨가 그 문제에 관한 최고의 심판관이라고는 전혀 생각하지 않아요."

"나는 그럴 자격이 있다고 생각해. 왜냐하면 그곳에서 왔거든."

그 말에 그들 두 사람은 놀란 듯했다. 어리둥절하여 화들짝 놀란 듯.

"그곳에 대해서 아세요? 그곳을 다 조사해 봤어요?"

프래니가 떨리는 음성으로 물었다.

"아니, 딱히 그런 것은 아니었어. 그곳은……"

"당신은 거짓말쟁이야!"

해럴드는 언성을 높이고 악을 써 댔다.

프래니는 레드먼의 눈 속에서 놀랍도록 싸늘하게 번뜩거리는 분노를 보았는데, 이내 그의 눈은 다시금 온화한 갈색 빛깔이 되었다.

"아니야, 그렇지 않아."

"내가 보기엔 그래! 내가 보기에 당신은 그저……"

"해럴드, 너 입 다물어!"

해럴드가 그녀를 보았는데, 마음에 상처를 입은 표정이었다.

"하지만 프래니, 어떻게 저런 사람을 믿을 수가……."

"어떻게 그렇게 무례하고 적대적일 수가 있니?"

그녀가 호되게 다그쳤다.

"적어도 이분이 무엇을 말하려는지 들어 보기는 해야지. 그렇지, 해럴드?"

"나는 저 사람 못 믿어."

'옳으신 말씀, 우린 서로 피장파장이로군.' 스튜는 생각했다.

"어떻게 방금 만난 사람을 못 믿을 수가 있니? 정말이지, 해럴드, 너 지금 정떨어지게 굴고 있어!"

"내가 그곳을 어떻게 아는지 얘기할 테니 들어 봐."

스튜가 조용히 말했다. 그는 캠피온이 햅의 주유기들 속으로 충돌했던 때로부터 시작하는 이야기를 압축된 판본으로 전했다. 일주일 전 스토빙턴에서 탈출했던 일도 간략히 묘사했다. 해럴드는 멍하니 고개를 떨어뜨리고 두 손을 노려보았으며, 그 두 손은 이끼를 뽑아서 갈기갈기 찢고 있었다. 그러나 여자 애의 얼굴은 비극의 나라를 그린 지도를 펼친 것 같았고, 스튜는 그녀한테서 안타까움을 느꼈다. 그녀는 이 소년과 함께 길을 떠나면서(매우 훌륭한 아이디어를 가지고 있었던 그 소년에게 신뢰를 보냈던 것이다.), 당연한 듯 여겨지던 원래의 방식들이 어느 정도는 남아 있을 거라는 요행을 바라고 있었던 것이다. 저런, 그녀는 실망하고 만 것이다. 너무도 쓰라리게. 표정을 보아하니 그랬다.

"애틀랜타도 역시요? 전염병이 그 두 곳 모두 휩쓸었어요?"

"그래."

스튜가 대답하자 프래니가 왈칵 눈물을 쏟았다.

그는 그녀를 위로해 주고 싶었지만, 소년이 그것을 용납하지 않을 것 같았다. 해럴드가 프랜을 거북하게 힐끔거리더니만, 자기 바짓단에 붙은 이끼 찌꺼기들을 내려다보았다. 스튜는 그녀에게 자기 손수건을 주었다. 그녀는 고개도 들지 않은 채 심란한 투로 고맙다고 했다. 해럴드가 또다시 그를 음울하게 노려보았는데, 혼자서 과자 단지를 전부 독차지하고 싶어 하는 탐욕스러운 어린 소년의 표정이었다. '깜짝 놀라지 않을까? 여자 애는 과자 단지가 아니라는 사실을 깨달으면 말이야.'

눈물이 훌쩍거림으로 잦아들자 프래니가 말했다.

"나는 해럴드와 내가 아저씨께 감사해야 한다고 생각해요. 적어도 우리한테 결국에 가서는 실망만 남을 긴 여행을 하지 않도록 해 주셨으니까."

"누난 저 사람 말을 믿어요? 그 말 그대로? 이 사람은 누나한테

허황한 이야기를 하는데 누나는 완전히…… 누나는 그 말을 곧이 곧대로 받아들여요?"

"해럴드, 왜 이분이 거짓말을 하겠어? 무슨 이득이 있다고?"

"글쎄, 이 사람 마음속에 든 속셈이 뭔지 내가 어떻게 알겠어요?"

해럴드가 반항하듯 물었다.

"살인, 그럴 수도 있지. 어쩌면 강간이거나."

"나는 강간이 좋은 일이라고 생각하지 않아."

스튜가 상냥하게 말했다.

"어쩌면 넌 강간에 관해 내가 모르는 뭔가를 아나 본데."

"그만 하세요. 해럴드, 제발 지긋지긋하게 굴지 말아 줄래?"

"지긋지긋해?"

해럴드가 소리 질렀다.

"나는 누나를, 우리를 지키려고 노력 중이라고요. 그런데 그게 그렇게 지랄 맞게 지긋지긋해요?"

"여길 봐."

스튜가 말하며 소매를 걷어 올렸다. 팔꿈치 안쪽에 아물어 가는 주삿바늘 자국 몇 개와 변색된 멍 자국의 마지막 흔적들이 있었다.

"놈들이 나한테 온갖 종류의 물질을 주입했어."

"어쩌면 아저씨가 마약 중독자이시거나."

해럴드가 말했다.

스튜는 대꾸도 없이 소매를 다시 내렸다. 문제는 여자 애였다. 당연하게도. 소년은 그녀를 소유한다는 개념에 익숙해져 있었다.

글쎄, 어떤 여자 애들은 소유할 수 있어도 어떤 여자 애들은 그렇게 할 수 없는 법이었다. 이 여자 애는 후자의 유형처럼 보였다. 그녀는 키가 크고 예쁘고 매우 상큼하게 생겼다. 검은 눈과 머릿결이 하염없이 눈물이 많을 것으로 보이는 외모를 돋보이게 했다. 그녀가 마음이 심란한 나머지 손을 휘휘 내저어 이마에 내려온 머리칼을 마구 뒤척거리기까지 할 때, 양쪽 눈썹 사이에서 매우 또렷해지는 저 희미한 주름('나는 원한다' 주름, 스튜의 어머니는 그렇게 부르곤 했다.)은 여간해선 못 보고 지나치기 쉬울 터였다.

"그럼 이제 어떻게 하지?"

토론에서 해럴드가 마지막으로 내뱉은 의견을 완전히 무시하며, 프래니가 물었다.

"어쨌든 계속 가 봐야죠."

해럴드가 말했고, 그녀가 미간을 갈라놓는 주름살로 흘겨보자 허둥지둥 말을 덧붙였다.

"우린 어딘가로 가야만 하잖아요. 이 아저씨가 진실을 말하고 있는 거라도 해도 다시 확인해 볼 수는 있잖아요. 그러고 나서 다음에 무엇을 할지 결정하는 거죠."

프랜이 '나는 당신의 기분을 상하게 하고 싶지 않아요 하지만'이라고 말하는 듯한 표정으로 스튜를 힐끔 보았다. 스튜가 어깨를 으쓱했다.

"그렇게 할 거죠?"

해럴드가 몰아붙였다.

"그건 중요하지 않아."

프래니가 말했다. 그녀는 씨앗이 달린 민들레를 뽑아서 솜털을 훅 불어 날렸다.

"여기까지 오는 길에 다른 사람은 전혀 보지 못한 거니?"

"건강해 보이는 개가 한 마리 있었어요. 사람은 없었고요."

"나도 개는 봤어."

그는 그들한테 베이트먼과 코작에 대해서 말했다. 이야기를 끝내면서 그가 말했다.

"나는 해안 쪽으로 가고 있었는데, 너희는 내 돛단배를 막는 바람 소리처럼 그쪽에는 사람이 하나도 없다고 말하는구나."

"유감이네요."

전혀 그런 기색 없이 해럴드가 말했다. 그가 일어섰다.

"떠날 준비 됐죠, 누나?"

그녀가 스튜를 보고 망설이다가 일어섰다.

"다시 저 경이로운 다이어트 기계에 올라타러 가 봐야겠어요. 알고 계신 것을 우리한테 말씀해 주셔서 고맙습니다, 레드먼 씨. 비록 그리 좋은 소식은 아니었다 해도요."

"잠깐만."

스튜 또한 일어서며 말했다. 그는 망설이며, 그들이 동행에 적합한 사람들인지에 관해 또다시 고민했다. 여자 애는 적합했지만, 소년은 확실히 열일곱 살이었고 '나는 거의 모든 사람을 증오해'라는 나쁜 병에 시달렸다. 그렇지만 고르고 선택할 만큼 사람이 많이 남아 있던가? 스튜는 그렇지 않다고 생각했다.

"우리 셋 모두 사람을 찾고 있는 것 같은데. 나는 너희를 따라가고 싶어. 너희가 받아 준다면."

"안 돼."

해럴드가 즉시 말했다.

프래니가 불안한 모습으로 해럴드를, 다시 스튜를 바라보았다.

"어쩌면 우린……"

"누난 신경 쓰지 마. 내가 안 된다고 하잖아요."

"나는 투표권도 없어?"

"누나한테 문제 될 게 뭐가 있어요? 누나는 이 사람이 오로지 한 가지만을 바라는 게 안 보여요? 맙소사!"

"만일 곤란한 일이 생기면 둘보다는 셋이 있는 게 더 낫지."

스튜가 말했다.

"그리고 나는 혼자 있는 것보다는 그게 낫다는 걸 알고."

"안 돼."

해럴드가 되풀이했다. 그의 손이 권총 손잡이로 내려갔다.

"그래요. 기꺼이 같이 갈게요, 레드먼 아저씨."

프래니가 말하자 해럴드가 화를 내며 괴로워하는 얼굴로 그녀에게 돌아섰다. 스튜는 아주 짧은 순간 팽팽하게 긴장하여 어쩌면 소년이 그녀를 때릴 것 같다고 생각했고, 그 순간이 지나자 다시 긴장을 풀었다.

"그게 누나의 사고방식이야? 그런 거야? 누난 그저 나를 쫓아버릴 마땅한 핑곗거리만 기다리고 있었구나. 잘 알았어."

그는 너무 화가 난 나머지 눈에서 눈물이 솟구쳤고, 그래서 한층 더 화가 났다.

"그게 누나가 바라는 방식이라면, 좋아. 누나는 그 사람하고 계속 가. 나는 누나하고는 끝장이야."

해럴드는 오토바이가 서 있는 곳을 향해 발을 쿵쾅거리며 걸어

갔다.

프래니가 비탄에 잠긴 눈으로 스튜를 바라보고 해럴드 쪽으로 몸을 돌렸다.

"잠깐만, 여기서 기다리고 있어 줘. 부탁이야."

스튜가 말했다.

"걔를 기분 상하게 하지 마세요. 제발요."

스튜가 해럴드 쪽으로 바삐 걸어갔다. 해럴드는 자신의 혼다 오토바이에 걸터앉아 시동을 걸려고 애쓰는 중이었다. 분노한 그는 속도 조절 손잡이를 최대한 비틀어 돌렸고, 손잡이가 세찬 헛기침만 쏟아 내자 스튜는 소년에게는 잘된 일이라고 생각했다. 만약 오토바이가 실제로 그토록 과도한 출력으로 움직이기라도 했다간, 외바퀴 자전거처럼 뒷바퀴로 벌떡 일어나 사려 깊은 해럴드를 첫 번째 나무에 처박고 그의 위로 엎어졌을 것이다.

"저리 비켜!"

해럴드가 스튜에게 화를 내며 소리 질렀고, 그의 손이 다시금 권총 손잡이로 내려갔다. 스튜가 손으로 해럴드의 손등을 잡았다. 마치 슬랩잭 카드 게임을 하느라 손바닥으로 치는 것처럼. 그러고는 다른 손으로 해럴드의 팔을 붙잡았다. 해럴드의 눈이 몹시 커지자 스튜는 소년이 위험 수위에 거의 다다른 것이라고 믿었다. 소년은 단지 여자 애 때문에 질투가 났던 것만은 아니었으며, 질투라고 치부하는 것은 그의 입장을 부당하리만큼 지나치게 단순화한 것이었다. 질투 속에는 그 자신의 존엄성이 똘똘 뭉쳐 있었다. 그리고 여자 애의 보호자라는 새로운 이미지도. 이런 비극적인 세상이 오기 전에는 그가 어떤 부류의 썹탱구리였는지 하나님만이 아시리라. 산만 한 뱃살과 발끝이 뾰족한 장화에 거드름 피우며 말하는 꼬락서니라니. 그러나 새로 얻은 이미지 밑바닥에는 그는 여전히 씹탱구리이며 항상 그럴 것이라는 믿음이 있었다. 이미지 밑바닥에는 새로운 출발이라는 것이 전혀 존재하지 않는다는 확신이 있었다. 그는 베이트먼한테도 똑같은 식으로 반응했을 것이다. 또는 열두 살짜리 꼬마한테까지도. 어떠한 삼각형 상태에서건 그는 자신을 가장 낮은 꼭짓점이라고 여길 것이다.

"해럴드."

스튜가 거의 해럴드의 귓속에다 대고 말했다.

"이거 놔."

해럴드의 무거운 몸이 긴장으로 가벼워진 듯했다. 그는 고압선처럼 꿈틀거리고 있었다.

"해럴드, 너 그녀랑 동침하고 있니?"

해럴드의 몸이 부르르 경련을 일으키자 스튜는 그가 동침하는 관계는 아님을 알아차렸다.

"당신이 무슨 상관이야!"

"상관은 없지. 우리가 눈으로 볼 수 있는 여러 가지 사실을 알려 준다는 점만 빼면. 그녀는 내 것이 아냐, 해럴드. 그녀는 그녀 자신의 것이라고. 나는 너한테서 그녀를 빼앗아 가려고 시도할 생각이 없어. 너무 적나라하게 얘기해서 미안한데, 그래도 우리한테는 자신이 서 있는 위치를 아는 게 최선이야. 우리는 지금 둘과 하나야, 만약 네가 떠나 버리면, 우리는 또 둘과 하나가 되는 거야. 조금도 이득 될 게 없지."

해럴드는 아무 말도 하지 않았지만, 떨고 있던 그의 손이 잠잠해졌다.

"나는 꼭 필요한 만큼만 솔직해질 거야."

스튜가 말을 계속하며, 여전히 해럴드의 귀에 대고 매우 가까이서(해럴드의 귀는 갈색 귀지로 엉켜 있었다.), 온 힘을 다해 최대한 차분하게 말하고 있었다.

"너나 나나 다 아는 거지만, 남자는 말이야, 여자를 강간할 필요는 없잖아. 자기 손을 어떻게 사용하는지만 알면 강간할 필요 따윈 없는 거야."

"그건……."

해럴드는 입술을 핥더니만 프래니가 팔짱을 끼고 서서 남자들을 걱정스럽게 지켜보고 있는 길가 쪽을 넘겨다 보았다.

"그건 굉장히 역겨운 짓이에요."

"글쎄, 어쩌면 그럴 수도 있고 어쩌면 아닐 수도 있지. 하지만 남자가 자기랑 잠자리를 같이하고 싶어 하지 않는 여자를 옆에 두었을 때, 그 남자는 자신만의 방법을 선택해야 해. 나는 매번 손을 사용한다고. 내 생각엔 그녀가 너한테 계속 그녀만의 자유 의지를 고수한 이래로 너도 역시 그랬을 것 같은데. 난 그저 솔직하게 말하고 싶어, 너와 나 사이에 말이야. 나는 어디 시골 쌍쌍 댄스파티의 난봉꾼처럼 너를 밀어내려고 온 게 아냐."

해럴드가 총에 대고 있던 손을 풀며 스튜를 바라보았다.

"그게 진심이에요? 나는…… 아저씨, 내 말을 발설하지 않겠다고 약속하는 거죠?"

스튜가 끄덕였다.

"나는 누나를 사랑해요."

해럴드가 쉰 목소리로 말했다.

"누나는 나를 사랑하지 않아요. 나도 알아요. 그래도 나는 솔직하게 말하는 거예요, 아저씨가 말한 것처럼."

"그게 최선이야. 나는 두 사람 관계에 끼어들고 싶지 않아. 그저 함께 갈 수 있기를 바라는 것뿐이야."

강압적으로 해럴드가 거듭 되뇌었다.

"약속하는 거죠?"

"그래, 약속하는 거야."

"알았어요."

해럴드가 천천히 혼다에서 내렸다. 그와 스튜는 다시 프랜에게 걸어갔다.

"아저씨랑 함께 가도 좋아요. 그리고 나……."

해럴드가 스튜를 돌아보고 힘겨운 듯 점잖은 태도로 말했다.

"내가 너무 또라이 같이 행동한 데 대해 사과드립니다."

"만세!"

프래니가 말하며 손뼉을 쳤다.

"이젠 다 해결된 거구나. 우리 어디로 갈까?"

결국 그들은 애초에 프래니와 해럴드가 가려던 방향인 서쪽으로 갔다. 스튜는 글렌 베이트먼이 기쁜 마음으로 그들을 하룻밤 재워 줄 거라고 말했다. 그들이 해 질 녘까지 우즈빌에 도착한다면. 그리고 그 사람은 아침이 되면 그들과 동행하는 걸 찬성할지도 모르겠다고 말했다.(이 말에 해럴드는 또다시 얼굴을 붉혔다.) 스튜는 프래니의 혼다를 몰았고, 그녀는 해럴드 뒷자리에 탔다. 그들은 점심을 먹으러 트윈마운틴에 들렀고 점점 서로를 알아 가는 더디고 조심스러운 절차를 시작했다. 그들의 말투가 스튜한테는 우습게 들렸다. 에이 발음을 넓게 벌리고 아르 발음을 생략하거나 변형시키는 방식이 말이다. 그는 자신의 말투도 그들한테는 똑같이 우습게 들릴 거라고 여겼다. 어쩌면 더 우스울지도.

버려진 식당에서 식사를 하며 스튜는 자신의 시선이 자꾸만 프래니의 얼굴로 끌리는 것을 깨달았다. 그녀의 활기 넘치는 눈, 작지만 단호해 보이는 턱, 자신의 감정을 드러낼 때 두 눈 사이로 주름이 생겨나는 모습. 그는 그녀가 쳐다보는 모습과 말하는 모습이 좋았다. 심지어 그녀의 검은 머릿결이 관자놀이에서 뒤로 젖혀지는 모습까지도 좋았다. 그리고 그것은 결국 그녀를 간절히 원한다는 사실을 그가 깨달은 시작점이었다.

〈3권에 계속〉

밀리언셀러 클럽을 펴내면서

지난 수백 년 동안 소설은 기묘하면서도 교양 넘치고, 자유로우면서도 현실에 뿌리 박고 있으며, 흥미진진하면서도 감동적인 이야기로 독자들의 사랑을 독차지해 왔다.

민담이나 전설 등에 비해 비교적 최근에 탄생한 이야기 형식인 소설이 순식간에 이야기 왕국의 제왕으로 올라선 것은 현대인들이 살아가면서 느끼는 희망과 절망, 불안과 평화 등 온갖 삶의 양상들을 허구 속에 온전히 녹여 내어 재창조함으로써 이야기를 읽는 기쁨과 더불어 삶을 재발견하는 즐거움을 주어 온 까닭이다.

사실 이야기를 읽음으로써 삶을 다시 생각하고, 삶을 생각함으로써 이야기를 다시 만들어 온 것은 인간이라면 피할 수 없는 숙명이다.

그런데도 최근 이야기의 제왕이라는 소설의 위기를 말하는 목소리가 점점 늘어나고 있다. 만약에 이 말이 사실이라면, 그리하여 사람들이 소설을 점차 외면하고 있다면, 핏속에 스며들어 있으며 뼛속에 틀어박힌 이야기 본능이 무언가 다른 것에 홀려 있음에 틀림없다.

사람들은 이제 이야기를 소설이 아니라 거리에서, 인터넷에서, 영화에서, 드라마에서, 광고에서, 대중가요에서 즐기고 있는 것이다.

'밀리언셀러 클럽' 은 이러한 소설의 위기를 넘어서려는 마음에서 기획되었다. 국내뿐만 아니라 전 세계 각국에서 독자들의 사랑을 한껏 받은 작품들을 가려 뽑아 사람들 마음을 다시 소설로 되돌리고 이야기를 한껏 즐길 수 있도록 배려하였다.

'밀리언셀러' 라는 이름을 단 것은 소설이 다시 사람들의 마음을 끌어 널리 읽히기를 바라기 때문이고, '클럽' 이라는 이름을 단 것은 소설을 사랑하는 독자들이 이 작품들을 가운데 놓고 오랫동안 이야기를 나누기를 바라기 때문이다.

앞으로 '밀리언셀러 클럽' 에는 예로부터 오늘날까지, 동양에서 서양까지 시대와 장소를 가리지 않고 널리 독자들의 사랑을 받아 온 작품들 중에서 이야기로서 재미에 충실할 뿐만 아니라 인간 본연의 모습을 확인시켜 줄 수 있는 소설들이 엄선되어 수록될 것이다.

이 작품들이 부디 독자들을 소설의 바다로 끌어들여 읽기의 즐거움을 극대화함으로써 이야기 본능을 되살려 주어 새로운 독서 세대를 창출하기를 바라는 마음 간절하다.

옮긴이 | 조재형

1972년 서울에서 태어났다. 숭실대학교 법학과를 졸업하고 전문 번역가로 활동 중이다. 『미저리』를 우리말로 옮겼고, 그 주인공인 애니 윌크스에 뒤지지 않는 스티븐 킹의 열성 팬이라고 자부한다. 스티븐 킹과 그의 작품에 관한 한 우리나라에서 가장 방대한 자료를 담은 팬 블로그(http://stephen-kingfan.tistory.com)를 운영하고 있다.

스탠드 2

1판 1쇄 펴냄 2007년 10월 19일
1판 5쇄 펴냄 2020년 4월 10일

지은이 | 스티븐 킹
옮긴이 | 조재형
발행인 | 박근섭
편집인 | 김준혁
펴낸곳 | 황금가지

출판등록 | 2009. 10. 8 (제2009-000273호)
주소 | 06027 서울 강남구 도산대로 1길 62 강남출판문화센터 5층
전화 | **영업부** 515-2000 **편집부** 3446-8774 **팩시밀리** 515-2007
홈페이지 | www.goldenbough.co.kr

도서 파본 등의 이유로 반송이 필요할 경우에는 구매처에서 교환하시고
출판사 교환이 필요할 경우에는 아래 주소로 반송 사유를 적어 도서와 함께 보내주세요.
06027 서울 강남구 도산대로 1길 62 강남출판문화센터 6층 민음인 마케팅부

ISBN 978-89-6017-125-1 04840 (2권)
ISBN 978-89-6017-123-7 (set)

㈜민음인은 민음사 출판 그룹의 자회사입니다.
황금가지는 ㈜민음인의 픽션 전문 출간 브랜드입니다.